网女缤纷

沈涌 著

SPM 南方传媒 | 广东人民出版社

·广州·

图书在版编目（CIP）数据

网女缤纷 / 沈涌著. —广州：广东人民出版社，2019.9（2023.7重印）
ISBN 978-7-218-13825-1

Ⅰ. ①网… Ⅱ. ①沈… Ⅲ. ①长篇小说—中国—当代 Ⅳ. ①I247.5

中国版本图书馆CIP数据核字（2019）第195439号

Wangnü Binfen

网女缤纷

沈涌 著

出 版 人：肖风华

责任编辑：施 勇 皮亚军
责任技编：吴彦斌 周星奎
装帧设计：友间文化

出版发行：广东人民出版社
地 址：广州市越秀区大沙头四马路10号（邮政编码：510199）
电 话：（020）85716809（总编室）
传 真：（020）83289585
网 址：http://www. gdpph. com
印 刷：三河市华东印刷有限公司
开 本：787毫米×1092毫米 1/16
印 张：25.25 字 数：337千
版 次：2019年9月第1版
印 次：2019年9月第1次印刷 2023年7月第2次印刷
定 价：58.00元

如发现印装质量问题，影响阅读，请与出版社（020-85716849）联系调换。
售书热线：（020）85716833

｜第一章｜

1

发现亮点，打开脑洞。

关于当下女人的一个逻辑。参照网络上丰富无比、精彩无比、方便无比的信息，自己稍作整理出来的话这样说：

学得好不如干得好，干得好不如长得好，长得好不如嫁得好，嫁得好不如生得好，生得好不如教得好，教得好不如悟得好。

悟得好就是顿悟，也是幡然醒悟。看空一切，便什么都好。

那么，自己属于哪一类，或者说到了哪个层次、哪个境界？

艾洋笑了笑。

自嘲。

这亮点其实还是痛点吧。一个困扰自己，需要解决，渴望了断，却难以圆梦的东西。

只是无法把这痛点亮出来。

在大街上闲逛，走着走着，忽然想出了这些东西。她赶紧提醒自己：一方面，不要太在乎这个，不必过于沉迷。心灵鸡汤式的大道理有时候是空空洞洞的，其实没有什么作用。

但另一方面，这也是一个收获，其现实意义是，可以据此编发一条推送，会有一定的转发数量。

那算完成了今天的任务，可以松一口气。

水城网的微信公众号“快报”由她负责。创作这类带有娱乐性的文字，满足读者，增加粉丝数量，扩大影响力，这是必须的。

继续行走。无聊时候就这样打发。至少可以消磨一段时间，说不定还会想出一点好主意。

所以，有时候，离开水城网编辑中心，在大街上漫无目的地行走，还是惬意的安排。

于是，她心里放松喜欢。

海归，从英国爱丁堡留学回来。转眼已三年时间，也没留意，就这样度过。回头一看，心里吓了一跳，这是什么日子呀。四五千的月薪，都不敢对别人说，也不敢与母亲说。在英国留学，一年花费30多万，两年多时间，家里给了70多万。如果这是教育投资，那么，目前这份工作，何时才可以收回本金和利息呢？

还是不去想了吧。不想还不烦，日子也能过，每天也都忙忙碌碌，好像很充实，也可以做些梦想。

何况，自己是一个属于人们所说的“剩女”的人，妈妈的唠叨与催促，亲友的议论与关心，周围的目光，那些实实在在的压力与担忧，都是无法回避的烦心事情。

不知道为什么而活着，为自己还是为他人，为当下还是为未来，为物质还是为精神？

似懂非懂，忽明忽暗，胡思乱想。

其实是无法把握的一个自己，有时候会这样。

想想而已。一个普通、非专业的人，有时候也免不了来一点形而上学的思考。

中国一流的广州高铁南站，以罕见强大的触角，刺激着周边区域。其附近的这座城市是近几十年里一下子蹿大起来的，不仅成长速度非凡，市面上也格外热闹繁华。与同类城市比，人口密度中国最大，也是亚洲最大、世界最大。流动人口多，户籍人口与常住人口的比例是一比二甚至一比三。

水城这么个新兴的城市，在珠江三角洲，面积小，实业强，名气大。

城区那条商业街最近的动静似乎特别多，转让、关闭、开业、搬迁、装修……成为常态。时装、小家电、个体书店等忽然消失不见，换上的是烘焙店、港式茶餐厅、日本料理店、韩国烤肉店、教育培训机构、发型设计店、中医门诊部、牙科门诊部、修身纤体馆、汗蒸馆、鲜花设计店、水果配送店等新面孔。

路过时，常常会闻到一股股浓浓的烤面包或烤肉香味。

“走过路过，千万不要错过！”一个门店播出录音。还有：“景德镇陶瓷大甩卖，最后三天！”

那个空置的门店被临时使用，外地过来的商人销售各种陶瓷品。

门面的彩色纸张醒目地写着：茶具、名人名作、仿古瓷器、紫砂、龙泉青瓷，库存清理大甩卖，全场五折，正在打包中……

里面的摆设琳琅满目。

那段录音反复播送。艾洋忽然想，什么最后三天！这个声音一个星期以前就听到了，而且，下个星期还会延续。

十字路口地段正在大兴土木，大拆大建。长臂吊车把环形天桥的钢架拆卸下来，钩机在刨土，吭吭吭直响。施工画线的标志桶和标志线鲜明布局，更改着原来的交通线路。

一个重大市政工程正在推进：修建地铁。

这个城市，不到40年，从只有不多的柏油路，到如今，高速公路、轻轨、地铁，应有尽有，立体交通。

满城都在议论，兴奋、期待、焦虑：这地方的楼市因为地铁概念，一年时间销售价格翻了一番。

临街那家卖首饰的精品店，门面的珠光宝气、金碧辉煌一直都有印象，但以前经过无数次都没有在意、没有兴趣。这回门前几米外竖立着施工建筑围挡板，客流受限，但依然开门营业。

艾洋看了看，毫不犹豫地走了进去。

想买一个银质的手镯，是那种一个大圆环形状的，平时也看见过，没有什么感觉，这会儿想到要买一个，也给自己一点儿装饰、一点儿玩意儿吧。

在柜台那儿看了看，挑了挑，找到一个比较满意的，示意一下，身着黑色西服、梳洗整洁的青年男店员立即面带笑容，迅速拿给她看，问："是自己买还是送人？"

她说："是买给自己啊。"

店员又说："那就试试看呀，挑个好看的。你这么漂亮，这么有气质。"

她说："你这么会说话，生意做得很好吧？"

店员说："哪里哪里，如今建设地铁，我们这里铺面是升值了，以后来客也会更多，但是，几年内生意受影响。没办法的呀。说实在的，我不是为了这点买卖，只是推崇一个美学观点，这些首饰特别适合你。当然，金饰、宝石也很适合你。"

她连忙说："好了好了，越说你越嘴乖。都说如今糖价不高，甜言蜜语随处都有。不说这个了。我即使买，生意也不大。其实我是想顺便看看修地铁对商家的影响会是怎样的。"

她在手腕上比一比，说不用试，比一比就行。

"谢谢你啦，这么关心我们做生意。"店员说。

"不客气。我也帮不了什么，只是一个记者，如果有问题会报道的。"艾洋说。

店员笑笑，看看她，再一次问："是自己用还是送人？自己用就试一试吧！"

她只好说："那试一试。"于是开始往手上套。

店员一愣，眼神有些诧异。

她倒是没看见，因为她在努力地往手上套那个手镯。

过了一会儿，店员终于又开口，说："小姐，这个是耳环。"

是这样！

艾洋也忍俊不禁，扑哧一笑，深深地弯下了腰。

这就是自己，大大咧咧的毛病。

不仅仅是性格，也是命运的象征。在英国也出过这样的笑话。有一次从超市回来，坐的是公共汽车。那是周末，人非常多，艾洋随便扶着一个金属的竖杆。载满人的车似乎有点吃力，也不停地晃。艾洋突然发现自己扶的这个杆子也跟着车晃，心想，这车摇晃得这么厉害啊，竟然扶杆都能跟着摇晃。这样过了一站，很多人下车了，她才发现，一直扶着的是一个金属杆的拖把。一个妇女一手拿着拖把，一手抱着小孩，正对着她瞪眼睛。

还有那次，在街上行走，突然接到朋友打来的电话，于是拿着手机，边走边聊。在和几个人擦肩而过后，艾洋下意识地伸手摸摸斜背小包，空空的感觉，就觉得手机不见了，心里咯噔一下。接着全身上下到处摸，也没有，自己急得出了一身汗，便对朋友大叫："糟糕！我手机丢了！"

晕死。

以前把这样的事情分别对吴有为总编辑说，对桂局说，对李韵说，结果他们都哈哈大笑，笑过后都说怎么好像是网上的笑话呀。

艾洋认真地说："真的，这真是我的故事。幽默也有共性或者雷同嘛。"

这样来解脱一下吧。生活，不过如此，需要自我修复，需要拿得起放得下。

但桂倒是这样说："你好像越来越喜欢无厘头，肆意解构原来的自我，趋向碎片化。"

"好深奥呀你，桂老师。"艾洋回答。

桂说："不深奥，是一针见血。"

艾洋只好又说："没办法。如今，时时刻刻看手机，在床上，睡前20多分钟，起床前10多分钟，还有半夜醒来时候，都是如此。书是两年多没认真读过一本。遇到一些新书，也只翻翻而已，浮光掠影，只求大概。读书，来无影去无踪，生活也差不多这样。整天忙忙碌碌，时光流逝，回头一看，茫茫一片，不知所以。我便是这样碎片化吧。”

这些事情，艾洋说得轻巧，但还是记在了心里，不时会有所思。

而这时，手机又响起来。是吴有为总编辑打来的。

他问：“在哪儿？”

她回答：“大街上。”

说着便走出店门，到了喧闹的街道。

“不是在采访吧？”吴有为问。

“不是。在观察，发现我们城市的变化与秘密，发现热点与亮点，发现新锐与趋势，寻找新闻线索。”她半开着玩笑。

“别无厘头了，赶快回来。”吴有为口气不大好。

“为什么？”

“分钱。”

“这么好的事情，出乎预料。”

“应该在预料中。都是自己的行为导致的，但不是结果，而是后果。”

“这么严重吗？”艾洋有点认真起来。

“干不下去了，散伙。各奔前程。”

艾洋松了一口气，知道了是怎么回事，这并不是第一次。她笑笑说：“那好吧，我去看看那钱如何分配。”

笑归笑，艾洋还是赶紧回到水城网。

2

水城网总编办公室。

那是吴有为的办公室，模样像书房，简朴平实，里面的装饰是古旧风格，宁静文雅。红木家具，茶具，文房四宝。墙上挂着中国书画。他的座位上方是一幅自己书写的题词：难得糊涂。行草字体。不见得特别漂亮，但有一些功力，也有自己的特性。

吴有为一年四季不顾冷暖，不管平日还是节庆，都是将头发理得短短，凸显一个像孩子似的小平头，但下巴一抹长胡子，极力模仿古代的美髯公。黑色对襟立领布扣棉料唐装，老北京平底布鞋，是他典型的也是基本不变的装束。在水城里少见，可以说是一个独一无二的形象风格。

屋子里的烟味浓重。他抽着烟，一根接一根，几乎不停。

每次一进来，艾洋不由为此皱眉头。

吴有为曾经在南方一家大报社供职，在水城本地当过该报记者站长，是业务骨干，文笔优美，思想深刻，敢写东西。后来，发生了一些冲突，麻烦事情出现。所写的东西被否定，上头要求的东西，他又不接受，难以协调。于是，他自己不想在那里待下去，果断出来了。他还挺有号召力的，令人惊讶地带走几个记者。他们已经有了想法，创立公司，办起水城网。招募30多个人，搞采编的，搞经营的，搞技术的，搞项目协作的，各种人手基本配齐。

很快，水城网成为本地一道引人注目的风景线。当然，这样的日子步步艰难，前景并不是顺利铺设好了轨道。

在办公室里面，吴有为正大声地对一个年轻女记者说话。

他说："要动动脑子，馅饼不会从天上掉下来！这是什么时代，是一个快鱼吃慢鱼的时代。生活不相信眼泪，实干为王。做媒体，尤其是我们这样的社会媒体，没有官方媒体的优势条件，完全靠自己打拼，能不努力吗？"

那年轻女记者是李韵，圆润的脸蛋，乌黑传神的大眼睛，全身黑色装束，棒球帽、圆领T恤、尖小口牛仔裤、平底休闲鞋都是黑色的，棉麻底料，表面质朴，其实精致。显得格外精神，美丽时尚，英姿勃发。

她侧着头，不服气的样子，说："我哪会不努力，其实已经是做梦都在拉广告。但是那个老板就是古怪，他也太过吝啬。"

"没有借口，只有办法。事在人为，以人为本。行动的人已开始吃肉，不动的人连汤都没得喝。别人为什么会有成绩，而你没有，都在同一个环境中，所以，问题是出在自己身上。"

"我懂，但是……"

"但是什么，不是都培训过了吗？那导师是如何说的？如果你没成功，一定是有原因的。第一，你努力了吗？第二，方法对了吗？第三，你找对人了吗？我不再说了，这是你们在培训中天天大声呼喊的口号，在一边旁听的我都牢牢记在了脑瓜里。"

"我也付之行动，付出了努力啦。不是没记住，也不是说一套做一套。"

"上次叫你参加饭局，你不大乐意。去了后，又说要减肥，不吃肉，不喝酒，不爱说话。我气得差点儿没当场叫你回去。你知道我们陪那老板吃饭是为什么吗？市里计划下半年举行'互联网＋'博览会，这个大蛋糕我们不想缺位，正在四处找关系。"

"知道。但是——请让我再但是一下。那个老板后来打电话私下约我去吃饭，我推不掉还是去了。饭后就来事，他竟然提出在酒店开房，你说我能答应吗？"

"我没有叫你做那个。"

"就算没有也差不多是这个意思。以后，为了给我们的网站完成广告任务，我一定答应开房了。我在酒店房间安置好摄像头，拍个写真，勒索那个有钱人，要他在我们这里做500万元的广告，否则我就把视频放到网络上公开。"

吴有为呵呵地笑了起来："我难道真不懂你们这些90后吗？你是在编写小说呀。谅你也没这个胆子。"

李韵说：“不是，你再逼我，我就会这样做。都想了几遍。”

吴有为一挥手，说：“走吧走吧。没你的事了。服了你，惹你不起，你这孩子，后生可畏。我没办法了，我女儿也是这个脾性。事情还是由我来想办法吧。”

李韵转身要走。

吴有为又把她叫住，看她一眼，皱皱眉头，又说：“你在外形上追求个性与品位没有问题，但以后进了领导办公室，把帽子脱下好不好？”

李韵头一低，立马把棒球帽摘下，一头浓密的乌发如瀑布般倾泻下来，淡淡的香味悄然散发。她往后拢了拢头发，说：“吴总，对不起，这事我没注意到。”

吴有为说：“都听说过，大家叫你黑旋风。”

李韵说：“谢谢，那是抬举。没叫我黑寡妇就不错了。”

说罢离开。

之后，艾洋坐下，说：“又来发火，当个老总真不容易。”

吴有为说：“我今天看了一下账本，再看看我们这个月的业绩，被火烧了似的。那经营差得太可以了，简直无法接受。都是怎么干的呀，还要不要混下去呀？要不然就散伙，各奔前程。我损失就损失，反正早一点止损还可以节省一点。”

艾洋笑笑，说：“吴总是有办法的。”

“我有什么办法，现在都是相信事实不相信眼泪的时代。”

“反正我相信您，您的这些话我以前就听过，结果还不是化险为夷，一切如常；我们乘风破浪，继续前进。”

“下辈子，打死我也不做媒体。”

“十几亿中国人，7亿网民，不做媒体做什么？你不是说媒体就是你的生命吗？哪怕你不记得，我也记得，而且相信这是你的心里话。”

“白日梦，永远是做白日梦，我的命运，我的悲剧。”

“这又是你的话语，别人说不出来的。媒体的老总很多，像你这样的真少。”

“另类一个。”

“你的激情和人品是我们这个媒体的灵魂与风骨。”

“你真是越来越会说话了。”吴有为说，“个人的事情有着落没？”

“您问过多次，好关心我的，谢谢噢。”

“我是说这次这个看得上不？”

“哪个呀，看您说的。”

“都疯传啦。那个富二代。”

“好啦，吴总。咱们谈别的吧。”艾洋撇撇嘴。

“那好，以后我再跟进这个事情，不完全是你的个人事情，也是我的心意。你爸爸的嘱托。你懂的。”

艾洋低下头，叹了口气，说：“吴总，请继续讲公事吧。”

“不好意思。提到了你父亲，我尊敬的老师。他走得早。现在不说这个。”吴有为笑笑。

艾洋说：“我知道吴总您关心我，真的很感谢。”

吴有为说：“其实也是一个父亲的心愿吧。我那女儿，你也见过的。一眨眼，大学毕业了，很快也要成家立业。但是，看她那状态，迷迷糊糊，优哉游哉，很难想象她的未来。真叫人担心。”

艾洋说：“您放心，你的女儿是聪明人，很有主见的。”

“听天由命吧。”吴有为摇摇头说，“接着说回我们的事情。我们做一个微信服务平台，面向市民百姓的，发布类似于报刊的短小信息广告。现在商报每天有一个版，发布几十条，每条收费100元。我们每天发出30条左右，每条收取10元。成本低，收益更好。重要的是，吸引了粉丝。”

艾洋说："可行的，也是必要的。目前我们的微信主要是新闻发布，不挣钱。当然也不需要挣钱，主要是打造媒体的品牌。从粉丝数量、转发次数和互动来看，大大超过政府的官方微信、微博。"

"我们的成功主要是有温度，有人文色彩，还有记者个性。而官方的东西却是缺乏这个，公事公办，人到心不到，呆板、冷冰冰。"

"是的。您的分析到位。"艾洋说。这个话题他们注意了很久，也多次讨论过。

"之前我们已经形成共识，政府跟进新潮的东西既是敏锐的，又是有明显不足的。比如信息化，各地政府都在搞，建立了信息科室，在设备、技术上都安排了大量的投入，但是表面上好看的政府网站使用功效却大打折扣，网站内容更新缓慢，没有互动，没有发挥作用。一个突出缘由就是，政府没有把专业的东西交给专业机构来做。近年来的官方微博、微信平台，也都遇到这样的问题。但似乎也在改变和进步，向社会购买服务、由专业化第三方来操作已经得到认同。"吴有为说。

"官微交给我们来运作便是一个足具说服力的例子。别的放在体制内的，粉丝数量还不到我们的千分之一，甚至万分之一。而我们做的这个已经占据了本地网络空间的制高点，粉丝数量遥遥领先。政府领导高兴得不得了，经常提起，成为互联网政府服务的一个亮点，一大政绩。"艾洋说。她对此也是熟悉的、认同的。

"主要是我们专业，而且有人情味，有温度。"

"没有感性的东西，没有情感的真实流露，板着一副公事公办的面孔，适应不了互联网的需求。"

"你看那官员开微博，也曾热过一会儿。开始有热闹，有担心，有争议。一阵风雨过后，一切归于平静，没有必要的担心与没有支撑的希望一样，都烟消云散。官员还是那样的官员，微博还是那样的微博。时间最有发言权，岁月真是一把杀猪的刀。"

听吴有为这么一说，艾洋哈哈地笑了起来，说：“你真的是嬉笑怒骂皆成文章，天生一个媒体人的料。”

“但我还是客观的，我年纪比你们大得多，有社会阅历。比如，我对我们那位到了省政协工作的原书记，还有桂局长的个人微博，还是敬佩的，至少他们都是真诚的，难得的官场性情中人。我想找时间专题采访他们。”

“好的噢，您越说越远啦，我们回归正题吧。”艾洋说。

“好的，接着刚才提到的那个话题，我们在力争重点项目的同时，搞立竿见影的东西。做一个生活服务类的微信公共平台，这样，一个是信息发布，一个是信息服务。前者是虚的，不挣钱；后者是实的，能挣钱。此其一。第二，可以积累各种关系，有利于开展媒体的经营活动。第三，把信息收集整理好，还可以形成大数据，为进一步的开发提供资源。”

“思路好，高明！我赞同。”

“由你来负责。”

“行，我立马开展工作，但是需要给我配够人手。”

“给你李韵吧。”

艾洋呵呵一笑，说：“她不会经营呀。”

“你说谁会呢？都是刚从大学里出来的，大部分80后、90后，基本上没有为生存而奋斗的意识和耐心。要不等着分蛋糕，要不就想一口吃成胖子。如今哪有这样的好事。”吴有为说。

“不过，他们有他们的素质和潜力，只是一时没有机会，或者还没有爆发出来。”艾洋说。

“这个我承认。总体而言，一代胜于一代。因为我们也被前辈骂过，也被他们看不起。但后来，整体上，我们不都超越了前辈吗？所以，我不敢小看年轻人。他们真的很厉害。”吴有为说。

“你也不老。”艾洋说，“这么着吧，我尽快推进。如今是快鱼吃慢鱼的时代，互联网领域更是如此。其他的事情与问题，走一步看一步。说千道万，不如干干再看。”

吴有为笑了，说：“我就欣赏你这个，看好你。”

“我是要干活儿，也希望有成就感。要不我到英国留学花那么多费用干吗呀。我们不是有钱人家，他们留学是消费，我们是投资。”艾洋说。

“是的是的。”吴有为说，“我也考虑过，你和桂局多联系。昨晚请他喝酒了，聊了大半夜。他那儿有很多思路。我请他指导咱们。他比我强，跟得上形势，挺潮的。我还是不行，他说过我多次，说我缺乏互联网思维，居然还是搞网络媒体的。”

“那你真的要学。学习人家桂局。他都能做到，你为什么不能？不要太固执，不要老是泡在红木家具、茶叶、书画、古玩和抽烟里头。面对流行的科技，放下身段，谁都可以学会的，互联网是通用工具，并不难。”艾洋说。

“好好，你说得好，你有思想，有前途。以后，是你领导我。”吴有为说。

3

离开吴有为那里，艾洋来到编辑部，找了李韵。

由旧厂房改造出来的200平方米的工作间里，每个人使用的是开放式卡座工位。编辑、记者都很年轻，80后、90后。墙上挂着吴有为题写的励志等主题的书法作品，也有他们自己挑选的卡通漫画，色彩缤纷，温馨而浪漫。

艾洋笑了笑，她喜欢这样的氛围。

李韵的工作空间更是雅致，一股浓浓的小资味道。

她对着电脑的荧屏，没有表情。

“还在为刚才的事情吗？”艾洋说。

“嗯。”李韵说。

“过去了，别在意。”

“过不去，还在我心里。”

“我知道你好强。”

“要不我干吗要到韩国读书？当然不如你，我这‘海龟’是浅海的。”

艾洋笑了。李韵问：“为什么笑？”

艾洋说：“我忽然想起前些时候，你来参加面试。我问你对薪酬有什么要求。你就问，那你们给我的是多少。我说，我们处于创业阶段，开出的薪金确实不够高。你说，包吃包住就行，不问金钱。是这样吧？我该是没有记错。”

李韵也笑了，说：“是这样的。”

艾洋说：“后来我就发现，你还真的不是随口说的。”

李韵说：“我没有隐瞒自己的真实想法噢，后来我也对别人说过，可能你没有听到。我真的不大在乎这点工资，不仅是我的意思，也是我父母的意思。现在，我还可以悄悄地对你说，首先还是他们的意思。我觉得他们还是实在的，在理的。”

“为何？”艾洋有了兴趣。

“你看，我们那几千元一个月的收入，能有多大用处，不就是自己养活自己吗？而我们家还就真的不缺这点钱。我家不是做生意的，也不是高官贵族，不会有太多的财富。但是，我父母只有我这么一个女儿。我家有三套房子，现在住着一套，给我预留一套，出租一套；两辆小车；也有一点儿存款，还有一些理财产品。足够用的。”

艾洋知道，李韵父母工作都不错，父亲是政府部门领导，母亲是大学教授。爷爷辈在乡村，劳作了一辈子，虽没有金钱的积蓄，但是高铁经过他们家乡，所有的土地、山林，遇到了政府征地，也收益颇丰。这样，经济上没有压力，也没有投资创业的需求和可能。所以，对待金钱是平和宽松的姿态。

“你们洒脱是一种智慧，当然也是良好经济条件的表现。”艾洋说。

“不过，你别限制我的自由，不要影响我的生活质量。”

“你的价值理念是明确的。”

“那是当然的。我父母为我教育的投入，在媒体这样的行业工作是无法得到回报的。我就干脆放弃这里的不切实际的努力，不抱任何幻想。但不等于我不需要未来，也不是我不争取未来。我有改变自己命运的途径。”李韵说得很肯定。

艾洋说：“是的，我们都有诗和远方。”

李韵说：“我可不是拿着这个最近网络流行的美丽句子来装点自己。我真的要干一番对得起自己生命的事情。不一定发财，不一定发达，但一定要有价值、有意义。”

艾洋点点头，说：“或许，我也许知道你的生活价值原则。”

“我们都是女人，年轻的女人。你懂的。”李韵说得老练大方。

艾洋心里咯噔了一下，觉得自己年纪比李韵大几岁，显然存在区别，就可能受到新潮的挑战。女人是年轻的好，年轻便有资本，有自信。千万不要与年纪比自己小的人打交道，对方会藐视你。除非你有突出的优势，她又有求于你。

“我们不仅是女人，而且也是做媒体的女人。”艾洋说。

“做女人容易，做媒体难。整天跑来跑去，忙忙碌碌。写东西都有模式的，那些条条框框，枯燥无味，写出来的东西，自己都不想看，难道读者会喜欢吗？也没几个钱，也看不到什么前途。”李韵说。

“没错，我也深有同感。我们是新闻民工。但是，我们就在里头待着，习以为常了，这也是事实。”

“是噢，一个奇怪的事实。不过，我又觉得，像我们这些学文科的，如果不是当公务员，不是去做生意，又没有当演员明星的先天素质条件，做做媒体，也可以的，至少可以开拓视野，见见世面。”

“所以我就不离开，至少目前哪儿也不去。”艾洋说。

“其实，我觉得你很爱学习，也会思考问题，摆出来的道理一套套的。”

“但还是你的文笔鲜活。上次，你的文章以一个独特的角度，非常人性化、时尚化地写了我们的领导。挂上网络，一下子疯传开来，上百万的点击率。把吴总高兴得要死。”

“放开来写东西，我真可以找到感觉，再累也不觉得，而且会有一种表达的愉悦感。最怕那种有限制的要求，小心翼翼、战战兢兢，憋屈得很。”李韵说。

“同感。”艾洋说。

“你比我善于处理，各种关系都可以摆平。这是你的智慧，是我所缺乏的素质。”李韵说。

“我们都互相表扬起来。”艾洋呵呵一笑。

“那是真的，智慧不可以学习，只有仰慕。”李韵说。

“好的噢，那些明星雇用笔手包装自己，我们利用各自的长处，也推广自己的品牌吧。”艾洋说。

“好的，看我们谁先成为名人。”李韵说。有点兴奋。

两人哈哈大笑，张开巴掌，对击了一下，啪的一声脆响。

“喝吗？这咖啡不错。”李韵说。

“你爱喝这东西，看你出去采访，也拎着一个保温水杯，一拧开，飘散出一股诱人的咖啡香味。”艾洋说。

“看你说的，那是我不喝别人的茶水，尽量不喝吧。自己渴了，要是没有带上咖啡，我要在附近找找咖啡店。确实没有，那我会买可乐等饮料。我不喝茶，不管红茶、绿茶、黑茶，还有什么普洱茶，喝茶，会把牙齿染成黑黄色。”李韵说。

“但是，只喝咖啡、饮料，怕是不好吧。”艾洋说。

“反正，我喝我爱喝的。当然，我在家里，还有纯净水。也喝那样的水。”李韵说。

“清水，其实是最好的饮料。别的也要注意平衡，适可而止。年轻时，不会有什么事情，以后年纪大了，健康问题就会突出。”艾洋说。

“以后？以后再说吧。等我老了，自然有老年的选择。现在呢，口感舒适就行。”李韵说。

“那你的适应性很好。”艾洋说。

“是吗？”李韵说。

“是的。你看你这些洋口味，我就接受不了。在英国念书，什么咖啡，什么红茶，还有什么威士忌，我都没有接受。我还是喜欢花茶，从国内出发，就带上一大包，够我喝一年半载的。”艾洋说。

“你误解了威士忌。喝威士忌其实是很好的享受。我不会喝酒，但品尝过，感觉很好。那是一种生活姿态。”李韵说。

“呵呵，我懂。但仅仅是知道，而你应该还有体会。”艾洋说。

“你是本色坚守，我是潮流时尚。”李韵从桌上的水杯旁边拿起一把餐叉，又说，“你看在公司里每次吃饭我都带上这个，我不喜欢用筷子，确实和你不一样。”

“这可是你的提炼总结。”艾洋说。

“难道你不同意吗？”李韵说。

“不同意也得同意，你是90后，我是80后，每个年代出生的人，都会打上不同的烙印特点。”艾洋说。

“也许。但我不知道也不想知道明天会怎样。”李韵说。

“你这话有点极端。其实，不多想，做该做的，是怎样就怎样，那是对明天最好的准备。”艾洋说罢，就转身离开。

4

又到吴有为办公室。

找他拍板，之后就行动。要快，网络活动的方案就要这样。

这会儿，他在写毛笔字。

长方形的旧船木板做成的书桌，古朴厚重。屋里一股浓浓的烟味，显然是刚刚抽过不止一根两根的烟。苦恼就思考，思考就要抽烟，连续不停。还不能让头脑安静下来，就写字。吴有为这个习惯，艾洋是知道的。

“沟通了吧？”吴有为问。没有抬头，他还有最后几笔才完成书法写作。

“是的。”艾洋说。她也不多说什么，不想打搅他写字。站在一旁，看他书写。

她不大懂书法，但喜欢吴有为的字，还特别喜欢看吴有为写字的神态，觉得那一笔一画，都是心灵的表露与舒展。

“我也想好了。”吴有为放下笔说。

他的字已经写好。

“不错的书法，耐看。”艾洋说，那不是奉承的话语。

吴有为不理会这样的评价，把笔墨文具摆放好，说：

“移动传播那一块，以后你负总责，但你和李韵各自负责一个板块。你的是大的板块，作为‘互联网＋’的平台，对接这里的产业，搞一组系列报道，比如创新人物什么的。李韵做一个微信，负责社会服务。”吴有为继续说。

“你很快就有思路了，我试试看，尽力而为。”艾洋说。

“你要介入产业和一些社会关系，寻找资源，目的是创造收入，经济任务要重得多；李韵主要做服务，做民生品牌。”吴有为说。

艾洋叹了口气，笑笑。

“如何？这是沉重的、艰难的现实。难道不是吗？”吴有为说。

“不是，我想的是，出国的时候，留学回来的时候，都对自己未来做过各种预测，但都没想到现在这个样子。真是人算不如天算。”

“我理解。”吴有为说，“还要说明，这也不见得是坏事。毕竟，你还年轻。时间就是优势，就是资本。”

“听你这样说，我真的就得到了鼓舞。”艾洋说。

“你说说，为什么我们水城网会遇到困难？”吴有为说。

“世界经济大环境不好，美国只顾保持自己的经济霸主地位；欧洲、日本停滞；新兴国家承受压力。企业不景气。”艾洋说。

“我说我们的小环境。”吴有为说。

“我们的管理还是抓得紧的，方向是对的，大家也都很投入。这是明摆的事实。”艾洋说。

“不错，但这就是问题所在。”吴有为说。

“我明白，真的。”艾洋说。

“这些情况，一定要迅速改正调整。否则极其被动。”吴有为说。

“书记调到省里当大官，那局长被关进了监狱。”艾洋无奈地笑笑说，“这个现实的结果是，他们的支持都落空，我们的媒体出现了资源空白。”

“不能依赖某些领导，不能依赖某些政府权力。这些都是不可预测的，变动性大，难以把握。我们是一个机构，是一个企业，甚至还是社会企业，必须找一个法治保障的坚实基础。”吴有为说。

艾洋说：“我还是觉得纳闷儿，为什么书记在这里工作的时候一呼百应，威信极高，也会出现人一走茶就凉的现象，原来定下的一些事情都执行不下去。这怎么啦？”

吴有为说：“其实一点儿也不奇怪。咱们换位思考也会这样的。”

艾洋点点头，说：“无法预测的一个铁律。只是，那局长也真叫人感叹。发布出来的问题，我还真地不敢相信。以前也采访过他，感觉他还是一个好官，能力、修养、为人处世都不错的。复杂的人生。”

吴有为呵呵笑了，说：“你是一个女子，他与你接触是把你当作一个职业女性，一个媒体人。当然可以表现出某一个没有问题的侧面。”

艾洋点点头，说：“复杂的问题，看来也很简单。”

“其实，我们与他都没有什么深交，哪能完全理解一个人呢。当然，我感到有不少是现实的问题。这些，人们也有不少的议论了。我记得有一次吃饭，他对我说，他这个局长的年薪还不如我们媒体的中层负责人。你想，他要上到这样的位置有多难呀，他也要面对市场经济的价格问题，买楼、买车、孩子出国留学、养家糊口什么的。为了应对现实，很容易就利用了权力资源。”

艾洋说：“透彻，不愧是资深媒体人，评论家、观察家。”

吴有为说：“问题是，我们现在是一个机构经营者。我们要找准自己的角度。要我们提出问题是不难的，难的是解决问题，真金白银进账难。这更是一个铁律。”

艾洋说：“您又让我们感到沉重的压力。”

吴有为说：“秀才遇见兵，有理说不清。去掉秀才书生气吧。我们在市场经济的海洋里游泳。”

艾洋说：“说到市场，说到项目，说到经营，这些问题，每天都在我脑海里打转。各种信息，我不仅要看看其中的新闻价值、文化价值、娱乐价值，还要关注其商业价值。”

吴有为说：“对的，要这样，这叫现代媒体人，或者说全方位媒体人。”

艾洋说：“插一句，中国特色的、民间的媒体人。”

吴有为说：“同意。我没说完，继续说，要强调，对于信息的商业价值，不仅仅是关注，还要捕捉、挖掘、开发、炒作，这里有无穷无尽的可能性内涵，就看我们的主观能动性发挥到什么样的境界。”

艾洋说：“这是你的IP理论。”

吴有为说："是的，你说得对。真是悟性超群，在机构里只有你可以与我对话。"

艾洋说："于是我们就掀起头脑风暴了，脑洞大开。报告吴总，有一个信息我现在有主意了，政府要大搞的'互联网+'博览会，我们要好好介入呀。"

吴有为一拍巴掌，说："一定不能缺位。否则，我们作为本地城市新闻网络旗舰的地位就会丧失。"

艾洋说："那马上立项谋划。"

吴有为说："你牵头。结合新闻报道、论坛智库、文化娱乐和线下活动，多维度、立体式，有部署、有节奏，只要我们做得好，效果好，必定可以争取多一点这个政府项目。"

艾洋点点头说："您说的都对，可是我脑瓜快撑炸了。"

吴有为笑笑说："这样吧，'互联网+'博览会还有一段时间，我们再联系看看。同时，围绕互联网这个主题，开展一系列采编活动，营造氛围，锻炼队伍，打好基础。这个生活服务类微信公众号就是一个品牌。"

艾洋说："这可不是空洞的大道理呀。"

"'互联网+'，带来一个新的空间、新的机会，也有新的故事，相信会是精彩的。打起精神吧，会很有意思的。"吴有为说。

"我知道，会努力的。"艾洋说。

"要不要来个启动仪式？"吴有为说。

"不就是作个秀、吃个饭吗？以后再说吧。我急着准备计划文案。"艾洋说罢，带着清脆的脚步声，匆匆离开。

5

一晃，切换到另一个场景与心情。

要与梁子亮见面，是他来电话约的。

其实有点纠结。自己在寻找的人是不是他呢？有不是的理由，也有是的理由。不仅仅是感觉的问题，感觉当然重要，也还有现实，现实的问题。这是结果，没有定论的结果。

但她还是认真的，讲究的。第一次恋爱纯真，不知不觉就进入状态，如同童话。那个男生，自己其实非常喜欢的，他在暑假骑着自行车远行，万万没有料到的是，遭遇雪崩，充满青春活力的生命，结束在四川到西藏途中的雪山脚下。

雪，洁白的雪，纯净的雪，也是无情的雪，罪恶的雪，以迅雷不及掩耳之势，覆盖在那个年轻的带着梦想的躯体之上。

一个深深的梦与痛。

第二次恋爱思考，进行过价值判断。那个他，是一个在她生命中留下不可磨灭的痕迹的男子。他还在同一个城市里，不仅会突如其来地出现在身边，还经常在心里浮现。

现在是第三次的交往，进行中的时态，情况还不明朗。如果有的话，更多的应该是认真。认真对待自己，认真对待别人，认真对待机遇。也是冷静和理智。

事实上，艾洋也很明白，机会不多。她不应该也不可能再犹豫不定，在短时间内就要明确下来。是他，还是放弃他。

她感觉到，这是一个需要适应一定节拍的时代，包括爱情、所谓的终身大事——婚姻。

水城网和这个事情，就是生活里的两条主旋律，在不同的时候，交替出现。

现在，考虑的是这个。

和梁的认识，也是在创意产业园。

他的不屈不挠，让艾洋改变了心态。

她觉得意外。这个男孩，年纪比自己小。不是不可以找一个年纪小于自己的。艾洋知道，年纪比自己大的，不一定就是哥哥型的；同样，年纪小的，也会有不是弟弟那样的气质与做派。

问题是，艾洋以前没有想过自己要找的，是年纪小的那种。

况且，梁就是吴有为所说的那些个富二代。家里做企业，做生意，实力还不错。当然如今的时代，傻瓜才会拒绝金钱。担心的不是财富，而是财富背后隐藏的风险。

这也不是杞人忧天。

难点与痛点就在这里。明确了也好，针对这样的问题，在一定时间里，看看自己是否可以过去。

去见梁子亮之前，先到发廊做个头发，洗个脸。

附近有个理发店，手机上支付了打折的费用。

以前常去光顾，那个女师傅艾洋认识，她叫何庆兰。何庆兰的儿子也来帮忙，为顾客洗头。儿子五官模样像妈妈，但个子高出一大截，1.8米以上的身材，瘦削，精干。妈妈在店里经常暗暗用欣喜的眼光打量儿子，即使是呼唤他干活儿，话音里也包含着慈爱。这一代的成长，是上一代的安慰与寄托。艾洋是感觉到了的。

中年的何庆兰在为一个女顾客修剪头发，她对刚有空闲、坐在椅子上看电视上足球赛的儿子说："你给客人洗洗头发。"

儿子没有一点儿怠慢，立即站起身子，离开座位，热情而诚恳地招呼艾洋。

艾洋如同以往一样，躺在黑色的躺椅上，头部靠着水池，接受洗发服务。

一个有点异样的、舒服得自己都不敢多想更不敢说出来的感觉。

小帅哥的手指细长有力，动作温柔细腻，伴随着温热适度的水、散发着芬芳香味的洗头液，按摩，搓揉，梳理。头部感到舒服，很快轻松起来。

一张开眼睛，清清楚楚地看见他俯下来的靠得很近的脸。

他是专业的，专注于他的工作，没有其他想法，年轻的单纯。

但艾洋却把他作为一个比较参照。

要是梁子亮有这么清纯体贴，那该多好。

一会儿，头发洗好，吹干。

“你的手艺真好。”艾洋对他说。

“我妈妈的手艺更好。”他说。

“手艺就是专长。”艾洋说。

“为了这个，我都不敢去练拳击了。”他说，有点幽默。

“没问题，你可以游泳踢足球。”艾洋说。

“真的。我妈妈厨艺很不错的，但现在都是做简单的饭菜。担心手指沾上油的味道。”他说。

“你们是花了心思的。”艾洋说。

他说：“是的，揾食不易。好在我是做手机维修，手指还可以得到保护。”

这时，何庆兰也腾出手来，转身过来为艾洋洗脸。

她的手势熟练，到位。一边做，一边笑笑说：“不好意思，我儿子没洗好吧。”

“不用客气，挺好的。”

“都是你愿意帮衬我们。”

“真的，很懂事的孩子，你有福气。”

“你更有福气呀，漂亮，有气质，一看就知道。”

“你说得我不好意思了。”

“我没说大话。不过，你不要再等下去啦。”

“我知道，我的眼角就要出现皱纹，你会是最早知道的。”

“让你伤心的话我不想说，但是，谁也绕不过这个事情呀。”

“好的噢，谢谢你。你把我的事情当作你的事情啦。我努力吧。”

艾洋的车送去保养了。要坐车去。滴滴打车，叫来的不是出租车，而是私家小车。发现竟然认识司机，以前坐过他的车。

司机也还是热情、开朗、健谈。路上轻松地聊了起来。

艾洋说："滴滴打车对出租的士影响如何呢？这段时间好像媒体都作为热点来报道。"

司机说："当然不好啦，生意少了许多。因为一大批私家车参与进来挣钱。的士司机要交份子钱，要纳税，要参加培训，这些成本滴滴打车的司机都不需要。所以，我的一些的士司机朋友就说，这是不公平的竞争，他们输定了，很多不想做这行了。要不是已经和公司签下了合同，提前爽约要赔款，早就立马改行。"

艾洋说："滴滴打车的道理，就是盘活社会资源，提高社会效率。当然过程中会有一些人利益受损。"

车前窗上吊着一个电子设备，黑底小方形，里面是一块大约3厘米×2.5厘米的黑白屏幕，图像是车前的景观。

艾洋问："这玩意儿干吗的？"

"是行驶记录仪，用来防止碰瓷的。如今很多这样的坏蛋，几个人合伙，在没有视频监控的地方，车堵着你，说碰了他的车，敲诈几百一千。有视频记录，他们就不敢乱来。"

"还有这样的坏蛋。"

"路况是越来越复杂，不仅堵车、事故，还有土匪强盗。"

"车多了起来，事情就多，开车方便后，成本跟着提高。这是一个生态，汽车的生态，那是什么都有的，老实人、高尚者，还有强盗小偷，都有呀。这玩意儿贵吗？"

"还好，几百元。"

在市中心十字路口，汽车排成长龙。远远的，还看不到红绿灯。等了好久，汽车缓慢地行驶一段，又得停下，等待绿灯。

"三五年前，一般只等一次红绿灯，最多两次就可以通过。如今，还是双向八车道，等待一次通过很是幸运，两三次属于常态；要是上下班高峰、周末节日，或者前面的广场有活动，等五六次也不奇怪。一两公里的路，得走十几分钟。”

“车多呀。”

“有钱的、没钱的都去买车，开着再说。”

“因为从奢侈品到必需品都可以扯上，多大的一个产品适应面呀。”

“有道理的。但如今也有人开始骑自行车。”

“我也很喜欢。其实，外国，比如英国这方面比我们推进得更好。伦敦前些年那个市长，经常是骑自行车上下班。当然，他那主要是象征意义，目的是宣传。”艾洋不由想到了留学的经历，在那个城市，骑自行车很是普遍，有点像中国20世纪60年代、70年代的样子，不过是人家更加从容和享受。

“中国不是英国，也不是外国。中国人就像中国人。”

“看你说的，有点怪，其实也有道理，大道理。”

“我不会说话，只是自言自语。”

“发自内心的才是真知灼见。”

“不过我的经历真的是丰富呀。”

“有些人是喜欢讲自己的故事的，你也是吧。”

“整天开车，有个说话的机会也不容易。”

“那是，难为你们这一行的。那你继续说吧，好故事其实也值得分享。”

“我就不客气啦。”于是，他一口气把自己的故事讲了出来。

这个汕头人，35岁，建筑包工头，挂靠一家建筑公司。老婆在超市当售货员，月薪3000多元，中午管饭。他说父母生下他们兄妹几个，一辈子不敢离开家乡，做小本买卖，没有挣到什么钱财。他自己初中毕业，17岁到了这地方，在企业打工。结婚后，在旧街里开设了士多店，一家人住的屋子只有十几平方米。整日在那里，经营生活。现在，生了两个女孩。借了钱，在本地买了80平方米的旧屋。以此为条件，想让大女儿进入这里的小学念书。

听罢，艾洋说："那你给我讲这些，到底为什么呀？"

"不好意思。真的是有求于你。知道你是记者，人面广，可否帮个忙？我想下学期把念二年级的孩子转学过来。一来我们搬过来这里住了；二来她现在是在民办学校，费用高，转到公办学校就可以节省很多。"司机说。

"哼，这世界真是到处都是市场，到处都有商机。可惜我是别人瞄准的对象。"艾洋自我解嘲道。

司机嘻嘻笑道："我不会忘记你。事成之后，我送你几斤海鲜，我哥哥在海上打鱼，那些海鲜都是A货。"

"不客气，我就顺便帮帮你吧。你将你那情况编写好短信发过来，我向有关领导说说。"

"好的噢。"司机高兴得连连点头，"见过几次了，你还不知道我的名字，我叫温志发。"

6

到了梁子亮那里。

"真不能再这样玩手机！最近视力下降得厉害。"

梁子亮笑哈哈地对别人说，还讲了个笑话。

"Speek English，Please。"那里的人回应道。

在茶馆，英语口语群的十几个朋友还在进行英语对话，艾洋和梁子亮就要离开。

走之前，梁子亮就这么大声地说起来。

走了几步，艾洋说："有意思吗，你觉得很爽很酷很潮吗？"

"呵呵，话有点儿不够文明，但也不要太认真噢，都知道是网络上看来的。”梁子亮笑嘻嘻地说。

“你还是个有钱人家的后代，还是‘海龟’。”

“我认输，请一杯咖啡。星巴克的。”

艾洋笑笑，也不说什么了。

在这个英语沙龙，梁子亮在一旁坐了半天，几乎没有开口说什么。

梁在英国待了几年。听力是没问题的。但他不喜欢外语。不仅如此，其实连普通话他也不喜欢说。就是习惯使用自己说的粤语。这是每个人的语言天赋或者说习惯吧。

对于梁而言，也是他的一个性格、一种个性。

但艾洋觉得不要在这里让他感到憋屈和无聊，借口有事情，和他一起离开。

“你今天很漂亮。”梁子亮说。眼睛发亮。

“谢谢。”艾洋说。

“不过，你总是那么有涵养，让我感到可望不可即。”

“各有各的性格。我是这样的性格。你接受也罢，不接受也罢。我不勉强你，你也不要勉强我。”

“那是那是，我随口说说而已，不要生气。但是，好像你在有的人面前不是这样的呀。比如，在吴有为那里，在桂局那里，觉得你很随意的。”

艾洋一听，怔住，想了一下说：“你还有这么细致的观察，我没留意到。”

“除了对你，别的，无论事情还是人物，我还真没太多操心的。”

“我就再一次感谢你，你的关心和你的直白。”艾洋说，“我们去哪儿？”

“去创意产业园。”

“还是不死心呀，对于梦想的执着。没准儿你就是下一个比尔·盖茨，或者乔布斯什么的。”

“难道外国人行，咱中国人不行？”

“不过还得悠着点，你爸爸的钱也不容易。其实我也为你想过，虽然你爸爸那几十亿的身家，是从洗脚上田、白手创业干起来的，但你家世世代代当农民，等了不知多少年才遇到这样的时机，是千载难逢呀。”

“你就是我的亲姐姐啦。说得好，心地更好。”

“我都这样说了出来，以后有什么事情也就都没我的事。”

他们说的，是梁子亮的一个不大不小的事情。本来在家里做大股东的房地产公司任职的，梁子亮一直不乐意。总是说他出国留学感兴趣的不是这个，想做的是艺术投资。

父亲被他吵得不耐烦，把他在房地产公司的股份兑现，给了2000万元资金，由他自己去捣鼓。但提出一个要求，不要为兴趣而投资，要为金钱而投资。要不就把钱花掉，反正金钱就拿来消费的，自己花费掉，得到了舒心和享受，心安理得，否则，胡乱投资，为着好玩而投资，一旦失败，不仅资金耗费，而且自己也都是白白地辛苦一场。

这个事情梁子亮问过艾洋多次。不是一个简单的问题。艾洋也很认真地思考过，觉得在这过程中，自己也得到了提升。研究项目不限于他的艺术爱好，除了书画收藏拍卖、古玩生意、影视表演，还包括家电电商、家具电商，乃至影院、餐厅、烘焙店。一个个都被否定掉。比如电商，如雨后春笋，大大小小、密密麻麻。

“计划需要创意呀。互联网是一个创意的世界，因为整合资源的系统已经完全不同于传统的。”

“我知道。其实，这样的原则性话语谁不知道。”

“这句话我认同，也是你难得的一句老成的话语。”艾洋看着他说。

“少有的表扬，谢了。”

“不客气，你坚持这样去思考，这样去行动，那么，我给你这样的表扬会越来越多。”

“呵呵，不闲扯了吧。我是说，我上次说过的那位张教授，我请他过来了，我们去见见他。他那里有思路，甚至可能有项目。”

又提到梁的父亲过生日，宴请宾客。梁子亮说：“你到我家去亮亮相吧。”

艾洋说：“吃饭是好事。你们大户人家，来客如云，谁认得出我呀，谁记得住我呀。”

梁子亮说：“你又不是不认识我老爹，他是那样的人吗？”

艾洋笑笑，说：“开个玩笑而已。”

艾洋又想到，前些日子和梁父一个饭局，觉得他还是挺幽默的。

当时，在场的桂局说：“梁老板是肢体语言的杰出应用者。”

坐在主席位置上的老梁哈哈一笑，说：“我没有读书人那么多的讲究，觉得，沟通就是交流，并不会太复杂的。只要你有这样的心思，真诚地、热情地、大大方方地去表示，就可以达到目的。其实，沟通不是问题，问题是自己的表达对方需要不需要，有没有兴趣，等等。”

桂局接着说：“我不是简单地给梁老板贴上一个什么样的标签，而是有事实可以证明的。比如，他与美国来的那个什么行业机构的总裁，是最好的朋友。那个总裁不懂中文，梁老板的英语也只会Hello、OK、Thank you、Goodbye几句，但他们一见面就又抱又搂，拍肩膀捶胸膛，亲热得像小孩似的。”

老梁倒是很认真地说：“没错。不止一次这样了。见面几乎都如此。别人看了觉得好笑，就把这当作故事传开了来。”

大家都被逗得哈哈大笑。

老梁继续说：“接着坐下来，进行业务交流，我们比画比画，基本上不用翻译，就可以互相理解，达成协议。当然，协议是需要翻译把关的。”

艾洋把这些对梁子亮说了，梁子亮也笑起来，说：“内容比形式更重要，利益比语言更重要。因为他们在做双方有利可图的生意。”

艾洋说：“一针见血。”

梁子亮又说：“那更有理由不要责怪我的英语口语了，问题的症结在于家庭氛围，好在也不影响我们的语言和文化沟通。我的学业基本上还不错的，对于西方文化的理解更是能够到达一个高度。呵呵，别人应该可以感知得到，我就不大言不惭了吧。”

艾洋瞥了他一眼，说：“什么你都可以说得出来。我再说一个你父亲的故事吧，其实挺严肃的。”

那是在大家说笑一番过后，老梁讲到的一个真实事情。

他说那年他们公司到西北一个城市投资，在工业园区购买一处厂房，经过双方的反复磋商，终于达成大家都可以接受的价格——1400万元。公司的代表前往对方那里，准备签约，在那仪式之前，有一个颇为庄重的饭局。

席间，对方的最高领导忽然说：“人家珠三角这么好的一个企业来我们西北投资，这么难得的事情，但我们的工业园区却不懂大局，把价格开得这么贵，不行，需要往下降一降。”

这么一说，大家都愣住。

对方那边负责具体事务的工业园区领导，只有频频点头，表示认同领导这个高瞻远瞩的意见。于是，按照这个领导的意见，他们就现场决定，将原定的价格下调了300万元，降幅差不多20%。

公司这边的代表又惊又喜，一下没了主意，急忙说：“我得报告和请示一下我们老板。”

他走出酒席，躲到僻静处，与在遥远南方的老梁通了电话。

这边，老梁听罢，沉思了一会儿，说：“这顿饭，你们好好地吃和喝，尽兴为之，不要影响气氛。但是，合同不能签了，回来再说。”

代表回到席间，按老梁说的那样，依然兴高采烈地吃吃喝喝。

饭局气氛热烈，大家开心。

结束后，才说：“我们老板说，这次不签合同了。”

对方愣住，像是泼来一盆冷水，顿时安静下来，感到愕然，十分不解。但这就是现实，只有作罢，把签订合同的事情搁置下来。

公司代表从西北飞回来，老梁就对他们说：“人家一句话可以减去300万，而原来那价格可是我们经过程序商定下来的。对方那真是一言九鼎，气度非凡。但我们就欠了他的一个人情，没有回报是不好意思的，而如果回报，总得100万吧，我们公司没有这样的支付制度与规矩。所以，我们不接受，宁可放弃这笔生意。”

听老梁这么一说，公司的人也都表示赞同。

后来，还是那个园区的负责人出面打圆场，既要落实他领导的意见，又不要过于戏剧性，于是只降了几十万元。经过商量，老梁的公司也接受，才做成了这个生意。

如今，公司在那里的基地已经运作。而那个高官也没有出事，依旧在电视等媒体上频频露面。

只不过，老梁还是坚守自己的理念：你做你的官，我做我的生意。依法办事，不贪小便宜，不使事情复杂化。

听罢，梁子亮沉默了一会儿，说：“感谢你对我父亲的关注与理解。这也是我代表父亲说的。你的故事有意思，我还真的没有听说过。我父亲在家里极少谈到公司经营的事情。他的故事也要出口转内销。不过，相信这是真的，因为符合我父亲的性格。”

“你父亲可以说是一个人物。”艾洋说。

“但是，别人只看到风光的一面。”梁子亮说。

艾洋想了一下，说：“就是你说过的那个事情，是吗？”

“难道不是大事吗？”梁子亮说。

“是大事。”艾洋说，语气坚定。

“时间的流水似乎将事情冲得越来越淡，可是在我这儿，却是相反的，感觉越来越凸显，左右着我的生命。”梁子亮说。

“我理解。”艾洋说。这时候，她觉得面前这个男子特别值得同情与可怜。

“一年又一年，或许就这样吧。我不是过得很好吗？富二代。教育，生活，关爱等，都得到优越水准的待遇和享受。身在福中。还被寄予家族希望，任重道远。但是生命，不是一个机器里头的零件，放在某个位置发挥某种作用。生命属于生命本身，有其自有的生长姿态。”梁子亮说。

“你的深沉，我完全明白也完全赞同。”艾洋说，“再看看吧，既要向后看，也要向前看。相信你会得到你所需要的。”

梁子亮点点头。

艾洋知道这些事情。

一切都是难以置信的命运安排。梁子亮的身世非常独特，如今困扰他的，是还不知道自己的亲生母亲是谁，她现在的状况如何。

现在的家人也都不知道。

曾经，梁子亮问过父亲。

“我们也在找，”老梁说，“以后，你也可以去找她。”

“不是以后，我现在就去找。”梁子亮大声说，“如今都是天涯咫尺的信息时代，我的生命中却还有这样一个盲点。难以理喻，无法接受。”

“这奇怪吗？世界上一些先进的卫星，号称可以看清地面吸烟者所吸香烟的牌子，但是，马航失事几年了，偌大一架飞机，近200条生命，却不知道毁在何处，是何因。”老梁说。

“你还有这么时新热点的联想。”梁子亮说。

“特别的事情，特别对待。办法总比问题多。”老梁说。

“这个官场常见的套话用在这里，也太有意思了。”梁子亮说。

“人命关天。最重要的资源是人，有用的人。企业是这样，家庭、生活更是如此。培育了你，让你成才，不忘本心，知恩图报，奉献社会，这是最大的人生价值。是你生命的基石。其中一点，是要面对复杂的事情，难堪的问题，就算艰难，也都值得。”老梁说。

梁子亮看了他一眼，不说什么。

老梁舒口气，说：“我们还有时间。日月昭心，人在做，天在看。”

“是的，有时间。我要做好这个事情，证明应该证明的东西。”梁子亮说。

两人所说的，都是故事的一个理解或者说诠释吧。

那一年冬天的某个清晨，在老梁的企业大门口，上班工人发现一个细心包裹好的婴儿。是男孩，身上还有一张纸条，只几个字：拜托梁总。

于是，婴儿很快被送到了老梁那儿。他先是一愣，但收下了，认真安排，细心护理。没多久，还到公安、民政等部门，办理了相关的法律手续。老梁和太太生育了三个女儿，家里没有男丁。

给这孩子起名叫梁子亮。

但他到底是谁的？一直不清楚。

只知道，其生母应该是老梁企业的员工。

是谁？也不知道。

当时，做五金配件的老梁，他的这个企业有数百人。员工报名进厂，简单培训一下，便可上岗。收入是计件的，多劳多得，不劳不得，每月结算。提前走人，也可以临时结账。人员的进出，来来往往，很是频繁。企业提供食堂和集体宿舍，都是需要付费的，自由选择，所以，也有不少员工在附近农民出租屋安排食宿。

这个事，后来陆陆续续找到的一些线索，拼凑起来，大概是这样的：生梁子亮的那个女工，应该是从湖北神农架地区农村来的，她们五六个人一起来。进厂时，都没有身份证。当时，企业负责人力资源的人，眉头皱起来，有点为难。她们也着急，说找不到工作就更麻烦，这么老远跑到广东来，真不容易。家乡是偏远山村，交通不便，经济条件差。这次是她们第一次出远门，又兴奋又紧张。几个商量，将身份证交给其中一个较为老练的集中带着。路程中，转了几趟车，住了两三晚，最后是坐火车到了广州。还算顺利。没想到走出火车站，人山人海的火车站广场那儿，熙熙攘攘，出了事情。被小偷得手，失去的不是不多的钱币，却是不可或缺的身份证。人事主管听了，说你们也很不容易，但自己无法做主，于是请示梁总。老梁过来，和这几个女子聊了一会儿，便叫人带她们到企业食堂吃了面条。在这时间，老梁和人事主管就商量好了。待几个女子吃好回来，人事主管说，梁总同意你们进来工作，但有个要求，下次回家乡，一定要将身份证办好带来。

她们几个在企业干了半年，到了春节。本来想回家乡去的，但火车票、长途汽车票，都十分紧张，无法买到。只好没回去，在外过年。又过了半年时间，她们突然要提前结算，拿走工钱，匆匆离开。留下话说，是家乡遭遇大洪水，村庄被冲毁。

再过了半年，就出了这孩子的事情。这几个女工，都没再回来。

老梁还是派人去打听，回话说，村里的大部分人家搬迁了，那几个女工，一个都没有打听到。而这个孩子生母的事情，是她以前交了个男朋友，当时他们住在农民出租屋，悄悄过日子。孩子还没出生，男友在西南地区跑运输，意外出车祸去世。两人还没有结婚，也都还没去过对方家，双方家庭也不知道这些事情。那女子不敢把孩子带回家。

这个奇特的情节，梁子亮与艾洋说过。

对于艾洋，如今的一个问题，是她也要进入这个生活圈子。本来就不能说是单纯的情感选择，由此变得更为复杂与微妙。

现实是无奈的。

艾洋想过，颇为心烦。但后来忽然又豁然开朗，放开一切，勇敢地迈出步子，或许这是解决问题的最好办法。总比空想要好。空想搅得心烦意乱，又于事无补，而且浪费时间。

这么考虑，艾洋轻松起来，笑呵呵地对梁子亮说："把问题放到一边，从现实出发。找时间去看看你父亲。他的生日一定是要去的，他是个人物。"

"好的，让我释然了。"梁高兴地一拍巴掌，说，"那一言为定吧。"

7

"如今的电商90%将会死。"

那天，那个张教授说。他是改革开放以后中国第一批公派赴美的留学生，专业是金融与管理。英语口语特棒。退休10多年，还是头发浓密，只少许花白，声音浑厚，中气充足。

其实，艾洋还是认同张教授的作风的。他有一股子洋味道。对于创业，或者说对于挣钱有着发自内心的、不可按捺的兴奋。但一定也不俗，不仅不会让人讨厌，还给人一种坦诚、勤奋、自立的形象。

他来到艾洋在水城网安排的一个小会议室，那里，10多个企业界人士已经静静地在等候。张一坐定，就开始了他的主题讲话。

"人类社会有三大发明，一是法律，二是市场经济，这第三个就是互联网。这是我的创见。但是。如今我要对互联网热泼冷水。我最近发表一篇文章，也就是我给企业老板和CEO讲的课题，专讲我们的中小企业如何面对电子商务。我开始就提出，接触电商找死，不接触电商等死。"

张教授说话使用了悬念的技巧。

艾洋明白，但还是配合他，说：“那您这是一个两难的选择呀，到底应该如何呢？”

“看问题要辩证，要冷静，要独立思考，不要人云亦云，不要盲目跟风，随大流。跟在别人后头没有意思，也没有希望的。英国一位爵士在谈到电商问题时说，一个商业小店铺，背后是一个中产阶级家庭，摧毁了他们的生存环境，是社会的灾难。”

“看看我们的现状吧，在电商的冲击之下，许多企业破产倒闭。其结果是什么？当快递员骑着小三轮，穿过大大小小的街巷，没日没夜地把大量商品送进各家各户的时候，我们是否想过，那些实体店都被挤垮之后，未来我们要怎么办？”

“我认为，到了悬崖勒马的时候了。如果我们商业街区的灯光熄灭了，再亮起来不知需要多久，而且一关一开之间是何等巨大的社会成本？”

张教授说。

“那是。张教授的话充满哲理。但是，到底要如何呀，比如现在。我们的企业家所关注的，制造业的艰难，传统产业的艰难，如何解困呀，都有什么机会和办法呀？”艾洋说，她希望张可以尽快切题，否则，那些企业家就要走人。

“我可以把世界一流的经济学家请过来，分享他们的智慧，同时也借助他们的名气，提高我们这个城市和有关企业的知名度。”张教授说。

“您的意思是做论坛吧。”艾洋说。

“不仅如此，还有报告会，咨询。关于咨询，我这里有一个团队，与北京的证监会有密切联系，我们可以帮助中小企业上市。目前，主要是上新三板。上市可以融资，得到资金的支持，有了钱，什么事情不好办呀。最近，我们这个团队成功把一个企业推上了新三板，那个老板可就非常高兴。”张教授说着说着，眼睛发亮，脸上发光，兴奋起来。

但艾洋还是要把话题岔开，说："企业上市那可是一个复杂的工程。我们这里政府也有配套的引导和鼓励政策，企业家们也都知道，但是，上不上，如何上，确实需要专门研究的。况且各个企业也都有自己的实际情况，不可同日而语。"

张教授看了艾洋一眼，想了想，说："这个情况各个地方也都差不多，你的意思我一听就明白。这样吧，上新三板的问题以后我们再研究。那么，我说一个具体的，是一个新的产业机会——保健身体。"

说到这儿，张教授从随身带着的背包里拿出一个塑料盒子，盖子揭开，里面划开了几个格子，放着不同的药片。

"我可以作证，"艾洋说，"这段时间我与张教授一起用餐的时候，都看见了，他吃饭前是服用这些药品的。"

"应该说是保健品。"张教授纠正道，"我并没有病呀。服用这些，是为了保健，保持充沛的精力。"

"我真的佩服您、您的精神，保持着对于创造、创新的兴趣和追求。其实，那么一点点的物质利益，对于您来说是微不足道的。您是实践一种价值理念。"

"呵呵。我不知道说什么才好，还没想到有这样的赞誉。"张教授有些腼腆。

"我希望我以后也能够像您这样。"

"那就说得太早啦。"张教授说，"还可以告诉你一个案例。我前几年成功预测到了国际金价的低点。我通过对黄金生产成本的分析，几次历史轨迹的分析，得出了结论，还发表了文章，有证据的。"

艾洋一听明白了，张教授所说的才是做节目的话语。是通过一个具体的典型的例子，说明自己的实力。

艾洋还是想配合他的，便说：

“我不止一次地说过，张教授是我非常尊敬和佩服的学者，他在改革开放初期，非常不容易地考取了国家公派留学生，赴美留学，拿到美国的博士学位。他既可以把研究生的课程讲得棒棒的，又能够在商海里一展风采，理论与实践都很厉害。这是我们的偶像，也是我们企业家很好的导师。”

接下来，论坛的气氛迅速升温，企业家们不停地提问，张也热情洋溢地与他们交谈互动。

艾洋感到满意，这个活动是成功的。媒体支付了张的这次出场费用，活动的过程进行了实况报道，另外，那些到场的企业家都是媒体的广告客户或者准客户。加强与他们的联系，这也是网络经营所必要的。

艾洋听张教授说过，他在上海的一所大学毕业后被分配到青海，待了10多年。改革开放后公费出国留学，极少的机会，他胜出了。以前，到珠三角小城镇挣钱的是理工科的教师，他们到企业去帮忙，叫作星期六工程师。如今，轮到他们这些搞管理和经济研究的了，过来动脑回答问题；动嘴皮，做培训讲座。

论坛结束后，艾洋想找李韵，却四处不见。过了好一会儿才把她从别处叫过来。

见了李韵，艾洋有点不高兴，说：“这个活动是你负责的，怎么就不见你在场呀？我也有些事要你跟进一下的，等到你回来，那些客人都走了，事情也办不成了。”

李韵有点不好意思，笑笑，说：“我是不该走开，但是张教授的讲话太烦人啦。”

艾洋说：“你不喜欢听张教授的讲课是吗？”

“确实难以接受。”

“为什么？”艾洋问。

“不就是那几把刷子吗？一听开头我就知道他要兜售什么。我看那些老板也不是糊涂人，他们也是心知肚明的。只不过是接受了我们邀请，也不需要花钱，给个面子，凑个热闹。如此而已。只是我的耐性差一些。”李韵说。

“好一个兜售。但是，他卖了多少钱？”

“比起明星，是微不足道，比起你我的收入，也就还不错，比起打工一族，那显然很可观的。”

“你说得也不错。不过，我想到的倒是另一些。”

“哪些？没有什么传奇吧。”李韵说。

“当然没有什么传奇。但是，至少对于我，还是有那么一点感动，或者，总觉得会若有所思。”

“无须卖关子，无须咬文嚼字，你直白地说吧。”

“好。张教授老两口只有一个女儿，在新西兰留学后定居在那里，嫁了外国人，生活挺滋润的，女儿开了个公司，做面向中国的生意，卖些牛奶、肉类、蜂蜜什么的到中国市场。而老两口退休后，也开了公司，张是演讲，做咨询，做贸易中介。其实，他们不缺钱，因为开支不大，生活一直崇尚节俭。我想，他们这样，到底为什么？或者是人的欲望本能，或者是对于成功的渴望？开始，我是这样猜测的。后来发现都不对，其实那是他们这代人特有经历所形成的一个烙印，那是，需要用劳动以及相应的成果来获得生命的保障；换言之，不在劳动状态，或者手头没有成果，那便会夜不能寐。”

“哈哈哈哈，”李韵笑了，说，“我还以为有什么传奇故事，也不过是几句枯燥的所谓人生哲理。懂了。”

艾洋也自嘲地笑笑，说：“真的是我不会言说。其实留给我心里的印象和感动是真实的。毕竟是那代人的一个典型。”

第二章

1

“亲，我们做个实验吧。我推你？”

“那好呀，谢了。不过那是什么实验噢？”

“呵呵，这么说吧，是自媒体的，是社会的，也是人生的。”

“你是说，你为我的微信做推广。”

“正是。现在不是已经有了这样的公司吗？为微博、微信吸粉。但他们提供的粉丝数字有很大程度是自己编造出来的，也就是我们所说的死粉。”

“商业介入了社交。”

“严重介入，还将继续介入。最近看到一个推销，是搜索主题词的买卖，缴纳费用就可以在搜索软件上推送信息。使用金钱扩大影响力。信息传播离开了内容与价值，倒向了金钱等利益要素。”

“更为严重的是，这回那个大搜索软件，使用竞标方式出售搜索排名，推介了一个骗人的医院，把一个前去治疗的大学生给治死了。”

“其实，那个大学生本来就有严重的病状，一直没能得到有效的治疗。但是，搜索软件拍卖信息排位是有害的。而且，因为那个搜索软件几乎垄断了市场。这样，他们对于信息的控制和牟利，便显得更加不规范。”

“这么可怕。机遇、挑战，但到底又是哪些呢？”

“都是。没什么奇怪的。趋势是在竞争中发展，在调整中发展。问题是我们需要及时跟进。”

“那，你那里有什么优势呀？”

“对于你所说的这个，我不追求表面的数字，其实没有什么功利，只是觉得你的微信有意义、有价值，需要推广给更多的网友，有益于社会。”

于是，形成了共识。

私语咖啡馆，这一男一女见面。

“我们现在是在线下，也就是物理连接的状态。”那个女的说。

听到这么一说，那男的就想起N年前一个段子。

想到这儿，他笑笑。某女觉得奇怪，问道：“你笑什么？”

他撇撇嘴，说：“没什么没什么，我有时走神，会想到一些东西。与这里无关。”

她哼了一声，说古怪。但也就没再问。

某男还是再想了一下，这个段子，真的很性感。所以不便对一个女子说，而以前与一些男性朋友说起，大都兴奋。而对此的每一次玩赏，某男也都热血沸腾，给紧张的IT职业注入一些生命的活力。

一段文字。艾洋的阅读。夜里，在家。

在桂的QQ空间那里，艾洋看到了桂的文章，有上面这么一段。

那是他的小说内容。

是桂现实中复制了他的作品，还是作品反映了他的另一个现实？

艾洋想。她心里一惊，眉头一皱，两眼一瞪，警惕起来。

那个文章是圈子交流的，并不公开，进入时需要回答问题。

问：主人最近关注的课题是什么？

艾洋想都不想，就回答：“互联网＋”。

于是通过，成功进入。

网络无奇不有。

啪地一响，艾洋拍案而起，大声地骂了出来。但一会儿又笑了，笑得哈哈哈的，以至于她发现自己显然有些失态，赶紧四周看看，幸好屋里只有她一人，妈妈在厅里看电视，没有察觉。

只是原来待在一旁的猫喵哇地叫了一声，迅速跳开。

于是吐吐舌头，做个鬼脸。

但还是在心里继续骂道：哼，这桂，算是一个文人，背地里写这样的东西，寻找宣泄。有贼心没贼胆。可见他生活的乏味沉默，其实也是一副可怜相。

另外，这也是桂的“互联网+”主题的演绎。他不仅搞调查收集材料，做理论研究，还搞咨询，还写小说。难得有这样的投入，难得有这样的文学兴致，在官员中尤其少见。

这样一想，心里平静了下来。

夜晚，编发水城网公众号的微信稿件后，进了桂的网络空间。

之后，又想休息放松一下，便离开笔记本电脑，端着热咖啡，走到窗前，居高远望。也是一个习惯。

前面一片灯火，点点盏盏，连接成为灯火的海洋。

前方，三条南北走向的交通要道，一条轻轨，两条高速，所横跨的宽幅不到10公里。如此密集的道路，依然无法满足交通需求，车流不断，延绵数里。

汽车的白色前灯与红色尾灯，拉出了不同颜色的光线。而轻轨线上，不时可以看见朝着不同方向前进的城际动车。

记得桂老师说过，20世纪80年代，广东第一条高速公路建设的动议，尽管只有象征性的不足100公里的长度，但在省人大会议上被代表们否决了，理由是建设占用了太多的农地，保住饭碗要紧。

如今这样的基础建设局面，已经宏大得似乎无法控制。

又说这地方，珠江三角洲的城市群，已经和长三角城市群、环渤海城市群一样，成为规模大、发展快、有活力的城市群。

最近，一个新的概念在热议：粤港澳大湾区。

光、电、速度、力度，让人炫目。这些，对于夜晚的宁静与黑暗，进行了前所未有的匪夷所思的颠覆。

换个方向再看，那里，一旁是顺峰山，长满树木，郁郁葱葱。中间是天鹅湖，水面开阔，波澜不惊，平静如镜。岸边写字楼林立，夜里盏盏灯火，一片光彩，灿若星河。另一旁是政府大楼，20多层的白色建筑。夜幕中，鲜艳装饰灯组成的线条，勾勒出那个雄伟挺拔的轮廓。

艾洋记得，她曾经说，有的市民批评这个白楼，说政府太豪华奢侈，损害了纳税人利益。

但让艾洋意外的是，一向喜欢批评政府、声称社会民间对政府应当苛刻的桂，却对此不以为然。

桂说："我们这个地方的建筑，古时候的代表是庙和祠堂；民国时期的代表是学宫；改革开放以前是模仿北京风格的人民礼堂；20世纪80年代的是依山临水近似台北圆山饭店的四星级酒店；20世纪90年代的是国道十字立交桥；21世纪头10年的就是这个。有人说，水城人民有志气，白楼高度超美国白宫！"

艾洋也听桂说过，它的建立，基于一个滑稽可笑又颇有意思的故事。政府大楼以前，是在老城区。现在的白楼所在地是城市发展的新区，本地政府想以新区带动城市的发展，政府办公所在地作为一个关键的引擎和保障。发展是需要的，已经做了论证。财力也是没有问题的，但当时的政策不允许。按照上头政策的规定，什么级别的政府就相应什么规模档次的办公用房，所以像这里社会经济发展远远超过内地同等级别的地方，尽管财力物力雄厚，在办公楼方面，也得如同内地一样。但那时候的灵活性很大的，先由政府控股的房地产公司兴建一个大酒店，报建便没有问题。建设工程到一半的时候，房地产公司声称运营出现问题，工程难以为继，提出需要变卖。政府为解决这一经济难题，收购过来，又顺便改成办公场所，于是，这一宏伟的基层政府大楼就顺理成章地盖了起来。按照桂的说法，这个办公场所其实还是经济实惠的，一者集中了大部分的党政部门，办公方便，节省了管理运作中的成本；二来在土地资源匮缺的地方，向高空发展，节省了土地。其实大家都懂，因为历史遗留的体制机制的限制，这么好的构思，也得搞点小动作。

附近的那片别墅园区，相对宁静，显露出富贵的雍容与矜持。再往一旁居民区的某个点，便可以看到桂的书画院的灯光。

分散在各个角落、节点的人们，在另一个平台似乎是面对面。

这当然是网络。

桂，此刻应该在他的书房，斜躺在半圆轮座的红木休闲椅子上，两头摇动着，在手机上书写什么。

刚才，看了那段描写的小说后，还看到了他在微信公众号的一段文字。

桂在那里说：昨夜清理书架上的那个大纸盒，里面放着以前整理过的手稿。是想找几篇作品的，手头编辑的文集。

意外的惊喜，发现了一个小说手稿。那个作品是念大学中文系的时候写下的，才19岁。5000多字的作品在文学墙报上发表，也有一些同学发出议论，表示赞赏。

再看，那清秀的、比如今要细小一半的手写字体，难得的清丽。文笔也是如此，每字每句都是一个清纯少年的心声。

感到那时候其实离作家只有一步之遥。

可惜没有按着那样的势头发展下去。

白天上班的时候，叫一个年轻的女同事把手稿复印好。那女子还特别尊重他，顺便做了扫描处理，并将电子文档通过OA发了给他。

这样，这个已经遗忘到差点儿永远消失的手稿，得到了充分的保留。

感到有点安慰。

这便是桂，一个展示了他的底细的真实的桂。在他的文字中，而不是在官场的职位中，才可以看得见这样一个人。虽然有些让人皱眉头、起鸡皮疙瘩或者恶心的地方，但是，又觉得有趣、有意思，也是一个会让人信任的人。

艾洋拿定了主意，去找这个作家。他有高度，有深度，也有趣味。

艾洋是从吴有为那里知道桂。吴有为讲了他很多。桂是学者型官员，当过大学副教授，出版了几部著作。更主要的是他的气质。那像学者而不像官员的风度涵养，是无法改变的。

所以，他升迁不快。

但也许就因为如此，艾洋喜欢与他打交道。

最近，听说他转到了一个闲职岗位。因此，似乎写文章更多，更好。

从微博、博客、微信上可以看到，桂许多观点都管用，似乎就是直接对艾洋说的。

这段时间，艾洋一直想与他见个面，好好聊聊，也想知道他的现状。

第二天早上，打电话联系。

他那边十分爽快、热情，说："其实我也正想与你聊聊。"

"那你是为什么呀？"

"你不是在做一个微信公众平台吗？我关注了，每条必看。"

"你好热情呀。"

"我什么时候冷落过你？来吧，到我家来。"

但以前，见桂志华，都不是到他家的。

"会不会打搅你家人呀？"

"来了你就知道。就是想请你来看看我的新环境。"

说走便走，打的过去。

桂志华住在别墅区和市文化广场之间的一片三四层楼高的楼房区

里。搬迁户聚集的一个社区。原来那些住宅的楼房，已经有不少作为商业经营使用开来。美食餐饮、士多、理发、工程测量、快递仓储，还有教育培训机构和文化艺术古玩、书画工艺品、美术培训、表演培训、作文国学教育培训、雅思托福考试、出国留学咨询、移民服务、红木茶馆、咖啡上网，等等。

桂的楼房住处外表不起眼，不算大。占地100多平方米，三层半结构。

那天在桂的书房，谈了很长的时间。

艾洋喝咖啡，桂喝茶。桂也抽烟，屋内弥漫着烟雾。隔几分钟，艾洋就要走到窗口边，呼吸着外面的新鲜空气。

桂有点不好意思，说："真的难为你，但我也没有办法。"

"没事，随你便吧，反正我来这里首先是为了工作。还有比工作更重要的吗？既然来了这里。"

"好，我佩服你的勇气和大度。其实也真的没有大问题。我抽烟几十年了也都没有大问题。"

"那我倒不赞同你这个观点。"

不再闲话，接着，很快就切入了正题。

艾洋说："我喜欢读你那本在哈佛大学进修时写下的札记，有见闻、有故事、有学术、有知识，也有感悟。特别是你对于自己在美国体验Internet的感受。上世纪90年代初期，国内还没有。"

"你非常认真细心。"

"都是你在书中说过的。"

"那是一段非常难忘的经历，一个人一辈子这样的感受也不多。"

"牛仔裤、运动波鞋，背着书包，几块面包、一瓶可乐。在图书馆，在校园读书，一泡就是一天。阅读，听课，抄写资料。一个精力充沛的形象，一个专注读书的形象，也是一个思考与写作的形象。"

"你的那本书就用了这样的照片，记得你写道：那个晚上，大片大片的雪花飘落在哈佛的校园里，暮色中包含着隐约的白色，空旷，安静，我在校园行走，感受着雪，感受宁静，打量着图书馆和教室透露出来的温暖的灯光，非常惬意地构思着论文。”

“我的诗意转移到了你那里。”

“那当然。我对文学有感觉。这就是你的情结和价值。”

这些，艾洋印象还是很清楚的。桂在大学当教师，他的副教授职称是在30多岁的时候评到的。才华出众，年轻有为。那时候，教育部安排人到美国进修，他在竞争考试中脱颖而出。

“在美国那时，为了把钱省下来买书，在离学校较远的地方租下住处。每天来回都是小跑着，顺带把运动健身的任务给完成了。最深刻的记忆是勤奋与书生气，最大的问题也是不够务实。”

“为何？”

“我太太一直在骂我这个。那时候没有把她接过去陪读，借机会生个孩子。”

“真的，一个好主意。”

“后来是有不少人这样去做。不像我那样，就是去进修，评职称时加点分。”

“要是你太太在那儿生个孩子，就可以上个美国户口，成为美国公民。”

“我太太经常这样唠叨。”

“现在，她毕竟也去了那样的地方。”

“那时候风气不是这样的噢。你看，我们这里那个市领导。他不也是那时候参加一个文化交流活动吗？一班年轻人，骑着自行车，从西海岸到东海岸，横穿美国。为的是学习美国，回来建设中国的现代化。和我一同去进修的如今在传媒集团做老总的那个文人，开车走遍整个美国，拍下一大堆照片，回来后花了几年时间，埋头写美国，出版了几本书。”

“我也有印象，好像叫感悟、领悟什么的。厚厚的，有大量的彩图。”

“出版时，我写了个书评。不是他约的，而是我也深有感触。觉得我们那个时候，知识分子有一种担当的意识，有一种焦虑。”

艾洋点点头，似懂非懂。

“所以说，我们那时候的价值观与后来的价值观差别很大。”

“是呀，即便同一个人也是，现在与那时也都不一样的。难以想象。比如，你提到的那位老总，如今可能在忙着资本运营，哪里还有那种焦虑。但也没准儿他是悄悄地写什么力作。”

桂又说，这几个月，他投入了文学，写下的东西也是自己的文字，似乎有了一些感觉。一天，单位需要报一个总结材料，年轻的执笔者拿出初稿。领导看了摇头，找了桂，说：“没有办法，这个材料不同一般，一定要写好，还是请桂局来把关。桂局你要辛苦一下。”

桂说：“领导您也不用客气，虽然我不在其位，但您对我毕竟是恩重如山，有用得着我的，您尽管开口。”

接过材料他就埋头看进去。如同以前处理文字工作一样。

但感到不对劲，暗暗吃惊。找不到以前处理公文材料的麻利和熟练。

时过境迁，不得不承认，自己的生命进入了一个新阶段。

有些事，艾洋是知道的，原来听说了一下，如今是直接地了解了。

这里前几个月政府换届，桂刚过55岁，不当副局长，保留级别，如今是在社科联下属的一个叫智慧城市研究中心的社会机构挂个职务。桂的太太陪同女儿在加拿大留学，女儿毕业后，留下来，找到工作。太太在那里陪伴。

“不好的事情也可以是好事，可以好好写作。”艾洋说。

“其实很好。我这年纪，做官也到了顶，再不会有什么惊喜。

换个角度，人生还有另一样的精彩。对于我来说，这样的人生转折也不是第一次。以前，我是在大学任教做学问的，因为给干部培训讲过课，得到领导的赏识，进入了官场。如今，又可以有更多的时间，观察、思考、写作。何乐不为？”桂说。

“我期待着，也相信，你会有新的精彩。你独自生活，也要保重。”艾洋说。

“做自己喜欢的东西，一定会有意思。这是学者作家的共同认知。”桂说。

这是一次智慧的会面。

2

过几天，早上，又看到桂的信息。

他写了这样的一段文字：

忽然想起，我在线上，我在路上，我在现场：在时间的不间断与空间的不封闭的状态下，我们的得到是什么，我们的失却又是什么，二者之差是正数还是负数。或者说，由此构成的文化形态的历史定位与历史价值又何在？

晚上的小思。

这是桂的一段文字，在微信上给艾洋的。

“看到了。”艾洋回复，“我去你那儿。”

桂回复：“好的。我还约了几个朋友。你感兴趣的。”

物理空间到了，在桂那里。

桂说：“待会儿那两个人过来，说的是写作的事情。他们给一个村写了书，稿子出来了，赞助商不认同，说内容不符合要求，提出重写，否则不付钱。于是，就过来找我商量打官司。也求媒体支持。”

“呵呵。我们只报道事实，支持正义的一方。”艾洋不置可否。

门铃响起，伴随一阵说笑声，客人来到。

艾洋眼睛一亮，首先看到了王思。以前就认识他，采访报道过。

他是残疾作家。先天脑瘫。手脚都不麻利。走路一瘸一拐的，手指不便，吃饭用不了筷子，书写吃力，速度缓慢。所书写字迹奇崛顽强。这一点倒是意外地形成了美学价值，后来他用毛笔书写，写出来的字体独一无二，无法模仿，那笔锋力透纸背，入木三分，仿佛千年古树的老根或者枝丫，在不屈不挠的挣扎中爆发出最强烈的生命呐喊。索要他的字的人很多，排着队伍。残疾人书法家，名利不菲。但这是以后的事情。当初，考试上大学，手写稿子求发表，依靠书写，吃尽苦头。

电脑救了王。他使用电脑写作，那速度就不会被手指的残疾约束，随着他发达、敏锐、机智的思路，写作非常顺利，成效显著。

网络，使他又开辟了一个以前不方便获得的生存空间。

他开了QQ群，邀请本地一些爱好文学写作的青年男女参加，每天在上面聊写作，发作品。

虽然挣钱更有必要性，虽然读书写作都没有以往曾经的风光，但奇怪的是，写作的人却似乎更多。群里越来越热闹，他趁机发动编辑出版书稿，组织写作的人采风，写出了作品，有了一些影响。慢慢地，形成了一个作家群体。而王的作品也越写越多，越写越好，什么《点击水乡》《南国寻梦记》《岭南状元》《好人的故事》，还有散文集，有长篇小说。

本地评选水城好人，王得了个自强不息奖。

和王一起来到桂这里的，还有一个30岁左右的女子。那女的是第一次见，胖胖的，其貌不扬，颜值确实不高，但那神态有点特别，可能就是作家的特点吧，注重严肃思考，有点愤世嫉俗的感觉。

喝茶，聊天。两人都说，来看看桂老师，桂老师不当官了，没那么忙了，也没那么多官腔与官架子了，他们格外喜欢，兴致勃勃地过来见面说话。

桂乐呵呵的，一边招呼他俩喝茶，一边做介绍。

那个女的叫古春艳，长在农村，爱读书，爱文学，爱小说。微博刚刚兴起的时候，她火过一时。那些日子，她就在手机上写微博，发微博。从醒来到睡下，一有空就发布，自己写，转发，点评。像是不间断的流水，记录她一天的过程，从起床，到出门，到公交汽车站，到进入办公场所……衣食住行、工作休闲、起居娱乐，把一个平凡又活生生的女子推介到了网络，很快吸引了几十万的粉丝。后来，微博发展到一个新的阶段，热过之后是冷静与理性。她的影响力和知名度在下降，她又回归到以前的写作状态，以写文章为主。

这些，艾洋多少知道一些。最近，在本地报刊上不时会看到她的文学作品。

一会儿就切入了正题。桂说："你们那个写作的事情，如今怎样了？"

王看看古春艳，说："还是你来说吧。"

古春艳喝了一口茶水，对桂说："那我就直白地说，行吗？"

桂说："行呀，怎么不行呢？"

古春艳说："开始我也不想接这个写作的任务。实在是有点难为我。我所写都是我的感受，我的意愿。很难接受一个外来的意图。但王思大哥是我的好朋友，也是我写作的老师。他的建议我是尊重的，所以必须认真对待。而且还有很重要的一点是，写作的那个约定，我是认同的，就是主旋律、抗日，为着纪念70多年前的抗日英烈，我敬仰这些先人。就去采访，就写了下来。几个月时间，心思都沉入了其中。终于把东西熬出来，没承想，那个老板，也是我们这次写作的出资人，不同意。本来，有不同的看法也不是什么奇怪的事情，听取他们的意见进行修改，也是我们这些作者所需要接受的。但是，他的意见是要我们写那里的美食，因为他是做饭店的，要为旅游餐饮业的发展做宣传，写那些推销某个产品的软文。我不写，不想这样介入商业，不写所谓的软文，不吃‘软饭’。”

艾洋说：“你是有骨气的作家。”

“不是。”古春艳说，“其实我只是想做有骨气的中国人。”

“那更令人敬重。”艾洋由衷地说。

古春艳说：“我就是我。平凡的人，也是自信的人，自由自在的人。前些日子，圣诞节到来，微信一阵热闹，市场上商家借机大做文章。我确实看不惯，就说，请不要在西方节日给我发祝福的短信，因为我是中国人！何来圣诞节？我更不是西方的公民，缘何要过西方的节日？家人团聚，赞天地之化育，我感恩，过春节！家人团聚，报四时之恩赐，我温暖，过中秋节！……”

古春艳是能演说的。滔滔不绝的话语，仿佛在论辩与宣讲。其实，艾洋也明白，这些都是网络上流行的语言。

“那你真是充满了正能量呀。”艾洋说。

古春艳说：“其实不是，真不是。”

“是吗？你为何如此谦虚，与你刚才的自信不一样。”艾洋说。

古春艳说：“我这么一说，你就会知道的。”

“那就来一番广告吧，反正桂老师也一直想了解你们的写作方式。”艾洋说。

古春艳说：“谢谢给我机会，那我就不客气。和王思大哥联系上后，写了散文。但这无法解决生计。后来，王介绍我认识了一个网络作家。那是尼秋。一个浪漫的文人，敏锐的商人，也是一个让人感到搞笑、有意思的人。尼秋介绍我写网络小说。那程序是，找题材，编故事，制造悬念，挖坑蒙人，抖包娱乐，使用流行语言，制造飞快的节奏。现在，还舍不得买台笔记本电脑，就在一部2000元的小米手机上写连载的长篇网络小说。每天戳3000字以上，手指差不多残了，抽筋成为经常性事情。开始也非常吃力，我不用笔画输入，但平时说的是方言，普通话不准，所以拼音也老出错。”

“最近，与网站签约过。王思大哥是与省作家协会签约，他的小说写改革开放，写企业发展。我这是民间的，小资的，另类的。呵呵，小小嘚瑟一下，我写的网络小说已在几个网站平台上，同时开始连载。现在玩命更新中，每天忙得再晚，也得戳够几千字。各位看官，请你们上网看我的一个广告。长篇小说《打工暖男的美好时代》主题：成功励志，喜剧爆笑！求收藏，求点击，求鲜花。昨晚又更新一章，抖出了亮点、痛点与泪点。另外，我也在网络上发布了小说连载的同时，寻求出版及剧本改编，欢迎合作IP，非诚勿扰。”

“这个书为100回小说。我这样宣传的：《三国演义》主写群雄的是非成败，《水浒传》主写众好汉的聚义离散，《红楼梦》主写众女子的悲欢离合。《打工暖男的美好时代》主要描述了打工环境下底层人物的一些思想、行为、生活、认知，人生观、价值观，以及命运归宿。”

“所以，您能说我是正能量吗？我其实还不是主流作家噢。”

古春艳一口气说了一大篇。

艾洋笑了，说：“不必客气，我也更为坚定地表示确认，你就是正能量，民间的、个性化的，也是真正的正能量。”

“谢谢啦。”这时，古春艳倒是有点羞涩了，不好意思地说。

“那么，你打算如何？”艾洋说，“你来这里不是有一个需要桂老师解决的问题吗？你不是来做演讲的吧？”

古春艳说：“演讲没我的份儿，我最多也就是一个倾听者。但也不一定需要解决什么问题，我怕麻烦，麻烦别人和麻烦自己都不喜欢。只是有个机会我把心里的想法说出来也就算啦。”

“其实你也不容易，能这样看问题真的很难得。”艾洋说。

古春艳说：“半年的采访写作，好在是写自己喜欢的东西，写的过程也是精神愉悦的过程。”

桂说：“有钱人往往忽略精神劳动的艰辛与价值。他们注重物质、权力。我可以找他们论说论说。”

古春艳说：“算了吧，我和王思哥已经找过他们的，麻烦。我宁愿算是交了一次学费，不再与这样的有钱人打交道。”

王思说：“春艳都说过了一遍，其实我也希望处理好，不要让他们白忙乎。现在看来，只好分两步走，那个老板的要求，我另外安排作者去写，我也算一个，再辛苦一下。反正就是一种合作，各取所需。春艳现在写出来这些，内容不错的。我们想办法出版。”

艾洋说：“我在水城网给春艳的这个作品做宣传。”

“谢谢啦。”古春艳说，“来到桂老师这里，就是有温暖。”

没有结果的结果，但似乎大家都很愉快。

艾洋当然也是，认识了这么一些文人作家，觉得他们是彰显灵魂的，物质条件苍白的他们，在精神上确实异常活跃，尤其是在“互联网＋”时代，一个广阔无垠的空间任他们自由穿行。

3

几天后，古春艳和尼秋来到桂家。她也约上了艾洋。

尼秋开车。

和王思相比，尼秋是另一种形态的人。

艾洋和古春艳坐在后排位置，看了尼秋一眼，就想笑。后面看去，分不清男女。他留着披肩长发，在后脑勺收拢成一束，肩膀瘦削。按照如今的流行说法，那是很文艺的范儿。

“我们去桂老师那里进行研讨。”尼秋说。

“桂老师很容易进入研讨状态。”艾洋说，“他不是在进行研讨，就是在准备研讨的过程中。”

“这样的官员也真少，真的很可爱，可敬。”古春艳说。

“呵呵，我可不会说这么动听的话。”尼秋说，“我准备去批判他。”

“那你真的是有备而来。看看你是如何开火的。希望你们的交锋，给我们的媒体带来猛料。”艾洋说。

“我也喜欢听。”古春艳说，“没有尖锐的东西，文学作品都是垃圾一堆。在网络吸引读者，深有体会。”

“那你还是没有领会我的教导。”尼秋说，“还需要修炼。慢慢学吧。”

说着，就到了桂那里。

见到桂，他拿出几页文稿，是一个题目叫《中国“互联网＋”的文化生态现象研究》的写作提纲。

桂说：“这是我今后的寄托了，也是我今后生命的价值了。如何做，没有把握。走一步看一步。学习，以一个小学生的姿态学习。我想了想，还是先抛出来，听听意见，再慢慢写。其实，没有基础，能不能写出来，还不一定。但是，写的过程就是学习的过程，也是思考的过程，深化认识的过程，这样就有收获了。所以，是否成书，是否可以出版，对于我而言其实也不太重要。”

艾洋、古春艳、尼秋都拿着那页纸在看。

一会儿，艾洋说：“桂老师，还是请你为我们解释解释吧。”

桂喝了一口茶，清清嗓子，不紧不慢，说了开来：

“我的书的主要意思就是，当下中国的梦想、欲望、活力在这里得到巨大的释放。互联网的创新与颠覆是全方位的，包括思维、语言、表达方式。从与传统的关系来看，就有一个对接、冲突与更新的问题。”

古春艳说：“不错，但这些观点也不觉得新鲜。”

艾洋点点头说：“是的，但也许这是桂老师思考的一个起点吧。”

桂倒是不大在意，还是保持开始的节奏，继续说：

“那天，听一个讲座，那个人是来推销他的远朋资本的，一开始就讲近10多年来中国经济的发展，突出阐述资本运营的作用，然后讲‘互联网＋’，推介他那个与‘互联网＋’有关的投资布局。他提到了一个可以看作核心的观点，就是，中国当下有7亿网民，数量等同整个欧洲人口数量，其中将近1亿的知识青年，他们勤奋、聪明、不安分，他们今日的创造，意味着三五年后中国在创新创业方面的巨大进步与成就。对此，我深感震撼。得到一个启发：调整我们的思维方式，需要什么样的逻辑来作为支撑呢？我想，是时代背景。我们现在处于第三次科技革命时代——信息时代的末期，也是第四次工业革命时代爆发前的平静期。第四次工业革命将如何爆发呢？阅读《工业4.0》《创客》《大数据》以及《如何经营微博》《微信这样玩》等相关书籍后你会发现，这是美国、德国、日本、中国四国展开的一场悄无声息的战争。所以，新的时代来临，如果你想引领这个时代，只能启动新的思维理念。”

桂谈兴正浓，印堂发亮，有点得意。

却忽然被打断。

是尼秋发言，他说：

“桂局，我认真看了一下你的目录，这个是教别人怎么学习东西的，但是如果按照你这样的标题跟目录，这是一本资料书，甚至连工具书都算不上，受众很有限呀。”

桂冷静地看看他，不置可否。

尼秋就继续说：“现在去中心化，自媒体时代，人人都可以写东西，人人都可以发声，但是该怎么发声，怎么引人入胜，这个其实很多人需要，但是不会，如果能够以这个为目标，可能会更好。”

桂哈哈笑了起来。

尼秋说：“不好意思，我不会说话，或者说不会说别的话，要我说只会这样说的。”

桂说：“没事。我也喜欢直白说话的。我可以告诉你，听你这么说，我想到了以前，那些青少年教训老师、教授，也是这样毫不客气。”

“一不留神，我也成了传说中的愤青。可惜我没有出生在那个年代。”尼秋说。

“不说太多，反正一股味道是可以感受到的。不过，我还是希望，你就继续当现时代的那种人吧。”桂说。

这么一来，两人的表白就更为直截了当。

桂说：“我的这个书理论性、哲理性、知识性强。但你所提的建议很好，在自媒体平台，如何运作与发声，还有，你在这里头，觉得人们的需要是什么呀，欢迎多给我意见。其实我也在写关于这方面的东西，需要这里的需求信息。当然，上网还可以找到所谓有多年代写经验的操作团队，对方保证知网检测查重率控制在20%内！”

尼秋说：“什么服务都有。这就是网络。”

桂说：“是的。虽然许多我不了解，不放心，不接受，但首先是，我感到惊奇与兴奋，毕竟是一种颠覆。颠覆，这个网络时代的热词，也允许我在这里使用一下吧。就是，许多出其不意的东西，很多时候，是使我们换一个看问题的角度，换一个评价价值的方式。不管如何，可以因此改变思维方式，获得一些创造的可能。”

尼秋说：“你又来深奥的那一套，我跟不上呀。”

桂笑笑，说：“那我回归具体吧。比如代写文章，承诺软件检测重复率可以达到合格的标准。那些广告，我还真的相信，因为这是一个网络行为生存的必要，由此，什么是真正的论文，通过论文来证明一个人的某种水平，这个以前常常使用的方式，如今需要如何来重新认识与评估，这些问题，人们可以看得更加明白。”

尼秋说：“我知道你说得有道理，但我真的是似懂非懂，请再具体一点儿吧。”

桂说：“好的，只谈我的这个著作吧。”

尼秋说："那我真的可以说话。你的文章可以增长知识，但我目前有一种看见词典的感觉。现在的图书要从名字、题材、内容上面，更加适合。为什么《水煮三国》能火？为什么《明朝那些事儿》能火？推荐你看本书——《成大事者不拘小节》，逻辑思维的老罗写的，里面有些观点很好。包括故事性、可读性。不信，你可以试着把书放在天涯、起点等地方，看一下点击量与回复量。"

桂说："其实你讲得很实在，有时候我都怀疑，是不是60后不需要写作。但最后还是觉得，需要适应，适应时代与市场的需要。"

尼秋说："对的，不是不需要，而是要改变，要适应新的模式。毕竟，现在大家获取书籍的渠道太多，我现在看书的主要渠道是电子书，我下载了当当读书的APP，充了钱，实体书一本50元，电子书只需要20元。我买了一套《大秦帝国》，之前我跑了好几个图书馆，只找到了《大秦帝国》的第一、二部。我想买一套，正版的要好几百块，便宜的也要100多块，但是电子书，只要40多块，而且可以在手机、PAD等同步看，可以记笔记。所以，我建议你对照一下，看看如何运作。如果你想先积累粉丝，可以一章一章地发到网上。"

桂说："有意思，打开了脑洞。值得试探。但我也很纳闷儿那些网络作家，一部作品几十万字、上百万字，一天写一万字、几万字，那是如何构思，如何写呀？写过之后，作者自己都没有时间去看呀。"

尼秋说："很多网络作家就是坑。纯粹地堆文字。前面写了，后面忘了的超级多。这种大多是以低俗文化为主，低俗文化之所以存在，其道理就是紧扣人性，满足幻想。"

桂说："也就是垃圾。虽然不浪费纸张，不浪费树木，但消耗了时间与生命，自己的、读者的。"

尼秋说："但是读者喜欢，就像现在很多的肥皂剧。"

桂摇摇头说："为什么喜欢这样的东西呢？读过之后，读者记得住吗？有收获吗？"

尼秋说："作者不在意，读者也不在意，而且话说回来，记住也没有什么用呀。毕竟他又不能学会主角的飞天遁地、左右逢源、美女无数。"

桂说："这是互联网时代文化的一个特点，也是互联网生态的特点。"

尼秋说："很多读者看他们的书，主要满足自己的幻想，消磨时间，这些不是工具书，不是常识书，不是启智书。"

桂说："人都是喜欢做点白日梦，喜欢幻想，摆脱现实的沉闷。"

艾洋赶紧插话，说："又一场思维的碰撞。"

古春艳也跟着说："那我也来献丑。毕竟我也是中文系毕业的，虽然那是普普通通的师范专科学校。坚守文学是我生命的一个内涵。那天市作协特别邀请了重点大学文学院的徐教授做一场关于小说创作的专题讲座。徐教授说小说创作有四个核心主题，即历史、爱情、灾难与神性。听了以后，觉得非常深奥，似懂非懂。"

桂说："形而上学的一套理论吧。"

古春艳说："我倒是不大在乎那位教授是什么流派什么思潮了，要说的是我们的写作学，与教授那些不一样。教授是高深的，很有学问。但是教授好像不写小说，也许就写不出小说。像我们这样的人才去写。当然我不是一个优秀的小说写手。"

"你说吧。今天我们是研讨，也是交锋。都放开来，推出更多的信息，来一场头脑风暴。"桂说。

古春艳也就真的不客气，说："比如，我们写作，写小说，有各种分类，如兵王类，是以王者的姿态混迹花都，顺便做做任务，服务国家或打拼自己的事业，此类题材现在已经比较老了，但是仍处于巅峰时刻，一两年内不会衰落。还有异能类……形式也有规定的，每个章节3000字，全篇字数为40万～80万字。开头第一章要好看，有虐点，或者爽点。要注重情节的吸引点，要让读者有看下去的欲望。"

艾洋说："你是在讲授大学写作课呀，或者就是来约稿，来做出版招标。"

桂说："一个新的写作课模式。与我们那个时代的大学教学不同，与最近北京的一个大学出版社一口气推出的40多部美国的写作教科书也不同。说起来我也插上一段，如此大规模介绍外国，也就是美国的写作教学模式还是很少有的。因为如今人们大都把这看成是市场经营的行为。只有在新中国成立初期的50年代，我们从当时的老大哥苏联那里，才以这样的姿态引入别人的东西，并且摆到了一个非常高的高度。我是一个粉丝，我将这近40本书全都买回来了，一小堆。也都翻阅了一遍。感觉或者说初步的结论是值得学习，但是，有保留。不认同出版者以及出版者所邀请的作家，也是著名的作家，他们所给予的那么高度的评价，也不认同他们以此为标杆，对于我们原来的写作教学模式的否定。他们开了个座谈会，大发议论，过于渲染。"

说到这儿，桂看看艾洋、古春艳、尼秋，他们的眼睛一动不动，似懂非懂的样子，笑笑说："就此打住。我介绍了一个信息，发表了一个态度。不再深入，我们不必研讨。继续原来的话题吧。"

尼秋开口，说："轮到我了，我不同于桂老师所提到的那些传统的，和新近引入的美国的。那些，都与我们无关。我们公司是实战的，是网络写手大军在写作中接受的那一套，而且，也是在实践中证明了是行之有效的。我们有成熟而具体的标准与要求。比如，写电视剧的话，就要每集故事的文学本子不少于25场戏……"

桂插话说："什么平生性癖耽佳句，语不惊人死不休，什么吟安一个子，捻断数根须，见鬼去吧，这是什么时代呀。"

尼秋脑袋一晃，笑笑说："那是的，我们这样的操作，最最基本的，一天2000～3000字的最低要求，还要每天持续，没有东西也要挤出东西来。大超市为什么能赚钱，就是因为他们供货量足够。如果没有办法达到一天2000～3000字，那是写着玩，能赚到钱就是赚，不能赚到钱也不着急。什么唐家二少或是三少，什么血红血黑等的大神们就是这样熬出来的。日更新量没达到5000字，成绩不好，不怪政府也不怪社会更不怪网站或者读者。要怪，就怪自己不够努力。”

桂说：“好一个放纵与疯狂的时代。在没有限制的、没有边界的网络空间，人性的某一种特征被极大地展现了出来。我是学不到的，也不想学，因为我根本不会看什么网络小说。一言以蔽之，垃圾！但是，了解了这样的环境，还是很有必要。我也要调整自己，一定要适应新的常态，否则就会被淘汰。”

艾洋说：“三个女人一台戏，三个文人一定要研讨。听得太多精彩东西了，我得慢慢消化。”

大家哈哈笑了一通，转入了喝茶闲聊。

没人再说原来的话题。

桂那本书的研讨告一段落。

4

但艾洋却不是说了就忘记的，她是有心人。

想，还是认识一下尼秋。网络小说是看过一些，但还是没有太多的兴趣。她的时间耗不起。倒是尼秋，以及他介绍给古春艳的生存方式，还是与“互联网＋”结合得比较紧密的。但是，是否真的靠谱，是否可以持续呢，不得而知。

这其实就是对桂老师研究课题的一个线下的接触。

过了几天，艾洋与古春艳联系上，去了尼秋的工作室。

在老城区的小街巷里，尼秋租下一幢矮小的两层楼房。民国时期的旧建筑，青砖、黑瓦、黑色木门窗。门前还有一个小庭院，地面是一块块红砖铺砌而成的。简单而秀气，庇护着的是普通温馨的小家庭生活。与现代的高楼大厦所形成的反差，更加凸显出一种历史旧居的特征和记忆。

“这才是文化呀。”艾洋笑笑说。如同尼秋他们穿着的对襟棉布纽扣的唐装。陈旧的东西不简单，可以承载文化的积淀。

尼秋在门前迎候，一副正式接待客人的样子，与他平时的随意有点不同。

艾洋感到，虽然外表放浪形骸，不拘小节，但是在女生面前，尼秋还是有点腼腆，与朋友交往，他注重礼节。

古春艳说过，尼秋工作时是潇洒的，也非常投入，非常认真，艺术家也不好当。比如表面风光的是，他接受邀请到某地创作，把身份证号码发过去，对方将来回机票订好，他飞过去，机场已经有人等候。待在星级酒店，一两天时间作画写字，那些作品全卖了。然后，玩上一两天，和文友、热爱书画艺术的企业家、有钱人、粉丝等，吃吃喝喝，闲聊瞎扯。走的时候收取一个作为创作酬劳的红包。

但画画写字，关在房间里头，如同坐牢，整天待着，足不出户，不思饮食。作品完成时，眼睛布满血丝，白发平添多根。事实上，他的颈椎劳损问题已经非常严重，受到医生多次警告。而驼背的畸形模样也是一眼可以看出来。

他创作时，专注严肃，板脸不认人。

咕噜咕噜几口酒，涨红脸色，鼓起勇气，活动一下身躯手脚，如同练武的热身。备好墨汁，铺平白纸，手握毛笔，两腿微张，屏息静气，若有所思，然后挥毫书写，笔走龙蛇，一气呵成。当是时，五尺以内不要站人，留出空间，任其挥洒，如入无人之境。

此外，他还做书画艺术品经纪，推销文房四宝。

最近，找到了曾姓家族的历史，对接到了孔子的学生曾子，于是与朋友合作，投资开发一种叫作曾子酒的白酒。这样，他的一个重要事情是销售曾子酒。

古春艳说：“他号称今年要销售500万元。”

在屋里坐下，喝了茶。尼秋就说：“你们等一会儿，我刚编好一条微信，在朋友圈里转发，你们都看看，也请顺手帮我转转，帮我做生意。”

艾洋打开手机微信，那条信息到了：

温馨礼品。感谢众多朋友的厚爱，自即日起送福给您，每幅作品约1.6平尺，共计99幅送给您。您只要把地址微信我，支付书写所需的笔墨纸砚成本以及快递费用共计66元，您就可以拥有属于您的洪福大作。

福字选用安徽大红撒金宣纸，用一得阁墨书写，字体为篆书、隶书、楷书多种，装裱以后适合送人或自己收藏。

买够九幅，送上曾子酒一瓶。

喜欢您请给我一个地址，谢谢您。尼秋艺术工作室。

艾洋看了，说：“好的，我立马帮你转，我的朋友圈多得很。还有海外华人圈。”

“谢谢啦。”尼秋说。

“有没有回扣呀？我参与了推销噢。”艾洋笑着说。

“好的，你说到了点子上。当然有。我不会占有别人的劳动。互联网就是共享经济。”尼秋说。

“那我还是真的猜中。”艾洋说。

“你要什么？”尼秋说。

“你给什么？”艾洋说。

“书法，曾子酒。”尼秋说。

古春艳说：“那你不就是二次推销吗？”

说罢，她和艾洋都哈哈一笑。

“这可又是一个事实。没有产生利润也就无法进行共享。”尼秋说。

艾洋说：“这句话非常正确。没有免费的午餐，天上不会掉下金币。这又是互联网不可能突破的一个传统的法则，任何商业模式都不可以突破。这样吧，尼秋大哥，我想看看你的现场书法秀，只要你送个福字。”

“那我献丑吧。”尼秋说。

书桌在一旁。

又是那特有的神态与气势，很有仪式感和表演效果。

写罢，噼里啪啦，引来大家的掌声。

艾洋又问：“你那曾子酒的厂家在哪儿呀？一年500万销售可不是一个小数字。”

“呵呵。”古春艳说，“我觉得他好像一直都是乐观主义者，理想着未来。”

尼秋说：“传说中的那个人：炒楼成为房东，炒股成为股东，卖酒成了醉翁——那个人就是我。”

尼秋以前离了婚，再婚后不久，又离。现在单身。这些也是古春艳说过的。

“问题是你没有烦恼，你总是给人以鼓舞与希望。这是一个难得的优点，值得我们佩服。”艾洋说。

“你这样文绉绉的评语，倒是让我无地自容。”尼秋说。

“你给我们人生哲学的启示，让我们感受到了一个时代的幸福机会。这不是假话。”艾洋说。

“那你说吧，继续说。我不听也不懂。反正我按照自己的轨迹独自漫步。”尼秋说。

说着，到了中午，尼秋说去外面找个小饭馆吃饭。

艾洋却说：“你自己吃吧。你还要忙自己的事情，画画写字，推销你的酒。我也想与古春艳聊聊。”

“真的不吃吗？”尼秋说。

“真的想请我们吃吗？”古春艳说。

尼秋笑笑，说：“至少礼貌吧，怕被人笑话。”

“那你就省点吧，这样的笑话绝对与你无缘。”艾洋说。

艾洋与古春艳一起离开了尼秋那儿。

5

“你还有什么事情要与我说呀？”在路上，古春艳说。

“我想向你打听一个人，网络作家，也是女的。”艾洋说。

这个女作家已经有几天时间让艾洋在心里琢磨了开来。

桂发现一个观察对象，可作为“互联网＋”课题的材料。艾洋得到这个推介后，也就留意起来，想着怎样去了解更多。

那是前几天，和桂去参加一个饭局。席间，桂与水城作家协会主席胡以思聊得起劲。

这个会面，给桂的影响应该是明显的。他似乎有点失落，因为与他对话的那个胡以思提供了一个让他很不服气的参照。

参照者就是胡本人。胡与桂同龄。当年，桂考上了大学，胡没有。胡中学毕业，下到农村，当了几年知识青年后，招工进入当地的糖厂。他可是文艺青年，喜欢写写画画，有点功底，于是就被安排在工厂办公室搞文字材料和宣传。在桂被人称为时代骄子的时候，胡是个工厂工人。后来，桂成为大学教师了，胡有了进步，也是工厂工会副主任，兼任电影放映员。胡也写小说散文，但没公开发表一篇。也喜欢画画，那时候，有省城下来体验生活的画家在厂里写生，胡负责接待。画家作业时，他悄悄在一旁观摩，学到了一些东西。后来，工厂的体制变化，私人占有了股份。胡不愿意留下，离开这个地方，自己创业。他搞的是广告公司。凭着自己会写会画，放电影积累了一些影像的知识，利用了这个特长。当时遍地企业，一片片的工厂，市场空间大，没有什么竞争对手。胡的广告公司发展很好，接了不少生意，挣了一些钱。之后，没有放弃专长，搞起了艺术培训，书法绘画、音乐舞蹈、国学写作等。在他的那个小城里，这样的文化园地也还不多见。一些家长，望子成龙的，或者自己需要忙碌，需要应酬，没有时间照看孩子的，都把子女送到他那里来。生意挺不错的。再后来，挂了个杂志记者站站长的头衔，广交企业界朋友，这样拉广告，交互经营，积累着自己的财富，经济实力终于达到较高的水平。到了那个时候，他又抽出空来，结合在商海打拼的经历与感受，写作了几部长篇小说。文笔流畅，故事生动，有浓郁的生活气息。于是，有不少读者，不仅把出版的钱挣了回来，还略有利润。名利双收，日子更加滋润。

胡以思的故事，他的成功，都使桂受到深深的刺激。

也是一次惊醒。

他这样想，本来以为自己是社会精英，比如当年百里挑一，考上了大学，后来在大学里任教，做学问发表文章，也有一定的专业成就。学而优则仕，进入政界，出席各种活动时，自己常常就是那里的中心，发表讲话，回答记者提问，作为社会的一个重要角色，非同一般。而发现了胡，一下子崩溃。

这些，他都与艾洋倾诉过。

于是，艾洋也有所触动。虽然年纪不同，经历不同，感受不一样。但，记住了胡以思，也记住了桂的这个感受。她觉得自己也要找一个参照，否则不知道自己在人生跑道上的位置。

因此，她才觉得要关注一下那个女作家。

席间，胡以思讲到的那个写网络小说的女作家，是从广西一个山区过来珠三角的，拿的是职业中专文凭，在学校学电脑平面设计，毕业后到这里的企业打工，前些年在一个电商企业做网络销售。平时喜欢读小说，不舍得花钱购书，家里空间窄小，也不好摆放。在网络上阅读多了，找到了写作的感觉和冲动，就自己动手写了起来。她也没写自己的生活，没写熟悉的打工社会，所写的都是自己想象的，当然也结合着流行的需要。比如穿越、奇异等，那各种空间的五光十色，让她深为着迷。而面对电脑屏幕，一行一行码字，把这些东西都生动地表达了出来。她的第一部网络小说打响，在著名网站的专栏发表，好评如潮，获得可观的点击率，也得到了这种写作的第一笔稿费。接着她辞职，专职在家里写作。已经过了30岁的她，有一个正在念小学的女儿。丈夫很普通，在企业当电工。

于是，艾洋找到胡，让胡带着她，见到这个网络写作的女作家。

笔名叫梦里开花的她，真实名字叫李桂花。住在旧城区的普通型商品房里，两室一厅，四五十平方米的房子，步梯，而且在七楼。胡和艾洋走到门口，都气喘吁吁。不约而同地停住，歇了一会儿，让呼吸均匀过来，才敲门打招呼。

之前在电话里，开始，李还是很不愿意，一个劲推辞。

"没啥好聊的，别浪费你的时间。"李说。

"不要担心，我们其实也没有什么特别的意思，是想听听你的一点儿意见。"

"我不习惯见记者。"

"那你把我当朋友吧。咱们一回生二回熟，当是朋友那样，有空见个面，说说话，总可以嘛。"艾洋说。

李桂花那边笑了起来，说："我服了你，那就过来吧。过程中，要是觉得没趣，可要中止，别怪我了。"

回想起这种情况，站立在门口时，艾洋想，要热情一些，否则会冷场尴尬。

门开了，面前的是一个普通女工模样的女人，略显老相。

"请进来。"她说，表情不冷不热。

"放松一下吧，整天待在屋子里敲电脑，不与别人交流，思维会受到压抑的。我有体会。"胡说。

三人在木板沙发上坐下，一时间，没有说话，屋子里静静的，气氛似乎有点沉闷。李桂花像是愣了一下，明白了什么，就给两个客人端来了茶水。

“您就别老说我写作的事啦，怪不好意思。我这个所谓的写作人，其实是抓笔弄饭吃的，哪来的高雅。”她说。

“写作也没有太多的神秘。”胡说。

“我赞同胡老师的观点。其实大学中文系的毕业生，甚至是教授，我也认识不少。写小说与他们的专业没有太多的关系。喜欢，投入，才是关键的。很多文学专业的人，他们有知识，有理论，但不去写，或者写不出来。”艾洋说。

“那我真的就是从小就有这样的爱好，喜欢读小说。当然，也喜欢看电影、电视。只是，这是一个有益的爱好还是生命道路上的一个陷阱，抑或是一个宿命，一言难尽。”李桂花说，似乎打开了心扉。

“朝前走吧，无须太多的研究与论证。前头自然有路，有鲜花。”胡说。

“胡老师能够鼓励人。”李桂花又淡淡一笑。

“那是，如今你已经可以说是走上了专业的轨道。而且正在加速。”艾洋说。

“那我举个事例来说吧，也不是否认什么，也不嫉妒什么，反正都是自己的选择，是自己的能耐，也是自己的命运吧。”李桂花说。

“好的，听听你的故事。我最爱听故事。”艾洋说着端起茶杯轻轻喝了一口。

“都是生孩子，都离开了工厂，待在家里，闲着，为打发时光，也为生活所需，一个母亲选择上淘宝开网店做电商，一个写网络小说。结果，一个是现在的我，另一个成了老板。”李桂花说。

艾洋明白，她说的是那个发展飞速的电商，就说：“我知道，前几天还去他们那儿采访。在一个旧厂房安顿下来的公司，四五层楼，一层近1000平方米，规模够大的，号称中国当下最大的电商企业。”

“我以前就在这样的企业里打工，她也是。她做平面设计，我做台账。如今，我在窄小的屋子里敲电脑，她买下了一栋大楼。”李桂花说。

“她的故事你当然非常熟悉，也可以写成励志的故事。”艾洋说。

李桂花点点头，说：“真的值得写，我们认识很久，是好朋友。本来，有出版社联系过我，叫我写一部他们的故事，可以成为创业励志的书，也是青春偶像的书。但又真的写不出来。因为太熟悉。”

“我理解。写作要有自由的心境，不能勉强。”

“谢谢你的这句话。所以，我走自己的路子。我崇拜《哈利·波特》的作者罗琳，她创造了一个属于自己的世界，一个独特的文字的世界。我经常想，什么时候走进这样的世界，我就自由，就幸福。”李桂花说。

“我期待着，也相信。但是，你也不要给自己太多的压力。我们都在生活中，生活的方式是多种多样的。幸福的种类五光十色，不必强求一律。”艾洋也不知为什么，一口气说出那么多的大道理。平时从来没有这样说过，甚至也没有这样想过。说了之后，自己暗暗吃惊，才明白，以前读过的书，听过的东西，在一定的场景当中，会不由自主地发挥出来。

“所以，给那个电商女老板写传记，到他们公司负责公关和媒体工作，桂花都一一谢绝，埋头做现在这个事情。”胡说。

说话时，门开启，李桂花的先生从外面回来。

他手提肩扛，带回一大堆东西。

寒暄过后，他兴高采烈地对李桂花说：“你要的那几个影碟都找到了。”

李桂花笑笑说：“老公是我写作的好后勤。写作的素材，很多是需要看影碟的。”

她的先生说：“还有，我们准备将写作房间布置一下，通过网络直播，与读者和粉丝直接交流，讨论小说的事情，也进行互动与网购。”

“对，这样的路子好。光靠网络阅读的点击率和买书是远远不够的。”艾洋说。

李桂花说：“所以，我们联系了自己的粉丝群体，沟通得很好。可以开发一些与作品有关的用品，比如服饰小玩意儿、文化用品等。”

“好点子，赶紧做起来吧，我也要看看。”艾洋说。

李桂花说：“我年纪大了点，形象也没有什么优势，以后想请一个漂亮女孩来与我合作，由她在前台出镜，我们在后台协助。”

艾洋摇摇头说：“未必如此。如今的网红是流行漂亮与时尚。但我的看法是，当这一互动方式成熟以后，受众更多地倾向于实用而不是表层肤浅的愉悦。所以，今后的网络直播互动，可以是丰富多样的，内涵与实际功能，一定会有其存在地位和空间。”

“是呀，我也这样以为，难道我们的粉丝就满足于涂脂抹粉的娇艳和那些叽叽歪歪的流行歌曲吗？我才不相信。这一代更加务实，因为竞争更加激烈。”李桂花说。

“祝你成功。”艾洋说。

李桂花摇摇头，说：“归根到底，我是平凡人，也没有年龄优势了。”

“慢慢来，也不着急。能够存在就是胜利。”

“记者真的是有文化，这句话我要写到作品里去，太励志了。”李桂花说。

艾洋暗自笑笑，自己怎么也成了导师。

李桂花那里，还是得到一些收获。回到水城网编辑部，艾洋写了一个报道，介绍了李桂花。配了图片，也加上了自己的一些感悟和评论。

效果不错，还有点出乎预料。没几天，李桂花打来电话，说：“给你一点就着火了，热得不行。我写作那么久都没有这样红火过。”

艾洋说：“那是怎样的事呀？”

“电话不停，信息发来一大堆。有合作出版的，有提出签约的，有要来请教的，有希望到我那直播平台当网红的，有要改编影视动漫的，有要制作游戏的，有邀请代言的，有举办培训班的，等等，不一而足。”

“你的生意运气好呀。”

“可是没有一个给我钱的。”

“那你把握了机会不就有了吗？”

“没有他们我也会这样想的，问题是如何把Money拿到手，Cash才是硬道理。”

“那么不会打搅你吧，那么多的信息轰炸。”

李桂花笑笑，说：“估计没有什么问题，一阵风的，开口说话容易，落地见到实效就很难。但也给我一些启发。”

“是的，有启发。”艾洋对这话有感觉。可能这就是互联网的特点，各种信息迅速地聚集与散去，虽然没有带来物理要素的变化，但信息的能量是形成了的。

于是，艾洋就此又与桂进行了沟通。

桂说：“对的，这是一个事件，一个案例的贡献，说明了网络文化的一个核心或者价值，存在是什么，不一定是有着空间位置、有着重量的元素，有时候就是一个符号、一个现象，归根到底是一种能量。只要是真实的存在，即可以成为影响文化的一种元素。”

6

联接李桂英的信息冲击波还在进行，又出现了另一个信息文化元素：水城大侠韩平过来了。

这是第二次过来，上次是半年前。

“像是奇葩。”那天，在水城网一见到这个男子，李韵就悄悄地对艾洋说，差点儿没笑出来。

艾洋撇撇嘴，说：“奇葩天天有，这个特搞笑。”

李韵说："天下之大，无奇不有，做媒体就可以先睹为快。"

艾洋说："笑是笑，但他也有一定的道理，也可以达到一定的励志效果。用桂的话来说，他该是信息世界中的一个重要元素。"

李韵说："智者又杀了个回马枪。"

艾洋说："那我们得尊重现实。这位是从现实的打拼竞争中崛起的非凡人物。"

当他和别的记者说着见面的客套话时，已经听过其一番表白的艾洋和李韵，就这样悄悄地议论开来。

韩平西装革履，头发梳得油光。提个黑色皮包，像个跑市场的职业经理人。他以前是在水城企业工作的，跑市场，做销售，有点小聪明，赚了一些钱后，忽然辞职不干，跑到北京去，在中关村的大学里进修，又想着办法做生意。在网上认识了艾洋，说自己一直关注着水城网，也有不少主意，想和艾洋他们见面谈谈。

于是就相互认识。

韩平来推销自己的一个创意。

他从皮包里掏出两本书，摆在座位前的茶几上。

流行的大16开豪华版本，绚丽夺目的封面设计。书名和作者名字都是大大的字体，一目了然。

"一本是我的故事，一本是我的思想。"韩平说。面带微笑，从容淡定，不紧不慢。看得出来，他的言谈举止，与人沟通的本领，是受过训练的。

"这些送给你们，我也不多说。有空你们可以自己看看。我的经历和我的思考，记录了我在人生和商海的点点滴滴。一点水可以看到太阳的光辉，我是一颗微尘，也有自己的存在价值。"

"你可真有口才。"李韵说。

韩平乐了，说："我是自学成才，努力成才。我的学历起点并不高，技工学校毕业，在企业车间里干体力活，几年后才被安排去做推销，走南闯北。之后，放弃在水城的美好生活，做了北漂，进修考研，一直读下去，拿到了博士学位。所以，人家叫我水城大侠其实名不虚传。”

“好的噢，大侠！本人也是特佩服，但你来找我们干吗呢？”李韵说。

“爽快。真有效率意识。”韩平说。

“我们也是经营主体，在市场里混，需要靠自己吃饭。”艾洋说。

“那就找对人了。四海之内皆兄弟，我们是同志。”韩平说。

“韩大侠同志，请尽快切入正题。”李韵说。

“好的。我是慕名而来，水城网是有影响有担当的社会媒体，有着珠三角大湾区这样的依托背景，资源丰富，所以我希望可以与你们合作。”韩平说。

“什么生意？”艾洋说。

“不谈生意。我们的事业首先是社会公益事业。”韩平说。

“我是要明确底线。看看我们能否承受。所谓的责任与担当，对于我们而言都是有成本的。我们要对经营负责，能够存活下来，才可以为社会服务。”艾洋说。

韩平连连点头，说：“我同意。我就是来做一个发展机会的推介，结合社会效益，又可以造血经营。所以，来这儿招募股金。”

艾洋笑了，说：“那么，你又要进行你的项目宣讲了吧。”

韩平说：“不好意思，这事真的要占用你们宝贵的时间。就容忍我一下吧。我们的业务主要有四个方面，四个层次。我倒过来说吧。先说第四个，就是线上线下的联动，进行资本运作。我们已经开办了几个公司，还联系了几个大公司，有大股东参与。三是教育，举办耕读传家活动，将园区部分土地分割成10平方米一块的土地，一块一块租出去，提供给城里的家庭种菜、种豆、种瓜、种花。二是读书会、讲座、研讨、论坛。第一则是著书立说，占领学术制高点。岳麓书院之所以出名，流传百世，是因为有王阳明的理学支撑。我研究文化10多年。颇有心得。佩服柏杨。那是作为学者的柏杨，而不是作为作家的柏杨。当然作为作家，特别在于杂文方面，柏杨是非常优秀的，如他提出的‘丑陋的中国人’的观点，在20世纪80年代掀起了巨大的思潮冲击波，引发了人们对于中国历史文化的反思，促进了现代化思想的进程。但我更为佩服的是他的一个学术观点，他在那本篇幅并不太大的著作《中国人史纲》里，提出一个观点，就是中国历史蕴含着超稳定结构的文化基因。这决定了我们的历史形态。”

听罢，艾洋说：“不占时间，我们是学习了。”

“好一个网络奇葩，好一个江湖侠客。”李韵说。

韩平在一番雄辩自信的言说之后，没再逗留，说期待得到回复，把想法落实下来。就起身告辞，离开水城网。

之后，李韵和艾洋还是认真地商量起来。但是，并没有给他什么答复，这样的提议也不少，有些一看就知道不靠谱，有些是无法落地，所以最后还是不了了之。

韩平也没有再提起。

这次，忽如一阵风来，他又出现在眼前。

如今，他的身份是北京中关村的网络出版人，在一家出版公司当策划编辑，说是对网络出版有研究，想把写作与数字传播结合起来。他发起一个平台，实现了O2O，线上与线下都有联系，线上是微信、微博、QQ，线下是定期举行的聚会。

当初，艾洋与韩平联系上，是经过尼秋推荐的。他们以前在水城就相识。尼秋向韩平介绍了艾洋，于是，他把艾洋拉进他们的微信群。

在网上有一些沟通互动，艾洋也想熟悉一些网络媒体和网络出版方面的朋友，所以这关系一直保持下来。

第二次见面更为随意。

韩平说："我们是有愿景的。数字出版我研究多年了，之所以在拿到博士学位后进入出版公司，就是想结合出版一线的实践，开展相关研究。而研究本身不是唯一的目的，或者不是主要的目的，更为注重的是新的实践渠道、新的平台与新的形态。"

艾洋说："可是我似懂非懂呀，不过觉得你还是很有思想的，也很符合实际，至少以我目前所有的见识，还是很认同你的。"

韩平说："你要来北京。中关村有氛围，搞网络、搞文化不来北京、不进入中关村是不行的。当然，马云、阿里巴巴所在的杭州，也有很大的名气，但他们更多的优势在于商业模式；而触及到内容层面的，还是北京具有不可动摇的一哥的优势。这也是我为什么没有坚持第一次和你们谈的那个项目，因为地缘关系，因为资源关系。当然，我不会放弃那个项目，毕竟是我已经费尽心思、思考良久的，投入了我的智慧与情感。等待以后吧。当我在北京中关村这个'互联网＋'的核心地带站稳脚跟，回头再来。也当然是以更大的格局。"

艾洋说："是的，我明白。也希望。"

之前，在微信群里，艾洋看到他们几次线下的活动。韩平热情，有一定的活动和组织能力，星期天他在中关村的某个写字楼的某个会议室，低价租来的，也许是利用这个空间的闲置机会，通过利益的置换得来的，就在那里举行聚会。

每次，韩平都要发表演说，充满激情地宣讲一个有关"互联网＋"或者创意，或者资本运作方面的主题，作为讨论的中心。

艾洋发现，包括韩平在内，几乎所有的这个活动的参与者，并不是北京本地人，甚至少有北京户籍人士。他们的基本特征显而易见，那是年轻，有着高等教育的基础，但没有成功的资本，甚至囊中羞涩，承受着就业、居住、交通和人际关系资源匮乏的压力。他们向往新的东西，包括文化、科技、经营，倾向于务实，都希望在这样的非常典型、数量不少的专题聚会以及由此建立的人际关系中，获得一些机会。

在现场的是一部分人，不在现场但是在线上参与的，还有一部分人。参与和互动是热烈的。

当然也有不少废话。

气氛还不错，红包也是有的，大多数是由群主，也就是韩平发给。但他并不大方，一毛多，甚至几分钱，是他赠送的红包划分后的数额。

艾洋当然清楚，这也可以说明韩平，以及他们这个群的人们的经济状况。

这天，在韩平发出一个不大不小的红包引发微信群一阵热闹之后，研讨会随即举行。

微信同时直播一些内容。

韩平说："我们需要向谁学呢？优秀的人都知道这一点：谁牛，就研究谁。手机方面，在国外苹果做得出色，我们注重研究苹果创始人乔布斯时代布局下的体验经济；在国内小米做得出色，我们便研究雷军操盘下的粉丝经济。"

"递推到出版行业，谁走在了'互联网＋'时代的前沿，是出版社、出版公司？不是他们，而是中关村创业大街。因北京公益《出版讲坛》与中关村创业大街的这些创业服务机构有合作对接点，我每月至少要去参加八次活动，所以对思维颇为关注。那里有车库咖啡、3W咖啡、Binggo咖啡、飞马旅、36氪、言几又、创业家、联想之星、天使汇、JD＋智能奶茶馆等数十家创业服务机构。"

微信群上，立即推出各种回应。

文字的，动漫符号的，语音的，现场图片的，现场视频的，不断出现。

在人气高涨的时候，相关的广告也配套而来：

A. 公司承接财经类（大数据、工业4.0、大数据金融）、心理励志类、婚姻类、正能量类等选题，欢迎出版社、图书公司联系。同时，公司寻找心理励志类、理财类作者，有意请联系。请加好友私聊。

B. 本年，中关村公益《出版讲坛》将对接出版社、图书公司、各大媒体、投资人、项目投资平台等资源，欢迎有需求的个人或单位私聊。加本QQ私聊。

C. 能提供免费场地、一线媒体、北京卫视、央视、清华、北大等资源者，请私聊，付出必有回报。

D. 重大喜报：中关村公益《出版讲坛》第一个孵化项目“曲别针传说”，获得中关村创业大街天使轮1000万元投资意向。

……

认识了新人，结识了朋友，学到了东西，了解了信息。艾洋像是写一些官方总结材料似的，给自己这样的上网做出评价。

显然，印象深的，还是对于韩平。

艾洋向吴有为介绍了这个人。吴有为听了介绍，吸了口烟，颇感兴趣，就说：“请他过来，咱们谈合作。不能用传统的理念和手法来办网络。网络与传统的媒体，区别的不仅是载体的不同，还有更多的深层次的不同。而在那些差异当中，蕴含着巨大的新机会。所以，一定要大力引入互联网思维。”

艾洋说：“你一直这么看，我赞同。”

吴有为说：“我是一直这样强调，但实际上也就是说说而已。真正的落地，我还不行。因为年纪大了，因为没有真正去学习。”

于是，这次韩平过来，他们就见了面。

对于吴有为这边的邀请，韩平也是兴致勃勃，格外高兴。趁着出差，他就顺便过来。

艾洋跟着吴有为一起接待韩平。带客人看了水城网，介绍了机构的基本情况，就去吃饭。接风的这顿酒菜，艾洋按照吴有为的吩咐，找了一家有特色的私房菜饭店。也叫上了尼秋。

那个叫9号的地方，原本是居住的小楼房，外表陈旧，并不显眼，但里面精致干净。在一个古庙旁边，靠近树林，清静朴素。不仅出品了不容易品尝得到的菜肴，而且便于商谈。所以，这一段时间，不少生意的接洽，也就放到了这里。

“好吃。”果然，韩平很高兴地说，“在北京也有水城菜馆，挺出名的，但价格特别贵，很难得吃一次。来到这里，吃到正宗的特色地方菜，才知道，好味道还是在这里。”

这回，韩平显得更加年轻，一眼看去就像是85后、90后。修剪了时尚发型，头上是浓厚的向后抹去的乌黑头发，两侧则推得光光，下巴一小撮山羊胡子。

艾洋看着忍俊不禁，哈哈笑起来，说：“现在的男人在发型方面已经奋起直追，须眉不让巾帼，不落后于女人，韩平你和我们的老总吴有为就是两个活标本，越看越逗。”

吴有为幽幽地说：“我们就是跨越年纪、不同辈分的真正兄弟嘛。”

韩平一听兴奋起来，往吴有为边上一靠，一只手搂住吴有为的腰身，让两人肩并肩站立，就说：“大哥，小弟认你了，一定要帮扶小弟呀。”

吴有为说：“一谈生意你就不是大侠。商场无父子，也不用说兄弟。”

韩平赶紧说：“对，不做大侠，也不谈生意。咱们说缘分。”

于是，就喝酒，干杯。

几杯酒下了肚子，脸色酱红的韩平话语滔滔，又显然是很习惯地打开自己的话匣子：

“起步南中国，北方博士毕业，坚守北京，打拼人生。IT男，名牌企业白领，整天梦想着创业发财，什么专利，什么风投，什么众筹，等等，都被琢磨透了。这就是我，一个还有一点儿梦想的令人觉得滑稽可笑的人。”

哈哈哈哈，大家就笑了起来。

“那么，如何做生意呀？”艾洋又说。

还是艾洋实在，就把问题拿到酒桌上来了。其实，她也不想让大家过多地泡在酒里头。

“一起做，大家努力，把蛋糕做大做好，一起分享。”韩平说。

“道理我们当然知道，也接受，但是具体的思路和方案是怎样的呢？”艾洋说。一些话，她是需要替吴有为说出来的。

“是的，我们开门见山。就算谈不拢，买卖不成仁义在。”吴有为开腔，定了基调。

韩平说：“那是。我们也是实在直白的。”

接着他就提出了一些原则性的想法。

而这，都在吴有为和艾洋在此前所做的分析和判断中。

“那等于是你们收购我们，我们成为你们的子公司。”吴有为说。

“其实也是合作。”韩平说。

“我们少了很多主动权，这本身就是风险，我们离不开你们，合作越久越是这样，我们就需要听从你们了。”艾洋说。吴有为点点头，表示赞同。

“我们在北京，在中关村，这是我们的固有优势，因而也就是我们的合作模式。我们对你们是这样，美国硅谷的公司对我们也是这样。我这样说，意思够明白了吧？”韩平说。

“明白了明白了。竞争都是价值竞争，公开竞争，也是公平竞争。因为可以自由选择。”吴有为说。

“那就定下呗。”韩平说。

“我定下来了，那就是暂时不予考虑。”吴有为说。

韩平呵呵一笑，说：“太失望啦。”

“但我们还是朋友，也可以战略合作，只要有对双方都有利的机会与空间。”吴有为说。

“太外交辞令了。”韩平说。

“No，恰恰相反，完全是生意思维，经营之道。”吴有为说，“我们的定位是地方媒体。有限的空间和独立的自主，这是两个基本的特点和依据。”

这样，就基本结束了饭桌上的商业谈判。韩平也很轻松，艾洋感到，像这样的场面他该是经常遇到的，而能够实现所提出的方案，倒是非常态的事情。

接下来就开始了另一轮的喝酒，都高兴，尽情。第二天，韩平就离开此地，飞回北京去，还是在线上联系。这样，艾洋就多了一个可以深谈的互联网朋友。

7

“回来啦。回来就好，别整天在外跑来跑去。”妈妈说。

她总是这样迎接女儿。

听到这年复一年不变的话语，艾洋就感到了妈妈的温暖，感到了家的吸引力。

“我不到外面去跑跑，躲藏在家里，不就发霉了吗？”艾洋说。

“那你在外面见识那么多，也要把自己的事情处理好呀。”接下来，妈妈又要提出那个讲了无数次的话题。

但她还未来得及开口，艾洋就把话给堵住，说：“妈妈，你就让我清净一些吧。你放心，我在努力，没有忘记，但也不能贱卖自己吧。也需要缘分的呀，而这个神秘缥缈的东西，只有等待，可遇不可求。”

“我也只有默默地为你祈祷了，还有什么话可以说呢。”妈妈轻轻地叹口气。

“妈妈，要不你就唱歌，别把你的专长给丢了；要不你就安静地休息。”艾洋说。妈妈是中学音乐教师，音乐学院声乐毕业生，科班出身的歌手。

“那我还是安静吧。”妈妈说罢，就到了房间。

艾洋站在客厅，倒了一杯茶，在沙发上坐下，轻轻抿一口，茶水是甘甜清香的，但心里总是有一个结。咧咧嘴角，苦笑。

家里，父亲还在的时候，常常就是一个音乐演出场地。

父亲无法从她心里抹去。父亲的过早离去，也就在艾洋心里刻下深深的伤痕。

父亲走后的一些日子里，艾洋经常翻看过去的照片。

他是一个很讨女子喜欢的男子汉。身材高大挺拔，浓眉大眼，鼻梁挺直，脸庞轮廓分明，头发浓密，声音洪亮。那是一个演员艺人的形象，也是一个明星的范儿。而且，父亲还是一个画家。他是新疆大学艺术专业毕业的，在大学里异常勤奋，兼修了音乐和美术，准备以后在中学里教授音乐、美术这两门美育课。能够考进去，能够从那里走出来，就已经通过了一定的专业检验。

江南的秀气加上西北的粗犷，两个看起来有点矛盾的元素，自然地结合到父亲身上，构建了他不凡的外表风度与内在气质。祖上是江浙人，而他自己是在新疆边陲出生长大。那时候，到新疆去的人士，主要是两种人，一种是军人，参加了建设兵团；另一种是在内地无法待下去的。艾洋的父亲就是第二种。

父亲的父亲，艾洋的爷爷，是江浙的一个乡下地主。本来，蒋介石被打得落花流水，就要撤离大陆去往台湾的时候，一些浙江有钱人家，与蒋介石也有着沾亲带故的情谊和信任，就跟着走了。但艾洋爷爷没有这样，他听了共产党的宣传。他本质上是读书人，熟读群科经典，通晓诸子百家。也关心时务，一份《申报》订阅了几十年，每日必读新闻。国民党的腐败，共产党的新气象，他是深深明确的。他怀着喜悦与期待，静静待在自己宅院的书房里，迎接新日子的到来。也非常自豪，在开始的时候，是美好舒心的。

后来，渐渐地一些事情发生了变化。心情压抑，就得病死了。他的儿子，就是艾洋的父亲，因为家庭的事情，连红袖章都没有资格佩戴，成为饱受白眼的另类。失却了普通人的权利，也就看不到机会，更不用说前途之类。郁郁不乐地过着，忽然遇到时机，国家号召知识青年到边疆去。这回可以机会平等，不论贵贱，不问背景，也不管年纪。串联他到了北京，但不让到天安门广场接受检阅。报名到新疆去，一下子就被批准。

在火车上准备出发的时候，唯有他是最快乐的。因为他对家乡失去了信心，希望在遥远的地方，开启新的人生道路。在冷而酷的西北边陲，不知不觉就过了10年。

1977年深秋，忽然遇到了人生另一个机会，恢复高考。于是，已过三十的艾洋父亲，站在大卡车上，迎着风沙，颠簸10多个小时，到建设兵团总部，参加高考。报考者如同赶集的人一样多，考场上报告考试开始的时间，是使用步枪鸣枪的方式，粗糙而强硬。但也考上了大学，毕业后，坚决往南方走。

从艺术中专毕业的妈妈也跟着他，那时，在旅途中，他们结婚了。那时，居无定所，工作没有着落，所以，一直没有要孩子。四处参加演出，为单位排练节目，培训文艺人才。后来，在此地的学校当教师，稳定下来，艾洋才出生。

艾洋记得爸爸说过，以前是在沿海地方生活的，后来去了内陆，如今又回到临海地带，热爱海洋是祖传的一个特色。所以这也就是艾洋名字的来历。

客厅里，妈妈在和汪蓉说话。

“汪阿姨你好。”艾洋热情地打了个招呼。

“哈哈。美丽的果子，美丽的鲜花。现在，每看到你一次，既是高兴，又是担忧。好景不会常在呀，需要抓紧。”汪蓉说。

“这话好像不是你说的噢。”艾洋笑笑。

“我知道你说的是汪丽丽。”汪蓉说，“不过我真的是为你妈妈说的。你知道，她就要我说这样的话。”

“丽丽姐好吗？”艾洋说，想把话题岔开。

“她还是那样。”汪蓉说。

那就是，还没有结婚。一如丽丽和她妈妈经常说的生活规划一样。

丽丽已经年过三十。她是个美女，百里挑一的美女，也是才女，北师大中文系高才生，写得一手好字和好文章。

大学一毕业，就被安排到市长身边当秘书。身居重要岗位，引人注目，受人羡慕。但出乎意料，没几年她就辞职走人。

没到什么公司去，在家里待了一段时间，就到外地旅行，也过了一段时间。回来后，在市区中心的百货集市大楼里，租下一个铺位，做起卖时装的小生意。

这些，一度引起人们的议论。但是也就是一段时间和一定范围，后来也就烟消云散，再也听不到什么惊讶，什么讽刺，什么嘲笑，仿佛不曾出现过一样。各种可以吸引人们的话题，也都是一阵风。

但是，每当见到汪蓉，她都会乐此不疲地讲述她和她那唯一女儿的故事。

显然，这回也不例外。

汪蓉话题一转，又在滔滔不绝：

“……我对丽丽说，你是在我这棵另类树上结出的另类果子。那时候我在报纸上发表系列文章，介绍我的非主流家教方法。每发表一篇就遭到老同志的批评，发了几篇后，报纸编辑告诉我，上面来了压力，文章不给发了。丽丽的观点比我的更为激进，她就公开说，不一定结婚，但肯定不生孩子。我没办法，也不会进行什么疏导，就对她说，你做什么都可以，但，一不要吸毒；二不要染上艾滋病；三是我要是得重病了，你无论在世界的哪一个角落，都要回来看看。”

接着，汪蓉又说起另一段：

“10年前，我提前退休的时候，说过要走遍世界。也去过三十几个国家。各种文化背景的，都去过。现在什么国家也不想去了，不是没时间，也不是没钱。只是感到，世界也不过如此。没有什么新鲜感了。日本的印象最好。我去日本两次，丽丽是四次。觉得日本风光美。印度有很多世界级别的历史遗产，非常难得。但是，我从印度几个城市旅行回来，不敢立刻回家，要先到水疗店里，将衣服换了，认真洗身子，洗好头发。那里的卫生条件实在是差。我们都是住五星级酒店的，还是不行。吃得也很差，都是在下榻的酒店用餐，不敢在外吃东西。偶尔在外吃了，立马就拉肚子，几乎没有例外。”

最后，她说的是，不止一次说过的她提前退休的事情：

“……那次城市的展览会后，我就提前退休了。手续很简单的，不需要填什么表格，打电话到我退休前的单位，明确说自己是真的想提前退休，就可以了。理由嘛，其实是很多的。主要是我老了，缺乏斗志，没有上进心了，怕跟不上队伍，影响单位的名声。但那时我只说展览会的开幕式，觉得我们花钱像海水那样浩大，那样花钱，烧钱，特不值得。”

“单位的领导说有些事情，站在更高的层面来看就不一样，所以，我们也不要太偏激。我说这个道理我也能接受。其实，我比较自由散漫，因为我是搞艺术的，一向不大喜欢参加集体活动，尤其是单位严肃的活动。遇到这些事情，我经常请假。也都不好意思了，觉得影响真的是不好。发挥不了履职作用，反正迟早也都会退休的。那领导就说这是事实，已经有了议论。这样吧，我作为单位领导，把要说的话也都说清楚了，你既然坚持，组织也不勉强。奉献是自愿的，提前退休更是不能挽留的，没有了这样的意识，你想留在体制内也不行。我听了赶紧说谢谢领导的理解与教育，我不忘组织对我的关心培育。退了休以后，我也会保持本色，还可以继续当好人，当一个好的艺术辅导教师。”

讲了这个以后，如同以往的程序，汪蓉又接着发布女儿丽丽的最新动态：

“丽丽在手机上掌控她的出口生意，经常找时间在全世界旅行，这些天是到非洲去了。每天在微信上发表文章，文字是很有意思的。她现在没有男朋友，那个比她小七八岁的男孩，半年前分手了。男方父母催要抱孙子，丽丽不答应。其实，我原来也不想要孩子。我就喜欢我的民族舞蹈，那时是想着嫁给民族舞得了，一辈子和舞蹈音乐在一起。怀上丽丽的时候，我是又气又急，天天蹦高弹跳，要摸天花板。但丽丽还是没有给蹦下来……”

“如果蹦下来，没有丽丽姐姐，那你不是没有那么多的人生乐趣了吗？”艾洋听着听着就烦起来，无法忍受，趁着这个话题，插入一句，把汪蓉的话语长河给截住。

“呵呵，那也是，一切都是命。”汪蓉说。

“我很喜欢丽丽，也不说你。”艾洋妈说，“但是，艾洋的生活不是这样的。她爸爸，我们，在这点上都不会有什么原则性的分歧。”

“又要进行家庭教育。”艾洋说。

艾洋妈笑笑，说：“那就不说这个吧。”

“你们是不说，但那些个道理已经在我脑海固定了，无法驱赶离开，每天甚至每时每刻，都有这样的问题在左右或者暗示我。我其实是带着锁链生活的。”艾洋说。

汪蓉一听，乐得一拍巴掌，说：“你看，我就是反对这样，给孩子一个自由，给自己一个自在。”

“但我认了。”艾洋说。

见艾洋这样，汪蓉就不再说什么，把艾洋妈妈扯到一边，说：“我有一件紫花丝绸外套，跟你那件蓝花白底的长裙换一下。”

艾洋一听就偷偷笑起来，这两个年纪身段差不多的女士，喜欢互换衣服。既节约，又满足各自需要。她们都有丰富的演出经验，对于着装有着特别的讲究和非常实惠的办法。也是她们这一代人一个有意思的做法。

在她们各自互相点评打扮的时候，艾洋又听到汪蓉讲起了她的前夫。离婚时，他净身出户。老婆、女儿与他失和后，当电视台长的他与电视台一个女主持同居。这些是汪蓉多次讲过，艾洋已经很熟悉的故事。这次，汪蓉又有了新的内容。她说那晚他喝多了酒，那女主持也不伺候他，到外打麻将，凌晨两点还不回家。他怒气冲冲跑过去，一把将麻将桌掀翻。场面不可收拾，半夜里大闹起来。他们同居已经有一些年了，也都是年过半百的人，但一直没有办结婚手续。

艾洋听罢，倒是没有像汪蓉那样哈哈大笑。而是若有所思。是幸灾乐祸，是同情可怜，还是鄙视嘲笑？似乎都有。这样的生活，其实并不少见。如果自己以后也到了这个地步，也会这样应对，也会给别人提供笑料吗？未来就是未知，N个未知。

也是一个不得不注意的事情。年纪越大越成熟，考虑越多，行动越犹豫。

想不当剩女都很难。

那些议论自己、催促自己的人哪里会明白呀。

一个怪圈。悲摧。

| 第三章 |

1

眼光停留在镜子上，就不想移动，出神地打量自己的颜容。有时撇撇嘴角，微微一笑；有时又双眉紧蹙，轻轻地叹口气。

不知不觉，时间就过去。

女子的一个习惯性动作。

但这次，艾洋有点警惕。没多久，就果断地将镜子拿开，塞进座椅旁边的书堆里。

她化了淡妆，再熟悉一下材料，都准备好，就离开自己的工作卡位。进入水城网的这个接待室兼会议室，艾洋走到窗前的沙发坐下，透过外面高楼之间的空隙，眺望远方，让心情平静下来。

心里有点紧张，也是激动。

为着“互联网＋”博览会，水城网打出组合拳，多方出动。可喜的收获是，成功竞争到了一个项目，政府经济管理部门的。几家媒体都有兴趣，传统的报纸，本来就有体制优势和长期合作关系，对于这个，他们也志在必得。完成经济收入任务，各个媒体都有自己的目标。

吴有为、艾洋、李韵，开了几次会议，想办法拿下。

艾洋说：“只有扬长避短，拿出我们的优势，才有戏。”

吴有为说：“我也是这样想的，不能依靠搞关系，需要的是创意。搞搞新意思，分得一点点蛋糕，我们也只能在这样的空间作为。”

大家都点头，于是很快就确定，来一个座谈会的直播，同步互动，将报道的内容即时发布，在线上接受提问，安排专家现场回应。报纸做不到这点，电台、电视可以做到，但成本太高，也没有文字发布方面的优势。

开完会，大家就要离开，坐在位置上的艾洋忽然说："等一等，我又想到一个点子。"

李韵说："什么金点子？你的头脑就是不会轻易休止。"

艾洋说："其实也不是什么金点子、银点子，是辛苦的点子，是我动动嘴皮、你们跑腿卖力费神的点子。我是说，为了使我们的传播更加立体和富有动感，我们可以预想拍摄与话题有关的视频资料，在网络直播的时候穿插播出。"

吴有为说："好主意。发挥了我们的优势，而且这是别的媒体所不容易复制的，我们具有竞争优势。"

艾洋对李韵说："吴总同意了，你赞同不？具体干活儿的是你们那些采编。"

李韵说："我们水城网的风格，为了最好的效果，不辞劳苦，不计成本。我能不赞成吗？"

结果，项目拿了下来。为下一步打下良好基础，吴有为特别嘱咐艾洋，要把每一个行动都做好，这样才可以一步一步逼近既定的目标。

这样，本来可以轻松的节目，也都变得需要付出更多的努力。

其实，主持这样的座谈也不是特别难的，经常代表媒体主持各种会议、论坛、庆典活动，爱好文艺表演的艾洋对此也已经轻车熟路。但是，直接通过水城网、通过微信平台进行传播，这就意味着，向着没有边界的空间，平等公开、自由地发布自己想发布的内容。

在这个城市的任何地方，在国内、在全世界的任何地方，只要有网络，都可以切入，享有一个共同面对的空间。

另一个半球，远在英国留学的同学、老师，昼夜相反，不知道他们是否有人会关注呢？

在现场，到来的宾客一脸的兴奋和期待，看上去就知道，他们想说，又不敢随便说，显得有点紧张。说明他们还是重视的。

那个夫妻创业的小家电公司来了，从家用电器转型而来的电商来了，由钢铁市场升级为超级钢材销售网络的客商来了，号称最大的家电电商机构来了。还有做智能家电的品牌企业领导者，创意产业园的CEO，众筹咖啡馆、创客中心的负责人，电商学院院长，等等。

一个大胡子大嗓门的中年男人，城郊农民出身，开始是做建筑的，挣到一些钱后，在分到的集体用地上盖起八层高楼。四、五层自己使用，其他出租。大楼的名称“智慧之城”在正门上方用霓虹灯装饰，闪闪发光，形象灿烂艳丽，引人注目。

他转做信息技术开发。两个产品：中小企业环境污染源实时监控，无人机环境监控；停车微信支付服务。

皮肤黝黑、满脸深刻皱纹的他，为人朴实、热情开朗，他是想从一个粗糙的行业，转向传说中的高新技术领域。桂和他以前认识，那次艾洋跟着桂去了，进行过采访。看了他们的大屏幕实时监控，那里的图像是直观动态的。分布在全区各个企业的现场摄像头传递过来的信息，把各个位置的情形推到了室内。在那里，可以进行实时监控。

他们作为企业，为政府提供采购服务。

“不错不错，效果好，也符合信息化和智慧城市的理念，未来会有广阔空间。”桂说。

“但，目前遇到问题。政府投入不足，覆盖面还不广。”对方说。

“投入是需要的，一个是扩大政府在这方面的投入，这里需要清楚政府安排在环保方面的经费，需要政府将更多的专项经费放到你们这样的项目。第二个是需要企业承担，由政府依法确定企业在这方面的义务。”

“如今就是各个基层政府不平衡。有的强势，能够要求企业承担义务，由企业提供一定经费；有的不敢得罪企业，只投入了政府的那部分经费，而政府自身的经费总是有限的。所以，我们这个实时监控的覆盖面就不够广和全，实际的效果就出不来。”

这样的交谈，似是而非，也不知有用没有。在水城，企业家、官员、媒体人士、社科人士，似乎谁都可以张嘴就来。

如今，在座谈会上，进行的也是这样的演绎。

“乡村也需要网络，不要忽视这个领域。当下我们这里的养龟热，就说明了这个问题。”说这话的老陈，是本地养龟协会副会长兼秘书长。他是健谈的，一有机会就发言，根本不会在乎自己的分量是否有竞争力，开口后就嘴巴不停，生怕浪费了传播信息的机会。他说：“如今，养龟于民，在我们这里的村居，经过发动促进，差不多每户人家都养了龟，他们通过网络交流，介绍养龟的方法与经验，推介和评比龟只。业余生活特别充实，经济收入的路子增加了，矛盾纠纷减少了，有利于社区和谐。接下来，我们筹划举办龟博会，创建龟谷。”

接下来所出现的，也都会是一些产业问题，都希望政府给予扶持。听多了就烦，也记不住。其实，作为媒体人也就是报道报道而已。

媒体感兴趣的主要是政府部门所给予的经费。但也需要给钱的方面满意，否则难以交差，就不会再有以后的机会。

所以，也免不了花费心思。

这次，一个创意就是，把区域内的从事“互联网＋”小微型企业的主管请过来，结合他们的各种实际，谈论这条新路的发展问题。

这些人，开始了本地“互联网＋”产业的一次聚会。

入座后，清茶一杯。每人说一段，会说话或者思想活跃的多说一些；嘴巴不那么厉害的，就讲自己的经历、故事和感受，对政府提提要求。

如此而已。

讨论的主题是“互联网＋”与产业的转型升级——以中小企业

为例。

题目在PPT那里投放出来。

内容是基本可控的，艾洋都仔细地做了笔记。现场，还有一个速录记者，在笔记本电脑上噼里啪啦地录入。艾洋还特地对了一下笔记，明确了基本的内容，无非是：

1．从不同的角度说明产业转型升级是必要的，而“互联网＋”是一个不可或缺的选项；

2．各自介绍自己的项目，宣传自己的特色和优势；

3．提出一些问题，希望得到政府、银行、市场和社会的理解与支持。

最后是总结。一个经济管理部门的领导讲话。

他说：“本地的电商成绩很好，几百个亿的销售额，虽然不可能与北京、深圳、杭州、广州这些大城市相比，但在同类城市中是不错的了。我们有几大优势：一是产业优势。家电、家具产业发展较好，为电商打下必要的坚实基础。归根到底，消费者需要的是产品的质量。二是政策优势。思考在前，调研在前，总结在前，有针对性地出台了一系列政策。三是平台优势。我们的计划是电商占产业总量的10%，还需要努力，实实在在地发挥电商在实体经济中的引领作用。四是人才优势……”

企业的动态，企业的思想，政府的思路，区域的发展趋势，都得到一次展示。

还好，顺利地度过。艾洋的第一次网络直播，也是都市网的一次新姿态亮相。

“要把问题记录下来，上报给政府领导。”吴有为说，“需要深度服务，延伸都市网功能，发挥不可替代作用，争取政府首肯。”

一边主持，一边记录，艾洋整理出了几个主要的问题：

1．电商企业家反映，政府还没有充分认识到电子商务的地位与作用，应当明确的一个认识是：它不是一个产业的点缀和可有可无的选项。在一个地区的产业当中，电子商务应该是灵魂与统帅，这样才可以将电商在产业的转型升级中的作用发挥出来。

2．融资问题得不到有效解决。银行需要不动产作为融资的抵押物，但电商的优势不在于不动产，它的数据、影响力、关系和流动的资产无法作为抵押物，因而无法在融资中占据优势。

3．政府关于奖励跨境电商的政策，四年过去了竟然没有使用过一次，因为那个奖励50万元的安排，需要有500万元的跨境电商的业绩为前提。不是企业没有这样的生意额度，而是难以提供统计的材料，跨境零售电商，大部分是不需要出具发票的。

4．人才的扶持。对于人才的界定需要高学历和高职称，但电商的人才普遍年轻，而且在学历和职称方面都不占优势。他们一是依靠实战，二是那些所谓的大咖、名人、高手等，都未能进入目前官方对于人才的正式评价系统。

5．创意产业园区。赶时髦，一哄而起，遍地开花。目前数量过多，仅仅是发挥一般性的功能作用，未能提供创意企业所需要的服务，就是实际上不像是创意产业园。园区的收入只是依靠收取租金。也由于园区过多，企业都招不满。

这些问题都客观存在，来自现实，颇有针对性，如可解决，企业是欢迎的。那么，水城网也就发挥了作用。

一切顺利，作为主持人，整个格局与过程都掌控得很好。

一身轻松，艾洋抓起自己面前的水杯，咕噜咕噜地喝了几大口。刚才，已经准备好的茶水竟然忘记喝。

但，过程中，尽管非常紧张，艾洋还是在心里头开了小差，想：怎么不是他呀？为什么他就是不来？在做这次调研的时候，本想去采访他的，但总是约不到。

他不是梁子亮。其实，关于这个他，尽管是不可能也不必要的，但思念竟这样不识时务地产生。

于东风，难以抹去的一个记忆。

这次，原来开列的座谈名单，艾洋特地加了上去，但没有联系上，一下子不知其行踪。

未有风光的处境是可以断定的了。还有点替他担忧的是，最近听到一些议论，说他在居民区一座陈旧的单家独户楼房内，召集一些年轻人，整天咋咋呼呼，有点像搞传销。

有邻居很不高兴，就报了警。

一个海归，从美国硅谷回来的，以自动化为专业的年轻人，为何就走到这一步呢?

2

紧张之后的放松。傍晚，宽阔的大河岸边上的创意产业园。艾洋、李韵和吴有为、桂驱车过来。

到这里吃东西，享受一种特色。科技园区的，白领的。和市面上的就是不一样。它的雅致与时尚，既有一种鲜活的张力，又与世俗关联不大。园区内的道路两旁，竖立了一批镀铜的科学家、思想家、经营大师的塑像，还有另一种非写实的各种造型、各种材料的抽象艺术雕像，墙面是粗线条、强烈色调的现代派风格涂鸦，强烈的视觉效应，传递着动感的信号。

创意园不知不觉中也成为一个美食聚集地。粤菜、川菜、东北菜，咖啡馆、西餐厅、日本料理、韩国烤肉都有，其中一个香港茶餐厅他们来过多次。

做完了那个在线座谈的节目，约上，就过来聊聊。本期话题的策划也都经过三个人商量，下午直播的时候，李韵和桂不仅一直在关注，而且还按照原来的设定，发了一些帖子，围绕话题，支招献策，摇旗呐喊，烘托氛围。其实，他们就是主持人的助手，也是粉丝。

事情完成了，都高兴，意犹未尽。

企业家们各自回去，他们不留下吃饭。这里的一般习惯，做事归做事，吃饭需要另约。不吃饭，都图节省时间。

傍晚6点多的时候，冬季黑得早，夜幕降临，细雨。园区的路灯亮着，但行人稀少。空气似乎更为清新，可人。

在河边，以前著名的码头。那是一个重要的交通节点，在水路时代繁荣了近百年。由于在上下游都先后修建了大桥，渡口失去了作用，于是，就在20多年里，消失了原有的光环。

如今，码头只是一个时代的记录。

但人们又发现了其中的价值。各种历史的记忆和文化的标签，聚集其中，使之内涵丰富。

于是，又衍生了另一种空间。

竖立各种牌子：工业设计产业，工业设计城，VR空间，国际大奖展，创新产品展。

在大门进去第一栋楼第一层的门口外墙，摆满了各种牌子。

一个密集的聚合。各种机构，各种实体，各种品牌，各种姿态。

桂说："奇观，一个特色，一个标志。雄浑的气势，杂乱的步伐，无与伦比的竞争力。"

艾洋笑笑，拍了下来，说："我收录了。"

旧厂房大楼，装修成巧克力形状。主墙外立面，深灰的底色，带有时尚和理性。用线条、造型和颜色，设计出一个围棋的格局。黑白棋子上刻着创意产业的各个主要元素的概念，展示一个博弈的主题思考。

里面，巨大的旧车间，坚固粗犷的钢制金字架跨梁稳稳地设置在上方，地面铺设了复合木地板。制造业留下的大工作面空间，几十张写字桌整齐排列，上面配置了电脑。写字桌上方，吊着传统电灯的放大造型的照明灯具，中央空调静静地输送冷气。年轻的从业者坐在有滑轮可转动的靠背椅上，对着电脑荧屏工作。

另一座五层厂房大楼，外表粉刷一新，一棵枝繁叶茂的大树和一只憨态可爱的大熊猫描绘在大楼的外立面上，还书写着如同小车般大小的字母：VR。楼房旁边，竖立着几个两三米高的米黄色变形金刚机器人造型，前一半身体是原体造型，后一半是裸露出体内的机器构造的犀牛机器人模型、可爱的动漫企鹅模型。

一个典型的充满张力的创意产业园。艾洋知道，类似的，小小的水城区域里头就有十多个，叫智谷、创谷、创客城……

朝着一幢楼看了看，以前工作的那个公司在五层。

电梯的对开钢门，被线条粗犷奔放、色彩鲜艳的两个广告满满地封住了，一个是众创空间创业热线电话，附上的二维码可以立即扫描登录；另一个是文化艺术街创意火热招商，面对观众、瞪大眼睛、伸直手指的西部牛仔的头像，展示了富有现代科技感的文化风格。

熟悉的C座512号。

艾洋有一种亲切的感觉。不仅是在出国之前，在这儿上班。那时候，刚刚大学毕业，满脑子的幻想。

还有，她的爱恋也曾经流落在这个园区，在楼房的公司里头。

就放置一边吧，往事。

不想不烦，一想起，心里觉得堵。

“又发呆了。”李韵笑笑说，摇摇艾洋的胳膊。

“没事没事。”艾洋也笑笑，振作一下，轻松起来。

走进来，觉得变化明显。

去见了园区的主管玲玲，她还没下班。艾洋眼尖，看到她的办公室亮着灯光，就领着李韵去了那里。

“Hi。”玲玲热情地打招呼。

艾洋格外高兴，两人手拉手，热情地说起话。

她还是轻松愉快的样子，工作也没变，还在负责行政。

时间也不多，就是说几句话。

“又出现了一批新公司。”艾洋说，“隔几天不来，就可以感受到变化。你们这里的活力可以从这儿得到说明。”

“生得快，死得也快。这是一个规律，尤其是新兴产业、高新技术企业。”桂说。

“是的，你们都是专家，一眼看到实际的问题。如今注册公司容易了，但注销公司还要办很多事情，增加了成本。”玲玲说。年轻的她，20多岁，大学毕业后，先是和同学在园区合伙办公司。没多久，被园区的老板挖走，当上职业经理人，管理这个创意产业园。

创意园老板叫洪志宏，残疾人，一条腿是瘸的。家在农村，小学毕业时，遇到“文化大革命”，洪志宏失学了。到水塘抓鱼，被毒蛇咬了左小腿，家里经济条件不好，医治不及时，那条腿就落下残疾。于是处境更为艰难。流浪街头，在街市上混饭吃，跟着别人卖猪肉。后来到小吃店帮忙，学习厨艺。20多岁时，社会环境宽松，市场繁荣，生活自由。他和邻村一个有一只眼失明的女子结婚，成家立业，努力地为自己的生活打拼。

他出来做生意，开酒店，做餐饮清洁系统，接着是卖字画、搞艺术馆、收藏文物，最近几年建起这个创意园区。他找到几个做小家电生意的老板，大家合伙经营，向政府租赁30年。政府的要求是，一定要做创意园区，不得改作他用。要对接有关产业转型升级的政策，在招商引资、引进技术人才方面，都有具体的考核要求。

洪有两个孩子，一女一男，都让老婆带到加拿大，由她陪读照料，和他姐姐的家庭一起。在那里，他们家的亲戚族人聚会，能够坐满四桌。

艾洋采访过他，印象深刻。

“搞了这个玩意儿，好像自己是政府公务员，对接政策，配合政府。不仅是个产业，也是个标志，表明政府的一个态度和导向。”

那次采访时，洪志宏说过这样的话。

当时，艾洋笑笑说：“我们这里，每个镇都有创意产业园。没有的话，产业就好像要out了。”

洪志宏说：“大家都这样说的，我们这地方，地域面积不大，自然资源少，行政级别也不高，就是靠着人的因素。这其实也不复杂，就是敢想敢干，触角敏锐，说干就干，失败了总结经验继续干。所以，什么时尚新潮，我们这地方一定少不了，即使一窝蜂上马也不奇怪。勇立潮头、敢为人先、争先恐后等，不仅是媒体吹的，也是实际上做的，都知道千军万马挤独木桥，肯定有人会被挤得掉到水里去的，但是总是不怕，敢于承受这份风险。所以，也就可以保持创新领先的势头。”

艾洋点点头，说：“说得真好。”

洪志宏摇摇头说：“都是用血泪换来的体会。”

艾洋说：“我懂。尽管我不可能深刻理解这道理。”

艾洋把这个访谈发在水城网上，反响热烈。

李韵也是一个给予好评的读者，她给艾洋发去信息说，这个老板有思想，说出了一个区域的文化底蕴。

但最近没有见到洪志宏，玲玲说他参加自驾游。这个只有一条腿还健壮方便的主儿，沿着中国的边境行驶，计划耗时近两个月。过程中一直保持联系，动态实时的图片天天都发来，简直一起同行。回来以后会举行一个图片展和分享会，这是已经确定的安排。

“有钱就是任性，有钱就有创意。”李韵说。

艾洋笑笑不语。

李韵说："难道不是吗？这样的创意谁想不出来呀，问题是，我们没有足够的资金，我们的时间需要用来挣钱。"

艾洋说："好了好了，这又不是什么新发现。但知道了这个规律，你又能如何呢？"

说着，艾洋对玲玲说："你继续，回归主题。"

玲玲说："我们这几年情况越来越好，这几个月已经有30多个实体进来。最近举办了电商学习班，我们安排课程、请老师，政府支付学费，企业响应积极，参加的人员不少。"

艾洋问："收入靠什么，政府的补贴可以吗？"

玲玲说："政府的扶持也有一些，但我们基本依靠自己。主要是靠租金。当然还说不上什么利润，能对付管理的运作就行。我们老板还不指望这点收入。"

李韵说："总不能长久不考虑经济效益吧？"

桂说："当然不能。经营好了，创出了影响力，形成了品牌，园区的土地物业就会增值，那不就产生收益了吗？你看这里的大楼每年都在新建。还有更大的基地在打桩。"

玲玲笑笑说："对，已经报建了，要建一个地标性的高层写字楼，数字化、智能型的。"

桂说："又是一个概念，一个卖点，一个利益增长点。"

艾洋说："还是资本的胜利，知识产权的胜利。"

桂点点头，说："是这样。现在差不多所有的镇都有创意产业园。还有一种风格是不建新楼，而利用旧厂房改造，别有一番滋味，那感觉也特别好。"

李韵说："其实做得挺漂亮的，那个时代的厂房就是高大气派，道路也宽敞，外表形状是笨笨的样子。宽阔的墙面画上粗犷强悍的涂鸦，文化味道、创意理念出来了，我喜欢。"

桂也笑笑，说："小资情调就在这种不大协调的结合中自然而生。上世纪七八十年代的厂房，几乎不需要考虑地面空间的成本，所以有着特别的大气。”

“我们再去五层看看吧。”艾洋说。迈步离开这儿了，想着更有兴趣的去处。

中间一条走廊通道，两边房间是公司，各自门户相向而立。走廊两端，各有一处洗手间，一头是男用，一头是女用。走出电梯口，一旁墙面挂着一块分众传媒屏幕，不停地播放各种商业广告。再一旁，贴在墙面的那块不锈钢板面上，一条块一条块地打印上这一层楼进驻的公司的名称。

C座512，熟悉的地方，那里灯光更加明亮。艾洋知道，下班之后还待在公司，对着电脑工作，或者在小会议室讨论什么的，是他们那个IT公司。那时，于东风是副总。

在那里坐了一会儿，发现公司里面显得有点乱。

“这个公司现在如何啦？很久没有与他们联系了。”艾洋关切地问。

玲玲笑笑，说：“非常好。这里已经不是公司的重点，他们很快就搬地方了。公司在工业园区买下地皮，盖了厂房。这几年也进来了几个股东，资本增加了，实力更为雄厚。技术、产品、市场，也都不错，出口贸易越做越大。现在又有一个冲刺目标，准备上市。请来一个在知名上市公司当过多年董秘的退休高管，以上市后分给股份为条件，由这位高管担纲上市工作。他们最近在广州还开办了一个公司。广州招人容易，那里人才多，工薪要求也不高。”

艾洋说：“这么好，于总为什么要走？”

玲玲笑笑说：“说不清楚，人各有志吧。”

接着，又讲起了以前的几个同事。都是艾洋提问到的，像是打发时间，像是问候，也像是作为记者的一个采访的习惯。但有些人物，艾洋觉得还是很有意思的。在心里其实已经记录下来，以后的采访报道说不定会用得着，或者，在与桂讨论“互联网＋”问题的时候，也肯定有用。桂经常说，艾洋要发挥记者的便利和优势，多关注现实中鲜活的素材。而这是不可替代的，特别是在水城，一个飞速发展起来的制造业城市，科技与理论不占优势，但在实际操作层面，倒是具有许多大城市和科研院校所没有的资源。

这次，艾洋触景生情，捕捞往事，又记住了一个例子。

雷志超。他也是在公司里待过的，但后来也回到电脑城三楼，再次开设档口，继续做维修笔记本电脑的生意。以前他就在那里的，他不喜欢与别人交往，也不想做生意的技巧，只是专注地将电脑修好。他租下了一间铺面，积累了一批器材，也代理几个配件产品。后来就结婚，有了一个女儿。老婆对他温顺体贴。

艾洋记得和他的第一次相遇。那天她在电脑城采访。

“你好。”艾洋同他打招呼。

他抬头看了她一眼。脸上没有表情，说：“什么事？”

“可采访你一下吗？”艾洋说。

他不回答，低下头，继续修理手头上的那部笔记本电脑。

“可以吗？时间不多的。”艾洋继续说。

“没时间。”他说。也不看她一眼。

现在，他又回到那做个体户，看来他是更为适合这个生存方式。那里有一种特别的独立与安静，是他很享受的。

在都热衷于通联和展示的时代，他保持着不多的独立与寂静。

有一对做营销的夫妻，原来是做广告业务的，后来进入公司，但也没待长久。离开后，做刷卡机生意，销售，维护。他们觉得还是拥有属于自己的公司更好，自己做主更加自在。但新开辟的生意却不大理想，经营不好，资金短缺，于是，只好把汽车都抵押了出去。

其实，一个公司在运作中，也孕育着新的公司。公司里的人们都在头脑里盘算着，看看是否可以找到更好的路径。这个并不偶然的规律，在创意产业园似乎表现得更为普遍。

因为互联网提供了从未有过的便利平台。

想到这里，艾洋抿抿嘴，偷偷一笑。自己也会像学者一样，有模有样地进行思考了。

3

看了C座512，艾洋不想说话，神不守舍。历历往事不请自来，回闪在心头。

那是于东风，在创意产业园认识的恋人。一段至今难以忘怀的恋情。

忘不了的秋雨的黄昏，创意产业园的路灯点点，白色的、红色的、橙黄色的，像是表达着不同的心情。

忙碌一天的她，离开公司。时间已经有点晚，独自一人行走在路上，在放松心身当中，忽然若有所思，感到了路灯的美丽，特别是在夜幕渐渐加重背景下的凄美。

这时，在路灯下，一个修长的身影。他低着头，两手搓动，来回走着，像是为什么事情在焦虑。

这样，又遇到了于东风。

这是第二次与他接触，也就自然介入。因为那时候，他是个失败者。

她先开口打招呼的。

“还没有吃饭，是吗？”艾洋说。

“是的。你的眼力真好。”他说。

“不是，我也没有多看你什么，只是，只是想和你吃个饭，聊聊。可以吗？”

“当然。不过我没有钱。”

“真的吗？”

“真的。”

“那好，我请你。”

“我不客气了。”

他们去那个港式茶餐厅。

上一次，只是在半年多前，可不是这样。

在他的公司里，他推介自己的产品。那款二轮电动车，两只脚踏在上面，把握着中间的控制杠杆，就可以灵活地在城市平整的道路上行驶。

他把笔记本电脑的视频文件打开，在办公室雪白的墙面上直接投射投影。很棒的影像，专业的语音解说，富有冲击力的音乐做背景烘托，还有动漫、图表，在不长的时间里，把那个产品的魅力展示得淋漓尽致。

接着，于东风说：

“这是来自硅谷的技术，具有世界领先水平，市场前景巨大。为了这，我没有接受我的美国导师安排，没有继续攻读博士学位，也放弃了在硅谷的世界一流企业就业的机会。中国有市场，也有制造业的基础，我就毫不犹豫地回来了。我们这个产品发动机是世界一流的，电池是世界一流的，操作系统也是独创的，所以，前景非常好，有什么理由不成为世界一流的品牌呢？美国有个专栏作家最近发表文章说，中国的厉害，在于‘学习＋人口规模＋面向世界＋创立品牌’。我们走的就是这样的路径。”

“这是我们落地的一个项目，还有一个与之对应的，在线上，在数据库里头的，就是云。我们云计算项目，链接企业，尤其是中小企业，以后这些企业就可以把许多事务放在这上面，省下自己的IT人员，节省成本。而我们通过云，对应我们的智能电动车，对接使用者相关的企业、家居，以及他们的生活、工作、学习，构建一个巨大的而且是不断丰富的数据云。形成良性循环，功能日益强大，规模日益强大……”

那时，于东风满面红光，神采飞扬，口若悬河，滔滔不绝。

吃饭间，于东风谈兴又来，说自己在策划一个前景不错的项目。

艾洋说：“那是代步机的升级版还是别的？“

于东风说：“是别的。”

艾洋说：“新的技术？”

于东风说：“新的，也是旧的，老的。”

艾洋说：“解谜。”

于东风说：“养老呀。”

艾洋说：“那太多人做呀。”

于东风说：“我们有新的方式，新的模式。中国将进入老人社会，我们这个项目，叫作老人通。采用网络手段，一个特制老人使用手机，一键拨通所有服务。后台服务有总部，有不断延伸的遍布全国各地的服务网站。而且，为老人的服务是双向的，不仅有他们所付出的购买服务，也有他们所得到的。他们写了书法作品，帮助推销；他们有演讲的安排，帮助联系接受者。个人定制服务，可以是专业化的，如管理、投资、文化活动等。让老人发挥余热。”

艾洋点点头说：“真好。”

“真的吗？”于东风说。

艾洋点点头。其实，她心里明白，自己是喜欢看他那滔滔不绝自信地讲述自己的项目。喜欢听他洪亮且带有磁性的声音，看他英俊又有文气的模样。

“那你买一个服务如何？”于东风说。

他从随身带的帆布挎包掏出一个小方盒，打开盒子，取出一部手机，说：“这是我们定制的老人专用手机。你拿了，进入了我们的网站，立即享有老人一键通整体服务。”

艾洋摇摇头，说："我们家这里没有老人呀！我妈妈暂时还用不上。"

于东风说："你不舍得花钱是吗？那我免费送给你。"

说罢，把手机装进盒子，把盒子摆到艾洋面前。

艾洋急了起来，说："不是不是，真的不是钱的问题。"

于东风说："当然不是钱的问题，送给你。"

艾洋想了想，说："这样吧，我有个老姨婆，一个人住，家里人都很担心她，她需要的。前几天我表姐还问起老人服务的事情来，我帮她买一部吧。"

于东风一听，立即高兴说："那好，以后多联系这样的客户。我给你提成。"

艾洋说："不急。我们还是吃饭吧。"

吃着吃着，于东风又说："其实我也不在乎你这样的一两个客户。玲玲妈妈是市委党校的教授，也过来帮忙。她退休已有几年，精力还很好，一直喜欢演讲，参加了中国演讲协会，与李燕杰、彭清一等那些演讲大师都有密切联系，在经营一个演讲协会，搞培训，到处招生。一有机会，就推荐我们这个老人通。"

艾洋说："我也是帮你推。"

于东风说："我们的老人通宣讲是做好了计划的，我说给你听吧：1. 中国老年社会所带来的挑战、机遇与责任；2.'互联网＋'养老服务的功能与优势；3. 老人通服务的内容、区域布局与发展；4. 参加老人通的办法与回报。我们会以宣讲的形式，进行品牌传播、业务拓展和吸引资本。需要制作有影响力的PPT文件，需要培养一批讲师。业务员都应该是讲师。"

艾洋点点头说："嗯。"

于东风说："还要与一些创投资金合作，模式可以多样化。"

一开口，他就兴奋不已，收不拢嘴。

艾洋还是那样，似懂非懂，不停地点头，不时嗯一下。

时间无声溜走，不知不觉。

那已是往事。

如今，空空的公司，夜色浓重，想到过去那些，心里就不是滋味。

艾洋悄悄地问了玲玲，是否知道于东风的近况。玲玲看了看艾洋，趁着其他人不注意，把艾洋拉到一边，说了于东风的情况。艾洋听了不动声色，只是点点头，表现出平静而无所谓的样子。但是，接下来，艾洋就不想说什么话，只是应和着别人的议论。

回到家里，坐下来认真地想了想于东风的事情。

忍不住，还是给玲玲打了电话，说："你就说说他的事情吧。你也知道的，我就是想问问，也没别的什么意思。"

玲玲说："艾洋姐，我知道的。他的事情我可能知道多一些。本来也想过打电话告诉你，但怕你太忙，不好打搅。是这样的，于东风和妻子离了婚。双胞胎孩子的抚养权和监护权出现了争议，闹得不可开交。妻子说：'我要带上一个，我生得那么痛苦。'于东风说：'要么就两个都给你带，要么就都给我带。监护权可以判给你，法律赋予的权利与实际操作不是一回事。我是不想让孩子分开。'妻子说：'带两个又太辛苦，我受不了，也不能让你清清静静地享福。'于东风只好接受妻子的要求。但又说：'我带男孩。男孩传宗接代，我要对得起祖宗。'妻子说：'那也行，不过你需要付给我20万元。'于东风不高兴，说：'那你不是将孩子的监护权当作商品，买卖交易了吗？'妻子不高兴，脸一沉，说：'我不管，你有你的要求，我有我的要求。'于东风没有办法，咬咬牙，只好答应下来。"

"这样，于东风就把儿子带在身边。在公司里收拾了一间房子，安置简单的睡觉和吃喝的家具，想着就这样过一段时间再说。他说过，想请妈妈过来带孩子，但是父亲病卧床上，母亲需要在他身边伺候。要是请一个保姆，住在一起，也不方便。坚持下来看看，公司的业务也正在关键时刻。”

“于东风于是就改变了自己的生物钟，不再熬夜。学会做爸爸的功夫，他说，晚上10点准时陪儿子上床，睡觉前讲一段故事。待孩子睡着，自己悄悄起来，看看资料，上网查阅有关信息，或者，走到门外，打上几个电话处理一些事务。过了半夜12点，才是自己的睡觉时间。第二天早上6点半起床，准备好早点，7点叫孩子起来，洗漱，吃早餐；然后开车送到幼儿园，看着儿子走进里面，才转身离开。”

听玲玲说，于东风的公司就在老城区一条小巷的出租单家独户，巷子道路狭窄，汽车进不去，好处是租金便宜。

第二天，在水城网忙了一会儿，艾洋就悄悄离开，打的过去，看望于东风。

旧街巷里面，一座临街独栋四层高的旧楼房，那是于东风的经营场所了。门口两边挂满了招牌。什么公司，什么中心，什么基地，什么之家，什么体验馆，都有了。

大门紧闭。按响门铃。

一个穿着整齐像是做咨客接待的青年女子出来开门，看看艾洋，问：“你找谁？”

“我找于东风。”艾洋说。

“是于总。”女子说。

“是的，就是于总。”艾洋说。

“有预约吗？”女子说。

“没有呀，不好意思。我是水城网的。你报给于总吧。”艾洋说着递上名片。想，还是要依照这里的规矩，否则无法通过的。

女子再看看艾洋，说：“你等等吧。”顺手把门关上。

一会儿门开了，来人不是那个女子，而是一个男青年，笔挺西装，彬彬有礼。对艾洋微微点头，笑笑说：“不好意思，让您久等。

于总请您进来。”

大门里面，是一个前厅。

于东风在二楼。西装男说：“于总在亲自宣讲，请您稍候。”热情地把艾洋带上三楼一个小吧间，并递给名片。这是一个部门经理。

在沙发上坐着，刚喝了一口矿泉水。出去了的西装经理又匆匆走进来，这时候，表情态度似乎更为夸张，向艾洋鞠个躬，又连忙说：“真不好意思，怠慢了。于总请您现在就到他那里去。”

艾洋问：“于总的宣讲结束了吗？”

“没有。”西装经理说，“他说请您一起听。”

说着，下到二楼，进了一个教室般的房间。那里，于东风悦耳的声音在回荡。

于东风站在墙前，手拿麦克风，面对坐着的二三十人，进行着他的宣讲。

艾洋走到听众的后面时，于东风发现她了，他立马停下自己的宣讲，微笑着和她打个招呼，然后向大家说：“我隆重地介绍，这位艾洋总编，是水城媒体的旗舰——水城网的主帅！”

大家噼里啪啦地鼓掌。

艾洋连忙摆摆手，不住地点头，嘴里说：“客气了客气了，于总不要这样说。”

于东风看来并不理会她，继续说：“这就是修养呀，不愧是水城一支笔，她也是我的好朋友，一个坚定支持我的人。我们都有一个共同点，热爱创新，不畏挑战，也都崇尚人文精神。虽然我们留学在不同的国家，我在美国硅谷，她在英国爱丁堡，但是，共同的价值理念使我们一见如故，并且互相理解与支持……”

听着于东风这些脱口而出的赞誉之词，艾洋心里嘀咕一下，这老兄，又在打什么主意呀。

果然，一段介绍之后，于东风的意图显现出来。

他说：

“……我们都有阳光的心态，健康的生活方式。我们忙碌，但轻松、充实、愉悦，吃得好，睡得香，心理平衡，从容应对各种生活的事情。回归到刚才我给各位讲的主题，如何健康睡眠。”

于是，于东风的广告宣讲又进入核心阶段。

他说：“觉都没有睡好，你还谈什么幸福嘛！正如我刚才所提到的，近年来，睡眠问题日益突出，已成为重要的公共卫生问题。去年中国睡眠指数报告显示，我国约有三分之一的人存在严重的睡眠问题。令人忧心的是，随着生活节奏的加快和社会压力的增加，这一比例还在日益升高。所以，各位亲，你知道啥是稳稳的幸福吗？稳稳的幸福就是每天都能睡个好觉觉。如果连觉都没有睡好，你还谈啥子幸福嘛！每天幸福地睡个好觉觉，不想吗？参加我们的好睡堂睡眠体验沙龙，就能解决这个事！”

在于东风演讲的同时，他身后的白色布幕上，推出了关于这个的讲师介绍：

一位人本学派完形心理治疗师；

一位有两个孩子、人生经验独到的父亲；

一位经历异常丰富的人生导师；

一位专注生命质量、自我成长领域的从业者；

一位21世纪人生觉醒教育的积极推动者。

内容安排：

a．分享健康睡眠之道；

b．现场深度睡眠体验；

c．身心健康问答环节。

还有沙龙时间、沙龙地点、报名费用、报名人数、报名联系人。

于东风继续说：

“十多年来，我师从数十位顶尖西方心理学大师、印度静心导师、道家内丹师父、佛家禅师及中西医大家，致力于体证及推广以道家天人合一的生活方式。佛家自观自在、慈悲为怀的生命态度为本，心理学及医学的身心调整方法为手段，帮助自己及有缘人以最恰当的方式，经营好家庭、事业，迈向身心的健康……”

艾洋听着听着，微微皱起眉头。

结束时，那两个于东风这里的人，一个西装经理，一个女子咨客，就站在出口处，劝说着那些人报名、缴费。

于东风请艾洋回到三楼，坐下，说话。

艾洋说：“原来教人家如何管理经营，如何创业投资，如今，教授的是睡觉的方法。没想到你还有这样的专长。”

于东风说：“顺手做的，好像也有点市场。而且我也没骗人。”

艾洋说：“你不是在硅谷学计算机的吗？”

于东风说：“那我课余还学了其他呀。”

艾洋说：“那可要花费很多美金，可能吗？”

于东风说：“非也。我都是书本上学到的。到图书馆借书学习。”

艾洋说：“你是说那些师从心理学大师的？”

于东风点点头，说：“是的。我在美国的大学图书馆借阅他们的著作，自学，但在那样的环境，所得到的感悟与启示，又是独特的。这与国内，尤其是依赖翻译过来的书本来学习，完全不同。所以，我也就等于这里所说的，拜了他们为师。”

艾洋说：“那瑜伽术也可以从书本上师从吗，你懂印度的语言吗？”

于东风呵呵一笑，说：“那你又问对了。印度语我是不懂，由印度语翻译成英语的关于瑜伽术的著作，同中文译本也都相差无几。但是，我有印度的朋友，我们计算机课程的老师，有几个是印度人，研究生班50多个同学，一半是中国人，另一半是印度人。印度人中有瑜伽爱好者，他们做瑜伽，做催眠术，我亲眼看见过。这第一手经历无法替代。所以说，我没有欺骗。”

艾洋说：“当然，你还是两个孩子的父亲。这点要素你也毫不客气地拿到商业运作上来显摆。不好意思，我本来不该提到这个事情。”

于东风说：“没问题，一点儿都没问题，只要不当着我孩子的面。你这样说我更高兴，说明你也如同我一样，喜欢直来直去。这些要素吧，如何看待，其实我自己是十分清楚的。但结合到商业运作，那就有另一种风格。”

艾洋说：“我不怀疑你的智商。不过还是善意地提醒一下。实际上，经营效果如何？你是从硅谷回来的留学生。你不仅有专业，还有成本。一方面，你要发挥所长；另一方面，你需要效益。”

于东风说：“这时代，谁不需要效益呀。为了这个，我租了这偏僻的窄巷，接待你的那两个，都是职业技术学院来进行创业实习的大学生，不需要支付工钱，一天管两顿工作餐即可，大幅度节约了经营成本。”

艾洋说：“我看你这个环境，可以肯定，没有以前你在那个电动车公司好，现在，那个公司又有新的发展。”

于东风一摆手，说：“不提这个。人各有志，各有各的发展道路。我和那个老板的文化理念不一样。我说走就走了，头也不回。不为什么，就因为我的理念，文化的，深刻的。我不强求人家，别人也不要勉强我。我从硅谷回来，有这个原则，也有这个底气。”

艾洋笑笑，说：“真不知如何说你。”

于东风说：“你不懂我的。当然也不需要懂。我的一切，我都清楚，都心中有数。”

艾洋说：“但愿吧，祝你顺利。”

于东风说：“谢了。我喜欢捣鼓。”

艾洋低下头，微微一笑，说：“其实，你的亮点就在这里。不安分，敢想敢做。身上有一股澎湃激扬的动力，让人感到振奋，看到希望，得到鼓舞。”

于东风说：“我不在意别人如何说，我有我的逻辑和行动。再不行，我回到硅谷去，住他三个月，设计一个商业模式，回来做个更大的。我不第一，就唯一。我策划了自己的形象定位：创意大师，沟通之王，经营专家，成功导师。实践第一，华人世界的第一。”

艾洋说：“我们水城网有你一半的思路和激情就好了。我们的招数太实在，没有创意。如今找老板，即使是非常有钱的老板，对方都爱理不理，非常抠门，做一个广告可以把我们治理得服服帖帖，烦死了。”

于东风说：“你们缺乏创意，缺乏创业的自信和激情。点爆业绩，裂变式发展。找到痛点，扩大之，刺激之，使人痛苦不堪，痛不欲生，他要救命，找出路，自然就会听从我们的。那样，支付点学费，还会是什么困难的事情吗？那么，三天培训费每人19,888元算得了什么呀，何况我们有推销策略，优惠价仅仅是888元，还提供早餐、午餐。”

艾洋说：“你这像是把我当客户。”

于东风说：“不好意思，我习惯了。还有，我们要建立一个亿元俱乐部，从银行账户流水数据寻找排位前列的富豪。”

艾洋说：“这样就可以扩大和稳定客户。”

于东风说：“你很有灵性呀，举一反三。”

艾洋说：“木头和你在一起都会长出商业元素的枝叶。”

于东风说：“谁叫我是硅谷的‘海龟’。”

艾洋说：“我也是留学归来。爱丁堡，《哈利·波特》作者的家乡。浓郁的历史文化气息，优雅浪漫的格调。”

于东风说：“你在英国，沾染了世袭贵族气；我们注入的是西部开发的牛仔精神。”

艾洋说："你胡说。我们是理念不同、性格不同、价值观不同，当然，职业也不同。你看，我们只是码字的，文字有什么力量呢？"

于东风说："做事，看其表面的热闹和成效，有人是以点的操作为单位的，有人是以线为单位，有人以二维的面，以此类推，还有以三维的体为单位。三维中，又有变形的函数，有裂变的函数，那样，形式的差异非常大。做文字的，只能是点，只能是线，没有比如做工程、做资本运作的大规模、大动力、大效果。至少表面是如此。但，谁也不会否认，文字是最伟大的力量，有其他任何表面的、物理的力量所无法比拟的力量。问题是，在很多时候，文字的功夫是静静的，寂寞的，清苦的。无法绕开这样的安排。那么就接受吧，努力耕耘吧。"

艾洋点点头，说："你的这番话说得真好，也出乎我的意料，真没想到你体验如此深刻，发人深省。"

于东风说："你不是说我是大嘴巴，江湖骗子吗？没有这样了得的口头功夫，哪敢出来闯荡呀。"

艾洋撇撇嘴，说："你又来耍贫嘴，总喜欢搞点无厘头。"

于东风说："周星驰是我的偶像。在加州留学，想念中国了，我就看周星驰的影视作品。"

4

离开于东风那里，叫了温志发的快车。车上，温又唠叨起来说，眼看就要过年，盘算来盘算去，公司+家庭，计划开支达到18万元，但所经营的10多个工地，业主都没有按合同支付工钱。德国人的厂房工程例外，严格履行合约，给了50万元。不过，多个施工方的人来参与分配，搞厂房钢架结构的他，只分到7万元。后来再去争取，说工人的需求是迫切的也是基本的，好说歹说，就加给1万元。收到这笔钱后，付给工人工资7.5万元，自己只留下5000元。

再去找做典当行的那个老兄，还是空手而归。

那人30岁出头，原来有3000万资产。这次不到半年，资产急遽下降，不仅归零全没，还倒欠2000万。有过来做抵押的企业老板，开来一部高档雷克萨斯轿车，不再讲价，只要20万元，典当行不答应，就说15万元也行，拿到钱一溜烟走人，车留下，却再也见不到人了。停放的车辆，车身表面积累的尘土有铜钱厚了，也都不见车主过来赎回。这个典当行还经营着地下钱庄，温志发也放了贷款。原来是一个生财之道，如今却遇到大麻烦。前几年借给他的300万元，合同是付给30%年利息，如今每个月只给3000元。无法讲道理，在典当行老板也几乎破产的时候，那老板对温志发说，要不你就把那辆抵押的雷克萨斯轿车开走，要不你就到法院告我。

温志发毫无办法，他知道，像他这样的关系户一定不少，对于典当行的破产风险，他们更为担心，因为一旦到了这一步，自己投进去的资本，从此就化为灰烬。而只要这个老板还在经营着这个典当行，倒还有死灰复燃的希望。

艾洋听了就说："都不容易。做实体经济困难，网络经营也差不多。容易做的事情早被做完了。但就算是，有那么一点点机会，都会有人去努力经营。"

艾洋向温志发讲起尼秋。说了他最近的一个经营方式，那不是做平台，也不是做渠道，只做项目，做个体。在微信上销售自己的字画、印章，作品上标明价格，付费邮寄。有时，展示字画作品时，在图片下方还链接了打赏，设定了一个点赞给钱的机制，赏金5元至200元。他是电商中的文化个体，和那些依靠公司运作，批量推销产品和服务的做法是不同的。一者可以或多或少挣得一点儿收入，二者可以通过网络与消费市场保持紧密联系。

"我懂了。"温志发说，"一定不要放弃。做总比不做要好。"

5

在水城网。

QQ里来了一个好友的问话：在吗？

起初并没有怎么在意。好友还是多的，有的记不住，有的来打个招呼也是意思一下，没有什么事情。但这个好友问了几次，连续几天。那个常见的图标仿佛变得有生命力，明摆是在真心实意地等着她的回答。下午，当艾洋有了空，便认真对待开来。

这人叫怡和，一个女生，于是查看记录，很快就想起来。几个月前在线上认识的。

那时，她发了一些有点伤感的帖子，挺文艺的，感情细腻，也觉得不是做作，而是真的。

这是快过年的时候。

艾洋就与她保持了互相关注，不时交谈。她是大学毕业没多久的白领，在公司上班。遇到了一些感情上的事情。

感到这女孩应该招男孩子喜欢，因为如此，出现爱情的故事也就难免。但她心志好像很高，特别自尊与倔强。

那个晚上，春节时候。艾洋特地躲开热闹，在QQ上寻找一些心灵的对话。于是又遇到了怡和。她也在线上，孤独徘徊。艾洋联系了她，就说："过年了，你好像不在家里，在公司，是吗？"

怡和说："不在公司，公司放了假，大家都回家去过年。我在公司所在的城市。"

艾洋说："那不是你家所在的城市。"

怡和说："你怎么知道的？"

艾洋说："我感觉。看了你的发言。"

怡和说："我这一年都不会回家的。这个夏天要加班，不回去，等再过春节，我就去一个朋友家里吧。真过不去。无法面对家人，不如不见。”

艾洋说：“也不必那么绝对吧。”

怡和说：“都一年了，这事已经变成一把刀，变成心头的一根刺，过不去。”

艾洋说：“美女，你让我心疼。看开点，世事差不多就行，都这样的。”

怡和说：“我还没成熟到可以原谅背叛。”

艾洋说：“需要那么认真吗，难道就值得那么认真吗？我也还是单身，本来没有资格说教，但也有过一些经历，还是可以说上一两句的。感到你还是让我觉得陌生。我是不是老了，不懂你，不懂你们。”

怡和说：“谢谢你。你说你的，我在听，但我有我的心，我有我的感觉。我就是我呀。那个事情，还是请允许我说背叛。对我而言，这与背叛无异。”

艾洋说：“你应该找点事做，别整天沉浸在这悲伤之中。我真的心疼。”

怡和说：“其实我有事情做。听课，码字，唱歌。”

艾洋说：“你可以关注我微博，里面有我收集的搞笑视频。写点东西。”

怡和说：“我看过了，也看了你们的网络。你是职业的。我是个人的。应对职业，你很合适。我比较难。个人性格不同。当然你的修养好，你是‘海龟’，在英国待过，有点绅士风度。”

艾洋笑了，说：“我看你化妆可好看啦，喜欢。”

怡和不客气，说：“我不化妆也是很好看的！”

艾洋连忙说：“是。你胯部大，性感，妩媚，动人。”

怡和也呵呵地笑起来，说：“你的审美很务实，很男人呀。”

艾洋说：“你高兴就好。”

怡和说：“会的。谢谢。不高兴就找你。”

艾洋说："你发个图片给我。要素颜的。"

怡和发了。刚刚用手机自拍的，松散的头发，咧开大嘴笑着。

艾洋赞她：自然，自信，骨子里的魅力。

怡和看后表示得意高兴。

艾洋又说："发一张全身的照片。"

怡和立即回复，很干脆的，说："拒绝。"

艾洋问："为何？"

怡和说："我珍惜我的身材。"

艾洋又问："为何？"

怡和迟疑了一下，说："再也不随意开放这个。"

这是一次对话的过程。后来，没有联系。回想起来，还是可以感受到春节那个深夜的心灵碰撞的温馨和韵味。

这次，这个叫怡和的女生又显得很热情。

联系上，聊开。

艾洋说："一转身就是几个月，好吗？"

怡和说："好的。你呢。"

艾洋说："做网络媒体都找不到自己的魂。"

怡和说："我让你看一个东西。"

她发了一个链接。艾洋打开。是QQ上的一个平台，视频的即时播放。

看到了怡和。她在做唱歌秀。在一间应该不太大的房间，像是女孩的房间，明亮、绚丽、时尚、温馨。背景的格子架子，摆放了一些书籍、卡通玩具、化妆品、食品、衣物、花草，随意而洒脱。

她对着装在架子上的麦克风，看着面前的镜头，轻松地、甜美地唱歌。一首不出名的歌曲，旋律与歌词都是容易理解且容易接受却也难以叫人去记住，那作品大概是原创的，低成本的制作。

视频下的对话框，各种发帖不停出现。

那是她的粉丝，响应以及回报之类。

怡和经过了悉心的化妆，更加靓丽，光彩照人。

艾洋说："美女，不错呀。"

怡和那边很快回复了："那你送鲜花没？"

艾洋一想，说："你不是在唱歌吗？怎么又可以和我说话？"

那边说："我是怡和的闺密，也是她的助手。"

艾洋说："那你是怡和工作室的人吧。"

回复说："是的。我听怡和说过，你是她的好友，一定要支持呀。"

艾洋说："放心吧。"

回复说："谢谢您。我还要忙，再聊。"

半夜里，怡和现身，这回是真的她。

又是一场充分的尽情的交谈。她说，上一次与艾洋对话后没多久，她在业余玩起了网络唱歌秀。录音摄制的器材设备都是几个朋友一起凑齐的，做开以后，想办法吸引了一批粉丝。如今是推广，增加经济效益。所以，怡和在兴奋地讲述了自己的故事以后，很想要艾洋帮她做宣传，旺人气。

艾洋说："这个平台有特色、有优势、有空间，是值得经营的。秀视频与读图都是一个流行时尚的东西。但商业模式还需要培育，此外，竞争也应该会很激烈。特别是具有名气、财力和公共关系优势的要素进入之后，原本自由竞争的平台又会遭遇到新的冲击。"

怡和笑笑说："我没有那么深奥的理论呀。我唱歌播出，希望得到的点赞和回报要多些。我们几个整天琢磨如何找到吸引人的歌曲，怎样把我打扮得好看一些。这样的自由开放的平台，作秀的节目多得去啦。吸引眼球不容易。"

艾洋说："那是的。我们既然角度不同，说出的话语也就不一样，很自然的。"

怡和说："那你是否可以为我定向推介一下？"

艾洋说："如何定向呀？"

怡和说："你找一些有钱的来关注。比如企业家、富二代，特别是爱好文艺的这些有钱人。"

艾洋说："是认识一些这样的人，但不知道他们是否愿意为你的精彩演出买单。"

怡和说："别的就随缘吧。你费心把我的节目推介给他们就行。"

艾洋说："我有几个微信群、QQ群，是企业家沙龙的，我在那里推一推。"

怡和高兴了，表示感恩。

聊天结束，已是半夜。但艾洋还是立即有了行动，她把怡和的视频链接发给了李韵。以前，同李韵也讲过怡和。

第二天，在水城网和李韵在一起的时候，又讲起这个事情。

李韵也是认真的，说："感到这个平台不错的。找机会我们策划一下，延伸我们水城网的空间。怡和的事，我会向企业家朋友推荐。还有，我正好在经营一个项目，有一家文化公司准备摄制一个电影，前两天开了一个推介会，搞众筹。虽说如今经济不景气，但投资电影老板们兴趣却很大。"

艾洋说："老板的市场眼光是超过我们的。实业不好做，但文化产业起步不久，市场空间大得很，尤其是中国这样的人口大国。"

"一些韩国明星到中国来转一转，收到的金钱可能超过他们在自己国家干一辈子。"李韵说，"那天他们就举了一个例子，一个做实业的老板，去年投入600多万做电影，现在收入了2000万。真让人红眼。"

艾洋说："这只是成功的经典，是一个方面。另一方面，风险也是非常大的，因为不是实业，所以更加虚幻，不可捉摸。看各自的运气吧。我也听说过，如今中国拍电影，85%都是亏损的。特别是得到了投资者的追捧，一窝蜂地参与的时候，更大的风险就要到来。”

李韵说：“不说太多，我是想说怡和那事情，在那天众筹电影的时候，我认识一个老板。我把怡和介绍给他吧，因为他说过有优秀的女演员就介绍给他认识，他可以安排到这部电影里演戏。”

艾洋说：“这个机会不错。怡和也是有条件的。如今表演，机会很重要，出名也是。其实成功很大的成分是在包装上。”

李韵说：“听你这么一说，我差点儿想改变主意，这样的机会不给怡和，留给我自己吧。”

艾洋说：“得了你，专心做好微信项目，多挣点奖金吧。那些卖笑的活儿，你我都不行。”

李韵说：“不当就不当，但你我都不丑，其实比怡和都好看。”

找到的那个老板居然爽快得很，答应考虑怡和，似乎有戏。

于是赶紧与怡和联系。沟通一番后，没多久，怡和过来了，艾洋、李韵与她第一次见面。

“与网络感觉一样，其实我们都在一个城市里生活。没有什么一线城市二线城市之分。”怡和说。

“我们这里没有中关村，但也没有那样严重的堵车和雾霾。与广州差不多连成为一个城市，广州的移动网络很活跃的。”艾洋说。

“拍电影，需要勇气，我佩服这方面的勇气。”李韵说。

“其实我也是玩玩的，看看吧，也不知道有没有发展机会。”怡和说。

还是艾洋结束了空谈，说：“约那老板来见面，安排好要做的事情。”

晚上，那老板请她们吃饭。席间，怡和说得多，老板多是提一些问题，显得有点拘谨。他原来是做企业的，在灿烂的文艺表演者面前还是有点适应不了。

但这样也算联系上，之后那是怡和与他的事情。

“播种是随意的，收获是不确定的。这来一阵风去一阵风的事情，也许就是‘互联网＋’的一个常态。”

艾洋在自己的网上空间写道。

第四章

1

艾洋的美女照热秀，在网络上一时火红起来。

点评，转发，高数量的点击率。

相片中，她佩戴了上次购买的银首饰，还有水晶饰品。其实都不是真货，但不仅图片上看不出来，而且色泽不错，非常炫目，视觉效果好。

当然，更主要的是颜值，是气质。自信、朝气、冷傲、内涵。年轻女子的丰腴和张力暗暗散发。这些，艾洋都有，满满的。

是李韵的拍摄作品，她又用美图秀秀给装饰了一下。但也不过分，给人的印象是率性、真实、质朴、原生态，天然去雕饰。

艾洋愉快地接受，心里也是喜滋滋的。甚至有点诧异和嫉妒。没想到李韵还有这样的审美眼光，没想到她有不俗的内秀和处理技能。对自己，这实际上也是一个比较和挑战。

李韵把图放到微信上，立即疯传，一发而不可收。

吴有为也开心乐意，认同这个行动。他与桂通了电话，分享这个信息。

桂说："艾洋是媒体的代言人，其实她是为媒体做广告。只要她把媒体的一个概念带了出去，那个广告便可以说是成功的。"

吴有为认同，说："我也有这样的感觉，适应了新的方式。都是你启发鼓励的结果。你这样说，我信心就更足。"

李韵听到了这些话，立马转告艾洋。

艾洋倒是不屑一顾，哼了一声，说："什么代言，我，还有你，每天出去采访，每天去策划，联络客户，就是代表水城网，我们早已是代言人啦。”

李韵一听，也说：“就是就是。不过，总是好事儿，你也得表示表示吧。”

艾洋笑笑，说：“那是必须的。”

于是，带上李韵来发廊洗头，算是感谢和庆祝。

李韵说：“你就方便了，这个发廊就在你家楼下。又是我们的客户，使用广告置换，不用花钱。”

艾洋说：“那你也可以在你家附近找客户。发廊、美甲、SPA、健身、美食，你们那个富人区，什么服务没有呀。”

李韵说：“我不住家里。我自己现在住的地方不是富人区，相反，是贫民区。一个老旧街市，菜市场的价格是最便宜的。我们那里的不是发廊、发屋、美容店，而是叫理发店，或者叫剃头店。不过，一定要将平时喜欢去的美发弄到我们的网络上来，也来个广告置换，公私兼顾。”

“不过，其实也没有什么消费的时间。”艾洋说。

李韵说：“小资挺好。”

艾洋说：“男人都这样说的，美女就是经济，就是市场，还是舆论的焦点，是价值的导师。一个诱惑的时代。”

李韵说：“还是你深刻。现在，连国外美女也到中国这个巨大的美女消费市场来了。网络发了在成都做模特的乌克兰美女，照片很养眼，吸引一大批粉丝。”

艾洋说：“现在也有一种言论说，来中国的老外越来越多，但有些外籍男连英文都说不顺畅，没别的特长或技术，也就有点身材，便毫不客气地跑来做模特拿高薪，在自己国家赚不到钱，跑中国来反而个个把他们捧上天。”

李韵说：“这就是市场经济，没说的。不过，外国美女是真美女，漂亮动人。看一眼就让我们一些男人流口水。”

艾洋说："也是媒体上说的，最近国外有些国家经济形势不好，货币贬值，物价上涨了五倍，而工资还是保持不变，很不好找工作，一份普通工作只有一百至两百美金。"

李韵说："前几天我们这儿不是来了一个美女交响乐团演出的晚会吗？清一色女子演奏师，个个金发白肤、貌美如花，苗条修长又凹凸有致的身段，真的是远方飘来的一朵彩云，无与伦比。这可不得了。所以说，那节目是冲着咱中国这个巨大无比的市场来的。对方也期待已久，大有收获。听说下午茶的时候，我们这边的接待方送去的蛋糕，被那些美女们狼吞虎咽，风卷残云，一下子吃个精光，一点儿不留，好像平时吃不饱似的。"

艾洋听后，呵呵地笑起来，说："有意思有意思。以前说我们在旧社会，吃不饱，营养不良，东亚病夫，平均每两个人只有一条裤子；解放后也长期艰难，温饱不易。现在轮到咱中国人威风一下了，不仅要他们的美女千里迢迢送声色过来，还可以嘲笑他们的吃相。不过，这个状况难道是真的吗？"

李韵说："我刚才说的那个美女团队演出的事情，是有依据的。"

艾洋说："不是这意思。我是说，难道我们中国就到了可以如此张扬显摆、如此嘲讽外国人的阶段吗？其实未必，言过其实。我觉得中国还是中国，一个不能自卑的中国，也是一个需要继续奋发图强、继续冷静虚心的中国。还是保持理性，保持风度涵养，慢慢地、老老实实地赶路吧。"

李韵说："那是，我同意。我们也是在外面念过书，多少知道一点儿世界的东西。"

2

在一个角落，张红梅默默地坐着，似懂非懂地听着。

一会儿，她冷冷地看了一眼艾洋和李韵，悄然离开。

她也知道，待会儿那个何大姐会喊她。本来，在有空的时候，她来做洗头的活儿。来这个发廊挣点钱，是她生活的一个收入来源。给谁洗头都无所谓，反正是服务，是打工，为的是加班赚点钱。干什么不一样。

但是，这次就是有点不舒服，心里横着一道杠杠。

这两个女子她认识。在这儿见过她们几次了。每次，张红梅都特别留意，包括打量，包括倾听。当然，张红梅是悄悄地躲在一旁。那两个女子，年龄与自己差不多，却无法接近也无须接近。

现在，她低着头，认真细致摆弄指甲。半天，才露出满意的笑容。

接着是玩手机，刷屏。

忽然，玩着的手机铃声响起，她打开一听，再看看身边的人，起身就到门外说话。

一会儿回来，说："我出去办点事。"

何大姐说："小心点，注意安全。"

其实这次并没有什么生意。虽然何大姐知道她是做什么的。这个发廊以前是有接客生意的，后来，何大姐接手这个发廊，她说她不想惹这方面的事情，坚定地不去挣这个钱，不参与。发廊不提供场所，也不干涉。像张这样的，可以在发廊帮手洗头，给予工钱。如果做那种生意，仅限于张和客人之间的事情，他们必须离开发廊，到别的地方去。

张红梅前几天离别神农架山区家乡，千里迢迢跑到这地方来。

那天，小小的山村里，鸡鸣报晓。一大早，背着帆布背包，站立路边，要告别家乡，出门远行，忽然有了异样的感觉。这是在大山大岭里头的小村，偏僻而寂静，平凡而简单。看着旁边深沉而弯曲的小河道，看看铺陈在山坡上的一片黑瓦面的民居群，看看划过天空、发出欢乐鸣叫的飞鸟……

这也是一个世界呀。

终于等来一辆中巴，匆匆上车，在乡村的道路上不紧不慢地行驶，一个多小时车程到县城，再搭乘长途客车，沿着高速公路，一路疾行。到达省城，已经是万家灯火的夜晚时分。在大排档吃一碗撒了油炸花生米的桂林米粉，然后买了两个苹果，在狭窄街道的廉价客栈住下。她不习惯和别的不认识的女客同一个房间，又要省钱，租了一个很小的单间。

没想到有一面隔墙是木板做的，隔音效果不好。夜里，隔壁男女哼哼呀呀地叫喊，晃动的床板把木板墙撞得咚咚直响，一次又一次，没完没了，大半夜不得安宁。

张红梅感到烦死了，想你们的幸福也要留意一下环境，也要考虑所造成的影响吧。再说，那是什么男女呀，也不会累的，这么持久。

她搓了两团纸巾塞进耳朵，迷迷糊糊，半睡半醒。

忽然被一阵急促猛烈的声音吵醒，侧耳一听，好像是警察查房，抓了人。

张红梅从床上起来，走到门边，透过猫眼往外看，警察抓住几个男女，身上只穿内衣，男女分开，各蹲一排，都低着脑袋，双手捂着脸。

顿时愣住，两眼一瞪，哼，原来隔壁房是干这个的。

砰砰，门被敲响。是警察，猫眼看到了。

打开门。一男一女两个警察进来，熟练地把房灯打开，看了一下，然后，女警察盯着张红梅，问：“就你一个人？”

张红梅点点头。

“你的身份证？”又问。

张红梅在皮包里取出，给她看了。

女警察说："我们是检查治安，这里有涉嫌卖淫嫖娼的事情。"

张红梅说："我没有。"

女警察说："不是说你有。但也要检查。旁边房间就有事。以前，这房间也发生过。守法是每个公民的义务。"

说罢，他们出去了。

张红梅赶紧在房间的各个角落细致查看，看看有没有肮脏的东西遗留下来。折腾半天，累得不行，才躺回到床上。但眼睛还是无法闭上，看着房间吊顶，脑子乱糟糟。不知什么时候，才迷迷糊糊睡了。

第二天一早就起来，匆忙洗漱，离开客栈，找到公共汽车，直达高铁站。

新建的宏伟的高铁站，显然还有一些配套设施没有完成，进站口周边还是混乱的，走路进去还要小心择道。低着脑袋行走，这时，手机响了，是妈妈打来的。

"妈，这么早，是孩子有问题吗？"张红梅说。她三岁的孩子交给了妈妈养育。

"孩子还好，现在没有什么事情。但一晚都等不来你的电话，我心里就放不下。"妈妈说。

"昨晚在客栈发生一些事情。"张红梅说。

"什么事情？"妈妈问。

张红梅正要说，忽然想，这是不好同她说的，便支支吾吾说开了去。

"出门要小心，注意安全。"妈妈不知道是什么，说了句关切的话。

不一会儿，上了高铁列车。坐好后，看着窗外飞驰的风景，嘴巴紧紧闭着，脑子里却活动开来。

过了大半天，车窗掠过广州大城市的影子，看到了那座最高的有着细腰身段、被称为“小蛮腰”的广州塔，看到了那座外圆形、中间是正方形空洞的像大铜钱的大楼。接着，列车通过一座矗立着半圆形梁架的大桥，不一会儿就到了站。

听妈妈说过，“小蛮腰”、“铜钱楼”，是这座南方最大城市的突出亮点。吸引了大量的各种人过来追逐梦想。

随着人流，跟在人家的背后，又被后面的人推着挤着，用不着选择路径也无法选择路径，走出月台，走下电梯，好像是到了负一层。掏出车票，通过检验车票的关口，走到了大厅。站立在大厅中央，四周张望，前后左右四个方向的远处都有出口，只是分不清东南西北，不知道往哪里走去。呆呆地站了半天，遇到一个手臂上戴着红色袖章的青年女子，细看，那臂章写着志愿者的字样，过去问了她，说出自己要去的地方，那女子就热情地给她说清楚了路径，该如何如何走。这样，张红梅才出了车站地下的大厅，来到外面的公共汽车站。又是等车又是转车，到达目的地，已是傍晚。

人在途中，整整一天。

原来联系了同乡平，她在这里做沐足按摩的。她说他们那个店任何时候都可以去打工，按工作量计算报酬的。

张红梅打算先在别处做一段时间再说，她心里清楚，做这个比较敏感，一时不太容易适应。平就给她找了一家菜馆，在那里当服务员。

张红梅在平公司宿舍那里住了几天，到菜馆报了到，简单填写一份表格，领取两套工作服，搬到菜馆为服务员租的房住下。每天上班干活儿，同时也在考虑，如何去落实这次来此地的主要目的，寻找同一个母亲的哥哥。

张红梅打工所在的菜馆叫雷公餐厅，一个有点搞笑也容易让人记住的名字。她当服务员，喜欢穿灰白色的牛仔裤，没有腰带，铜扣扎着的裤头，向外张开一点儿口子，露出脐部下方的一片；白色圆领短袖汗衫，轻松穿着，前后印着活泼的斜体英语文字。身材苗条而丰满，腰肢纤细，胸部饱满坚挺，结实的臀部微微向上翘起。

她端菜上桌时，眼神专注，板着脸，不带一丝笑容。但手脚麻利，动作干练，迅速准确地将东西恰当放好，又迅速地离开。

男性客人有事没事，总爱找她说话。

她一开口，立即显露自己的特点了。她的舌头显然是过于厚重了，话语在口腔里被搅乱，吐字不清，但那嗓门又大，语速又快。客人听不清楚，不时打断她，她一急，说得更快，话语也就越不清楚。不一会儿，白皙的额角上就冒出细微的汗珠，脸颊更红。

“雷公餐厅的女服务员像是雷妹。”

一个喝得半醉、满脸酱紫色的客人大声说道，哈哈大笑。

张红梅咬咬嘴唇，眼睛看向别处，不理会。

夜里9点多，餐厅的活儿干完。张红梅下班回家，半路上出现了情况。一辆小车停在她身边，一个脑袋探出来，和她搭讪。

那人张红梅也想起来了，白天笑话她的那个，来过几次饭店吃饭。是不是那曾经递给她名片、说自己是个老板的呢，一下子倒记不起来。

这会儿，他就直接说了，是经常来帮衬雷公餐厅的。说喜欢张红梅，想交个朋友。

张红梅不大理睬他，说：“你有心帮衬就到饭店来吃饭吧，我会招待好你。”

那人一听，眼睛发亮，说：“我喜欢你的招待呀。来，我们去吃宵夜。好好聊聊。”

张红梅继续走路，说：“我不吃你的宵夜。”

那人急了，叫他的司机停下车，自己打开车门跳下车来，一把拉住张红梅的胳膊，说：“怎么就不赏个脸？”

张红梅一把甩脱他，说：“你自重点好不好？”

那人说："这段时间，我都在你们饭店吃饭，冲你来的。比你漂亮的有的是，我只是欣赏你的性格气质，你不要不知趣。"

张红梅脸腾地红起来，说："什么不知趣，你才是不知趣，发神经！"

那人又一把抓住张红梅的手，说："你到底给不给脸？"

张红梅说："你再不放手，我报警了。"

夜里，那声音传得很远。

那人愣住。

这时，跑过来一个警察。他说："好像有事，是吗？"

那开车的司机赶紧出来，站在警察面前，说："没事没事，是误会，我的老板喝多了酒，认错人了。"

警察没理他，对张红梅问道："是这样吗？"

张红梅看看警察，也看了看那个男人，说："应该是的。今晚在我们酒店喝得天昏地暗的。当时是我给他们上的菜。"

警察听了，就对那男人说："喝酒了就不要在外头搞事。她没告你骚扰，那是人家善良。你还不赶紧回家！"

司机赶忙将那人扶上车，之后，司机又探出脑袋，连连对警察说谢谢。开动汽车，他们一溜烟离开。

警察对张红梅说："你也回家去吧。晚上一个女子走在道上，还低着脑袋看手机，这不是好的习惯。"

张红梅说："我就走这条路回住处的，每天晚上都是，哪有什么问题，再说，你怎么看到我低头看手机呀？"

警察说："你们这些女子，十有八九都这样。还是注意一下安全吧。虽然一般来说也不会有什么事情。"

"谢谢。"张红梅说。

走了一段路。下意识地回头看看，那个警察还站在那里。他看着张红梅走的方向，也打量着周边环境。

这个警察是郭凯。

3

这次要去见面的人也是他。

已经是习惯。这些日子，每天下班，脱下警服，郭凯立即过来找张红梅。

以前都是在发廊附近一个地点等他的。张红梅不让他到发廊来，不管如何就是不让。郭凯不以为然，说："这为什么呀？理发洗头也是正当的服务行业。只要是本本分分，没有什么不好的。"

张红梅说："你的道理没有什么不对，谁都懂。但是，我还是不希望在那样的地方见你。每个人都有自己的一点儿心思，你别争辩了吧。"

郭凯说："那就依你吧，反正你也不会长久做这个的。"

这次张红梅提前离开，也没去约定的地方。

郭凯来电话问："你在哪儿呀？"

"我在附近商场。"张红梅说，"你过来吧。"

张红梅有点担心，怕见郭凯。早上，郭凯问："昨晚梦中，你都说了什么呀，还记得吗？"

张红梅眨眨眼睛，说："我没做梦呀。"

"我在你身边，没有睡着，你的梦话我听得一清二楚。再想想，你做的是什么梦？"

张红梅摇摇头，说："真的没有。"

他看着她，说："那好。你说500一次，做两次再加300。什么意思呀？"

张红梅的脸刷地红了，眼睛看着别处，说："你胡说，我怎么会说这样的话。"

“我想搞清楚，你到底有什么事情。在康体中心做正规的按摩也都可以理解，但这是底线，过了就绝对不可以的！”郭凯说。

“你胡说。你就是胡说。”张红梅低着脑袋，涨红着脸，顽强地说。

郭凯说：“我认识你，和你相好，就是觉得你纯朴，干净。你千万不要去接触那些阴暗的东西呀。”

张红梅说：“用不着你来训人。我是来社会谋生的，我不知道社会的真面孔吗？”

郭凯见她这样，长长地叹口气，沉默不语。

哗哗的暴雨，倾盆而下。局部的，猛烈的，沉重的，短时间的，在夏天的珠三角，这也是经常性的。

雨后，乌云迅速散开，天空露出洁净的一片，星光更加明亮，醒目闪烁。街市灯火灿烂，行人骤增，又热闹起来。

空旷的辅道上，一个送快递的青年男子，开着满载货物的电动三轮前行，车的后座上面是一个四方形米黄色帆布箱子，装快递件用。

男子穿着蓝色马甲工作服装，背部醒目地印有两个鲜红的大字：跑腿。

他把手机对着自己的脸部，给自己录像，嘴里大声唱着歌曲。

他是录下来发给女友，或者传到朋友圈里晒晒吧。

车开得快，他的歌声也自信奔放。

郭凯看了，哈哈一笑，说：“这个傻帽。”

张红梅说：“你为什么笑他？我以为你会跑过去把他抓住，那人违反交通规则了。”

郭凯说：“他是违规的，但我已经脱下了警服。我笑，因为他是我弟弟。像我。几年前，我是这样的，一个快活的跑腿。我不是干过快递吗，送完了货，非常轻松，要是在安静的路上，我也会这样唱歌，并且用手机拍摄下来，发给朋友。其实，没事的，偶尔这样一下。毕竟是人嘛，都有自己的个性和爱好，何况是小伙子。”

张红梅说：“哈哈，以前我可没有收到你这样的视频信息。”

郭凯说：“那时候咱们还不认识。我们走在一起，我已经是警察了，当然不能这样。”

深夜。

从沐足城里走出来的女技师，还穿着职业服装，一边走着，一边拿着手机进行语音聊天。

街对面那边，烧烤摊档生意。风一吹，地沟油的浓烟在100米范围扩散，飘来浓浓的掺和着木炭、油烟和羊猪牛肉、鱼干的气味。

张红梅和郭凯走过。张红梅捂住了鼻子。郭凯走到那烧烤档，掏出100元，说：“你拿去，一个晚上不就挣这么点钱吗，我给你，拜托你不要做这样的生意。”

那个中年男档主看了他一眼，冷冷地说：“你是什么人？管得宽。与你无关，我们是做生意。”

郭凯说：“做生意也得守法经营，也得注意职业道德，注意社会公德。”

那人低下头，不理会，但继续拨弄他的烧烤。

郭凯看了看，打了手机，说：“110，我要报警。”

那人一听显然是慌了，忙说：“行了行了，我就听了你，今晚不做生意了。”说罢，拿起满满一勺水，把烧烤的火给熄灭，愤愤地说：“算我今晚倒霉。”

郭凯哼了一声，要说什么，张红梅赶紧拉着他的手，快步离开那里。

“别理这些人，咱们走开不就闻不到油烟味道了吗？”张红梅说。

“我是职业习惯。看见需要管理的，就会出手。”郭凯说。

“但也不见你亮出你的警察身份，否则他一听就乖乖地服从。”张红梅说。

“我没有穿警服，这也不是我所分管的事情，不想越过界限。只想以市民的身份同他讲道理，但你又要离开。”郭凯说。

张红梅看着远处，说：“这些人，其实也很可怜。你说这样的生意，忙碌一个晚上，能挣多少钱？遇到城管来罚，一下子血本无归。”

郭凯一听，站立住，看着张红梅的脸说：“你这话很有人情味。现实总是矛盾的。大家都互相理解一下。还有些东西，就顺其自然，听天由命吧。”

“那咱们去哪里吃宵夜呀？”张红梅说。

“对对，你看我都糊涂了，我们出来逛荡，是来吃东西的。”郭凯说，“我们还是要开车，到另一个地方去。”

在夜市吃过粉粥，时间不早了，赶着回去。车开着开着忽然死火抛锚。

张红梅说：“你什么时候换车呀？”

郭凯说：“换什么换，刚从别人手里换过来的二手车。这不是好好的吗？就是机头有杂音，死火停车也不是经常的事情。”

张红梅说：“老远我就听到你车的声音啦，就像是拖拉机似的。”

郭凯说：“但也没开多久呀。原来那车主是个公司高管，车子就是在一个城市里上下班转转。”

“那你继续开吧。”张红梅说。

郭凯说：“是这样想的。一直开到车子趴在路上动不了。”

“这几天不见你，很忙是吗？”张红梅换了个话题。

“是的，忙得顾不上和你说说。你没在电视上看到那个新闻吗？”郭凯说。

“我跟你说过，我在康体中心天天看电视，但是从来不看新闻，都是看娱乐的，唱歌跳舞的，要不就是韩国电视剧、狗血电视剧。”张红梅说。

“也不奇怪。那我现在跟你说了，最近我们跟进的那个孩子认亲的案件，依靠网络信息技术手段，胜利破了案。”

“在镇上打工的广西夫妇，终于找回丢失10多年的儿子。儿子丢失的时候才三岁，那时广西夫妇是在街面的出租屋开发廊，老公剪发，老婆洗头。儿子放在一边，由他自己玩。没想跑出去没多久就不见了。夫妇俩，还有因这事从广西老家赶来的老公的妈妈，四处寻找，又到派出所报了案。几年下来，心力交瘁，受尽煎熬，都没结果。还是老公坚定，说，就在那里继续租屋住下来，继续开发廊，儿子一定会回来的。其实，三岁小孩是被父母的同乡拐走的。卖到几百里远广东一个山区没有儿子的农民家。孩子有悟性，几年后长大了，感到那个自己喊爸爸的人，不是自己的亲生父亲。因为他对姐姐与对待自己，是不同的。后来，10多岁了，终于出走。跑到东莞，流浪街头，被送到了少年收容所。在那里，他决然不回那个他认定不是自己真正的家的地方，似乎要等待。聪明的孩子随便编了一个名字和原来居住地。警方无法把他送走，于是他在收容所留下来，念书，受教育。这样过了几年，他觉得比在之前的那个家自在多了。接下来，等到了基因上网，进入了寻找失散儿童的云平台。他的亲生父亲的基因信息也上网了，对接上后，就到东莞去，领回自己的儿子。那天，没有经过介绍，父亲在一大群学生当中，一眼就认出了三岁多就失散的儿子。他指着那个男孩，对警务人员说，正是这个，他肯定是我的儿子。父子紧紧抱在一起，两人泣不成声。媒体跟踪报道了这个事情，回家团圆，年迈的老奶奶白发苍苍，满脸深深的皱纹，老泪纵横，把孙子拥在怀里，久久不肯放松，生怕被人抢走似的。一旁的亲人、警察、民政干部、媒体记者，无不动容……”

郭凯说到这儿，沉默不语。

张红梅默默地听着。一会儿，冷笑一声，说："真感人呀，警察先生。但你不会理解他们的。你们是知道故事，不知道痛苦。"

郭凯说："那当然，孩子被盗，是一个极大的痛苦，所以，我们对那些拐卖儿童的罪犯是要狠狠打击的。现在我们有了互联网，有了数据库，有了云计算，科技手段更有效果，以前无法想象的。真是天网恢恢，疏而不漏。"

张红梅说："我知道你会这样说。但有些东西，你还是不知道的，因为我知道。"

郭凯说："为什么？"

张红梅笑笑，摇摇头，说："还是不说了吧。"

郭凯说："你说。不说，我就继续问下去。"

张红梅说："夜深人静，你不是也说我舌头大，嗓门大，说话声音容易传到很远吗，不要打扰别人了。我困乏，想睡，要说，也是以后吧。"

郭凯看看她，只得作罢。

这天夜里，张红梅没有像以往那样，到郭凯的公寓住处与他同居，而是说要到她的一个叫平的老乡女友那里过夜。郭凯劝她不听。她说与平说好了，平有事情要见她。郭凯只好把她送到她要去的地方。

4

那是真的，张红梅没有说假话。

前段时间，在康体中心，她介绍了一个乡亲过来。公司有规定，谁介绍了女技师进来，奖励2000元。

她叫香姐，是两个孩子的妈妈。30岁多点。老公到深圳打工了，半年才回家一次。养孩子需要不少钱，手头一直紧缺。于是把孩子交给公公婆婆，自己也过来打工。

张收到2000元后，拿出500元，给了香姐。

香姐接过来，看着张，有点不高兴，说："怎么少了呀？"

张红梅说："看你说的，怎么就少了呢？"

香姐说："这个钱是因为我来这儿干活儿，公司奖励给你的。应该一人一半，你我各得1000元才对呀。"

张红梅一听，急得脸红起来，说："哪里呀。人家都是自己拿到奖金全部自己收的。只有我看到你刚来这儿，需要一些花费，才拿出500元给你，没想到还得罪了人。"

说罢，一扭头走开，不再理那个香姐。

之后，两个乡亲一直没话说。

但这天，上午10点多，香姐主动同她打招呼。12点才到上班时间，那时候才会接待来洗脚按摩的客人。公司提供工作餐，二三十个女技师免费食用。有阿姨负责打扫卫生和做饭。吃饭是安排在上班前，香姐和张红梅捧着小饭盆，盛了一点儿青菜一点儿肉片，走到一旁，一边吃一边说话。

透过玻璃门，外面墙上的一副招牌非常醒目，那是他们这个公司的服务项目和价格：中药泡脚40元，香薰海盐40元，玫瑰足浴40元，除臭足浴40元，脚气足浴40元，刮痧拔罐30元，精油推背50元，中医推拿50元，头疗耳烛30元，颈疗背疗30元。

每天每夜，这里做这个。

香姐说："我们同一个县同一个村来这里的有我们三个。你、我，还有平。"

叫平的女子，是最早来这里的。她介绍张红梅来，张红梅介绍香姐来。

但前几天，平突然不辞而别，回家乡去了。

她们就讲起了平的事情。

那是平的父亲去世，她赶回家乡处理父亲的后事。因为也不是什么突然的事情，还有一些准备，该回去的时候赶紧回去，办完事情还会回来这里打工。那女孩的父亲是退伍军人，参加过对越自卫反击战，头部挨过敌人的子弹。神志有一些毛病，年轻时问题不大，年纪越大越麻烦。他回乡后，就在乡政府当干部，工作清闲，待遇也有保障。生有两个女儿，大的那个是平，在这康体中心工作；小的还在家里，但经常闹病，念书也不行。好在平还不错，长得漂亮出众，性格温柔，文雅大方。虽然书没有念好，没有能够上大学或者职业技术学校，但心志高远。

张红梅说："有个客人是做企业老板的，想和她交朋友，把她养起来，要她做自己的情人，平不答应。"

现在平是和一个在企业做技术的大学毕业生交朋友。前段时间，这男朋友开车去海边度假，他自己带上一个男的伙伴，约上平，平也叫上张红梅。四个人在海边玩了几天，游泳，冲浪，吃海鲜，打沙滩排球，照相，在海边听着浪涛，看着烟花，享受着烧烤。白天，还驾车到海边附近农庄吃特色农家菜。费用都是平那朋友支付的。大家玩得忘记了自己是从哪里来，要回到哪里去。直到回程的时刻，几个人突然沉默起来，才感到什么叫作天下没有不散的筵席。但不管如何，过程是愉快的。海水是美的，天空是蓝的，海风是清爽的。

让张红梅过意不去的是，几个晚上，平都是和张红梅在一个房间。

张红梅悄悄地对她说："你们是朋友，为何不住在一起？或者找个地方过一过嘛。"

平摇摇头说："这个不要紧，我们已经有过这样的事情。这次，又不是我们单独一起，不这样了，也是他照顾我的面子。"

张红梅说："那个男的看来也不错，那你们到底可不可以成呀？"

平说："说起来还真的心里没有底儿。我在湖北，他家是四川的。虽然是同饮一江水，但我们那下游与他家乡那上游也相隔万水千山。"不仅如此，因为男的是大学毕业生，尽管家里也是农村的，但对于他女友的出身也都很看重。父母都希望自己的儿子通过婚姻改变祖祖辈辈当乡下人的命运。这些想法，平也都理解。所以，今后如何，都是一个未定的问题。

平和张红梅一样年纪，但张红梅已经有了孩子。对此，张红梅忽然感到自己似乎又要比她幸福一些。

不过，张红梅也知道，平似乎有着不一样的观念。她不在乎，不去过多考虑未来。而在乎现在。前段时间，她搬出了公司的宿舍，因为不可以带男性朋友进来那里。平在附近的旧街上租了一间小房间。那几层高的楼房都是出租房间，她租的房间带有厨房卫浴间。平告诉过张红梅，她的男朋友下班后开车半个小时就可以从企业赶过来。

说完平的事情，香姐脑袋转了转，打量一下四周，压低声音，悄悄说起另一个事情。

“平没有给你说过吗？”香姐先是这样问。

“没有，你说吧。”张红梅说。

“怪不得我听了以后心里一直是放不下。”香姐说。

“到底是什么呀？你快点说吧。”张红梅说。

香姐还是将脑袋凑过去，才说了。

平说的，那是店里前几年离开的一个30多岁女子的事情。那个女子平时爱哼豫剧，唱得好听，有滋有味；模样也不错，一米六几身高，白皙的鹅蛋脸，细细柳腰，肥大乳房。

她是单身，其实是结婚生育一女后，没几年就离了，已有几年。原来，那时候她老公在珠海，不知干什么活儿，平时不联系，过年也不回家。有事情找他，给他电话，也是没什么好声音，匆匆几句话，他就挂线了。孩子的事情他基本不理，也没有一点儿钱寄回来。于是便走到了这样的结局。女儿归她抚养，放在姥姥那里。

离了后，她也交过几个男朋友，过过生活，但不再打算结婚。她去了深圳，也是做沐足按摩。收入不错，过了一两年。后来，又听说香港生意更好。花费5万多元，找了中介，走上那条路。

那个中年男人是做拉线带人的，他在一间窄小的屋子里对河南女进行了检查。当时，要她全身脱光，站立在他面前，让他仔细打量一番，还动了手脚，捏捏她的两个乳房，用手指将她的下身翻开来看看，鼻子还凑过去，闻了闻气味。像是检查一动物。但应该说，并没有占她什么便宜。做的是他们那一套的检查，没有感情，冷冰冰的，专业动作。经过了每一个细节，然后点燃一根烟，猛地吸烟，嘴里喷出浓浓的烟雾，说声OK。

接下来，搞个假结婚，办个手续，嫁到那边去，然后办理离婚手续，就定居下来。

她看不上那里的人，觉得语言不通，很难交流，而且，好像那里的男人、女人有不少沉迷于赌博。但她在那里的生意真的很好，收入是深圳的三倍。做了两年，又认识另一种中介，到国外去的，花费8万元，去到夏威夷。在海边沙滩附近，做按摩，收入更高。

香姐说了，就看着张红梅。

张红梅沉默不语。

香姐用胳膊捅了捅她，说："你说话呀。"

张红梅哼一声，说："你说呢？"

香姐说："同样是做这个的，效益天差地别。"

张红梅说："平不会去做这个，也不会去想。"

张红梅想，自己说出这句话，觉得心里还是有底气的。一来，平没有同自己说这样的事情，那就是说，不值得在她们之间花费时间理会。二来，平自己的事情已经向张红梅交过底。她现在什么也不多想，开开心心，过一天是一天。和目前这个男朋友相处不错，感觉也很好。有一个愉快的过程，也没有枉过一生了。最后确实以不了了之作为结局，也就罢了，回家乡去嫁人。如今，找上门提亲的男人都排起队了，只是平一个都看不上。以后，就从中随便挑一个吧，反正都一样，就和妈妈那样，过着那熟悉的日子。和妈妈不一样的是，自己到珠三角那个繁华的世界闯荡过，见识过，吃过玩过爱过。

这是平的逻辑。有个女工友看到许多人都要生二胎，自己心里也痒痒的，但是一直没戏。一次她们几个闲聊，那女工友说："不是我不想生，是我老公不愿意要二胎了。做他很多工作都不行。"

"做什么工作呀，你做点手脚就行了。"平说。

"有什么手脚可做的？"那女工友问。

"怎么没有？我知道一个故事，一个女的和当官的一起很久了，那女的要名分，不行；就要孩子，当官的也不答应。那女的就悄悄地用针尖在安全套头扎了几下，很快怀上，到底是把孩子生了下来。"平说。

哈哈哈哈，大家都笑了。

张红梅说："你会这样吗？"

平说："你说我能不会这样吗？她就是我的朋友，那方法就是我给出的主意。"

张红梅说："你也真有点子，有胆子。"

平说："要不她就天天向我诉苦，可真烦人。"

张红梅本想把这些说给香姐听的。但是不知如何，不想开这个口。不同的人有不同的性格，那是难以更改的。

这边，香姐还在嘟嘟囔囔地说："怎么那女人这么厉害呀？真够胆的。"

"你好像有想法呀？"张红梅说。

"能不有吗？有又怎么样？"香姐说。

张红梅其实知道，她也是内心纠结的。

确实如此，没过几天，香姐就打电话给张红梅，请她到自己的住处来。

张红梅过了去，看到香姐的日子真的不容易，不由轻轻地叹口气。她在老旧街巷租下带有小厨房的一个单间平房。把妈妈接过来了，为她照料5岁的女儿，三代女人住在一起。

张红梅到了屋里，却是扑了个空，香姐又刚刚离开。

她妈妈告诉说香姐接到一个电话，说立即要去买些东西寄回家去，让张红梅在这里等候她一下。

香姐的女儿模样可爱，笑得灿烂，见到张红梅到来，高兴得很，紧紧拉住她的手，一直跟在她身后，嘴里说道："姐姐姐姐我认识你，你来过我家，给我东西吃，给我讲过故事。"

张红梅笑了，也只是在家乡过年时候，去探访过香姐，当时哄过一下这女孩。

"你们来这个地方几个月了，"张红梅问女孩，"喜欢这里吗？"

女孩摇摇头，说："不喜欢不喜欢，别人说话我一句听不懂，这里热，晚上睡觉挤在一个床，满头都是汗水，蚊子老是在耳边嗡嗡叫。"

张红梅看看她，就说："你在这里等一下，我去买点东西给你吃。"

女孩说："姐姐不走。"

张红梅说："一会儿就回来的，你别拉住我的手了吧。"

女孩说："我在门外等着，你可要快点噢。"

张红梅笑起来，把她拉进屋内，说："你看看，我的一个包包放在这里，我怎么会不回来呀？"

女孩说："我坐在门边等你回来。"

张红梅去外面的士多店买了一些食物转身回来，给了女孩。

这时候，香姐也回来了，见女孩高兴，就对张红梅说："你真有心。"

张红梅趁女孩和香姐妈妈不注意，悄声说："你女儿这样真可怜，看了让人揪心。"

香姐坐在床沿上，说："我就这命，让我揪心的不只这女儿，她念小学四年级的哥哥也要操心。”

张红梅说：“你不是把他送到你老公的父母那里了吗？”

香姐说：“可是他在深圳，没有联系，也不寄钱回家。两个孩子都靠我这里的钱。刚才我就是去银行柜员机转账过去给孩子爷爷奶奶的，我都不敢吭声，怕我妈知道了，又要骂我老公。”

张红梅说：“也只有暂时这样吧，孩子总比什么都重要。”

香姐说：“也只有认了这个道理，但麻烦事情也是不断的。学校老师电话都打到我这里来了，说家长会都是爷爷奶奶去，但老人管理小孩总是有欠缺，我那男孩，最近一个学期成绩明显下降，老师说要是家里的情况不改变，这样下去，孩子的成绩，还有以后整个的教育都很成问题。”

张红梅说：“再想办法吧，着急也没有用。”

香姐低下头说：“所以，那天说起那个女人的事情，我真是有想法。要是我有那样的机会，豁出去，干几年，挣够了钱，我就立马回家乡去，再也不干这些了，专心把孩子拉扯大，养育好。”

张红梅说：“那也是想想而已，哪能是现实呢？不过，你也真能忍受的。其实，我也干不了多久，这样的活儿我很难适应。”

香姐说：“你就别往心里放那些破事。好在我们都远离家乡，在外头挣点钱。那些客人你就当他们是客人，不是你什么熟人朋友，那些服务嘛，有时候我就想，不就是等于杀猪时候，开膛翻肠子、清洗内脏吗？”

张红梅一听扑哧笑起来，说：“有你这样的想法，便也不当一回事了。”

说到这儿，香姐说：“这些东西别说太多，恶心。还有一个事情，我们是不是也可以参加？”

“什么事情？”张红梅问。

香姐说：“我真的拿不准，今晚就叫你过来，我们琢磨琢磨。”

张红梅说：“你说。”

香姐说：“用手机赚钱。”

张红梅看看她说：“你也真潮，靠谱吗？”

香姐说：“我听过课，那个士多店的广西女讲的，她原来也是打工的，生了两个女儿后，为了生男孩跑出来，两公婆在这里干了十多年，生到第四个到底是男孩了。现在，带孩子，干活儿，供楼开士多店。”

这样，那个晚上，张红梅就和香姐谈论起手机赚钱的事情。

其实，每当张红梅想起郭凯，心里会感到温暖。那次深夜里在路上帮她赶走那醉男后，夜里下班，她便走路途更远一点儿的大道。没有什么麻烦，只是又见到了这个警察。一次两次，后来打了招呼。再见到，随意地就留下手机，加了微信。

那天，夜晚回到宿舍，突然身体不舒服。中午饭店坐得满满，晚餐又有一个婚宴。忙得不行。

躺在床上，就发信息给郭凯：

“一口气没接上来，差点儿到天堂去了，这个痛苦只有我才知道。”

郭凯问：“怎么回事呀？”

张红梅说：“不知道。我过几天回家乡去，检查一下。”

待了一会儿，郭凯说：“那我现在去看看你吧。”

张红梅想了一下，说：“你在哪里呀？”

郭凯说：“我刚下班，正在与朋友聊天。没关系，我过去。你在哪儿呢？”

张红梅说：“我在公司宿舍。”

郭凯说：“什么地方？”

张红梅说：“体育馆对面，小巷进去。”

没多久，郭凯来信息，说：“到了。”

张红梅说：“那我立刻下来。”

出了大门，见郭凯站在路边等候，对她说："你好。没事吧？"

张红梅说："现在好了。"

郭凯问："那是什么问题呢？"

张红梅说："我也不知道。"

郭凯说："那现在可以走路吗？"

张红梅说："可以的，没事啦。"

郭凯说："我们是去喝咖啡，还是到西岭公园里走走？"

张红梅说："我不想吃东西，由你定吧。"

郭凯说："那，我们先走走吧。"

走着走着，他们就成了朋友。

郭凯父母是小学教师，住在内地省份的山区小镇。郭凯大专毕业后，很快在珠三角这里的企业找到一份工作，干了几年，觉得前程艰难，出路不大乐观，就读书复习，考到警察编制的公务员，当上了干警，收入相对稳定，在社会上的地位和面子也都可以让远在老家的父母放心。工作了一段时间，需要考虑自己的人生大事了，郭凯开始找女友，准备结婚。这也是父母的心愿，他们经常打电话来过问郭凯这个事情，希望儿子早点成家立业，生育子女。还说，小孩生下来，他们就过来帮忙带。这都是平常需求，郭凯也觉得是应该积极去争取的。他知道，对于他来说，能够在这沿海地区，有一份稳定收入的工作，以后在这里站住脚跟，把父母接过来一起生活，也是实现了家族的一次迁徙，上了一个台阶。所以，对于张红梅，他是认真的。

他供着一套80平方米的住房，装修好了，自己也住了进去。和张接触了一段时间，交往得很好了，有时候，一起待到深夜，努力把张留下来过夜。反正目标就是走向婚姻，组建一个家庭，在那栋商品楼房，邻居都没有什么交往，回到家里，把门一关，就去过着自己的生活。谁也不知道别人的私生活，也没有兴趣了解。所以，两个年轻人的事情就是他们自己的事情。日子也顺利愉快。郭凯就希望早点达到幸福的那一边岸上，真正安家立业。

他对张红梅说："你什么时候答应嫁给我呀？"

张红梅说："我们不是已经在一起了吗？"

郭凯说："在一起是我们有了感情，也互相信任。我也不是想占你便宜，随便玩玩。我是认真的，目的是结婚，成家立业，白头到老。"

张红梅呵呵笑了，说："你还真的有不少道理。"

郭凯说："难道我会骗你吗，我骗过你吗？"

张红梅说："没有。有的话，我会和你相处吗？"

郭凯说："但也不可以长期这样吧。你也奇怪的，别的女子上床之后，都是急着要男的给名分，生怕事情有变。"

张红梅想了想，说："会的，会的，只是你还有点不知道我。"

郭凯说："我相信你。过段时间，我休年假，到你家乡去，见见你父母。"

张红梅说："见我妈妈很容易，但也没有什么必要，她对我的事情已经不上心了。我的父亲就更不会对我的事情上心。因为他在哪里，我不知道；我在哪里，他不知道。都不想知道。"

这些日子，下班后，张红梅就到发廊去加班，一来是为了多挣点，二来是希望找到那个人。但是，又接触到了别的事情。原来没有想到，到了那个环境，似乎就无法抗拒地进入了那个渠道。以为这里人生地不熟，人不知鬼不觉，但终于是纸包不住火。想到郭凯说的，她昨天晚上说的那些话，张红梅心里特别紧张。

她真的不敢看郭凯。

5

晚上，徐在微信群通知，8点钟讲课：移动网络的趋势。

主讲人使用语音发布，每一节在60秒钟以内。

那个徐，估计30多岁，并没有见过。他用那中年男人的浑厚的带有磁性的声音说，他现在在下榻的广州高档宾馆里，和他称之为家人的手机平台上的人们进行创业的分享和交流。

开始，徐提示，要群里的人修改群昵称，要明确一些称谓。例如：小仪团队—某某。

说为培养大家，群里人员必须接受老师随时安排分享。会员一定要心态好，有激情，正能量，互动。合理安排自己设定的目标，杜绝人身攻击。此群只接受云指商信息，禁止一切其他无关信息，禁止发图片，禁止发链接，禁止开启实时对讲……

然后徐还说："我们是家人，需要齐心，谢谢大家配合和理解！"

在旧街上的一个士多店就是徐所联系的一个线下的点。

这士多店里面狭窄的小屋，待了好几个人，都是家人，都是学员，其中有张红梅，还有香姐。

时间到，徐开讲了，他说的是自己的故事。

他说他一个江西人，10多年前到广州谋生。开始在工厂打工，积累了一些资金，便开始创业。劳作疲劳苦累，但不成功，不仅没有受益，还亏了本，又回到厂里打工，无奈忍受。直到后来参加了网络直销，于是找到希望。发现，这个直销空间巨大，机会非常多。

他说参加移动联网平台上的直销，零投入，零风险，只需要在其网上商城里消费128元，购买物品，便可以成为商城管家，代理商城的所有商品。由消费者成为消费商。草根门槛，谁都可以参加，都可以分享机会。

最后，徐提高声音，富有感染力地总结了鼓动性的一段话："很多人一生输就输在对新生事物的看法上：第一，看不见；第二，看不起；第三，看不懂；第四，来不及。因为借口太多，所以成功遥远！穷人在怀疑中躲避，富人在相信中成长！难道我们一辈子打工吗？要改变自己的命运。走草根创业的道路，无投资，无风险。"

在微信群的点赞夸奖中，徐结束了演讲。

接下来是另一个讲师。

在这一段开始之前，还由徐出来介绍，他说："今晚8点30分，请到一位老师，她是1992年就出来打工的农村小女孩，从小就有一个梦想，就是赚更多的钱过上好的生活，打过工，也做过直销，做过保险，也开过店。现在兼职做云指商，全国各地都有她的市场。"

那个蔡老师，就是这个士多店的大姐。

前些天，她动员了住在附近、常来买东西的香姐，发信息说："亲，要加入，有一部手机，建一个微信群，你就可以轻松在家赚钱，不需要拿货，零风险，分享网商内部优惠券，利人利己。不明白的，请私聊我哈。"

香姐看了，但没有回复。

蔡打电话来，也不接，说正在上班。

一个晚上，香姐去士多店买东西，见到了蔡。蔡依然热情，买卖后，就招呼她在店里坐下。

蔡说："我原来在内衣企业做，那是销路很好的品牌，但我们是干苦力。钱给老板赚了，我们只是干活儿拿工资。一年到头，辛辛苦苦，手里没剩几个钱。后来开了士多店，也是小本生意，只能养家糊口，想发达是做梦。到了这个群，发现确实是个机会。不影响我士多店的营业，还可以用手机销售，随时随地都可以，非常方便。而且零投资，零风险。你直接消费，物美价廉，可以积分增加收入。我士多店的大部分商品都是在那里购买的，积分很多，得到奖励。同时，积极联系，不要怕麻烦，发展粉丝，扩大朋友圈。这里又带来积分和收入。有个陌生的朋友听了我的，加入群以后，一天内开始购物，这样，我有收入了。"

香姐说："这么好？"

蔡眼睛盯着她，说："别人好不是你好，有用吗？"

香姐说："那，我可以做吗？"

蔡说："怎么不可以？我们群是一个大家庭，参加的互相关爱，都是家人。你若不信，到我们的大家庭来，自己感受，自己体会，自己决定。"

说罢，又看着她。

看着蔡热情洋溢的表情，香姐张开了嘴，但不知道说什么。半晌，说："好吧。我过来看看，再叫上一个朋友。"

蔡一听，立即拍响了巴掌，说："说你行，你真的就行。你就是不信，我也信。"

于是，香姐带来了张红梅。

蔡按照群里的提示，拿着手机开始讲。一分钟一节。一口气讲了几十节。

内容是自己的经历，自己的感悟。都是以前给香姐讲过的，也是香姐给张红梅说过的。

所以，张红梅和香姐，听着听着便不大耐烦。

接着，又有一个叫冬琴的中学女教师出来讲课。

蔡自己说完，停一下，又说："老师来了，人家可是老师，有文化有地位的人。咱们认真听吧。"

走不开，张红梅和香姐只好留在那里。

终于都讲完了，两人都长长地松了一口气。

这时候，徐又出现，发语音进行总结："好的，她们都非常棒，能够走出第一步。冬琴老师一天发展了四个朋友，自己也成了新的管家。其他同学，也谢谢你们。听了之后有什么收获吗？大家对云指商了解了吗？"

有个网名叫玫瑰的女子参与发言："我刚刚下班，离开几天了，今天又来到了亲爱的家，大家好！我刚刚爬了楼梯，两位同学的分享都收听了。觉得她们真棒。我当过公司文员，学过设计，接触云商时，正在家做全职宝妈！觉得，这是事业的平台，自己省钱，也兼职赚钱。”

徐立即接应说：“说得好！蔡老师，冬琴老师，这样的普通妈妈都能在这里获得成功，相信每个人都能做得到！玫瑰也就一定能够做到！”

线上结束，线下，在士多店这个点，蔡抓住张红梅和香姐不放，又在劝说。

香姐说：“有那么好的事情吗，能轮到我们吗？”

还是犹豫不决。

蔡急了，又来一番道理，展开分析和讲述。没一阵子停不下来。

在一旁的张红梅按捺不住，霍地站立起来，说：“时间也不早了，我们也要回去休息。这样吧，也不枉费蔡姐一番好心，我参加吧。”

蔡哈哈一笑：“我说你会参加的，这么好的事情，缺少给你们分享，我心里着急呀。”

张红梅也不说什么，按照蔡的吩咐，链接，注册，在网上那个商城购买了一个物品，花费几百元。

回来的路上，香姐说：“我横竖接受不了，只相信看得见摸得着的东西。”

张红梅说：“试试看吧，也不会抱什么希望，如果我们这样就会发达，普天之下还有因为缺钱而犯愁的人吗？”

6

这一晚，在徐的群上，艾洋和李韵在全程收听。

在水城网采编室，两个人都将手机链接到电脑上，方便接收和交流。

但她们全程潜水，没有吱声。

前些时候就进入了这个群，李韵先进去，后来拉艾洋进来。

总得了解一下这个现象。

同时也是借鉴。

其实，他们也一直在做线上线下互动的项目。上一周，水城网的微信服务平台举办了线下活动。经过小组讨论，形成方案，最后由李韵执笔，由艾洋敲定，发布了出来。

幸福通知：某日晚上7点到9点，水城网微姐平台，举办征婚专场。男大当婚，女大当嫁，微姐做媒，牵线，当红娘！给帅哥美女牵线搭桥。希望你能在微姐平台上遇见命中注定的那个（她，他）。

要求：

1. 只有会员（转发平台信息立刻成为会员）可以参加征婚专场，发布征婚信息。

2. 征婚信息，必须真实，如有虚假，会在平台通报虚假征婚人微信号。（此处是高压电）

3. 编辑好自己的征婚信息（性别，年龄，学历，工作，爱好，性格和希望对方的条件），越详细越好。

4. 自信的，可以附加照片，不自信的可以附加背景照片。（现在好多美女，背景比前景还惊人，呵呵！）

5. 可以邀请自己的好朋友一起参加本次征婚专场活动。

6. 完全可以不留自己的联系方式，微姐可以帮忙牵线搭桥，转达信息（微姐不吸烟，但是喜欢喝红酒，自己家酿的就免了，但是免不了喜糖，我特爱吃甜）。

微姐和微姐团队的所有美女爱你（今天征婚是免费的，绝对不能错过。该下手时就下手，扭扭捏捏单身走）。

别怪微姐不给机会，别怪微姐没有提醒。

在创意产业园推出的这个活动，联系了本地妇联、团组织的参与，结果场面热烈，好评如潮。

吴有为高兴了，一拍手说：“以此为切入点，总结经验，继续搞，吸引更多的网友参加。帮助解决一些婚恋、就业、家政、教育、娱乐、文化等方面的实际问题。”

但这也是一个专业问题，怎样进入呢？

这晚，关注徐的这个网商群，也是想看看他们是如何推广的。

移动信息、新媒体、互动工具、社交工具，营销平台，这些功能都是交集在一起的。艾洋说：“我们需要成为这方面的行家里手。要不，我们那个微信服务平台就会很快被淘汰。”

李韵说：“就是这样。但高手在民间，也在利益前沿。最好、最先进的技术和方法往往就在商业平台上。”

于是，在手机信息平台搜索联系，也不大费劲，顺利地找到这里头。

个把小时的工夫，听罢，也都有点累。

大同小异，也就是那些套路。当然，不同的时期，由于技术和平台规则的变化，也会有一些不同。

艾洋说：“喝喝你的咖啡。”

李韵说：“没问题。只是在采编室没有情调。好像还在工作的状态，没有休闲的感觉。喝了也白喝。我们到外头看看，有一些咖啡店的品位是不错的。”

走到大街上，人流如织，华灯灿烂。艾洋说：“一段时间，没走这里，发现有点变化。”

李韵说：“你才知道。那味道都冲到鼻子里来了。”

艾洋冷冷一笑：“又是满街的食品香味。”

说着，经过一个烘焙屋。原来是卖时装的，后来生意不好，转了行。拉手网里订下的，价格便宜很多。接着又有西餐厅，还有韩国餐厅、日本料理店。

艾洋说：“以前这一段是我喜欢的试衣店，现在几乎全军覆没。其实都不容易，这条主街道是全城最热闹的，但有个来自湖南的女人，接手街边一间小店，做足浴指压。月租3000元，每天成本超过100元，快一个月了，生意也不多，都是为租金成本打工，急死了，每天只敢吃面条。”

在街道的转弯角落，狭窄安静的地方，两人进入了一个咖啡店。在门口玻璃窗外，两张小桌旁，坐着几个青年男女。每人面前放着一杯喝的东西，大都低头看手机。

店里面，挂在墙上的电视荧屏，播放着国际体育赛事。

看的人不少，不是说话的地方。俩人上了二楼，在昏暗的角落坐下。

李韵说：“我喜欢这样的情调。”

艾洋笑笑：“可惜不是和你的男朋友。”

李韵哼一声：“难道这不也是你的真实感受吗？”

艾洋说：“那以后我们四个人过来感受感受吧。”

笑笑，咖啡就上了来。那个女服务员认识艾洋，打了招呼。

艾洋说：“你以前是做时装店生意的。”

女服务员说：“整个店都转过来了。老板、生意，连同我们。”

“生意怎样？”艾洋问。

“一时一样，还行吧。”服务员说。

说罢，她走开。

艾洋对李韵说：“可以跟进这个题材。一是做新闻报道，服务业的一个变化；二是我们平台的服务。”

李韵说：“我们的活力还不够，其实服务开展了。一个例子是，几个90后，大学毕业，搞新媒体，直接面向商业。转发有用和有趣信息，吸粉，扩大影响力。同时，联系类似这个咖啡店这样的小商铺，发布商业信息广告，开展促销的线下活动。”

艾洋说：“我也好像看见过，但接触不多。”

李韵说："我最近倒接触过一些。他们普遍是走商业道路。不像我们这个带有传统媒体的底色，依靠政府的资源。一个媒体平台，十几个90后，去年做了几百万元生意的，他连政府大楼都没进去过。不会说官方语言，不懂、不会、也不想同官方打交道。专心提供信息服务，挣钱。挺有意思的，觉得他们更加实在，更加简单，也更加潇洒。"

艾洋说："各有各的活法儿，希望空间更大一些。大家都不会觉得拥挤。做什么都不神秘，本质是服务。"

李韵说："我觉得事情是在不断的适应当中，不断的进步当中。比如，前几年我的QQ平台，几十个卖茶叶的，不停发来销售信息。估计有一些不同的信息号，其实是同一个人，策划上是下了功夫的。从起QQ号主人的姓名，身份定位。推销茶叶，使用的不同风格的语言，在不同的推进阶段，如何针对对方的心理，博取信任和同情，以推销出去。我烦他们，也服了他们。也仅仅是参加过一次品茶活动，交了几个喜欢喝茶的网友，结果就成为推销的目标。"

艾洋说："无独有偶噢，我也是。一个感受，优美的文字被商业广告使用了。不仅推销茶叶的可怜兮兮的茶乡小妹，房地产广告更是厉害，海子的诗句，'面朝大海，春暖花开'，是他们推给大众的。"

李韵说："还有卖印度神油、充气娃娃的。"

艾洋哈哈一笑，说："社会的灰色地带的东西，大都逃不过你的眼睛。"

李韵说："网络上这些广告还少吗，已经不是什么灰色的，想方设法吸引人的眼球，一不留神就赶上唱主角的影响力了。"

艾洋说："以后公安、文化管理部门、工商部门会出动的。当然作为一个存在空间，我们做专业的，不可不知道。"

李韵说："但是，我们掌握这些动态有什么用呀，也用不了，我们有自己的套路。"

艾洋说："尽可能吧，寻找机会。另一方面，还是桂说的，为那个互联网文化的课题提供现实素材。"

7

桂联系的采访，艾洋安排好了，与他同去。

在约定时间前，接到电话，桂要先去银行办理外汇手续。

事情是，桂买了个U盾，本来是可以在网络上操作的。但不会使用，便问艾洋如何办。

她说找以前的同学，在大堂担任经理的钟生。

在同一时间，艾洋也来到了银行。停车困难，车多位少。

钟热情地接待了桂，说："你的汽车就停放在大门旁边的巷子里吧。我找人帮你看着。没事的，这里的保安和协警我还可以打招呼。"

又说："艾洋是我的同学，更是我的偶像，她的朋友就是我的朋友。"

在VIP接待室里，桂说："我先购买几千美元。再连同账户上的一万多美元，共计二万美元，给女儿汇去。"

办完后才到附近一家咖啡馆，位置是在角落的一张桌子。

那要采访的女子已经坐在那里，20多岁。

见了桂和艾洋，那人笑着站立起来，脸有点红。桂说："不要紧张。"叫她坐下。

艾洋说："喝咖啡吗？"

女子连忙摇摇头，说："不习惯这个，白开水就行。"

桂说："那喝点茶水吧。"

艾洋看看那女子，说："好像在哪儿见过，模模糊糊有点印象。"

女子说："说不定呢。"

艾洋听桂在这之前说过，在网上认识她的。她推销网上商城产品，说是参加了会有很多好处，接触到了桂，就紧紧抓住他不放，不停地动员他参加。桂是好奇，也想了解其中的真相，也就加入进去。按照其中负责人的推荐，也购买了一两件商品，从快递那里收到物品，觉得跟商场上买的也差不了太多。不会受骗上当，也没得到什么便宜。这样，群里的群主，对他就另眼相看，表现得很热情。群里组织的各种活动，都一个劲地邀请他参加。于是，桂也就了解了不少东西。发现参加到他们这个行列的，都是草根，二三十岁，大多是成家不久，孩子还小，正在努力挣钱，承担着养家糊口的任务。

在群里，不仅经常听到他们的声音，看到他们的活动，知道他们的喜怒哀乐，也深深感受到了他们的渴望与焦虑。

听了桂的介绍，艾洋说："我也参加，真正打进这个群体。"

桂说："有必要。真的。一个媒体人，一个关心和研究网络的人，不要忽视这个群体。"

这样一说起来，抓紧安排下了这个会面。

"邬先生，你说的是这位女生吗？"那女子说。

桂，怎么成了邬先生？艾洋一笑。

显然，桂知道她笑什么，平静地说："在他们那个群里，我叫邬先生。大家也不问我别的什么，都叫我邬先生。"

"邬先生是个好老师。"那女子说。

"你那么相信邬老师吗？"艾洋笑笑说。

"时间久了就相信了。"那女子说，"我还到他的QQ空间，看了他很多的照片，还有很多很多的文章。他真有学问，写的文章真多，只是我们都看不懂。"

桂说："她和我女儿差不多大小。我们是从我女儿的事情说起来的。"

那女子说："看到邬老师女儿在国外念书的照片。真好。但需要邬老师供着，需要寄去不少的美元。"

“这个你也知道？”艾洋说。

桂说：“她务实。”

那女子说：“我是务实。邬老师女儿有爸爸寄来美元。我是要自己挣钱糊口。”

艾洋想了想，对她说：“你认识徐生吗？”

是那天宣讲云电商的那个主儿。这一说起来，果然他们是认识的。徐生还是这女子上线的上线，但她自己位置上方是那个士多店女主人蔡。

艾洋说：“你们形成了一张网。”

女子说：“我们是一个大家庭，进来的都是家人。”

“赚到钱没有呀？”艾洋说。

“没有。只有投入，买了几样东西，积累了一些分数。”女子说。

“那你们为什么还乐此不疲？”艾洋说。

“投入了当然希望能够得到回报。但挣钱不是那么容易的。需要坚持，等待。”女子说。

“问题也许就在这里。这是一个死结。不坚持，会被认为三心二意，理所当然地会空手而归；一个劲地往前冲，那要付出更多，会被套得更深，更难逃离。所以说，这个死结也是一个陷阱。”艾洋说。

“也不会那么复杂。我们也是小小意思，玩玩而已。在那个大家庭，每天晚上都有授课，都有经验分享，大家都很热情。心里就向往，有一个寄托。”女子说。

“你说的是心里话，我相信，尽管我不认同。”艾洋说完又问，“怎么称呼你？”

女子说：“叫我小梅或者阿梅都可以。”

艾洋递给她一张名片，又问她：“真名是？”

“张红梅。”她说。

8

桂提出，结合“互联网＋”的课题探究，专门设立一个微信群，对接微信上的活姿态，收集信息材料，进行互动讨论，结交共同志向者。

艾洋表示很同意，说具体操作就她来负责。但内容上一些东西，还是得由桂，或者吴等人来推动。

桂说：“你干脆把这当作一个‘互联网＋’的微信俱乐部，明确一个宗旨，这样，可以集中主题，少点东拉西扯的浪费时间的东西。把水城网所联系的学术界、媒体界、文化界、企业界的活跃人士，还有青少年代表等，都拉进来。这样的平台可以发挥很多作用。”

艾洋说：“这个理念真好。”

桂说：“但要落实。”

吴有为说：“这是我们水城网的专长。当然，话又说回来，做起来需要坚持，其实耗费的时间精力是不少的。好在我们水城网的孩子们都能吃苦。”

艾洋打趣道：“我们有井冈山精神。”

桂说：“你们所说，我都知道，都认同。就这样干吧。有问题，有困难，随时来找我。我也一定会努力的。”

按照这个思路，艾洋、李韵，很快起草了有关方案，拉朋友进来，迅速激活了这个有主题、有特色的朋友圈。

桂发的信息：我们那个互联网文化的专著写作，如果没有灵感爆发，没有笔走龙蛇的才华横溢，那便采取苦行僧的方式，如同挤牙膏，也可以说是所谓的钻研。一有空，有精力，就打开笔记本电脑，在已有的文稿上，一点一点地继续写东西，积累，延长，丰富，完成。在当下的写作中，不要铺开过多的工作面，专注这一部作品。不要像炒股那样，七八只股票，没有一个做得精，要不被套，要不就是在漫长的套牢后，终于由绿变红，赚得一点点就走人。其实，在一个作品中，可以容纳非常多的内涵。长篇论著就更不用说了，一本书可以吞噬作者的一辈子。

桂是投入的，对于这个课题，经常性地思考，一有感悟，立即形成文字，发信息给艾洋。

李韵发的信息是语音：市民宣讲团得到宣传部肯定，他们给了经费。宣讲团的成员积极性很高，希望在群里召开演讲演示会。

9

周日清晨，在河堤上面的绿道跑步。

漫天红霞，清风悠扬，河水碧绿，路边的小草和树木郁郁葱葱。

艾洋一身休闲运动装束，脚蹬跑鞋，跑得轻松敏捷。汗水流出，热血奔涌。肌肉在鼓动，四肢在伸展，感受着生命的活力。

把平时随身带着的手机留在家里，离开了那个无形而又无时不在的网络。

那个动作需要非常果断的态度。什么时候，手机这个电子产品，带有辐射的，已经如同手足，严重地入侵了生命。

明白这样的观点不难，难的是摆脱束缚。那个习惯的患得患失的束缚。

走出这一步，回归生活本体。

其实是做一个实验，挑战当下的习惯或者说约束。

眨眨眼睛，放松眼神，看看大自然，头脑转向另一个空间。

那个空间是什么？难以言状。

非物质的，非技术的，非功利的，非现实的，非理智的，等等，都是。

也都不是。

那是模糊，是肉体，是感觉，是另类。

也许吧。

跑步，呼吸，无语，不思。

累了，停下来；渴了，喝口水。

不看别人。这里没有认识的人，也不想认识人。

独立的，如同一个自由落体似的，在混沌的无边无际的空间放松，飞驰……

一种状态，幻觉性的状态。也是对抗性、叛逃性的状态。

但是，能逃离吗？

显然不。

也算是放纵一下，麻醉一下吧。

终点到达，力气消耗得干干净净。

脚踏实地，又转到现实。

不需要手机，不需要技术性的手段。头脑与互联网又迅速接通。

昨晚的情形立即浮现。

一大堆信息、一大堆碎片，从不同的源头，汇集到各个平台。

归类，淘汰，整理，分析。其中，有观点议论，有故事人物，有现象片段。

一个个点，一条条线，一个个场面。

艾洋在想，是一个现象，还是一个业态，抑或是一种生活？

其实都是。但作为一个新媒体人，应当如何切入？另外，作为桂的课题，如何从这里打捞出有价值的东西？

找一个横切面来分析一下吧。

每一个碎片都可以这样充当的。

某个时段的，综合的、典型的，把这作为一个标本，进行研究。

这个思路，与桂进行过沟通，他是赞同的。

他说，可以一试。其实，国外社科研究十分重视实证的方法，需要在我们这里好好借鉴学习，我们还是习惯于从本本到本本。不过目前，无论你还是我，都缺乏做这方面分析的专业基础或者素养。不过也不要等待了，我们就从体验与经验入手，土法上马，试试看。

整理过后，有些信息还是存留在脑海里，挥之不去。

比如大学同学会。这是桂发送过来的。许多背景只有作为当事人的桂本人才知道，才理解。对此，他也很清楚。所以就特别提供在一些注解。77级、78级是打倒“四人帮”、结束“文化大革命”、恢复高考后的第一、第二届的大学生。同学中最早的有1966年、1967年毕业的高中生，最晚的有1977年、1978年的毕业生，其中年纪差距最大的有10多岁，挺特别的。现在，他们中的大部分都进入了退休年龄阶段。

一代人的社会学意义的终结或者说告一段落。桂对此也非常留意。不仅因为自身，不仅因为感情，还因为这个群体历史痕迹的特殊性。

但桂最有感触的是一个颇为感性的信息，说那个在边远山区的邓同学，因为年纪快到退休，主动辞去中文系总支部书记。在系里的会议上，这个老实人说他进大学前当过农民，当过生产队长，那时种地耕田，起早摸黑，年头忙到年尾，饭还吃不饱。现在月入5000元，相当于农民50担谷子，可谓衣食无忧，安安稳稳过日子。还奢望什么呢?

桂说：“对于这几句话，我特有感触，又想到了这个同学的几十年乃至一辈子。”

艾洋说：“我给你补充一个材料吧，网络传遍了，也是对于你们那一代的评价。”

其实，她也想到了自己的父亲。

那个帖子文章的标题是：世界上最勤奋的人已经老了。说是美国《华尔街日报》发表的文章。

文中说：世界上有群最勤奋的人，他们是中国的下乡知青、高考学子、出国留学生、下海闯荡的和进城务工的，短短20多年创造了世界奇迹，把一个几乎最落后的中国变成经济总量世界第二。文章最后还问：中国还有这么勤奋的人吗？

桂说："符合事实，言之有理。"

艾洋说："我父亲，还有母亲，就是其中的一分子。如果天堂有网络，我发给父亲。他是会朗声大笑的。"

还有几个群的互动：创富总裁培训班课程。主持人是那个号称很有创业故事的讲师，其实他唯一挣钱的渠道就是培训，讲的都是教导别人如何挣钱的道理。阳光摄影，一群骑着城市自行车的青年男女，在周末节假日，组织到乡村，到旧厂房采风。用各种像素的手机摄取和分享他们对于景观的兴奋和敏锐。同时，他们度过了欢乐时光，男女之间的交往也顺利且愉快地得到实现。这样的交往效果是青年人最心向神往的，活动所需要的一切成本都在这当中得到消解。

文化基地，热情洋溢的，阴阳古怪的，务实理性的，文艺浪漫的，各种人士，利用他们的微信公众号平台，发表言论，交换信息，也不乏有一些精彩之处。

有原创，也有转发。

在感慨与回忆中，忽然，于东风来电话预约，晚上请吃饭。去，还是不去？艾洋有点犹豫，于是回复说：如果叫上玲玲，她便去。但很快就回来的信息说：已经叫上玲玲了。艾洋当时是轻松了一下，后来又一想，说："我有一些事情，就不去了，你们吃吧。"

第二天，艾洋才想起来，其实，那是一个梦境。

一个个碎片，挥之不去。夜里，会莫名其妙地，或多或少地，或长或短地，走进了艾洋的梦中。

那情形依稀记得，是在夜里。创意产业园附近的城郊工地围墙边，一辆工具车当作售货摊档，主人扯起嗓门大声吆喝："卖书！卖书！卖书！15元一斤！一斤15元！”

这是真的。艾洋在路上见过，一车子的图书。但之所以留意，是因为群里有人发了图片，并且进行抨击说：“如今知识不值钱，书籍当着大白菜销售。”

接着，又梦见，在美食街与于东风见了面。玲玲也在那里。正要坐下吃饭，遇到了一系列的网络名人，似曾相识，擦擦眼睛，就认出来了，那是榕城大炮、水城潮人、水城大叔。他们几个怎么会认识？一起讨论二胎问题。那个泡妞犯法的水城大炮，居然一本正经，说自己在学习医学。

而水城潮人和水城大叔，还在争论那个被桂提议从信息资料库中删除的问题：粤语是不是与普通话并列的语言。

吴有为的一个大学同学在广州演出他创作的粤剧，之后有同学赞助，邀请参与捧场的同学聚餐。接下来还去参观一个名家的雕塑艺术工作室，那里有一群题为肥女的系列人物雕塑。各种体形动作，都在自信地表现着一个个欲望彰显的神态。

还有，那个每天发表十几首诗歌的网络诗人，没有获得一块钱稿费，依然在企业打工，住经适房。

那个练习了半辈子书法的莫老师，开始在网络上销售他的字，并且说可以定制，费用实在不高，但也没有什么生意。

远在河北的一个公务员，业余爱好是销售太行山的崖柏工艺品，一座座奇形怪状的树根树枝，表皮蜡黄，不仅光泽鲜艳，据说还香味悠长。

声称要构建宏大的艺术品展示销售平台的公众号“日行一刻”在众筹，倡导读书学习、交流管理理念、推动创新创业。

研究投资的“儒林书院”在众筹，号称打造行业服务标杆的“龟谷”在众筹。

校园的文学老师在推荐美文，英语培训机构晒出学员考过托福的喜悦照片并发出继续招生的启事，广告人阿梅在微信群卖月饼、卖阳澄湖大闸蟹。做演讲的老朱发出的是一个个听众聚集的场面图像。

张教授也出现了。他打电话过来，说：“是否可以介绍那个税务公司的老板来，我过去与他讲讲，金融在拉动中小企业的作用。我有证券公司的资源，可以帮助企业融资，股票定向增发。”

还有总裁读书班的心得，佛禅修炼的感悟，社区大学的课程安排。跑步群、云点群、文学社、摄影公社的活动通知……

在梦中，在线上，在线下，交互穿插，纵横交错。

虚幻也是现实，现实也是虚幻。

有时候，艾洋觉得，需要清醒与冷静，要不，为着桂的这个“互联网＋”文化的课题，自己一头扎进那个无边无际的信息海洋里面，真的会神魂颠倒。

所以她不时提醒自己，这天早上把手机放在家里，到河边跑步，有一个明确的目的：找回真实的自我。

摆脱那个无形而又无处不在的网络。

刚开始，手里一抓空空，心里立刻咯噔一下紧张，感到丢失什么，或者什么东西没有带上。当然很快明白过来，那是因为带手机已经成为习惯。

不由苦笑。

跑步快结束时，擦一把额头的汗水，对着宽阔的河道水面，深深地呼吸几口。

结束了，这一次实验。

有了结果，其结论就是：不带手机，不在线上，但网络信息依然如同无线传播一般，进入自己的神经世界。

那首诗歌，著名的朦胧诗人北岛在20世纪80年代初期写的，题目：生活。正文内容，一个字：网。

无师自通。一个巨大的预言成果。

当年文艺批评界对这样的诗作进行了热议，有的说是创新的诗，有的说那不能说是诗，争论不已。但是，没有谁可以看到在20多年后，现实与诗歌的一个明确的对应。

艾洋在大学学习中国当代文学时，听老师讲过这个事情。如今，又联想起来。

| 第五章 |

1

忽然，温志发说停下半天的快车服务，专做一件事情。还说，做好了这个事情，别的问题就可以迎刃而解，否则这一路走着的生活，就是事倍功半，或者就是找不到北。

他开车到水城网，见到艾洋，没有客套话，也不求坐，就说请她一定要介绍认识尼秋。吃个饭，交个朋友。

他是喜欢说话也是能说话的，就那么几分钟，还站立着，对着艾洋，又是在诉说做实业的苦，还是那个做完了工程收不到工钱的问题。

他这次的事情是，那个企业总是推托，说拿不出钱来支付工程款。催款的时候，温志发一天打几个电话，好说歹说，对方都在躲避扯皮，没有效果。于是，温志发气得就对着手机大声骂娘，说工人要回家过年，等着发工资，再不给钱，就要带上那些急得嗷嗷叫的工人，到对方家去吃饭!

艾洋说："这话我听你说过不止一次。现在都说实体经济不容易，但还不知道是这么不容易的。"

温志发说："实不相瞒，日子艰难。还是老朋友见我可怜，特地关照，这样，最近意外地接了两单工程，才有钱过年。就是，拆一个运动会的新闻发布室，另一个是为富豪修建私家酒吧。"

艾洋说："看来是天无绝人之路。"

温志发说："偶然的，也是等候中的收获。你不知道，我一边做心里一边感慨，百感交集。那还不是感恩朋友，而是感叹工程：那个新闻发布室，才八成新，就是运动会时候使用过，之后，空置几年，仅仅搞过几次活动，还有就开了几个会议。之后，这地皮又升值，拍卖出去，所有建筑，一拆了之，夷为平地，再建别的。看上去是很有钱噢。但真的很有钱吗？或者说，有钱应该这样花费吗？我真想不通。第二单工程是为一个私人会所做装修，那个本地富豪，几十年前还是一个洗脚上田的农民，小学文化，先是做涂料企业，后来搞房地产开发，如今几十亿身家，别墅住所富丽堂皇，金银财宝，古董文物，琳琅满目。门外有保安看守，进去需要通过盘问。只能说，他祖宗坟地冒烟了，要不这么多人在这个时代拼搏，这么一些人可以暴富得不得了，让人难以置信。”

艾洋说：“你说得太生动啦，虽然也不是什么新发现新理论，但你的案例和感受是真实的。不过，勤劳致富，应该是我们时代的主旋律。能够依靠的，是我们自己。”

温志发说：“那也是的，我不自暴自弃，也不过于眼红别人。所以，思来想去，还是决定，吹糠见米，快见效果，小打小闹，积少成多。这不，想见见尼秋，交个朋友，向他学点儿本领。”

艾洋说：“也不是你不对。各个行业都有各自的兴衰周期和规律。你真的勤奋努力，成绩算是不错的。不必过多自责，把自己的心态放好。尼秋也不是很成功的人，没少跌跌撞撞，现在那个做法也是经过不少教训后的选择。如今，在网络上做手艺人，做一点儿是一点儿，小打小闹，求个稳健。目前就不去幻想什么整合资源，打造平台，创立品牌，资本运作，上市募集资金，等等。”

温志发说：“脑洞大开了，虽然是似懂非懂，但你们的智慧总是高过我的。”

艾洋摇头说：“我们这一行，嘴巴功夫，笔头功夫。表面的一套，并不是实干的东西。”

她说罢，拿起手机，打电话联系尼秋。

尼秋及时接了电话，却说，现在没空，忙着一些事情，需要再约定时间。温志发只好告辞离开。

但过了没多久，尼秋却又电话了艾洋，请她过来。

艾洋说："温已经走啦。"

尼秋说："那没事的，我正想请你过来，我们在做一个励志的修炼，对于企业发展来说，也是一项素质的打造。"

艾洋不大想动，没有答应。

尼秋说："我们的团队都觉得不错，有空就来指导一下吧。"

艾洋想了想，又拨通温志发的电话，叫上他。温说已经载了一个客人。又问了要去的地点，说，他可以把客人送达目的地之后，再驱车过去。只是要艾洋自己打车先过去。

艾洋觉得手头也没什么事情要做，还是到了尼秋的藏吧。

在小院子里，尼秋的团队在做他所谓的练功。

艾洋一进门，看到他们，认识的就有老陈。不禁扑哧一声笑起来。

尼秋停下，迎面过来招呼来客，一边擦着脸上的汗水，一边对艾洋说："不好意思，不好意思，练习开来，一下子收不了功，见笑了。您自己坐一会儿，我洗漱一下再来见您。"

一会儿尼秋他们出来，面貌一新，精神抖擞。老陈也整洁了许多，悄悄地站在一旁。

艾洋对尼秋说："练功也要注意形象呀，你叫大家都在地上随便乱坐，甚至打滚，弄得蓬头灰脸，没个人样，还练什么气功呀，你可真笑死我了。"

尼秋说："我们的练习要接地气。泥地是有点脏，市场那么复杂不就更脏吗？我们在那样的环境打拼不比泥地更艰难吗？所以，我们要从蓬头灰脸的形象起步，这叫接近地气，增强实战感。"

艾洋撇撇嘴，说："要是都活成这个样子，还需要搞什么修炼。有的吃，有的穿，有地方住已经心满意足了。"

尼秋一听，还真的较劲起来，说："那您还真不要这样看不起人。您别以为只有您这样的才讲究生活质量，追求人生价值。做人要有出息，每个人都有一颗这样的心。住不上好房子，开不了好车子，用不上名牌，我们不会冥想吗？气功，让我们的精神独立于现实，让我们找到了精神的舒适与强大。所以，我们练习的这个功夫，最具有平民的人文精神。"

老陈说："我们大丈夫能上能下。乌龟的哲学，伸缩自如，适者生存。"

艾洋笑道："你们还有一套哲学。学习了，我也是开开玩笑而已，不必当真。"

尼秋说："不过我们也只剩下这个哲学。还是气功老师教的。"

艾洋说："你开始谦虚。"

尼秋说："其实，我们一直生活在哲学当中。"

艾洋说："你也真的不简单。因为你有回忆。能记住过去的东西的人，是一个深刻的人。"

尼秋一笑，说："你不讽刺我，我立刻不自在了。"

艾洋说："那继续批判你。不要沉迷于这个东西，要继续务实，做好电商。"

尼秋说："一点儿都不矛盾的。电商只是我目前经营的一个项目，一个生意。但不是文化，只有文化才是根本的。事实上，我的创业想象史，可以拉出长长的单子来，那不是创业史，因为很多内容只停留在想一想、说一说、写一写，并没有落地。比如，想过当股评家、财经作家，做海外华文报刊文稿供应中心，做论文发表服务中心，办经济信息社出版报纸，搞广告、咨询、策划，写作畅销书，经营字画工艺文玩，搞影视制作、手机网站域名买卖、网络教育、记忆力教育、作文辅导……说来自己脸红，没有一样做得成，没有一样赚了钱。幸好小时候父亲硬是要求我练习写字。如今还可以凭着自己那个怪模怪样的书法，糊弄一下可怜我的顾客朋友。还有脸皮厚，到处推销白酒。而这个，又与电商凑合在一起。”

艾洋说：“你是精力充沛，思想活跃，点子多，行动更多。”

尼秋说：“天生的，其实是一种命运，苦命。好在自己也可以适应。也有像老陈这样的志同道合者，大家一起，热闹好玩。”

艾洋说：“互联网给你更大的自由发挥空间，更能够展示你的风采。”

尼秋说：“真的好玩，越来越有感觉。以前，我搞那个电商线下联谊会，你是知道的。”

艾洋说：“可以认识各种人，年轻的有梦想的。我们的活动其实还是挺多的，也有一定的实效。”

那些活动，艾洋参加过，虽是没有多少奇特之处，但也留下了印象。有时候忽然想起，会偷偷发笑。感到那就是成长的原生态，平凡之中孕育着亮点与希望。无论是个体的还是企业的，都存在其中。缤纷的世界，其实有趣的事情不少。

比如，有一次午餐，AA制的。找到一个乡村的饭店，那里做的烧猪和蒸猪是名菜。央视一个美食专栏做过专题报道。店主利用声名大振的机会，把生意做得更加红火。尼秋他们跑去聚会。约定时间，安排好内容和费用，大家从不同的地方各自赶来。吃吃喝喝，说说笑笑，现场气氛热烈。

微信群上，是抢红包。

线下，主持人逐个点名，要那些收入较好的、热心的、喜欢显摆的，一个接一个发送红包。

红包的散发，又是兴奋与忙乱，引发一阵阵热潮。

同时，又有上台发言的安排。

对活动有所贡献的，有成绩的，或者喜欢演讲的，就登上前台，讲个三五句，或者几分钟。

就是做自我介绍，广告宣传。

那次，有几个人，艾洋是有印象的。

一眼就可以判断出的那个东北大汉，身材高大，说话中气十足，说："我10年前医学院毕业。做过公司高管，搞过边贸，开过餐厅茶馆。如今专心做健康产业。那是东北大兴安岭的珍贵原材料，清朝皇宫的秘方。大家都知道，糖尿病是富贵病，如今变得普遍，我这里有一个当今中国的糖尿病统计数字，那是惊人的。我们不管别人，首先要确保自己的健康。预防和治愈糖尿病，是大家健康的标配。我现在这个项目，通过精气神的综合疗效，激活细胞生命力，让经脉通畅，一举把糖尿病拒之门外。我是学医出身，可以为大家提供这个保障。我家是医学世家。父亲是老中医，母亲是儿科医生，兄妹三人，两个学医，还有一个姐夫也是医生。那么，是不是我家的人都很健康呢？也不是。几年前，什么三高，什么颈椎病等都在困扰我们这个医生之家。后来，东北老家一个和清朝皇室有亲戚关系的友人，利用秘方和大自然的特有材料，开发了这个保健品，推荐给我们。得到这宝贝，全家身体才真正健康起来。所以，我非常真诚地向各位推荐，就是想和大家一起分享好东西，分享健康生活。"

艾洋认识他，以前参加他的餐厅的开张庆典，听说过，他家是美食之家。

当时哼了一声，心里说：不知道他到底是什么世家，但觉得他去表演喜剧小品或许更合适。

一个衣着打扮小资格调的年轻女子，说自己是做虚拟货币的。推介的是她那个虚拟货币。她说："10多年前一美元可以买到几百个，如今，一个卖到几百美金。翻了几万倍。有哪一个投资可以得到这么大的回报的？有需要可以联系我，我的手机号码是……"

那个身材不高、体格健壮、皮肤黝黑的小伙子，走上去，张开嘴巴，露出结实雪白的牙齿，嘴里吭哧吭哧，半晌说不出话，最后硬是挤出几句，说："我是卖沙田柚的，我的家乡粤东北梅州，盛产这个特色产品。"

自然，那个做企业咨询服务的西装革履、风度翩翩的男子，在大庭广众面前说话显得潇洒自如、游刃有余。这又是他自我展示的一个良好时机。

这些年轻的，还在起步阶段的经济人、生意人，总是希望这样的交流、互动，能为自己带来能量和机会。

都在努力寻找。

但也有道不同的人，那个雷志超就是。

前几天桂的笔记本电脑出现故障，艾洋立即赶去帮忙，拿到电脑城，找到雷。雷的档位还是老地方，三楼，依然人流不太多。里头安置整齐，商品的花样多了，看上去顺眼。雷在低头整修一个笔记本电脑，妻子帮忙张罗，女儿在一旁做作业，一个不多见的安静氛围。在雷那里，桂的笔记本很快修好，花钱也实在。看到里头摆放的都是笔记本电脑，有送来维修的，有二手转让的。艾洋了解到雷就是专一做笔记本电脑维修，本城这方面是最棒的。艾洋对雷说："我们加微信，以后笔记本有问题就找你。"雷也很高兴，说："这你就找对人了。"后来，又在微信上说要介绍雷参加尼秋他们的俱乐部，雷表示没有兴趣，说自己的生意就在铺位上，与客户的关系也在那里，不会搞别的什么平台与渠道。

合伙不合伙，都有自己的意念。各有各的活法。

在尼秋这里，很自然想到这些。

看到尼秋他们一副兴奋又不时自嘲的样子，艾洋说："不管如何，你这毕竟联系了一群人。佩服你的无穷无尽的想象、尝试和创造力。我不说你会成功，但思路上你是对的，有时间有精力，就一个点一个点地探索吧。哪一天资源耗尽，或许找到了路子，或许会有总结思考的独特体会。"

说话间，温志发匆匆赶来，一边走一边还用手抹着脸上的汗水。

寒暄一番，两人看来都很高兴。

艾洋说：“看来你们两个还是可以说得上几句话的。”

尼秋说：“何止只是说说而已，我们一见如故，彼此心照不宣。”

温志发说：“都是男人，都在打拼谋生。尼秋兄有文化，我没文化，只是这点不同。”

尼秋说：“商场上谁在乎你有文化没文化，有钱就是爷。”

温志发说：“那我还是佩服有文化的人，要不怎么可以认识艾洋大主编。我还是坚持，有文化和没有文化，大不一样。”

尼秋说：“那好，今天我不说别的，专给你讲文化。”

温志发说：“那我有福气，但首先要交学费，晚上我请吃饭。这个我懂。”

尼秋说：“不忙说这个，先听听我的文化讲座吧。不过我先要给你说的是这么个现象，如今，有文化的人是天天讲钱的，而嘴里念叨着文化的是有钱没文化的土豪大款。”

艾洋说：“快点言归正传吧。你的主题是什么呀，是那个气功吗？”

尼秋摇摇头，说：“气功是内功，今天我们讲更加实在的，是风水。这次，不麻烦老陈，由我来说说。”

老陈赶紧说：“其实，中国的古典文化艺术，都离不开风水。尼秋是书法家，对风水的理解是非常深入的。”

艾洋说：“这么说风水文化就是我们的传统？风水也是观念，也是空乏的。”

尼秋说：“但是，风水还结合着环境，其中有规划，有设计，有工程，有技术。”

艾洋说：“那你说的明明就是生意。”

尼秋说："当然是生意，我是生意人，难到我会整天琢磨什么是哲学，什么是学问吗？或者说，琢磨那些高大上的东西，我能搞到饭来吃吗？"

说着，尼秋把艾洋和温志发带到他的办公室，他打开电脑，叫老陈帮手，链接投影，播放一段视频。

他像播音员一样，结合视频内容，嘴里不停介绍：

一座城市、一个村镇、一幢建筑、一户住宅、一个房间，都是一个太极，都与五行风水有关。我们看布局，看方位，看气势，看色泽，还有风向、风速、气流走向，风口、水口、路口、过道……

在他的讲解过程中，屏幕上推出了介绍他们经营的思路：企业风水策划、楼盘风水、家居风水、装修风水。

终于看完，艾洋轻轻地叹了一口气。

温志发倒是颇有兴致，首先发话，说："尼兄真是思路开阔，敢于创新。"

艾洋说："归根到底，有点另类。现实中还是有其客观存在的市场的。我不懂这个领域，不去相信其中的文化理念，但也尊重别人的兴趣爱好甚至他们的理念。"

尼秋说："我倒没有太多的思想，只是把这作为一个做生意的选项，一个经营项目。"

艾洋说："你的本质是一个现代派风格的文艺青年，以前也没听你说过这方面的事情，所以对此也觉得有点奇怪。"

尼秋说："所谓文化创意，不一定是自己的喜好和专长，而是可否发现机遇，可否适应市场，而这个过程有时候是一瞬间的事情。"

温志发连连点头，拍响了巴掌，说："深刻，深刻。尼兄果然高见。"

艾洋笑笑，说："道理是可以这样讲的。"

尼秋说："这么说吧，也是一个偶然的机遇，我们给那个做智能家居的品牌企业做推广策划，正在做文案，忽然来了个先生，说帮我们看看公司的摆布，说是若相信他，可以为公司的经营带来效益。我当时正皱眉头，想，我又没有请你，为何擅自上门来。那人掏出名片递到我面前，那还是我的名片，说在一个书画院的活动认识了我，我们交换过名片的。那次是书画院推介一个电影制作项目的众筹投资会，到场的人，企业家、中介、文艺界人士、媒体记者，还挺热闹的。结识了不少人，但记得的没几个。他就是其中之一吧，他说他也不是一个个体，而是他们那个风水书画院的研究员。聊开之后，我和老陈商量，就有了这个创意，他们把艺术装饰与风水文化相结合，我们是在这个基础上，再加入智能家居的因素。这样，形成三合一。捆绑推介，各得其所，市场的适应面也会更为广阔。”

温志发说：“人家常说的一加一大于二，而你这个是一加一再加一，总数大于三。”

尼秋说：“对的，若单干个体，其有效的或者说创意的集合，由此所产生的增值效益，大于其简单的总和。”

艾洋说：“赞一个，相信你们会取得一定的市场回报。但我们媒体不好做这样的宣传，所以，你叫我来并没有什么作用。”

尼秋说：“无所谓无所谓，我不是每一个行动都带着功利目的。我的体会是，生活变化了，情感不变；经营变化了，价值法则不变。大家都是朋友，交流一下，听听意见，也会有所得益。”

温志发说：“那我就更加是无效的一个观众。”

尼秋说：“不是，你是可以有所作为的。”

温志发说：“怎么又与我有关呢？”

尼秋说：“我们也搞股权合作。你有兴趣投资吗？”

温志发说：“你这还真的把我给问倒了，一下子无法回答你。”

尼秋说：“不要紧。投资不是一个随便的事情。股权结构、股权激励和股权融资，这些现代企业的经营方式，我们都研究过，也有相应的运作模式。咱们再联系，回头我们还有资料给你看看。”

温志发说：“可以商量。今晚我请你们吃饭。”

尼秋说：“吃饭就不要了吧，不必客气。”

温志发说：“相约不如偶遇，既然难得见面，时间也快到了，顺便吃个饭吧。”

尼秋说：“我们公司还有几个伙伴。”

温志发说：“一起来。朋友多了热闹。”他又对艾洋说：“艾总麻烦你也把李韵记者请来吧。我以前多次约你们都没有时间，这次一起吧。”

结果，就十个八个人，齐齐赶去。在一家不错的酒店，开了一个单间，摆了一大桌。

又是吃喝，说笑。几个小时的欢乐，尽兴之后才结束。

过程中，尼秋的一个广告微信已经发到了大家的手机上。

是一直在一旁低着脑袋不吭声、手指不停按动的老陈，转发推送的。

那个文案这样说：

纵横粤港澳大湾区，方显英雄本色！战略合作，我们共创辉煌！战略合作平台年度方案!

一、永久年费方案，一次性缴纳2300元！

1. 荣获《大湾区商道》杂志永久战略合作伙伴！

2. 获得全返通平台2300元的消费赠送。

3. 免费登入每期杂志的《战略合作伙伴名录》。

4. 获得平台重点推介！

5. 可任选一期杂志免费刊登1P！

6. 免费参加早茶交流会。

7. 进入《大湾区商道》战略合作伙伴（含永久伙伴）群交流。

二、按年度交年费，200元/年！

1. 荣获《大湾区商道》杂志年度战略合作伙伴！

2. 免费登入杂志战略合作伙伴名录。

3. 免费参加年度早茶交流会！

4. 进入年度战略合作伙伴（含永久伙伴）群交流……

吃完饭了，喝了酒的温志发自己不能开车，只好叫了代驾。

艾洋、李韵送他上车。

尼秋他们已经走开，艾洋笑笑说："今天的求学应该印象很深刻才是。"

"那是，那是，认识了朋友，高兴。"温志发说。

"不仅如此，还交了学费。晚餐让你破费花钱。"李韵说。

"那可不能这样说。我也没有这样说。"温志发说。

艾洋说："尼秋是文人，文化底蕴有积累，同他在一起会增加见识的。"

温志发想了想，说："你们知道吗？我们城里地价最贵的那个别墅区，三分之二的住户已经移民到了美国、加拿大或者澳大利亚、新西兰、新加坡。我们这个城市，为数不少民营经济的资本，控制在这些移民的手中。这样不好听的话，还是我来说说吧。很多企业家，自己留在国内发展，老婆孩子送到国外，在那里坐移民监。在一些别墅区，由老婆孩子组成的这些华人，经常聚集一起，搓搓麻将，打打牌，搞些户外活动，颇为热闹，人们已经司空见惯。"

李韵一听，连连点头，说："这太重要了，如果真的是事实。"

艾洋说："你这话绝对够分量。我的感觉，八九不离十。可我们都忽略了，或者没有去直面之。"

温志发说："算是说说而已，一阵风吹掉吧。"

艾洋说："不是的，不管怎样，这些问题，我们迟早都要面对，躲不开的。"

送走温志发，艾洋忍不住对李韵说："这个温，也有他独特的视角。"

李韵说："他的经历决定他的发现和观点。"

艾洋说："那是的。我还觉得，让这个温买单有点那个了，其实他现在的处境并不好。"

李韵说："但是，再不好也比我们好不知道多少倍。"

艾洋说："也是的。让他交点学费吧。"

李韵说："求知不是那么容易的，容易的话他学不到真经了，这个学费必须交。"

艾洋想了一想，说："另一个事情，其实也是一个收获。温刚才提到手下一个工人，从看守所释放出来后，逛荡几年，现在又来到他这里打工。"

李韵说："他好像没有说清楚，我只知道那人是开了个微博，名叫水城大炮。"

艾洋哼了一声，说："好一个水城大炮。事情是前几年的，那时微博刚刚兴起。我们水城有几个账号非常出名，粉丝最多。一个是尼秋的，号称水城大哥，发布文艺文化主题的东西，文化艺术界的一个另类型名家。一个是桂老师的水城议事厅，发布本地政务社会经济热点问题的内容，务实的，对本地一些事情进行议论，这个属于官员开设微博的代表。古春艳的水城大小姐，也是狠狠地火了一把的。她每天一醒来，就实时发布自己的吃喝拉撒、衣食住行、喜怒哀乐、工作与业余、思绪与情感，又是文字，又是图片，一直播发到睡觉。所以，有人开玩笑说，这个大小姐何时吃饭、何时拉撒、何时上床都被大家所知道。于是，几十万粉丝的规模很快就形成。后来古春艳就成为一个媒介，通过她来贴近地反映社会。她非常活跃，参加各种活动，社会的、经济的、文化的活动，做现场直播，发表议论。当然，那是收费的，邀请她参加的对方，需要付给她少则一两百多则数百元的费用。名与利双丰收，让她乐不可支，劲头十足。但可惜也只是风光了一段并不长久的时间，以后，新鲜感消失，也就没有了这方面的生意。”

“还有就是温志发手下的打工者，所谓的水城大炮。时间更短，只发布了十几条信息，就被查封。他是西北农村来的，20岁出头，所发布的内容，就是他本人到发廊等低档场所，进行猎艳的事情，简单而赤裸裸的语言，没有文采，如介绍到发廊妹的模样，打个分数，报个价格，拍个人物背影、店面位置什么的。值得一提的是，他的影响更大，一下子聚集20多万粉丝，成为水城一个出名的微博。但很快，公安就出手处理，把那个大炮抓起来，拘留了一些日子。”

李韵说：“呵呵，以前不知道本地还有这样的数码发展历史，也是一个见识。”

艾洋说：“桂对此有一个评价，是在小范围说的，他说，当然同意对他的执法处理。但就微博本身而言，他的成功吸粉，也反映了一定的网络传播规律。比如，定位的专门性、信息性、稀缺性……”

李韵说：“学者就是学者，化腐朽为神奇，狗屁也可以提炼出精华。”

艾洋说：“呵呵，桂经常这样的。一个定性的思维，或者说是他的理论思维。不管如何，至少这是微博的一个案例，奇葩的案例。”

回到水城网，李韵拿着几本书，来到艾洋座位边上，说：“这些书，送给你看。”

几本还散发着淡淡油墨香味的新书，齐刷刷地摆在了艾洋面前。一看，书名分别是《微信思维》《微信力量》《互联网＋》。

艾洋说：“是好书，值得一读，特别是干我们这行的。我的意见，要组织我们的同事都看看，没有这方面的知识与理论，还是做得不够到位，也缺乏竞争力。别人有创意，因为他们站得高，看得远，看得清。”

李韵说：“你的话绝对是领导水平。”

艾洋说：“你也要看，带头看。”

李韵说：“我看了，看了后才送给你的，资源共享。”

艾洋说：“你真的看了吗？这书还挺新的。”

李韵说：“我看了三个小时，平均一本书耗费一小时。我的书架不够大，也放不下这些书了，看完就转出去，让书漂流。”

艾洋笑笑，说：“我也差不多。家里书架的书还不少，都是我父母积累下来的，特别是我的父亲。他们对于书籍的收藏，那样的倾心与爱好，是我们所不及的。”

李韵说：“我手机上、电脑里放了不少书，网上也多的是，随时都可以找到。”

艾洋说：“如今很多书是不值得买的，或者买了回来也没有地方放置。”

李韵说：“你这话要气死那些作家。比如，王思、古春艳他们。”

艾洋说：“那对不起了，我想，等我们老了以后，再来收藏吧。”

李韵说：“这几天有新闻，说是有的城市，好像伦敦什么的，就搞一个丢书活动，把书扔在地铁、公园之类的地方，让人拾到，接受阅读，接着就是深圳这样的国内城市，也模仿起来，做了一些案例。”

艾洋说：“读书的人还是少了点，而图书的印刷量又前所未有地增加。”

李韵说：“我总是感到这是工业化与文化的一种冲突或者说结果吧。”

艾洋说：“深刻，你这见地。”

李韵吐吐舌头，说：“一点儿读书体会，从书中得来的，现炒现卖。人心不古，今非昔比。曹雪芹看了我们今日的写作，没准儿会气得吐血。”

艾洋说：“非也。只会冷笑一声，掉头不理。他会以为，这世道他不懂，也不想懂，与他无关。其实，这世界就是时过境迁，万物变化。人类消费地球，消费大自然。我们的精神世界不断演变。如今，在很大程度，是建立在科技和工业的基础之上。”

又说：“你这几本书我先看看，也是几天工夫的。之后我送给桂老师，他是喜欢的。”

李韵说：“那我相信。”

几天后，艾洋把书带给了桂。

桂说：“我看看，然后整理一下内容，就可以搞点专题讲座，到企业去讲，收费，挣钱。”

“我们是刚刚才悟出一些读书的道理，你却开启了读书挣钱的新模式。”艾洋说。

“只会这样，不这样才怪。咱们都轮着吧，你也有你的优势。在形而上和形而下之间对调转换，变变口味，搞搞新意思。”桂说。

艾洋说：“另外一个事情，我们找到了水城大炮的主人，就是温志发手下一个做建筑工程的外来打工者，西北农村小伙。”

艾洋还介绍了从温志发那里了解到的那个人的现状。

桂认真听了后，说：“有机会再向温志发了解。毕竟是一个群体的某种表现。”

2

哗啦哗啦，沙沙沙沙。

雨不停，豪雨。

街上多了色彩：雨衣如同盛开的百花。多了忙乱：行车路径显得更加笨拙粗鲁。多了姿态：躲雨，避雨，赶路。

一个常态。其实，千百年来的珠三角，在迎接龙舟水的季节，都少不了类似这样的景致，虽然不同的时代有着不一样的元素。但人们还是坚持在重复，用自己的时光和生命。传承与创新，都在一定的框架内进行。内容的有限性正是人们的理性。

雨中，李韵回到了水城网。

她还买了几个粽子，约上艾洋品尝。碱水无味糯米粽，蘸点白糖吃，在细嚼中慢慢品味甘甜可口的稻米香。

吃着，李韵说：“我们那个微信公众号，最近还是粘连了不少客户，收益不错。”

艾洋说：“我们的方向是对的，起步也快，影响大。”

两人都处于兴奋当中，不厌其烦，又把一些工作上的材料再一次罗列出来。比如，市民宣讲团到基层活动，到戒毒所进行宣传，得到政府部门肯定，宣传部给了经费。总裁培训班、创富分享会、阳光公益摄影、创客大学、社会创新法定机构活动、酒店老板的古钱币展览，等等，也都顺利进行，推出各自节目。

一波接一波的线下活动，水城网有一个独特的优势，采编的记者、编辑都是80后、90后。他们有这方面的兴趣激情，也容易黏合同年龄段的粉丝。李韵写了一条触电会成立招募会员的微信，在一天之内招募了100多个触电会员，忙忙碌碌，一次接着一次，举办了10多届触电会线下聚会。包括：微信购物入口营销的分享；淘宝分销达人陈的分享；O2O分享；微商培训给老板们的常识普及；京东运营的分享；微商卖货技巧分享。此外，还组织多次旅游，如泰国游、山区游、农家游、海边游、钓鱼、徒步……

触电会打通电商、微商、传统企业电商，涉及淘宝天猫电商、京东电商、B2C电商、微商、百度竞价电商、微博电商、官网电商、移动电商、新媒体营销、传统企业电商。

微商自营模式触电会这样曝光后，网上疯传一个信息：靠微博红人粉丝经济做到几千万的触电会会员公司分享会，成为最创新、最健康的微商模式。

一时间，传统企业纷纷模仿这个模式。

还有电力局的现代电网宣传活动，暑假中小学生新媒体小记者训练营，人力资源和社会保障局的创客大赛。

水城网的几个专项团队，同时推进，工作交流的微信群，凌晨3点还有互动信息。

“吴老板，你该知足啦。通过网络，一呼百应，有这么优秀的人才和团队为你打工。不仅有80后、90后这些青春力量，还有留过洋的‘海龟’。你还想怎的？整体板着脸，像是谁欠了你的钱。”李韵总结似的说。

隔空喊话，吴有为并不在场。

3

窄窄长长、弯弯曲曲的旧街道路，花店、宠物店、童装店、时装店、面包店、咸杂店等，各式店铺密密麻麻，门面的招牌也是横七竖八、五颜六色、形状不一。

这是老城区。

道路中段是一个菜市场，大白菜、生菜、菜心、牛羊猪鸡肉、澳洲龙虾、挪威三文鱼、泰国榴莲、菲律宾香蕉和芒果、美国新奇士橙和红提等满台满架。门口上方，菜市场名称的题头大字是吴有为的手笔，那老到庄重的字体以及书写者的名气，点缀着这个世界，让这个市场、这条街市平添一点点文化的韵味。

一个不显眼的小巷出口，醒目地贴着一张2平方米大的路标：水城网，由此进入100米处。

如同公共交通标志那样蓝底白字白边的设计，是艾洋的主意，否则，一般人想不到一个互联网的媒体机构会在这样的市井环境。开始出现的时候，交警部门曾经提出交涉，说是模仿公共交通标志有违规之嫌。艾洋带着李韵就去解释，一番口舌，结果是水城网提供一次免费报道宣传公共交通安全的服务，作为对方默许的交换。

在市场后面，就是水城网所在地，里面的讲坛活动室，偶尔听得见市场的吆喝喧闹，闻得到一些食物的气味。

里面，传出朗朗声音。

这次，主讲者是张教授。

论坛其实是读书会，城里的公共图书馆发起全民阅读活动，成立阅读联盟。参加者，在主办者资质、场地安排、主持人素质经验和活动安排等方面经过审核，可以成为成员。享有的回报包括品牌分享，图书提供，每年资助5000元活动费用补贴，等等。

水城网就冲着这个资助参加了，坚持开展活动，也把宣传社科文化部门的一些活动承接过来，一并举办。那是做一项活动，贴上多个标签，获取有关部门的另一些经费。又把读书会的一些观点发布在网络上，丰富内容。一举多得。

那时，张教授打电话与艾洋联系，又在推荐他的研究新成果。声音洪亮的他，一开口就停不下来，开具出演讲的题目菜单，包括：一、让中小企业走向世界。他本人策划了一次陶瓷产品的展销会，面向拉美市场的，效果非常好。二、如何与外国人进行商务谈判。三、中小企业如何借力金融。讲张的一个方案，通过基金手段，把产业资本变为金融资本，实现流通，盘活和积累资金，降低融资成本。四、“互联网＋”时代的品牌创新……

他还要继续推介时，艾洋不客气地打断，说：“一个一个来吧，可以先讲讲‘互联网＋’那个题目。”

张教授那边是一点儿也不介意，依然热情，说：“没问题，就由你来确定。”

艾洋说："只是不知道企业家的意向如何。"

张教授说："如不抓紧讲，怕观点被泄露，由别人讲开来。知识产权就不幸地丧失掉。"

艾洋说："可以理解。只是，因为近期的讲座论坛报告会研讨培训班等，搞的密度也太大了一些。"

张教授后来表示也可以接受作为读书会一个主持人的安排。那样，只有来回的车票费用和几百元的茶水费。但张教授要求，一是尽可能邀请企业家参加，二是将他的观点做一次突出的报道，以确保这些观点是属于他的这个权益。

艾洋答应下来。

在讲坛上，张教授西装革履，举止潇洒，很显年轻。

他说："目前中国遇到了品牌殖民主义的侵略，不可掉以轻心。我最近研究品牌经济学，发现这个问题。中国几乎没有自己的超市品牌，除了万达。别的国外品牌的超市，什么沃尔玛、乐购、吉之岛、大福源，走进去会发现，50%的商品是国外品牌，25%是隐性的国外品牌。其实中国人有能力生产出好产品，但是就是没有自己的品牌，变成了为他人打工。"

"以前，这个地方的人是非常重视自己的品牌建设的。比如科龙。日本惠而浦跑来，要参股科龙，但科龙的老总不干，说合作可以，合资不行。另一个著名企业的老总也是这样表示，就是来合资，份额也不可超过49%，就是要牢牢地掌握品牌的自主权。"

"当时，日本想推销一个冲压技术设备给我们，开价40多万美元，我们的科龙没有接受，找到了西北一家军工企业，他们也有同样的技术，才花14万人民币就买了下来。"

水城网将这些言论都发布了出来。

有痛点。

于是，一个点击和评议的高潮很快出现。

效果很快就出来了，张教授收到不少企业的邀请，有更多的机会讲授他的研究新成果。

4

认识一个企业家，就找到了接触那个梁老板的路径。既是偶然，也是必然。

那天，接到梁子亮电话。

他说："你在哪儿呀？"

"我在家了。"艾洋说。

"干什么呢？"梁子亮说。

"还要干吗，你看看时间是几点？"艾洋有点不高兴。都到了吃晚饭时候。

"我知道，只是想问你一下，能不能过来这里一起吃饭？"梁子亮说。

"吃饭也不早说，就是不预约也要早通知呀。"艾洋说。

"我知道我知道，但这里有情况。唐总，我爸爸一个老友，想见见你。突然提起的。"梁子亮说。

企业家要见媒体人，后者几乎没有不答应的。不仅是水城网，其他官方媒体也都这样。

那是工作。艾洋这样定义，因而也就不计较什么。问清地址，跑到路边，急急招手，拦下的士，匆匆过去。

在那个渔村饭店，梁子亮站在一楼门口等候。

"来得真快。"他说。赶忙将艾洋手中的提包接过来，帮她拿。

那个唐总，艾洋前几年采访过的，他属于喜欢媒体宣传的企业家。

在艾洋他们走进吃饭包房门口时，唐总也从座位上起来，走前几步，握手迎接。

看一眼，艾洋就觉得唐总老态了不少。

但依然精神抖擞。个子矮小、满头白发的他，待艾洋坐下后，一边招呼一桌子的人吃喝，一边滔滔不绝地说话。还是声音洪亮，中气十足。

健谈的他，一开讲就是自己的故事：年轻时，考入部队学军工技术，复原回来后搞技术，搞企业。当厂长，经历10多个企业，什么汽车配件厂、电镀厂、包装公司、电缆厂、风扇厂。爱琢磨，钟情发明。申报成功的专利有10多项，包括汽车发动机点火嘴、珐琅电风扇。

今年70多岁，已经将不锈钢水龙头企业卖给德国人。有空闲时间，去年到迪拜游玩，看到几十个人乘坐的升降机，在公共场所使用，又联想到重庆的空中轨道交通，于是发明一个城市空中轨道城巴，悬挂在轨道下方行驶，离开地面10米左右，到达一个站点，使用升降方式，让乘客上下车。

唐对艾洋说："可否帮我给推广一下，做了宣传也可以保护我的发明专利。要不，在报批申请过程当中被别人剽窃了，就会吃亏。"

艾洋说："可以的。我们在网络上发一个报道，介绍您的这一成果和您的故事。此外，建议您将这个发明做成视频，更为直观与生动地进行展示。"

这顿饭，唐总在说，别人在吃在喝。艾洋草率吃了几口，在本子上认真地记录，做了采访。第二天，又到唐的家里，到他的公司去，充实采访内容，收集一些照片和实物材料。之后，整理好，做了一个人物专访，文字、图片、声频、视频一应俱全。

这个报道，很快在水城网发布出来。

反响不错。宣传部门的领导说，很少看到这么扎实的人物报道了，人物的经历故事感人，具有历史故事和时代意义，具有思想深度和感染力，也很生动，个性鲜明。这个记者的采写作风好，深入扎实，把自己的思考和感情摆了进去，有真心，有真情。

梁子亮打来电话说，唐总特别高兴，而且特地转发给梁子亮父亲，让他看看自己的风光，还一个劲地夸艾洋。

艾洋冷冷地说："那是一个记者应该做的。我们不能只是追求写稿收红包。不过，对媒体他没给钱。"

梁子亮说："唐总想再请你吃饭。"

艾洋说："这样吃饭其实是浪费我们的时间，我们不是要饭的，我们是媒体经营者。"

梁子亮说："唐总不清楚这个。"

"岂止唐总，很多老板都这样。以为我们采访报道是免费的。但实际上是，我们这样的媒体需要自己承担经营成本。"艾洋说。

梁子亮说："那是以前官方媒体给他们带来的印象。"

艾洋说："我这样说，你是应该理解明白的。那些老板往往只顾自己发财，而对于别人的劳动和创造，经常当作一个商品，尽可能地压价，以降低成本。但人毕竟是有着自尊的，尤其是专业人士。"

梁子亮嘻嘻地笑，说："是的，我懂的。但你没有必要同那些企业老板计较。我要告诉你一个好消息是，我父亲昨天和我谈了一次，对你给予特别高的评价。他说，留意了你这一段时间的工作，觉得你是一个不同一般的女子。"

艾洋也笑了，说："这回我是不是应该放弃刚才的抱怨了，竟然得到这么一个大礼包。"

梁子亮说："你真的是开心吗？"

艾洋说："能不开心吗？进入府上那豪门的关卡得以通过。"

梁子亮说："那不能那样说吧。我认准的事情，谁可以设立关卡呀？"

艾洋说："我不和你多说这个。"

梁子亮说："不是的。我要尽快推进。你清楚的。"

艾洋轻微地撇撇嘴，不想再说什么。

艾洋知道，他们都期待几天后的那个时间节点，梁子亮父亲生日。

还是重视的，搞了活动。一个五字尾巴的周年，规模不小也不太大。都是借机会吃个饭，见个面，亲戚朋友高兴高兴。

之前，梁子亮就琢磨过，也与艾洋说过，在这个时候，正式在他父亲面前亮相，大致上确定下来。

艾洋以前也答应过的。

"订货会。"艾洋笑笑，对梁子亮说。

夜里，城市中心广场林立的大楼群，以各种灯饰展现自己，不甘寂寞。最高写字楼的副楼的顶层更是灯火辉煌，引人注目。

那里举行聚会，场面热闹，内容丰富。

年轻美丽女模特的时装表演，那一组一组款式不同的时装，像是一个个不同色彩的景观，绚丽多姿。

那个拥有丰满结实的胸部和短而翘起的臀部，身材性感，声音带有磁性、音域宽广、来自加勒比海地区的女歌手，面对着基本上听不懂她语言的观众，还是非常专业、非常敬业地送上一首首热情洋溢的歌曲。

演出舞台旁边摆满带着水珠、散发芬芳的鲜花。喷泉在露天阳台周边哗哗助兴。客人一边观看演出，一边自由地品尝准备好的西餐肉食、点心、水果，各色啤酒、红酒、洋酒。

活动有两个主题：梁子亮父亲生日，几个企业家合伙投资的保健订制网络服务开张。第一个主题其实是为第二个撑场的，后者才是目的。因为前者是消费，后者是生意。

舞台的背景板面上打出文字：健康成就未来——五星医疗服务倡导者。

音乐助兴，射灯添彩。

高潮的节目来了：五个穿着银白色立领、黑色布质扣子旗袍的女模款款出场，年轻、漂亮，身高超过一米七，但个头又基本一致，显得阵容整齐。那是一个出彩的亮点，引得全场一片赞叹。

老梁的一个亲戚，那个特邀过来的老先生，姓刘。一个70多岁、满头白发、身材发胖的海外华人画家，从容不迫、老练娴熟地即席挥毫，寥寥几笔，便在白色旗袍上画出色彩鲜艳的牡丹、玫瑰。

他祖籍本地，但是在广州长大，中学阶段拜师学习国画，后去澳门、香港，之后到马来西亚定居。一辈子都在创作和推广中国的书法绘画。

也是一片赞叹。

然后现场拍卖。主持人热情洋溢地介绍，不时又喊又叫，十分兴奋，说："所得款项，全部用于资助贫困山区农民的医疗。"

"义卖的是模特所穿的现场画了画的旗袍噢。"

"还以为可以连同女孩一起带走呀，多美的女孩！"

"做你的美梦去吧，当然不行啦。"

主持人和观众的这一对话，又引来人们哄堂大笑。

都知道，这个细节也就是搞个气氛，大家开心开心。

活动结束的时候，艾洋说："完成了一个重要使命：满怀真诚，给你爹祝寿庆贺。"

梁子亮说："不需要什么礼物，你来他就会很高兴。"

印象不错。看得出来，他是满意的。艾洋忽然觉得自己非常开心，颇有成就感。

但几天后，梁子亮突然又来找她，说："有点麻烦事。"

"什么呢？"艾洋问。

"我妈要给我介绍对象。"梁子亮说。

“那是好事呀。”艾洋说。

“看你说的。”梁子亮说。

“我们竞争上岗呗。反正你是个少爷公子。要想进入你家豪门的女子多的是。”艾洋说。

“好的好的。言归正传吧。”梁子亮说。

“那你的正传是什么？”艾洋说。

梁子亮说：“这么说吧。我妈说她的表侄女不错。本地人，我们容易沟通。在美国留学几年，明年就毕业回来，她家也是做企业的，家境不错。她学的专业是企业管理，以后家里也用得着。明天中午吃饭见个面。我可是不吃就饱了，晕死。”

“我可帮不了你。”艾洋说。

“我想请你一起去。”梁子亮说。

“那没门。”艾洋说。

“你知道，我和我妈妈的关系，要特别尊敬。”梁子亮说。

“一点儿也不奇怪。有钱可以办成很多事情，但有些东西是办不成的，有些问题是解决不了的。”艾洋说。

“我理解，接受，而且比你体验得更为深刻。”梁子亮说。

“是的，因为你是当事人。”艾洋说。

“有谁能理解我？男人是传宗接代的人，但传宗接代的不一定是男人。我其实就是一个工具。”梁子亮说。

“哈哈哈哈。”艾洋笑起来，“亮，不必如此，不必如此。”

5

那个时尚的青年女子，黑色的圆领T恤，蓝灰色打磨过的牛仔裤，白色跑步鞋，手里握着手机，配上耳塞，一边听音乐，一边迈着轻盈的步伐慢跑。那是在天鹅湖旁边的公园。好健康，好优雅。

张红梅不由自主地追上去。

快要赶上，突然看到，女儿摇摇晃晃地向自己走来，好像高了半个脑袋。张红梅又惊又喜。张开双臂，就要把女儿搂在怀里。忽然，闯来一辆急速行驶的自行车，把女儿撞倒在地上，女儿顿时哇哇大哭。

张红梅急得全身一震。

醒来原来是个噩梦，一身大汗淋漓。白天见到的情形，自己老是想念的东西，竟然在梦中出现。

半夜里，室内那使用时总是发出嗡嗡响声的老旧分体空调机，终于停止工作。不一会儿温度升高，觉得不舒服，就做梦，接着被热醒。起来，用毛巾泡冷水，把全身擦洗干净，但无法再睡。于是起来，把床底下放着的一台电风扇拖出来，插上电源，阵阵凉风吹来，才感到轻松。

张红梅拿起手机，就要拨打妈妈的电话，突然想起，这是什么时候，妈妈睡了，手机也关机。她那个功能简单、价格便宜的手机，为着节省费用，晚上还不到睡觉，必定要关机。再说，刚才也就是一个梦。

放下手机，翻转身子，静静地想，还是要看看如何接近自己那个同母异父的哥哥。但是，是想和他建立联系，还是就认识一下，或者就是想知道一点点他的情况？这些问题，张红梅都没有想清楚。事实上，也好像不可能想清楚。只觉得需要往前走出一两步，看看再说吧。世界上，有这么样的人，有这样的牵挂。但多年来经常挂在心坎上的东西，又好像非常遥远，不知道在何处，或者知道了大致方向，又不知道如何联系。真的联系上后，又不知道要说什么，结果会是如何？

一转身，张红梅又想到另一个方面的事情。那时候，怀上男友的孩子，在犹豫中日子一天天过去，肚子越来越明显，一咬牙决定生下来。

但和男友的关系并不理想。他还年轻，没有稳定的工作，也不会想问题。两人经常吵架。那小伙子性情不好，骂了她，她受不了，拿起饭桌上的一个碟子就摔过去。男友急忙用手挡住，头部没有被击中，但胳膊被击碎的瓷器片子划破，鲜血直流。他气急败坏，冲过来，扬起大巴掌，对着张红梅的脸蛋就是一个耳光，啪的一声巨响。张红梅双手捂住脸，号啕大哭，既是因为脸部的疼痛，又是因为心里的受伤。男友哼了一声，说分手拉倒，老子再也不回头。几句说罢，扬长而去。

就这样，她也不去找他。回到妈妈那里，一直待到临产。自己把孩子生下来，辛辛苦苦，什么困难都经历过，拉扯了几年。

是个女孩。张红梅对此也曾暗自叹息，难道就走不出这个女人的苦难怪圈吗？妈妈，自己，女儿。

孩子可以放手一会儿，她咬牙下决心，托付给妈妈。

来找同母哥哥，或者这个哥哥的养父，其实也没有什么线索。启程出发前，张红梅还是担忧，对妈妈说："你要我到那地方去，可人海茫茫，如何遇到他们呀？"

妈妈说："也是的。"

张红梅说："你以为还是我们这里的小村吗？谁家每顿吃啥也都是大家知道。不过，这也已经成为过去的传说了。现在，谁出去打工，到哪里去，挣多少，什么时候回来，都是人家自己的事情。人家不说，也没有谁去打听。"

妈妈想了想，说："可能就得靠你自己去想办法。"

张红梅说："我的办法简单，就是找公安局帮忙。"

妈妈连忙摆手，说："那可使不得。什么办法都可以，就是不要找公安，不要惹出事来。"

张红梅低下头，说："那我就到那儿再说吧。"

这时候，张红梅妈妈忽然说："两个事情你可以看看。一个是你哥哥右边脖颈有颗黑痣，跟你的一样大小，很醒目的；第二个，以前我跟你说过的，哥哥他那爸爸会做猪油鸡蛋炒饭，香喷喷，非常好吃的。”

张红梅摸摸自己的脖颈，说：“也就这样吧，两个线索。”

又想起以前听说过的猪油鸡蛋炒饭，妈妈在企业打工时吃过一点。

做法是，用上好的泰国或者越南的油香大米煮熟一锅饭，盛起来，放置一边；然后点燃炒锅，用鲜美的肥猪肉煎出香油，捞起猪油渣，把米饭倒进锅里，炒成油晃晃、一粒粒的状态，这时候，打几个鸡蛋在碗里，调成蛋羹，一下泼到热乎乎的米饭里，再浇洒酱油，搅匀后，便是香喷可口的猪油鸡蛋炒饭了。

哥哥能够享受这样的口福。

她张红梅能有这样的口福吗？当然远不只是口福的问题。

但应该为妈妈着想。

妈妈说：“也想过他。如今，他长大了，我的身体越来越弱，就想得更多。”

于是，每天在康体公司，在发廊，甚至在大街上，她的一双眼睛，都在探寻着这个目标。

6

狗和猫在家里的冲突成为妈妈关注的事情。狗是热情而幼稚的，对主人极端忠诚，但是不爱动脑子；猫是理智的，非常懂得维护自己的权益，保护自己的生命。

已经划分了居住和喂食的区域，猫在北面后阳台，狗在南面的前阳台。

在家里，一个少不了的事情就是调节这两个动物的冲突。每天都要总结自己发现的规律。

带狗去了宠物店，洗了澡，做了美容，把长长的狗毛修剪整齐，剪了指甲，打了狂犬预防针，花费400多元。

猫似乎发现了狗的优厚待遇，特别是主人和狗在一起的时候，就一定要过来分享。

而狗就是不许可猫的越界。

狗还有个阿格朵的名字，那是前些年流行一时的《神曲》的唱词。妈妈喜欢唱词里面有个朵字读音，像是英语狗的读音。于是起了这个名字。

自从父亲去世后，妈妈慢慢迷上了这些。

线下活动与一家饭店建立了关系，得到一些优惠的票单。艾洋想请妈妈尝尝，妈妈高兴地答应了，又说汪蓉阿姨刚刚从新疆回来，带了点特产给我们，叫上她一起吧。

和汪蓉一起出去吃饭。

在水乡一个农家菜馆，最近生意火爆，门庭若市。那个主厨兼老板忽然发现自己模样像美国总统，于是给自己起了一个名字叫奥巴牛。在微信上播发自己西装革履的照片，又参加了水城网微信公众号的线下活动，被迅速传播。很快门庭若市，食客大增。其实，水城这地方，也是粤菜的发源地，厨师特别多，厨艺的历史根基非常深厚。这奥巴牛本来就是一个出色的厨师，网络这一推动，生意更好。

走进菜馆，一个女服务员迎上来，招呼入座。艾洋说："不是说奥巴牛要亲自迎接客人的吗？还说可以合照呢。"女服务员笑笑说："那都是刚刚开始宣传这个品牌时候的做法。现在，奥巴牛老板实在太忙，分不出身子来。"

"那他在哪儿呀？"艾洋说。

"搞培训，带徒弟。"女服务员说。

"就你们这店也不算大呀，需要那么多人吗？"艾洋说。

"开设分店呀。"女服务员说。

“真是，思维比闪电还快。”汪蓉说。

艾洋看了看店里，又说：“如果他还在这里，有空便过来吧，我们认识，是他叫我过来的，还有优惠。”

女服务员点点头，说：“不好意思。这就去叫。”

一会儿那个叫奥巴牛的菜馆老板赶过来，不停地说客气话。

拿出菜单，要给特价。

艾洋接过菜单，看看后，又给了汪蓉。汪蓉一边看，一边说了出来：盐焗乳鸽，18元一只；白灼罗氏虾，48元一斤；农庄小炒皇，28元一例；丝瓜浸双丸，18元一例。

奥巴牛说：“可以试试的。”

艾洋妈说：“还有特色的吗？”

“有呀。”奥巴牛说，又拿出一份菜单。

艾洋看了，是叫农家特色菜的，包括：冬瓜盅水鸭汤68元一份；鲜竹笋浸农家鸡88元一只；特色蒸水鱼88元一只；招牌碌鹅48元一例；鲜花椒蒸无骨大头鱼，时价；法式焗虾48元一例；海鲜鸡煲128元一份；蚬肉生菜包33元一份。

汪蓉拿起手机，都拍了下来，说：“让手机先吃。我都习惯把菜单拍下，在外头吃饭，可以对照，看看成色，看看价格。”

艾洋妈说：“你经常旅行，云游四方，天南海北都熟悉，什么都吃过，快成为资深美食家了。”

汪蓉说：“那可不。不外出也都可以吃遍四方。你看我们这里，什么新鲜清淡的粤菜，味浓的客家菜，介于清淡与浓味的潮菜，辣味的湘菜，麻辣的川菜，浓重实惠的东北菜，鲁菜、苏菜、淮扬菜、新疆菜；还有台湾美食，港式茶餐厅，东南亚风情，日本料理，韩国烤肉酱菜，欧陆西餐，来自澳大利亚、新西兰的牛羊肉、海鲜，来自阿拉斯加的冰冻海蟹，应有尽有，一个不算大的城市，竟然什么口味都可以满足。”

艾洋打断她说："别只顾着说话，看看我们现在吃什么吧。"

汪蓉说："其实我吃什么都无所谓。这次，一是说说话，二是顺便看看名声在外的奥巴牛。真的有点像，但更佩服他的生意头脑。"

奥巴牛站立在一旁，不住点头，表示谢意。

汪蓉打趣问他，说几句英语来秀秀嘛。

那个奥巴牛摇摇头，表示还真的不懂英语，也就会Hello、Thank you几句。说自己其实就是一个本地的农民，中学毕业后跟着师父在厨房里学烹饪，还没出师，被人发现像美国总统。平时也是喜欢搞笑打闹的，这回认真地模仿起来，越发有点味道，自媒体一传播，传统媒体也来报道一下，有意无意地把这当作一个新闻热点来炒作，于是他利用这样的知名度，自己出来，开了这家餐厅。他做鱼的菜式有特色，是拿得出手的一个本领。每天他都西装革履，按照从电视上图片上、看到的美国总统模样，学着一举一动，笑脸、表情。客人一到来，这奥巴牛会出来迎接，用一两句英语打招呼，然后合影。生意和名气竟这样起来了，说奇特也奇特，说简单也简单。

看来他其实是一个老实人。

汪蓉不与他说笑了，转回头又说："最近去新疆旅游，特地带了一些红枣、葡萄干回来，千里迢迢，也不能说很容易。但回来发现，这里的新疆特产专卖店有好几家，货物丰富，价格也差不多。在本地也可以享受到新疆的特产，我们零零星星带上一点儿回来，已经不像以前那样稀罕。"

艾洋说："汪蓉阿姨的一个优点是喜欢和别人分享自己的旅游感受，所以，你的旅行经历是超值的，不仅你开阔了视野，有所感受、感悟，也让倾听者受益良多。"

汪蓉说："这话我受得了。所以，我想说，我们生活在一个最好的时代。什么都不缺，什么新鲜东西我们都赶上了。以前，我们连洗衣机是什么样的都想不出来，更不用说如今的智能手机。以前，就是渴望去一次北京，在天安门城楼前面照张相，后来想去香港。如今出国，除了美国签证有点麻烦，其他地方，东南亚、日本、韩国、欧洲，那是想去就去，便宜的几千块就行。在国外，经常遇见咱们自己的人。看看那些国家的机场、高速公路、超市、广场、摩天大楼，哪有中国的气派，哪有中国的漂亮！我自豪，我曾经是普通的政府公职人员，做出过微小的贡献。如今，也还是一个堂堂正正的中国人。”

吃得高兴，说得高兴，听得也高兴。

艾洋还有个想法，听说汪蓉要出售她的一栋独栋别墅，想看看可否探讨一下。汪蓉来江城的时间早，那时这里还是一个刚刚发展起乡镇企业的农业县，土地很便宜。她喜欢花花草草，花费并不多的钱，买了一块土地，用几年时间，不紧不慢，不给自己压力，盖起一个独栋别墅，前庭后院还挺大的。

当然，房屋买卖是一个复杂和敏感的事情，艾洋也不想让汪蓉误解，更不会占人家的便宜。

说到这事，汪蓉说：“我是考虑好了的，要把这座别墅卖掉。真是老天有眼，让我们这些不懂经济的人，也狠狠地挣了一笔钱，如今的价格，是我们投入的二三十倍。房子居住了20多年，还有钱赚。只有现在是这样吧。另外，我是不想住单家独户的楼房了，年纪大了，其实很麻烦，打理费劲。出门旅行的话，要做很多安排。换一套商品房，剩余的钱，足够我下半生养老旅行的。”

艾洋说：“卖了多可惜。卖了就没有机会买回来，别卖。土地是稀缺资源。在我们这里更是。你租给我，用来做美术作品的展览和学习交流。我这里将20年的租金预付给你，作为首付，你去供一套商品房。那你就既可以住进新房，又可以保住别墅，每年可以看到别墅的升值。两全其美。”

听到这儿，艾洋妈妈说：“这么好的计划，我也是头一次听说。

艾洋你真是胸有城府。”

艾洋说：“我可没有算计汪阿姨的想法。”

汪蓉说：“那是。我听得明白。但每个月的供楼费用如何安排？存款和退休金，我都不打算放到这里来了。我还是享受生活要紧。女儿呢，她就没想过回来这里，还是一个不存钱的主，手头有了钱，立马要消费掉，哪里会指望她来供楼。所以，还是找到中介公司，把别墅挂出去，早点卖掉吧。”

“有一次外出，别墅里的一些家务只好托朋友看管。挺麻烦的。在外的时候，自己也不得安心，天天牵挂。熬到回来的日子，一到城里了，赶紧往家里奔。到了门口，一下愣住，那只叫安顺的老黄狗，趴在大门里头，眼巴巴看着前方，一个心思在期待，等候着主人。我走到门前的水池边，水里的金鱼，呼地成群游近来，张开大嘴巴，眼睛直直地看着我。此情此景，我的眼泪便要掉下来。所以，我一咬牙，横下心，把狗送给住在你们附近的一个朋友。他这个狗迷，天天喂好吃的，没多久把狗养得肥肥大大，像一座山，起名叫山大爷。”

艾洋妈妈说：“那还是你们会生活。来，吃菜。”

于是说别的事情去。

艾洋知道，妈妈有意把话题岔开，是不想说起别墅的事情。

吃过饭，又闲聊一会儿，起身离开把汪蓉送回去。在返家路上，妈妈说：“不要和朋友谈买卖的事情，尤其是住房的买卖。要是人家误解，以为我们想贪别人的便宜，多不好。”

艾洋哈哈一笑，说：“买卖公平，市场经济。再说，是他们有意出售嘛。我的办法还可以为他们保住不动产。”

妈妈说：“说起来容易，运作起来就复杂。”

艾洋说：“当然，我说一说而已。不行就算啦。只是，我爸爸那些美术作品，有条件展出可太美了。”

妈妈说："你的心我懂，你爸爸在天之灵也会知道的。办法，慢慢再想吧。"

艾洋说："也只能如此。"

妈妈又说："你的事情怎样啦。我不催你，但你自己要把握好。"

艾洋说："你这不就在催吗？"

妈妈说："我是担心会像汪蓉那样。刚刚你出去买单，我们说起她女儿的事情，汪蓉说，她现在看开了，想通了，甚至就想，也不管女儿结婚不结婚，怀上孩子，回来生下，会帮她照料。所得到的回报是，自己从妈妈升级到了婆婆。汪蓉的心情是可以理解的。她也有自己很纠结的事情。我可没有汪阿姨的洒脱，因为无法向你爸爸交代。"

艾洋说："人家是人家，我是我。每一个存在的个体都不同，别扯到一起。"

第六章

1

夜，待在家里，停止了奔跑，安静了下来。但艾洋要应对另一个事情：做几乎是每天都必须有的一道功课。在微信上，与桂进行对话，交流一些观点，收集整理资料。

在笔记本电脑上进入微信，用这个平台进行工作。旁边一杯清茶，打开一本喜欢看的书籍或者杂志。

微信活动的标配基本如此。

时间安排是双方都熟悉的，很快对接上。

艾洋说："桂老师，我在你的微博上，看到了一个在电脑城成长的故事。不是在乡村，不是在社区，不是在学校。电脑城也是一个生态环境。我的一个感受。"

桂说："我记得，那是一个标本，经典的。印象深刻，意味深长。"

艾洋说："但这个故事给我的印象是，那一代青年的打工谋生，还有情感的怜悯触动。"

桂说："我知道。我先讲前面那个谋生的，既是励志也是生态。说远一点儿吧。有一个对比，也许可以将故事说得更加透彻。之前20多年的，那时我在大学教书，离市区7公里的学校，周边没有商业，没有居民。大门口对面，是一片荒地。后来出现一个来自汕头沿海地区的青年，农村人。他跑来这一带谋生。谁知道他是凭借什么关系过来。看样子应该是举目无亲、独自闯荡的。先是帮当地农民杀猪，干的是打杂的活儿。他有杀猪的力气、技术和勇气。另外，那把一尺多长的雪白锋利的杀猪刀，可是他带来的唯一的谋生或者说创业的资本了。后来，除了杀猪，他还延伸了产业链，出卖劳力，帮农民人家卖猪肉。在厚厚的木板面上，使用另一种可以剁砍的大面板利刀，嚓嚓嚓，在干脆利落的砍剁声中，把肉块、骨头砍好切好，处理好。挂在前面的围巾，沾满了猪血斑点和猪肉碎粒，油光晃晃。但之后，他便以一个相当快的节奏演变着自己的生活，先是，他自己做主了，杀了猪，接着是自己买下来，摆摊卖肉；不到半年，在学校门前搭建了一个棚屋，开设了小吃店。早上卖肉，中午和夜晚做饮食生意。他的米粉做得不错，汤粉鲜甜，炒粉喷香，不少学生来光顾。学生现金不多，他想了办法，接受学生食堂的饭菜票，再与卖饭票的食堂主任建立利益关系，把食堂饭菜票兑换成现金。这样经营，日子在延续。没多久，他讨了老婆，女人过了来，帮忙生意。又几个月时间，女人肚子大了起来。这时候，他弟弟过来，参与生意。但也是不久，弟弟独立经营，也是从杀猪卖肉开始，接着是在哥哥店铺附近搭建自己的铺位，做士多杂货店。后来，也是娶妻生子。家庭生活与小本生意混合在一块，一个最简单最直白最原始的创业经商方式，在当代大学门口产生了，顾客是被称为时代精英的大学师生。而且这两个潮汕人成功了，如同其他许多潮汕人在不同的地方、以不同业态经营成功一样。本质上他们是一样的，否则不会以文化密码的形式，影响他们这个民系的人，催生一个又一个激励人心的故事。”

“这是开场白吧。”艾洋说。

桂说：“开头点缀的闲话不必那么长。只是我心中一直刻有这个案例，经常回味，总觉得有那么一点儿意思。那是一个生存与发展的故事。对比即是参照，两者之间的差异和联系，可以将内在的规律显示出来。我接下来要说的，这几年发现的一个在电脑城的人生，形式与载体不同，前者是传统的农耕文化的东西，后者还是当代的高新科技的内容，但本质上却也相同。那是，在电脑城二楼楼梯口的拐弯处，几年前的某一个星期天，当我去那里买电脑配件或者维修电脑的时候，看到一个小伙子在那里摆开一张长条形柜台，做起销售电脑、手机配件的生意，那些货物就是U盘、电脑线之类。我去了解过，小伙子学历不高，在电脑配件企业打工，企业的收入不大理想，他出来自己干。他知道货源，而且可以拿到最优惠的价格。一般而言，出厂价格总是比市面价格便宜。我几次不同时间去那里，发现了一个逐步演进的生活更替。挺有意思的故事。开始，是小伙子一个人，后来他身边出现一个女子，他的女伴；后来，这人就是他的妻子了，女的大了肚子；又过一段时间，孩子生下来，女的抱着婴儿，守候自己男人，也帮着做些什么。三个人一起站柜台。后来，孩子长大。那是个女孩。有时候，放在柜台的玻璃面板上睡觉。再后来，女孩会走路，跟着母亲，在柜台周边行走，牙牙地学着说话。又过几年，又一次我去那里，在二楼上三楼的楼梯口，看到那个柜台还在，多了一节，租用的位置更多，柜子里还是电脑、网络的小配件，U盘、网线、充电线、插头、手机耳塞、移动硬盘，等等。女的在柜台后站着，招呼顾客，男的不见，也许是去进货送货，也许上门服务；女孩已经上学，她靠着柜台吃饭，简单的饭菜。她低着头，大口大口地吃，津津有味。一旁，是她做功课打开的课本、作业本。我心里一动，用手机拍了几张，在微信上发出，写了这个柜台几年的变化。尤其突出的是，将一个女孩的成长写了出来。”

“结果，微博的点击率还不少，共鸣是显然的。”

“记得，一个本地的企业老板同我私聊，想要那家人的联系方式，他觉得女孩特可怜。这老板想资助她上学。”

艾洋说：“有点感悟，也有点感动。一是一个谋生的标本，一是小女孩的衬托，说明草根经营的甘苦。其实，中国人的勤劳、忍耐是少有的，这也是我们这个民族的本性。”

桂说：“是的，我们的民族，是在劳作中找到幸福，找到精神寄托的。是不是可以说，我们的信仰其实是生存信仰。而我们的互联网产业、文化创意产业，也都建立在这样的基础之上。尤其是当产业推广、产业链条延伸的时候，其历史与文化的特征越来越明显。我就是想证明这个观点。”

艾洋呵呵一笑，说：“这是桂老师您的又一个发现。”

她又说：“我倒想去采访一下。电脑城我也去过几次，有一个特别的发现，在大门口，在楼梯入口，在柜台前面，都有卖家在吆喝，在拉客。做这个的还是以漂亮女孩为主。当时我就愣住，这是一种什么样的服务？科技产品的销售需要美色来参与竞争吗？桂老师你的这个关注，我想，高科技在中国，很多环节是由草根支撑。那么，换一个角度来说，依靠勤劳刻苦、低成本草根的中国高科技，是否仅仅借来了高科技的名分，而没有高科技的内涵？”

桂说：“我们的优势在于加工，在于生产，在于巨大的市场消费空间，而不是核心竞争力、科技研发本身。当然这个问题已经被国人关注，并且不停呼吁呐喊，努力改进。新的选择也有了不少的成果，但新路子需要长时间和巨大的努力去探索。”

艾洋说：“那我还是去做一个专题报道吧。”

中止了交谈。

当夜，艾洋即做了采访的计划，都写在电脑上。发给了吴有为，也给了李韵。

吴有为表示同意，并且在艾洋的方案中加了几句话，说关于“互联网＋”，政府决策一条线，企业家思路与做法一条线，以桂局为代表的文化分析一条线，再加上现在这个草根的线索，呈现出立体的格局，相当充分地展示了现实。

李韵说会积极参加，并重点关注90后。她还提供了一个几天前修理手机时采访到的一个真实故事，在微信中给艾洋发了过来。

这个90后小伙子，初中毕业，当过兵。退伍回来后，在政府大楼当保安。业余学到了修理手机的技术，与几个90后合伙，集资13万元，在街上租下一个小店，30多平方米，月租3500元。白手起家，半年赚了30万元。但好景不长，后来因为涉世未深，把控不住，结果亏空，年底无奈，别人回家团圆，他却不敢回家。转眼新年到了……他在微信朋友圈上给包括李韵在内的网友说：各位创业者，留下微信，或许我们以后会成为朋友！明天的事，谁又能预想到呢？他说，自己接下来会继续坚持，因为相信明天。人跌倒了不可怕，可怕的是没有勇气，没有执念，没有骨气再站起来。

艾洋看了，回复说："这样的故事太表面化，在网络上俯拾皆是。报道最好有现场感，有质感，有温度。这样，即便是没有轰动的事实，没有深刻的见解，没有奇异的要素，也都可以给人以难忘的印象和强烈的冲击。"

李韵说："我还有一个90后的故事，有泪点的。"

那个故事的主人说："我从大学说起，在现在的中国，一个人的真正独立算是从大学开始的。家里穷，便渴望有点钱，小时候走在街上，看见地摊眼睛就发直，真想自己也去练练。在大学，年华最好的时候，不受关注，没遇到爱情，无情无性。没有爱情滋润的岁月，我除了喝开水喝啤酒做俯卧撑，就是做网络项目，三个月没下楼。项目做成那天，在楼下服务社打印1000多张广告，待到半夜，悄悄出动，一边贴，一边哭。想到一些电影里的地下革命斗争情节。感到一样神圣，都是为着改变命运。当一个月赚到2万多元时，再也忍不住，还是半夜，坐在大学里的湖心花园号啕大哭，被在附近树丛里谈恋爱和在草地上偷偷做爱的大学生误以为失恋。其实，当时那种感觉，生不如死。"

艾洋笑笑说："好一个山沟沟里飞出来的凤凰男。是你的大学同学吗，是你的初恋吗？"

李韵说："别打岔呀，都不是。我不是在采访、提供新闻素材吗？很职业的行为。"

艾洋说："我们的职业是需要倾注一定的个人的东西，不仅思想，也包括感情，包括个人的故事甚至隐私。虽然不是文学作家，但也一定要有那个方面的因素。"

李韵说："是的，我懂，也在努力。其实这个东西，在叙述的时候，我也投入了自己的情绪啦。"

艾洋说："但依然一般化。还是我们自己去看看，去听听，去了解一下吧。我不想引起什么轰动，读者看到，发现有着这样的人和事，由此得到感悟，也很不错的了。不要小看这效果，其实是什么样的故事都不可以替代的。"

说罢，离开网络，不再说什么。

第二天，采访便开始。艾洋、李韵，还有一两个记者，直奔电脑城。

楼梯口的转弯处，销售数码小产品的柜台还在那儿，也是两张连接起来的，但是，主人显然不是桂故事中的那个。

一个20多岁的女子，模样长得一般般，但还是有点气质。一聊，是大学毕业生，职业技术学院毕业生。

现场就交谈起来。

艾洋先是问："那个从外省农村过来的青年呢？"

回答说："他离开了这里，轮到我们来接班。"

艾洋又问："去了哪里？"

回答说："应该是生意更大了，完成了这里的积累，上到一个新台阶。"

原来，那人结识了公安系统的一个老乡，找到转机。他乡相遇，特别亲热。老乡提供信息，给予关照，恰好遇到政府推进"智慧平安"的工程，大批量安装监控网络。于是，这个青年成功介入，他有货源，在这柜台的几年生意，也给政府配送过设备材料，给人留下不错的印象。机会一来，顺手抓住。积累了资源，做大起来，就搬到外头去，在大街上租用了铺面，亮起招牌。据说，一年可以做下几百万元的生意。

“那你们呢？”采访转入第二个问题。

“我们是创新创业的新一代呀。正在学习中，成长中。”那女子朗声一笑，大声地说。

“佩服，但愿你不是和我说笑话。”艾洋说。

“一半是搞笑，一半是真的。”女子说。

“那你给我说说那真的一半吧。”艾洋说。

“没问题。”那女子看来是大方的。她拨打手机，叫一个男子过来，要他看柜台，然后对艾洋说：“跟我来。”

在电脑城附近，临街的一栋商业大楼，一层是商铺，三到五层是写字楼。

跟着那女子到五楼，看了那个信息咨询有限公司，老总是去年大学毕业的，还在就读的时候，已经出来创业。公司在本地有20多人，广州30多人。做跨境电商，对接淘宝电商，组织货源，收取佣金。利润不是很高，但一年2000万元生意。在淘宝有店铺，还有自己的官方网站，网络PC的、移动APP的都有。

支持他的合伙人，是广西人，小学文化。20多年前，也就是他20岁出头的时候，从家乡农村开着一辆手扶拖拉机，机头发出粗粝的响声，在路面坑坑洼洼的简易公路行驶了两天两夜。蓬头垢面，一身灰尘，好不容易到达珠三角这里，用最基本的方式，开始了谋生。原来在乡镇企业的家具厂打工，后来自己出来开办工厂做床垫。这几年，他开了电商平台做网络交易，如今一年有2个亿的营业额。

这人是一个传奇。而他也发现了一个特点，自觉地将其放大，形成了故事，于是生动地宣传了自己以及自己的企业。

艾洋立刻意识到了主题，在短短的路途中，这个女大学生给她讲了几个故事。比如，为生存，到一家床垫企业打工，偷偷学到手艺，向亲戚朋友借钱创业，奠定了自己企业的基础。和一个来自西班牙的外商做生意，在电脑前守候到凌晨3点钟，及时回复了对方，以勤奋和诚实赢得信任；不懂一点儿外语，连拼音输入法都不会，凭着手写板慢慢地写下文字，发给秘书翻译，再粘贴到对话框，与外商进行业务谈判。他报名参加阿里巴巴公司的电商培训，那时，他是年纪最大、学历最低的一个，也一看便知道是最土气的一个，但因为他的奇特性和代表性，他不可替代的价值被企业发现，于是他被树立为典型。最高层亲自接见他，和他合影，给他题写书法作品。经过了专门的培训，他到全国各地演讲，推广电商创业，果然很能吸引社会基层草根。几年下来，名气大增，人气很旺。于是，他发起组建了一个电商协会，联谊，培训，交流做电商的经验，和实体企业对接，和政府对话。也成为马云那个阿里巴巴大企业在水城这一区域的合作伙伴。

就在这个公司旁，刚刚搬走两家公司，通过玻璃外墙，看到里面一片凌乱，剩下废弃的各种用具，一堆堆的垃圾，让人感到失败与沮丧。那是一个塑料电商，因为石油价格下跌，实体经济不好，所以这方面的电商没有什么生意可做，只好关闭。那个电商培训公司也关闭了，因为在别处，区电商协会旗下的电商学院，使用政府部门的专项经费，举办了免费参加的电商业务培训学习班。于是，他们收费培训的项目便泡了汤。

还有一个小公司，名字记不住，但有印象，在门口贴着一个设计图案，冲击力强烈，上面写着：尖刀连。

问了，那是做工业设计的，一群年轻人，每天都加班，晚上公司亮灯到九十点。那个连长是公司创始人，一个刚刚大学毕业的年轻人，在狭窄的旧街巷租了间狭窄破旧、暗无天日、白天还需要打开电灯的小房子。下班后回去，对着电脑，一屁股坐下就纹丝不动，深夜还发微信、微博，做电商生意，推销户外旅行的装备和用具。他也是一个户外运动的爱好者。他那商业推广所突出的一个亮点是，他和当过侦察兵的老爸一起去爬山，两代男人，身着陆军迷彩服，拍下各种在崎岖山岭上攀登越野的照片，很有男人味道。

艾洋都记了下来，用手机拍下照片，还在网上下载图片。

回来，在水城网吃过饭，和李韵一起，来到李韵的卡座上，把手机照片传到电脑上，在屏幕上观看。

李韵说："我倒要看看你的所谓质感是如何的。"

艾洋说："新闻报道也有质感。这是我的老师说过的，也是我一直相信的。官方套话没有质感，仅仅是数字也满足不了质感的要求。质感出自记者的眼睛、头脑和心灵。"

"还有记者的笔头。"李韵说，"这是常识，我不反对。只是，这新闻质感真不容易。有时候，质感更像是新闻记者的人生或者生命。"

2

QQ群上。又在进行一次有主题的讨论。

还是和平常一样，由桂发起。

他对尼秋说："我还是没有放弃一个怀疑，在网络上，我们这样年纪的，50后、60后，还有部分70后，被淘汰了。整个语言环境都不接受我们。对此，真的耿耿于怀，颇为不安。比如，为什么你那么有女人缘，我却没有那福气？尤其在网上。"

尼秋说："在中国，这个问题看来是更为突出。比如，文学写作中的什么60后、70后、80后、90后的作家分类。"

桂说："你说得好，还有对于文学领域的敏锐触角。那个问题说明，我们的话语需要前置条件。在很多时候，话语的价值并不在于话语本身，而在于说话者的身份标签。这个标签，或是资源，或是财产，说是地域，或是颜值，或是年龄。"

尼秋说："说回来吧。所谓的网络上那个女人缘，其实是性格使然。主要还不是年纪，也不是其他。说到我，一眼看过来，觉得有点古怪，但接触了，也会解除戒备，认同和接受我。况且，我还放得开，有张狂和野性的一面，人家也会觉得有趣。”

桂承认，说：“那是，与我相比，你的性格更有活力，因而也就更有魅力。”

尼秋说：“最近登录了一个游戏，玩打仗的。小时候我也做过将军梦，喜欢打仗。当然那时不知道死人的悲剧与伤害。如今到游戏里去，寻找以前的感觉，重新体验童真。我在这个游戏里，有一次发现了自己性格的优势，于是又增加了自信。”

桂说：“你又有了故事。”

尼秋说：“这是真实的事情。我进入了那个玩游戏的群，很快扮演了大佬的角色。因为我仗义执言，好打抱不平。帮助弱者摆平问题。我还花费了几千元钱。该付给的立马付给，该帮助的不管是谁，都慷慨大方。很快，引起大家的注意，继而有了公信力，后来，就得到大家的信任，他们在游戏里购买东西都喜欢找我，甚至先付给资金，再等我发货。他们不怀疑，完全放心。”

“有一个女子，大约30岁样子，东北那边的。像是富二代，在游戏里与我交往了几次，便约我到游戏外私聊。前些天，我们开通了电话，她提出，是否我们见个面。”

尼秋说：“你看，这么一个故事。说明，是否被网络以及其他科技手段淘汰，不是年纪的问题，而是价值理念的问题，或者说是性格的问题。”

艾洋也在QQ群线上。

看了一会儿，就凑了热闹，也来参加，说：“性格是性格，但代沟是客观存在的。也许和网络无关，没有网络也都会存在的。”

艾洋说她父亲有一套他自己非常喜欢的《汉帛大典》，差不多有四开报纸《参考消息》那么大，硬皮封面，两寸多厚，一个大部头。那年出差北京，在琉璃厂一间专门卖字画书籍的小书店看到了，书店里这种书只有一部。父亲从书架上取下来，爱不释手，看了半天。想买下，一看价格，460多元，心里咯噔一下，嫌贵。对店员说，别的地方没这么贵呀，能不能打点折扣。店员看了他一眼，说："别的地方是别的地方，我们这儿消费水平高，做书的生意难，况且这部书很珍贵。你要真的想买，我会给你减点钱。"父亲说那减多少。店员说了一个数。父亲笑了："那等于没有减呀。你把零头给去掉吧。就400元。我立马买走。"店员不答应。父亲说："我送你一副书法作品，行吗？"店员摇摇头。"其实我的字也还是有一定基础，可以顶上一点儿钱吧。"艾洋父亲说。店员说："自己去把书法换了钱吧，我只需要Cash。"

父亲说："我明年再来买。"

说罢，头也不回地走出书店。

第二年，也是那个季节。父亲又出差北京。他还是抽空去琉璃厂，找到那个书店。一眼就看到，那本书还放在书架上，他不禁一笑，对店员说："你还记得吗，我说过第二年再来买。这书还等着我呢。"店员说："这回你一定要买回去啦。"艾洋父亲说："我还是那句话，你把零头去掉，就400元。"店员说："我们真的没有什么钱赚的。"父亲说做生意的谁不是这么说的。店员说："你真要吗？"父亲说，"真的要，你们就不会有这件货物积压。"店员拿起电子计算器，在上头按了一会儿，还皱了皱眉头，表现出很不情愿的样子，说："那给你吧。"

父亲说："去年要是这么大方，那不早有现金了吗？"店员说："你们写字画画，随手弄一下，几百一千不难。"父亲说："也不是每个人都这样。况且，我总觉得这部书400元足够。我有比较，有依据。"

店员无奈地笑笑，说："服了你。"

艾洋说完。

桂、尼秋都呵呵发笑。

桂说："在网购时代还保留这个姿态，特立独行，不同一般。"

艾洋说："我父亲过去不上网，不使用电脑写作，一直依靠手写，而且尽量使用毛笔。"

尼秋说："希望保持真实，保留个性。这是文化的力量与内涵，科技无法改变。"

桂说："我明白，艾洋的例子是支持了尼秋。不过，回到开头我的话题，年龄差距所形成的障碍，确实是很难改变。因为这不是一个时间数字的问题，而是历史积累所造成的社会文化的痕迹或者说刻度的问题。"

尼秋、艾洋还要说什么。但，桂提议结束，总结地说："年纪也罢，性格也罢，价值理念也罢，都有其客观依据，其实就是一个存在，让我们接受一个客观事实吧。"

3

春天在走下坡路，为夏天的到来作准备。

道路两旁排列整齐的树木，嫩黄的树叶飘落下来，落在地上，落在停靠在路边的车辆顶部，带去鲜花的点缀。有的树木露出了精干的枝丫，有的则已经开始长出青绿的小叶，展开了新的希望。

挺立的木棉树，一朵朵结实丰满的红棉花绽放在枝头，远远看去，一片火红，特别精神。道路中间的绿化带，紫色的花，粉红的花，洁白色的花，纷纷盛开，争奇斗艳。

十字路口那一大早，六七点钟，交通工程作业的机械车辆和用具就开了过来，准备开挖道路。其实，半夜里，打桩的机器噪声已经把艾洋吵醒。

早上，和妈妈吃早餐。

妈妈说："我们这儿的房子又升值了，因为地铁。"

这是周日，阴沉的上午，下着雨。

艾洋站在阳台上，仰着头，仔细察看天色。要陪同妈妈外出，准备去看楼。这段时间，她同朋友整天说房地产的事情。干一辈子，不如炒一套房。这是她的一个结论，也是一个心结或者说看楼和炒楼的动力。昨日看了一个别墅，想购买，解释说，艾洋爸爸多年想有个别墅，好好地在前庭后院写生画画。虽然未能如愿，但这个念头已经如同种子一样，深埋心中。像艾洋家这样的底子，需要卖了再买，用现有供着的商品房置换，但是，哪个利润更大，又拿不准。存在风险。艾洋妈妈正在琢磨。对于这些事情，艾洋并不是很上心，但知道家里的钱都来之不易，心里也是非常珍惜的，何况，她也喜欢别墅，希望父亲的美梦可以实现。

种植花草树木，饲养猫狗鸡鱼，在院子里对着这些动植物进行写生，是父亲以前经常说的。从外地到这地方来，生活基础从零开始，一点一点积累，眼看就要到达目的地，没想到横祸飞来。生命竟然定格在对于理想目标的期待中。

以后，找到这样的场地，不仅要饲养，要种植，也把父亲的部分骨灰埋在一旁，在室内厅堂挂上他的画像，让他欣赏和分享他曾经的希望。

但想起来，只有长长的叹息。

忽然，楼下地面的高声话语，打断了思考。

雨中，两个劳动的中年妇女，一个拉着垃圾车的，一个提着垃圾铲的，在分拣整理垃圾的场地那里，进行着还有点激烈的争吵。都戴着雨帽，穿着雨衣、雨鞋，笨笨的样子。显然，是为了垃圾的事情争吵。一个本地口音，一个外地口音。

吵完，平息了声音。一个拉着粗糙的垃圾车，一个提着笨重的垃圾铲，各自走开。

雨，依然下着。堆放垃圾的场地，依然是只有她们这样的垃圾清理工才会走过去。

外地口音那个是认识的，那个阿姨是网络家政机构的一个签约工人，按照机构的指派，到艾洋家里搞卫生。每周一次，一次三个小时。艾洋将费用付给那个机构。

机构是参加过水城网电商座谈会的那个大胡子老板的。他搞起这个城市生活服务，用网络来联系用工和客户。效果还不错，时间不长，成本不大，掌握了大量的信息，在水城颇有影响，水城网做过报道。艾洋听记者说，大胡子对此挺高兴的，说环保监控网络的推进都没有这样顺利，有点像有心栽花花不开、无心插柳柳成荫。网络信息服务，那个规律还真有点意思。

连这样的阿姨也都可以进入机构的网络，并且很快与客户对接上，这是一个例子。

这天也是她来干活儿的日子。

不一会儿，那个阿姨来到家里。她默默地收拾，扫地拖地。

"你老公呢？"艾洋问。

"他回了老家。"阿姨简单地回答。

他是收破烂的。两口子原来在安徽农村当民办教师。生了一个女孩，就辞职，把孩子留给父母，夫妇俩到珠三角来打工。20多年了，在这期间，又生下第二胎。运气不错，心想事成，是个男孩。把这孩子拉扯几年后，又放在老家，交给越来越老的父母，这两口子还是回到原来的地方，继续打工挣钱。

前几年，大的女孩终于大学毕业，就业了，有了收入。两人总算可以松了一口气。

他们在本地，参加社区的活动，在捐赠衣服的行动中，利用收购破旧废物的机会，发挥了一般人无法做到的作用。底层人员做善事，上了本地媒体。两口子高兴了，把图片发给远方的孩子看。女儿回答说认不出，说那男的是白发老头。

父亲在电话中说："其实我早几年就白了头发，平时想省钱，不去打理，过年回家那是染黑了的，所以你们都看不到。"

电话那头，女儿沉默一会儿，低声抽泣。

父亲说："别这样。我和你妈妈都很好，只要你们顺利，我们一切付出都值得。"

后来，家乡的人来联系，叫男士回去当村委会主任，说他教子有方，孩子成才了，在珠三角多年，见识丰富，攒来的钱做善事，很有爱心。

他回答说："再干一年就回去，等到那时，小的男孩大学毕业了。"

听过阿姨的述说，艾洋知道，一年后，他们要回老家农村。

艾洋说："回去也好。毕竟美不美家乡水、亲不亲故乡人。"

那阿姨说："我倒无所谓，在哪儿都得有实力，有钱就有实力。再说，也习惯这里了。虽然是外地人，但日子长久了也都可以习惯。这地方风调雨顺，物资丰富，混口饭吃不难，养人。"

雨，悄悄地停止了。

忽然想到前几年，跟着父母去买房子的时候，看到毛坯新屋的墙面上，明显是修建房屋的民工写下的一行不工整但笔画有力的字：

谁有资格哭泣。

当时就被吸引住，并记在了心里，经常琢磨。

这时，似乎又有了新的理解。与梁子亮这样的家庭相比，感到压力与沮丧；与李韵也不可比，感到神秘，无法言说；与这些民工、搞卫生的阿姨相比，又感到了自己的幸福、幸运。

又是同一个世界。

4

"有时候，生活真是很尴尬的，你说，我这样算什么呀？谈恋爱的情形，我想象过、设计过无数的可能，但没有料到会是这样的。”艾洋说，无奈地笑笑。

李韵喝了一口茶，说：“和梁子亮一刀两断，让他自己去相亲好了。”

艾洋也喝了一口茶，说：“就是。”

李韵说：“我说的是真的。”

艾洋看看她，说：“找不到什么理由一刀两断，但是，也没有什么冲动和他走完恋爱的最后一公里。”

李韵说：“我挺同情你的。”

艾洋说：“谢谢同情。其实有谁真正理解其中的无奈呢？”

李韵说：“我不就是一个吗？”

艾洋摇摇头说：“我们年纪还是有所差异，出身背景应该很不一样。”

李韵说：“是吗？”

艾洋说：“虽然我没去过你家，你也没有具体介绍过你家。但可以感觉出来，你是在一个条件优越的家庭里长大的。这点我比不了。”

李韵说：“其实感觉就是感觉，不一定是真实，或者说，真实的东西是什么，也都决定于一个人的感觉。”

艾洋哼一声说：“这也不是什么深奥的道理，客观存在的东西就是客观存在的。”

周末的上午，在酒店一楼的大堂餐厅，靠窗的位置，艾洋和李韵。点了一些早点，喝茶说话。富丽堂皇这个大厅摆下的餐桌几百席，基本上满座，宽阔的空间，飘荡着嗡嗡嗡的说话声音。大门外，还有一溜的食客坐在凳子上，排队等候空位。广东人饮早茶的习惯爱好，在这样的时候表现得淋漓尽致。

这个位置，艾洋和李韵，脑袋稍微一侧，可以看到大门口，看得见来往进出的人。

艾洋拿起手机，装着刷屏，其实是看看时间。

“到时候了呀。”李韵呵呵一笑，说。

艾洋也笑了，说：“我怀着无比尴尬的心情，想偷看一下时间，没想到被你一眼看穿。还毫不客气地指出来，真让我无地自容。”

李韵说：“你不好意思，难为情，那由我来吧。我要眼睁睁盯着大门口，看他梁子亮带出来的是什么个女子。”

“我知道你会这样说，也会这样做。”艾洋说。

“你还没有想到，但我一定会做的还有，当我看到梁子亮和那个女孩一起出来的时候，我会走到他面前不客气地说：梁子亮你不能脚踏两条船，立马表明态度，和艾洋还是这个女孩。二者只能选一。”李韵说。

艾洋笑笑，说：“你这样又有点夸张，有点戏剧化。虽然是我的事情，但在我看来，也不是什么大事，只是要明确，彻底、尽快地明确态度。谁都有自由，也须遵循原则，这是必须的。”

李韵说：“你的意思是什么？”

艾洋说：“走到这里来。明确一个判断。”

说着，她端起茶杯，轻轻地抿了一口茶。

前几天，梁子亮找了艾洋，说：“我妈一定要介绍她村里的一个远房亲戚的女儿与我见面。”

艾洋说：“与我无关吧。”

梁子亮说：“你知道，我父亲是很满意你的。但妈妈就不同意。”

艾洋说：“知道，你说过的。但我不介入。那是你们家庭内部的事情。”

梁子亮说：“我妈妈不希望我们两个都是带有外地血缘关系的人。”

艾洋说：“完全可以理解。血缘关系是最深刻的人际关系。至少在一定的时候，会这样显示出来的。我要是你妈妈，也一定会有这样的想法。”

梁子亮说：“你也不要讽刺好不好？”

艾洋冷笑一下，说：“你也不要说这些了好不好？到极限地步了。我们互相尊重一下。”

梁子亮一愣，说：“那是，那是，我明白。”

两人沉默一会儿，梁子亮说：“你知道的，我是不会答应我妈妈的。但是，这次我还是顺从她一下，仅仅这一次，也顺便让她明白我的想法。”

艾洋说：“你也不容易。一切都不容易。所以，事情到了你这里，会特别复杂，也是预料之中的事情。”

梁子亮说：“无非就是血统和身世。”

艾洋说：“再加上财富和家族。”

梁子亮说：“我就是为这些而活着。在满满的幸福池水中沉浮。”

艾洋说：“所以，你不容易。到今天，能有这样的心地，其实很难得的了。”

梁子亮说：“这话我非常能够接受。”

艾洋一笑，说：“我会配合你。但不是说，非得需要你的付出。这也并不是交易，而是理解。”

梁子亮说：“我知道的。”

于是，梁子亮就要艾洋在那天，也到那个酒店，等着他。待他结束他妈妈安排的活动，就立即和他一起。

艾洋点点头，答应下来。

艾洋和李韵就在梁子亮订好的餐桌，吃早点，喝茶。

一直见不到那个挑战艾洋的女孩，正在不耐烦的时候，倒是梁子亮匆匆过来了。

艾洋看他一眼，不说什么，轻轻抿了一口茶。李韵说：“怎么样了结果？是这里还是那里？现在必须立即决定，没有更多的时间给你。我们的底线已经到头，仁至义尽。”

梁子亮说：“结果一直都是明确的，艾洋知道。”

李韵说：“那你何必浪费时间？”

艾洋说：“李韵说得是，我也认为不应戏弄那个女子。”

梁子亮说：“对不起。我是清醒的，不会做无聊的事情，更不想伤害一个女子。只是我妈妈那头，需要处理好，也不是容易的事情。”

李韵说：“艾洋都同我说过了。”

梁子亮说：“我去买单，故意在柜台前磨蹭，不急着付钱。于是，她赶过来。我对她说，这次用餐，按照西方的习惯我们还是AA制吧。但客人是我母亲邀请的，我承担70%。她一听，愣了一下，也点头答应了。按照我设定的比例，支付了她那部分的费用。转身走开，也没有回到餐房里去，直接到电梯下到地下停车库那里。这个结局表明，我们的见面，也就是我妈妈张罗的事情，到此结束，以后也不会有别的什么关系。”

哈哈哈哈，艾洋与李韵大笑。艾洋眼睛还闪着泪花……

5

梁子亮领着艾洋见了父亲老梁。那个在城中村的单家独户建筑，三层半高，没有华美的外表，并不显眼。走进去，里面的装修也朴实平常，但干净，安静。

三人落座，品茗，聊天。艾洋听说过，老梁的饮茶功夫好，一坐半天，甚至一天，谈天说地，无所不包，也没有明确的目的和方向，但在自然从容、波澜不惊的气氛中，达到了自己所希望的效果。

艾洋知道有一种认知方式是闲谈。那通常是富有经验的、胸有城府的人喜欢的方式。

难得如此休闲。老梁说，他现在每天有小半天的时间花在喝茶上。说罢，他又摇摇头，解嘲似的对儿子说：“你妈笑我是浪费时间，无所事事。”

“好在她去跳广场舞。”梁子亮说。

“不，是参加全市广场舞比赛。”老梁说。

“那我们自由解放了。”梁子亮说。

“其实，我们都是一样的，生活中的另类。弱势群体。”老梁对艾洋说。

艾洋觉得这父子俩的说话有点搞笑，不接触还真的想不出来。

也要切入话题，不然会尴尬，但一时不知说什么，随意开口说：“为什么一直住一个地方？像你们这样的家庭，少有的。”

“出门不远是棵大榕树，还有一座城隍庙。那是我们家几代人的老朋友。我守在这里，让我去世了的父母认路，有时回来看看。”老梁说。

“你就等着吧，还有活着的人会认路找回来的。”梁子亮冷冷地说。

“就知道你会这样说。”老梁说。

“我更会这样想。”梁子亮说。

艾洋觉得气氛忽然有点不对劲，就赶忙把话题引开，说：“梁总，你也真不容易。”

“都不容易，有谁的财富是捡来的？也都容易，不就这样活了过来。”老梁说。

“听梁子亮说，你以前也是文艺青年。”艾洋想说点轻松的。

老梁高兴起来，说：“给你看看一个东西。”

他带艾洋和梁子亮进入书房，在红木书柜里头取出一个纸皮箱，有一尺见方大小，让梁子亮捧起，又拿到喝茶的客厅，放在圆桌上。然后，自己用毛巾把表面的灰尘抹去，打开，小心翼翼地把一叠稿纸拿出来。

“那是我的一个手稿，写的是长篇小说。”老梁说，“初中毕业回到乡下，那时很少有书可看，喜欢文学，就是读过当时北方作家浩然的《艳阳天》，广东作家陈残云的《香飘四季》。百无聊赖，做了作家梦，参加公社组织的文学创作学习培训班。之后，自己就偷偷地动笔写我的处女作《水乡情》。夜晚，不顾一天的劳累，就在灯下写。那时候，搞文学创作可是一个罕见的事情，都不敢说出来，做贼似的。几年多的时间，才完成这一尺多厚的手稿。但怎么可能出版呢？中国内地每年出版的长篇小说，那时候，也就10到20部吧。何况我这农村青年的业余水平。所以，稿子在出版社那里待了半年多，就给退了回来。还好，那时候，是保证退稿的，不会丢失。还有，一位不相识的编辑，给我写了一封几千字的信件，详细分析了我的作品的问题。我有自知之明，就没再折腾下去。后来，是出版了。你们知道的。”

艾洋点点头，说：“梁子亮给我说过，要不我不知道你是文学青年。只是没有见过这书。”

老梁说：“只印刷了几百本。做个纪念，我保存了几本，这几年又不知放到哪儿去，一时找不到。”

梁子亮说：“就在杂物间里吧，我找到就给艾洋送一本。”

老梁对艾洋说：“到时候你会笑话我。其实，那真是模仿那一个时代的粗糙东西。后来能够得到出版，完全是因为我做企业有点成绩，出版社要我出点经费，把这东西印制出来，作为青春岁月的一个纪念。”

“我老爸的故事会已经开始。”梁子亮笑笑说。

这样，喝茶就回归到闲聊。老梁谈兴正浓，又是说个不停。

先是情感故事的切入。不做文学梦的老梁，就投入了爱情。他这个回乡知青，爱上了一个广州知青。她爸爸是四野部队的，跟随部队打到广州，在省博物馆当领导，“文化大革命”受到打击。老家来了人，说他家是地主。梁同情她，也非常欣赏她的容貌和气质。

但未成。她爸爸在官场上解放了，落实了政策，官复原职，女知青很快可以回城。再说，她家里不同意，哥哥就极力反对。于是老梁以失败告终。

带着失望与沮丧，老梁参加了珠海横琴岛中心沟围垦，工地距离澳门最近处不到300米，有几个青年人在夜里就游泳过去，偷渡登陆。老梁之所以没有走这条路，因为他那时候是民兵营长。

1978年那次差点儿去了，凑够200元，偷偷到了深圳海边的渔村，联系上了带路的蛇头，也预付了120元。珠江出海口每日飘荡着数百只小船艇，一大半是内地渔村的，或明或暗，不少就做带人过去收取运输费用的生意。而到了香港，在警察局登记就可以获得居民身份。当时珠三角的人，尤其是日子过得艰苦的农民，打这个主意的，也不在少数。青年的老梁终于也迈出了这一步。但，就要登船的时候，却又回来了。因为听到突然而来的消息，母亲急病住院。

一咬牙，转身回头。带路钱是白白浪费了，却也没有办法。

在村里，后来当上村支书，领导一个村。

没多久，形势大变，内地松动，农村首先得到机会。可以放开手脚挣钱，就自己做起企业。骑着摩托车奔走，经常跑广州。事业是这样积累起来的。

老梁非常熟练地说完自己的故事。显然，这是他的一个老话题，不知说过多少回的了。之后是总结。可能每次的总结就会不一样。在不同的心境，对于不同的人，要说的话就不一样。

这次，老梁说：“我认同孝。不孝有三，无后为大。喜欢北方。那个广州知青就是北方的。这个情结，一方面是阅读浩然作品的一个结果，他笔下北方农村的女子是非常可爱的。后来，我做企业，出差到北方，才发现那些文学形象的可爱，十有八九都是作家的虚构，是他们妙笔生花的效果。另一个原因，因为我们有着中原的根。我们祖上是南宋南下广东的珠玑移民，我们有这么一种身份认同感。”

“无数次的聆听。要不是陪着艾洋接受传道，我早睡着了。”梁子亮说。

老梁没理他，喝一口茶，对艾洋说：“你可以是代表北方文化。你也知道了，其实梁子亮至少有一半是北方文化。我太太是广府文化。她对北方文化很戒备。这是广府文化的一个特点，也与梁子亮的特殊性有关。你懂的。”

“如今，你可是够坦诚的。”梁子亮说。

“那艾洋是谁？是外人吗？我们不这样说话有意思吗？”老梁说。

“其实我多少知道的。梁子亮对我说过。南北的差异，如果不是形成对抗，而是优势互补，可以带来增值效应。”艾洋说。她想，自己或许应该这样来表一个态，也许有点搞笑。而她也确实偷偷地笑了一下。

老梁倒是并不在意细节，轻松地一摆手，说：“好，那就不说这个了。谈论我的南北观念。说来有点好笑，其实艾洋说的这些话，也恰是我的观点。我一直认真地思考和宣传我的南北优势互补理念。一直呼吁，南北的通婚结合，以改良人种。北方人有身材高大或高挑的优势，广府人机灵、务实，两者结合起来，优势就更加突出。”

“没想到梁总还是一位人类学家。”艾洋呵呵一笑。

“我们这个镇，藏龙卧虎，人才济济，哪里轮到我呀。这里地方很小，但还是很有特色，很有活力，也很有实力。前些年就是中国第一经济强镇。个个想创业，人人想当老板，宁做鸡头，不做凤尾。数以万计的中小企业。平时都非常低调，喜欢闷声发财。但是，触角敏锐，哪里有发财机会，一定会出现这里的人，喝第一口靓汤，捷足先登。这又是毫不含糊的，像是红了眼睛的狼。”

说到这里，并不继续空谈闲聊，老梁话锋一转，聊到德国汉诺威发展的事情。

这时候，艾洋明白了，以前梁子亮也提到过这个计划，老梁已经考虑多时，而且有大动作。而自己，进入这个家庭，必然与这个计划连接在一起。

生命在这种激流中，应该可以焕发出令人兴奋的光彩。

在这次接触中，老梁真的已经不把艾洋当作外人，也把自己的思路和盘托出。

事情还是两个老朋友的兴趣，也许是创业的一个发展。梁总与唐总，商量了很久，但在自己都需要退出江湖的时候，发起这个项目，而把下一代推上这个轨道。

唐把自己那个企业的股份全部卖给德国人，利用所得经费，再投入汉诺威。在那里，对接水城的那个世界级智能制造企业，搞相关信息和技术，作为一个桥梁，拉动中国的企业和市场。

当听到老梁兴致勃勃地谈到自己的设想时，艾洋暗暗惊讶。没想到，这样的年纪，这样的半辈子本土经历，两个不懂外语的老人，居然如此雄心勃勃，如此浪漫潇洒。梁子亮也说过，唐异常保守与稳健，就是经过石板桥的时候，也需要用脚踏踏桥面，试探是否可靠，然后才迈开步子。朋友都知道，使用这个带有讽刺性的句子来形容他，最能说明他的特点了。其实，他这一辈子就是这样过来的。尽管如此，仍是做出了富有奇思妙想的部署。

但是，艾洋觉得，在他们合股的项目中，是激活了一些要素的。唐那里，可以利用从德国人那得到的资源，再利用德国的竞争优势，对接中国的比较优势，创造倍数放大效率的可能。而老梁这边，将儿子以及可以为儿子保驾护航的准儿媳这样的角色，推进这个事业的轨道，那么，有形和无形的效益，都是显而易见的。

艾洋对此，没有拒绝的可能。但是，也觉得自己并不轻松。

两人离开老梁，还是在外面散步了一段时间。

信息需要消化，兴奋需要冷静。

“你爸的捆绑能力可真够厉害的。”艾洋说。

“都是一家人，能不捆绑吗？”梁子亮说。

“看来，我进入你这个富裕家庭，也就不是准入的问题，而是合作的问题。”艾洋说。

“获得与付出，权利与义务，都不可分离地结合在一起了。”梁子亮嘿嘿一笑。

“两个老头儿的阴谋。当然，也是我们下一辈的机遇。”艾洋说。

“他们两个在一起，特喜欢捣鼓。”梁子亮说，“其实，上次你采访唐，整个过程，他也采访你，考察你。后来，在我父亲面前极力推荐你。”

“那要好好感谢唐总。原来只以为他执着于企业，具有工匠精神，没想到对于人情世故，他也是有很深的洞察力的。”艾洋说。

“都是久经沙场的老猎手。”梁子亮说。

“哈哈，我便成为他们的猎物。”艾洋说，“而且，对于这样的机遇，我还需要表示很荣幸担当承受。”

6

几天后，梁子亮将全部存款取出，到房产中介那里，确定购买汪蓉放出的别墅，交了个首期。然后，他才找到艾洋，说：“这个首期，是我的心意，就当是订婚礼。”

“哪有那么快谈婚论嫁呀？”艾洋有点吃惊。

“不都一样嘛。我还不知道你。”梁子亮说。

“哼，乘虚而入。”艾洋说。

“我研究过的。兵法，还有你。”梁子亮说。

“差不多天天见面，还需要研究吗？都快烦了腻了。”艾洋说。

“不烦不腻。”梁子亮说。

“不过，也让你背负一个沉重的包袱。”艾洋说。

“一点儿也不。这是爱情，是责任，还是投资。以后，别墅一定会翻倍增值，与我们的爱情一样。”梁子亮说。

“真不知道如何说你。只是那责任一说如何解释？”艾洋说。

梁子亮说：“那是我对已故岳父事业的一个承传，难道不是一份应尽的责任吗？”

艾洋笑笑，说：“你天生是责任的命，在梁家，你是男丁，需要承传血脉。做了女婿，又要承传艺术事业。”

梁子亮也笑起来，说：“没事，我扛得住，我是男子汉。”

艾洋说：“但愿。”

梁子亮说：“其实，我这算什么呀。坐享其成。人家都说我们这样的是二世祖，富二代。别的不说，比起我爹那样的干劲，我只是一只蚂蚁。”

艾洋说：“你这话胜过之前所说的一切。”

7

和李韵去参加一个饭局，李韵大醉。

打电话叫温志发来接送。但温志发到几十公里远的工地去了。他说：“我介绍一个刚刚做快车的朋友给你，好像你们认识的。”那是谁呢？艾洋正想问仔细，对方收线。

不一会儿，快车来到，果然认识，却没有想到，那是何春雷。

惊喜。赶紧把李韵扶上车。

“你怎么也做起这个来？”车开动后，艾洋一边照看着李韵，一边与何春雷说话。

“我好几个朋友都这样做了。钱不够用呗。”何春雷说，“我是买的二手车。业余出来溜达溜达。”

“你们公司不忙吗？”艾洋说。

“再忙也有休息的时候。”何春雷说。

“你们也蛮拼的。”艾洋说。

“小意思，贪图个好玩。”何春雷说，“也是趁着年轻吧。”

艾洋笑笑说：“你还不如去帮你妈妈那里。”

何春雷摇摇头说：“那个就是待着，空间太小，没有这个好玩。”

说着，就到达目的地。

李韵的房间，外表破旧，空间窄小，但里面很温馨。以前，是一对画油画的情侣租下的。他们是美院毕业生，住在这小巷深处，体验生活，进行表现广府文化的写生。积累了几十幅油画作品，后来搞了个画展，还出了一本记录他俩这一段生活创作的散文著作。画展和著作都非常成功，画作被一些怀旧的老板收购，本地政府也买了一些，作为地方文化保存。书的出版发行，也搞了首发活动，销售一批。名利双收，这对情侣心满愿足地离开，留下这出租房间。李韵作为水城网记者采访画展和著作首发活动，认识了他们。去过这个住处，感觉很好，里头装饰布置得很有艺术韵味。那对情侣很满意，连连说，李韵的艺术理解力不同一般，见李韵对这个住处有意思，就说：“我们就走了，到另一个地方，继续体验、写生、创作，你就过来这里住吧。房租我们还多交了几个月的，房东不大愿意退回，我们也不勉强，就送给你。”此外，房间的不少生活设施，包括热水壶、咖啡壶，一些书籍，也都留下来，李韵自然十分高兴，特地请他们吃饭。

他俩走后，李韵找人打扫干净，修好并加固了铁门，换上新的门锁。

装上对着窗口和门户的视频探头，监控安全。

艾洋和何春雷扶着李韵进屋。李韵醉得厉害，哇地吐了，弄脏了地板，也吐到了何春雷的衣服。

何春雷赶忙拖洗地板。弄完，才和艾洋一起离开。

粉红色的夜灯，半夜还亮。

何春雷把艾洋送回家，在外又跑完几个单子，不放心，跑到李韵那里，站在门口，倾听李韵醉酒后的声音。

第二天一早，李韵发现了何春雷。大吃一惊，说："你这是干吗？"

何春雷说："昨晚开车送你回来。"

李韵说："就没走吗？"

何春雷说："后来又回来。都快天亮了。也怕你有事。"

李韵一愣，说："我怎么会有事呢，你又知道我什么啦？"

何春雷说："呼叫，呻吟，打滚，呕吐。"

李韵脸红起来，说："是吗？这么糟糕。"

何春雷说："很想帮你，又不好敲门。"

李韵说："想敲就敲，没事的。但我不会半夜开门的，你也就是白敲。"

何春雷说："后来，听到一个声音，就放心了。"

李韵说："什么声音？"

何春雷说："你放了一个大大的屁，叭—— 一声炮响，庄严宣布你的肠子活动起来了，可以完成解酒任务，也就没我的事儿了。"

李韵说："你放屁！"

何春雷说："真的，是事实，也是正常的生理习惯，也是医学知识。"

李韵说："你放屁！竟然偷听老娘的隐私。你走，走吧！"

说罢把门关上。

何春雷笑笑，只好转身走开。

这时，门又打开，李韵跑了出来，伸出手臂，手里捏着一张百元钞票，说："给。"

何春雷眨眨眼睛，说："什么？"

李韵说："昨晚的车费。我不会欠你的。"

何春雷说："免了。"

又要走。李韵冲到何春雷面前，抓起他的手，把钞票往那儿一塞，说："不要也得要。"

然后跑回自己房间，砰的一声，把门关上。

过了好一会儿。那门响起敲打声，砰砰砰。

李韵打开门，一看，差点儿又要关上。何春雷说："慢点慢点，有话说。"

李韵说："请讲。"

何春雷递给她一个东西，说："这是你的吧，好像是头发夹子。"

李韵接过来，收下，说："你怎么知道？"

何春雷说："落在我车上。"

李韵说："谢谢。"

何春雷另一只手伸出来，说："给，吃的。"

李韵说："啥？"

何春雷说："稀饭。生滚鱼片粥，柴鱼花生粥，各一份。"

李韵笑了，说："没想到你还挺能讨人高兴。"

何春雷说："你折腾一晚，都吐掉了，肚子空空，吃点粥好。"

李韵乐了，接过来，说："我给钱，给钱。"

何春雷说刚才给过。

李韵说："那好。我就不客气了。"

她把门敞开，说："你也进来吧。喝点水。"

于是，何春雷就在屋内坐下，看着李韵喝粥。

李韵吃着吃着，就说："你不是电脑专业毕业的吗？现在还开了个修理手机的小店铺。我听艾洋说过的。有空，就帮我修修那个笔记本电脑吧。昨天用一会儿就断电关闭，总这样，都没法写东西。"

何春雷说："我看看吧。"

修了一会儿电脑，何春雷说："可以了，不是什么大问题。你的笔记本使用时间久了，电源容易发热，造成断路。"

李韵说："谢谢啦。现在深度依赖IT，有时候一点点故障，也会严重干扰生活。"

何春雷说："那是的。不过你有事就打电话给我。我的店铺就在我妈妈发廊旁边。你以后手机维修，装配件，都可以找我。"

李韵看了他一眼，停了一下，但没说什么，又继续吃稀饭。

何春雷说："这居住的环境还是有点复杂，你一个女孩在这里，不是太安全。要安装监控探头，实时监控，与手机链接。"

李韵摇摇头，不答应，说："那不是把我的一切都展示给你了吗？"

"我不是这个意思。只是看看门口和窗外的情况。不涉及房间内的。"何春雷说。

李韵想了想，说："那需要多少钱？"

何春雷说："钱不多，一点点，再说，安全第一呀。找时间我来帮你安装。"

李韵又摇摇头说："不是这意思，我就是问问，了解一下。"

何春雷也就没话可说。见李韵也吃得差不多了，就起身离开。

过了一天，艾洋收到何春雷短信，说："李韵脾气不好，但人很直爽。"

艾洋说："你是不是对她有意思？"

何春雷那边停了一下，就说："是的。只是没有机会。很难接近她。"

艾洋说："这个容易。你给她洗头。"

何春雷乐了，说："好主意。但是，如何有这样的机会？"

艾洋说："我都为你想好，就去你妈妈那个发廊。以前我和李韵去过，她对那个环境印象不错。”

何春雷说：“那就拜托你带她去，我再去当洗头学徒。本来是不干了的。”

艾洋说：“没问题。但是，你洗头就是洗头，可别利用这样的机会图谋什么。别的事情是以后的事情。”

何春雷呵呵一笑，说：“这你就绝对放心。一码归一码，我是很专业的。”

8

没几天，艾洋约上李韵，到了何春雷妈妈的发廊洗头。两人到了那里，事先接到了艾洋信息的何春雷早已等候在那里。

李韵一见他，愣了，说：“你也来洗头？”

何春雷说：“是的，我来洗头，但是帮客人洗。”

艾洋顺势把何春雷和店主的关系说了出来。

李韵听了，说：“这世界真小，到处都可以遇到拐弯抹角的关系。”

何春雷说：“又可以为你服务。”

李韵呵呵一笑，说：“来者不拒，求之不得，付费就是了。况且艾洋还是你的粉丝，能博得她的口碑，免检，可信。”

在店里的何妈妈，站在一旁，一下子不知所措，像是自言自语地说：“难怪这家伙这么突然过来帮忙，莫不是安排好了的？”

艾洋笑笑，对何妈妈说：“阿姨你给我洗，让你那小帅哥给那美女洗吧。”

两个就平躺在皮革面的洗头长椅子上，头部靠着洗盆。何春雷和他妈妈，各自站立在洗盆前，打开热水。备好洗发水，洗面奶，细心地洗头，做面部保养。

室内，冷气调到合适的温度，香气清淡，电视机的声音关闭，音响放出轻松优美的流行乐曲。

离开发廊后，艾洋对李韵说："如何呀？为你们提供了亲密接触的机会。"

李韵说："手感不错。"

艾洋说："什么意思，说清楚一点儿好不好？只有口感不错，眼缘不错。如今你又来了个新概念。"

李韵说："我是说他的手势好，洗头认真，也灵活，有温度。"

艾洋一笑，说："那就好。看来有戏。"

李韵说："于是我不知不觉地想到了以前的男朋友。"

艾洋说："引发了比较。看来都是我们女子的通病，不忘旧。温故知新。"

9

李韵在住处收到那个画家的电话，他说有一个纪念辛亥革命主题的美术展览征稿，主办者是好友，他想参加。问李韵，如何表现这个题材。

李韵说："我不是学历史的，也不是学美术的。为什么找我呀？"

画家说："其实非专业才有灵感，这叫出奇制胜。"

李韵说："让我头疼了。我想想看，这个题目很大，内容丰富，可表达的题材很多。但也并不新鲜。武昌起义，黄花岗七十二烈士，孙中山，宋庆龄。都已经不新鲜。"

画家说："不错不错，你这思维很对头。这样思考下去，不断排除已经熟悉的东西，一定可以找到新鲜的东西。"

李韵说："那我要按照这样的思路，看看书，上网查查，再向朋友咨询一下。然后，才知道有没有灵感。"

画家说："你别忽悠我。"

李韵说："你是不是特地来考我？"

画家说："也不是，只是觉得你很有灵性，想和你合作。"

李韵说："合作没有问题，反正我有时间。有了成果，可别忘了共享。"

画家说："一定一定。你时刻在我心中。"

李韵说："别的可不要了。"

几天后，画家又来电话，说："想出来没有？"

李韵吐吐舌头，说："真不好意思。我是上网看了看，但是真不知道如何思考。要不，你找别人合作吧。我是没有这样的灵性，实践已经证明。"

画家说："不要紧。我有一个思路，你看如何。那是将《与妻书》搬上油画。"

李韵一听，连忙说："好的噢。很好的主意呀。你是不是已经想好了，故意来逗我玩的？"

画家说："其实我也想了很久。但最后的确定还是离不开你。"

于是，画家提出，需要一个女模特，请李韵来担当。

李韵不乐意，说："我才不那么老土，扮演民国时代的妇女。"

画家说："不只是民国，应该是清末民国初期的。"

李韵说："那更不行了。"

画家说："其实，那时候的女子也非常美丽。不同的时代，不同的文化背景，都有各自美丽的女子。或者说，女子的美丽是永恒的，在中国，表现为端庄、俏丽、雅致、善良、纯真。从远古，到诗经，到唐宋，到明清，到近代，到现代，都一样。不同的是特色不一样，如见识、服饰、时尚……"

李韵打断他，说："好的好的，不需要再讲课。我明白，接受。其实也不是一点儿这方面的知识也没有。其实谁不知道那些所谓的美学呀。只是，一个习惯，不接受别人的摆布。现在，缓过气来，可以答应了。不过也算是接受了一个客户。”

画家说：“客户就客户吧。你要把你的艺术行为做好。”

李韵说：“那当然。我是认同专业的。”

见李韵同意了，画家很快过了来。

一见面，李韵就问：“你的女朋友呢？”

画家说：“不说她好不好，我们研究艺术创作。”

李韵说：“那当然可以。不过就是一直把你们俩连在一起考虑的。”

在街边吃过简餐，就进行细聊。李韵喝咖啡，画家也喝咖啡。

画家说：“油画是个体力活儿，得依靠这又香又浓的东西保持体能。”

李韵说：“但是，服装呢？”

画家说：“什么服装呀，刚才说的是咖啡。”

李韵说：“我不和你说这些吃吃喝喝的事情，我说的是工作，就是我当那个清末民初革命者少妇的模特，所穿着的服装。这个你还没有明确，还在磨磨叽叽地说什么咖啡？”

画家呵呵一笑，连连点头，说：“对对对，你是对的，还是你敬业。这个事情我一时忘记。”

李韵不满意地哼一声，说：“你是主角，我是来帮忙的。这倒好，皇帝不急太监急。”

画家说：“你的比喻特有趣。那么，你是否可以帮我找到一个做这样服装的人噢？”

李韵瞥了他一眼，说：“我是说你的，反倒领了一个事情自己做。”

她想了一下，就说：“水城网的吴总女儿，好像有这方面的专长。”

打电话联系了吴总女儿，还好，她热心，也想接触这个创作。而且，在她设计的作品里，恰好有那个时期的女子服装，有一套是灰白色的，正合适。她本人闲着，可以马上过来。

画家还在惊叹的时候，吴有为女儿已经匆匆赶到，一进门，自己找个位置坐下，一手抹去额角的汗珠，一手打开随身带来的袋子，取出那套女式服装。又站立起来，把服装打开，按着自己的身段比试，看着画家和李韵，说："可以吧，这服装。我是参照张爱玲的相片设计的。"

画家看得张开嘴，合不拢。愣了一会儿，才对吴女儿说："你是喝茶还是喝咖啡？"

"都行。拿过来解解渴。"吴女儿说。

"这水城的女子，一个比一个豪气。"画家说，就叫了一杯咖啡一杯茶水。又说："一中一西，中也有西，西也有中。"

李韵这时开口说："别扯了，那个《与妻书》的创作如何整呀？"

画家一拍脑袋，说："对对对，年轻人讲效率。"

他一边说，一边从带来的浅绿色帆布背包里头，掏出一个木板画架。在上面铺开的白纸上，用签字笔勾勒画面的草图，进行解说。说完这个作品大致的构图、角度、颜色、光线之后，又说起作品所表现的历史事件、人物思想、主题内涵，等等。走上刑场前夕的年轻的辛亥革命者，给他的妻子的一封情意深切、刚柔兼备的诀别书，被画家演绎得出神入化。

两个女子，听着听着，话减少了，连连点头，都蹙着眉头，显出凝神思索的样子，文静起来。

"那你安排吧。"李韵说，"我们如何做？"

画家笑了，说："你真是个直爽人。"

"人家为了天下为公的大事，连性命都牺牲了。我们只是表演作秀。”李韵说。

接下来，事情顺利，一个写生活动迅速安排妥当，场地在酒店的一个房间，把窗户和灯光利用上，调试好光线。李韵在洗手间穿好吴女儿带来的民国女子衣服，又把吴女儿叫进去，面对镜子进行化妆打扮，做得非常仔细，才款款出来。

在房间茶座处等候的画家，认真看了看，啧啧称赞，说李韵和吴女儿都十分敬业，效果不错。接着他又前后再打量一番，又提出一些意见。李韵和吴女儿又进了洗手间，把门关上。重新穿好衣服，再一次打扮，如此这般，花费的时间不少。

然后，才是画家认真老到的写生。

室内安静。李韵按要求摆好姿势，做好表情。吴女儿端坐在一边，也不说一句话，静静地看着。

只有画家的笔触在画布上划动的声音，偶尔提示的说话和脚步移动的声音。

几个钟点的时间。

画完了，三人走到宾馆大堂休息区的沙发坐下。

都疲惫不堪。叫了茶水。

趁着画家去洗手间，吴女儿说：“我先走了，那个画家好无趣。好像我是不存在的。”

李韵说：“搞艺术的很多就是这样的。与常人不同，古怪。”

吴女儿说：“画的画倒不错，但是和他在一起不舒服。”

李韵说：“那你回去吧。不用理他。你的那份报酬我稍后给。”

吴女儿说：“你可要当心点。单独和一个男人在一起，而且是一个需要当心的人。”

李韵笑笑，说：“那有什么，他一个画画的，手无缚鸡之力。我怕他？”

吴女儿说：“反正你小心一点儿。”

也不等画家，吴女儿转身离去。

画家回来，见只有李韵一人，也不问一下吴女儿，反而显得更加高兴。

李韵心里一动，警惕起来，觉得这男人似乎另有目的。

果然。按照原来说定的，支付了李韵和吴女儿的酬劳，又闲聊了一会儿，画家就对李韵说："咱们回去吧，到你住处看看。"

李韵说："有什么好看的，都是你们装修布置的。我住下后，倒是更加凌乱。"

画家说："我一直怀念那个空间，有你入住，格调氛围一定不同，感觉会更好。"

李韵说："你那是为什么呀？"

画家说："一个体验，一种心情。"

李韵说："如此而已是吗？"

画家说："差不多吧。"

李韵看看他，说："那就行。"

打了车，很快到了那间确实有点奇特的小房间。

可到了屋里，画家不老实了。

"您别过分。"李韵一把推开他。

"你是美丽的女子，要懂得珍惜，懂得享受。"画家说，又要抓李韵的手。

李韵一闪，让他落了空。

她手朝墙上一指，说："那里装了视频探头，链接到我男朋友手机上了。"

画家悻悻作罢，在一边坐下，说："对你真没办法。"

李韵冷冷一笑，说："你看来像是那种恨不得让天下女子供你获得片刻之快乐的人。"

画家愣住，说：“好熟悉的句子，应该不是你的原创。”

李韵说：“《红楼梦》里的。警幻仙姑对贾宝玉的警告。”

画家说：“我是真心的。我现在单身一人。”

“你的女友呢？”李韵说。

“更换了。”画家说。

“换是正常的，尤其如今，尤其你们搞艺术的。”李韵说。

“是的。但这次我接受不了。”画家说。

“是吗？有何特别？”李韵说。

“她是跟了马来西亚那个华人老头儿。”画家说。

“是那次梁子亮父亲生日活动那个老画家吗？”李韵悄悄地倒吸一口气，说，“奇葩已经不是奇怪的事情，但真的见到了，还是有点惊讶。”

画家点点头，说：“所以，我整日闷闷不乐。”

“为什么？”李韵说。

“不为什么。”画家说。

“是这样吗？”李韵说。

“追求幸福，是没有什么不妥的，但总有一个临界点吧。仅为那老头儿的艺术藏品和金钱，把自己整个赔进去，值得吗？即便是存在可以量化的爱情经济学，也需要计算一下自己的得失呀。”画家说。

“说不定她已经计算过，通过量化评估。”李韵说。

“祝她走运。”画家说，“所以，我有权利追求自己的所爱。”他又双眼盯着李韵。

“你有这个权利，但没有这个机会。我已经有了心仪所爱。对不起。”李韵说。

画家说：“前些时间在电话中问你，不见你说。”

李韵冷笑一声，说：“以前没有，现在有了。”

画家说：“这么快？”

李韵说："也不快。没你们的变化快。"

画家说："他是做哪一行的？"

李韵说："是做移动的，融合的，跨界的。"

画家说："这么高大上呀。"

李韵说："也不见得。修理手机，滴滴打车，还可以洗头，做脸部美容。"

画家笑了，说："佩服。你知道，我姓刘。但之前我没有告诉你，我是刘老先生的后人。我们的特点像是艺术与人生的丰富多彩。在这次失恋之前，我的前女友是在网上认识了一个男子，那个人跟着日本人学画画，四处漂泊，写生。前女友也跟着去了，和那男的一起同行，转身把我给忘记。总之，我是不停地被抛弃。这是我的宿命吗？我不服气。在开放多元的时代，我需要以攻为守，把握自己，主宰自己。"

"什么以攻为守和以防为主，什么全方位联系接触，那是兵法，那是网络，那也是一种哲学。但是，智慧与科技无法包揽一切，在我这里，感情的价值尺度是千古不变的。"李韵说。

她走出几步，把门打开，示意送走刘画家。

第七章

1

热点与关注，聚集与汇合，其出现或者运作，也都是有一定规律的，尽管在线上。比如周末，就和平日不一样，几个群就会进入互动高潮期。网络上的兴奋与狂欢，超越了现实的障碍，却也表达着现实的欲望。

那个晚饭后的夜景，月明星稀，清风徐来。显然是休息的习惯和对于家庭生活的享受方式，艾洋换上了休闲装束，解开了发夹。这时候的她，犹如换了个人似的，就站在阳台，端上一小杯咖啡，身子斜斜靠着栏杆，眺望远处。

发呆。幸福地发呆。

作为一个女子，此时的艾洋，显现出一种静态的美，平和的美，放松的美。

高楼成群，密集矗立，万家灯火，照明天宇。主干道络绎不绝的车流，划出光亮的带子。

不远处的天鹅湖那儿，光影秀描绘出绚丽的天空。

现时代，城市在不知疲倦地日夜奔跑。

从吃饭时开始兴奋，网络平台上，出现多的是人们发送自己所享用的美食照片，朋友聚会照片，酒店、室外美景照片，等等。

艾洋打过招呼后，将这些没有特色内容的信息一一删掉。过滤是必要的，垃圾太多，消遣性的，消磨时间的，都不值得保留。但在这样的预热中，人们的兴奋点被激活，人气在聚集升腾。而艾洋，有时会去设定话题，有时就作为旁观者，冷冷地观察，掌握一种思绪的流动。

直白地说，线上与线下，其实是对应的。

回想到几个小时前，那个经常性的行动，忽然带来新鲜的感受和回味。

是傍晚时分，水城网编辑部下班后，想着活动双腿，就没开自己的小车，走路回家。

那条在本城市铺设并且与其他城市连接的叫作广东绿道的人行辅道，路面整洁，涂抹了彩色和配有卡通标志，令人感到舒适，心旷神怡。

走路健身，也可以放松，思考。

主体道路上是不停的车流。

沙沙沙。

嗖嗖嗖。

轰轰轰。

小车、中巴、货车……

在城区的道路上，小车是大多数，排着长队的车流，仿佛是小车的世界博览会。有日系的本田、丰田、日产；韩系的北京现代；美系的福特；德系的奔驰、宝马；意大利的菲亚特，法国的雪铁龙，英国的陆虎；等等。

进城大道两旁，密集排列汽车的销售、保修、更换的公司，什么品牌店、连锁店、4S店，名目繁多。代售的新车密密匝匝地在门店前面的空地排放着。一辆宝马，首付几万，月供几千，立马可以开走。

想到“八一”前夕参访过一个从军队退伍回来的人，他创业成功，如今是汽车销售维修品牌店的老板。1978年他刚回乡，在县城汽车维修队工作。没过多久，整个县的四轮机动车他都非常熟悉了，什么车牌号，司机叫什么名字，都记得住。因为也就是几十台。大卡车，无非是国内第一汽车制造厂的解放牌汽车，第二汽车制造厂的东风牌汽车；小车只有北京吉普，那个装备技术，是解放战争时期美国援给国民党军队的。解放后，这款车型经过改装，在几十年内成为主流公务用车。

如今，机动车的数字，仿佛满天的星星，难以计算。

车流不停，车辆呼啸而过。

确实，力学原理说明，身边这些流动物体，就是一颗颗子弹、炸弹。重力加速度，使用现成的公式，就可以计算出每一个流动体在与另一个物体碰撞时所产生的能量或者说当量。

那是恐怖的。

行走时，想到前几天开车行驶的时候，道上有一辆卡车，没有装货，像是去赶任务的，司机开着S形的线路，不断超车前行，非常危险。车辆多了，什么司机都有。回想这些，艾洋会不寒而栗。

这是不是当今生活的一个现实，一个象征，一个暗示？

繁荣也是混乱。存在与毁灭就在顷刻之间。

呵呵，想多了。艾洋又将思绪收回来。在这样的环境中，多少人在享受生活本身的滋味呀，比如速度，比如欲望的实现，比如声色犬马，等等。

路过天鹅湖公园。年轻妈妈带着小女孩摆摊，卖的是自己设计绘就图案和符号的文化衫，亲手捏成的泥塑像。她说，都是自己的手工，独一无二。她这样，就有了人文内涵和独创性。妈妈和女儿也是文化元素，代表温馨和单纯，有明确的销售对象，也是创意产业。

走到了城市里延伸出来、对接高速公路的新干线道路，左前方的智谷产业园区里，耸立一座30多层高的写字楼。智谷的招商情况显然并不理想，园区平整好的土地依然空旷，算是第一个崛起的这个大楼，是一家做木地板的企业的投资。他们挣了钱，如今希望进入高新科技产业。整个楼身装置了LED，五彩颜色的光线，不时播放这个企业的形象广告。那像巨大的屏幕，在十几公里远处都可以看到。

跨过一座新桥，河流的一边，是一片几平方公里的竹林。艾洋眼睛一亮，欣慰地笑笑。

汪蓉近日在微信发出一些图片，展示了这里郁郁葱葱的植物，飞鸟，清洁的水体，非常养眼。

如今，这边紧靠城区的绿洲，已经成为媒体和社会关注的焦点。因为北方过来的候鸟，把这儿作为一个栖息地。一大群的白鹭，散落在青翠的竹林里头，经过摄影师的传播，人们看到了大自然的美丽图景。而这个地方，原来是一个农民承包的土地，所种植的竹子，是用来作为建筑工地脚手架材料的。没想到几十年过去，竹子材料的经济收入算不了什么，但候鸟栖息地这个大自然的环境，却经常被人们关注。竹林是一片翠绿，纷纷而来的候鸟是大自然的天使，这样的美景无法制造，无法取代。

于是，一个强烈的社会共识已经明确，就是需要千方百计保护这片竹林，保护其生态作用。因为一个越来越紧迫的现实问题：城市的建设范围和工业用地范围在迅速扩张，竹林的生存面临挑战。那个农民的承包期限很快就到。这片土地的使用价值已经翻了几倍。

水城网进行了重点报道与关注，其中一个高潮活动是，联系到那个叫关心下一代工作委员会的机构和那个承包竹林的农民，举办一次保护大自然主题的座谈会。

机构找到汪蓉，与她合作，组织了一群青少年、教师，喜欢在报刊和自媒体发表文章的文化人，大家聚集一起，建言献策，议论纷纷，呼吁，要长期保护这片竹林，尽管土地随着城市的发展而大幅度升值，也不可进行开发，需要维持一个原生态，为城市保留一个优化呼吸环境的肺部。

还有，需要利用这个地方，设立一个宣传热爱大自然的市民学校，推广爱护环境的理念。主题是科学的，绿色的，现代前沿的，承包者也可以稳定自己的利益，所以，活动顺利进行。媒体一发表，反映很好。新媒体的制作，H5形式，文字简短，配有漂亮的图片，在手机网络上传播迅速，引起人们的兴趣和热议。

汪蓉很高兴，把丽丽也拉进来，发表女儿的意见，吸粉不少。热衷旅游、经历丰富的丽丽，是一个环境方面的唯美主义者。她所提供的大自然美丽图片，她对于生态在当今状况的犀利批评和先锋建议，格外引人注目。于是，这又是水城网的一个亮点。

走着，想着。夜幕就在城市的轰鸣中悄悄降临。

去的方向的车流，展现一片红色的尾灯。而迎面而来的车流，放射白刷刷的前灯……

2

阳台上，艾洋静静地看了好久，凝神静气，没有目标，若有所思。

法兰克福的事情，老梁的意思是经过他深思熟虑的，必然会落地，这样看来，是不会太远了，那个前程自会有着一番惊喜。当然，还有一个至少值得暗自高兴的是，解决了自己那个剩女问题，妈妈可以放心了。但在进入一个新的轨道之前，需要抓紧时间将目前的事情做好。

面对夜色，她又想到，这几天桂叫她关心另一个领域。那里，似乎是现实环境的一个对应，相似的、必然的对应。

那里，桂的激情不可遏制地得到了宣泄。她感到，这里头似乎更能看到桂他们那代人的特色。

那是他们的一个群。

群也注定是一阵风，一朵浪花，因为建立在信息产品平台的东西，大抵逃不脱这样的命运。

但其生与死的过程中，价值自然存在了，而这却又是永恒的。

关于微信的群以及群的内容，是她要做的一个课题。

在这以前，信息是从不同的平台，在各种信息渠道中收集过来，那还是碎片的汇集。而群的概念，就是建立一个虚拟的平台，更多的互动和推进，这样，组织性会明显一些，方便跟进，也可以提升质量，获取具有深度意义的信息。

这是艾洋关注群的信息的一个思路。

是桂的意见。

桂的《中国互联网文化生态研究》在市社科联那里申报成功，立了项，于是就有一个名目，并且有一些经费安排。

桂是有很多想法与点子的，只要是他投入的事情。

他又游说一些电商企业，拉来赞助经费，表明是有回报的，如可以将他们的成功经验写入其中，以后会提高知名度。此外，课题结项以后，会到所资助的企业，举行关于“互联网＋”的报告会，推广知识与信息。

他还给艾洋安排费用，叫她参与课题，做些资料收集。

不仅有收入，还可以加深对于互联网的理解与研究，对于艾洋来说是划算的事情。她很乐意，也认真地做了起来。

于是，艾洋觉得，有时候自己找到了学者的感觉。

她把群里的一些讨论的话题、观点整理起来，发给桂。

与桂在微信上沟通，桂说：“咱们要打造互联网思维或者智慧的高峰，与世界对话。”

艾洋说：“好吓人。”

桂说：“不是的。写作不就打字吗？谁都做得来。打字不受限制，发送信息不需花钱。”

艾洋说：“但是，我们不是北上广深，哪来这样的环境与条件？咱们在一个小城里，可以吗？”

桂说：“可以的，各有各的优势，我们无须妄自菲薄。我们这个小城不是一般的地方，是当今中国的一个前沿，是世界第四大经济总量的珠三角大湾区。互联网时代的中国不是以前的中国。再说，咱们靠近大城市，处于大城市群里。小城者，旁观者清。有利于冷静而思之。还有，网络空间消除了物理空间的距离，以及现实中尊卑排列的次序。”

艾洋说：“不无道理。其实这说法也不陌生，你一说我都可以接受。但道理归道理，事实还是事实。因为互联网需要落地。”

桂说：“是的。落地就变了样，从数字世界走到现实世界，有时完全不同。”

这些日子，桂、艾洋，还有吴有为，聚在一起，无论线上线下，就讨论这些东西。

一些内容，桂叫艾洋记录整理出来，他们在网络上再交流。

昨天，在桂那里，艾洋叫了几份快餐，一些鱼肉美食。桂和吴有为还喝了红酒，边吃边聊，就进行了一番交流。

桂说：“群里近来人气旺，议论多。不时出现认真的讨论与辩论，其实反映问题无非是：一、找不到北，需要明确方向；二、对事实的认知不同；三、讨论议事的规则不明确。而这就影响了讨论的效果。我们该如何把握，如何引导呢？”

吴有为摇摇头，说：“群里的学者、专家、教授、作家，还有大师、大腕、大咖、高手，那么多的人才，济济一堂，来历不凡，声势浩大，威武壮观，可望不可即。难道还需要我等平凡微小之人说三道四吗？”

桂说：“是的，你说的是事实。但同时，又可以说旁观者清，所谓的位卑者聪明，愚蠢者智慧。所以，还是请赐高论。”

吴有为说：“真的没有什么高见。你是有自己的见解的。抛出来让我们分享吧。”

艾洋笑笑说：“桂老师有研究。我们在微信上沟通过，他的观点相当深刻。”

吴有为说：“一点儿不怀疑。要不，为何我们可以坐下来，在他的房子里研讨。桂局这里，已经就是‘互联网＋’的思想库。”

桂摆摆手，说："虽然我们有宏大目标，并且也自信，但实际上差得远呢。现在就不多扯这些没有意义的话。这么说吧，若要交流看法，我倒是愿意花费一些时间。对于他们，我的观点是一类四派。"

吴有为说："愿闻其详。"

桂说："一类者，非官方也，都是民间的。与官方有联系也有区别，但主体者并非官方也。民间反映了官方，受制于官方，也可以是官方的前奏，以后融入官方。但也可以被官方否定。这是一个现实的，也是微妙的科学关系，并不是闲话，而是一个关键。能否准确地认识之，把握之，实乃大局的一个要务。数十年的经验已经从正反两方面对此给予了说明。当然，官方与民间，互为影响，互为媒体，互为平台，不可彻底区分，但也需要注意其中的转换与区别。此为其一。"

吴有为说："不错。一个提醒，一个前提。我认同。那么所谓四派呢？"

桂说："科技经济派、自由文化派、政治求索派、世俗平民派。"

艾洋说："这么一分析，眉目就出现了。"

桂说："这些议论有什么用处呢？其实也没有。只是我爱好琢磨。半生都是喜好务虚。探究网络生态，不由又进入了形而上的领域。于是，又出现了一些不自量力的思路。本来，我是不说的，更不会去研究和写作什么。今晚喝了几杯，你们也知道我，就随口说说，就算是信息海洋的一点点浪花吧。所谓的理想与追求，大可以一笑了之。"

桂停顿一下，见几个人都静默不语，显然是在期待他的话语，于是，他又滔滔不绝地说起来：

"最近我就发现，总的说来，我们对于主流经典理论的认知，其实也在发生变化。最近，在一家主流报纸看到文章，把主流经典理论的新时代特征概括为以人为本、实事求是、与时俱进。所以，事物在兼容与变化，在调整与适应，也是在更新与发展嘛。”

吴有为说：“完全同意。虽然我每天忙于工作事务，忙于生计而忙碌，没有也不热心什么理论思维，但觉得桂兄之言敏锐而深刻。”

桂说：“我们就互相表扬一下吧，你更不错，因为你更不容易。你在实际的状态上经营互联网，直接产生价值，那是需要官方与社会给予承认的价值。官方不认同，你们就没有应有的费用；社会不认同，你们的东西便进入不了需要进入的领域。”

吴有为说：“那是，实不相瞒，这样的道理也是说起来容易，做起来艰难的东西。”

桂说：“既然进入了这条轨道，那就义无反顾地努力吧。”

“其实不是理性，而是感觉。”吴有为说，“我也要有良心呀。难道我们就没有职业操守吗？难道我们就缺乏价值追求吗？难道我们就没有荣誉向往吗？还有一个基础性的现实问题，难道我们不讲究物质生活的品质吗？前几天水城网开会，发现几个采编，那些孩子，参加工作几年后，支付首期买房了，也有买小车的。心里一阵激动，感到了自己的价值。这个平台让他们得到了，是我们的成果，也是我的成果。又想，如果突然垮了，树倒猢狲散，各奔东西。水城网的一切积累烟消云散，化为乌有。这些做采访编辑、网络传播技术的孩子去哪里谋生？父母辛辛苦苦供他们念完大学，毕业后就业的问题解决不好，多烦人哪。当然，在这个时代他们不会挨饿。但要他们接受失望，这样的事情我却做不出来。”

桂说：“我佩服你的这个感召力，把年轻人聚拢在一起，这样的收入和这样的敬业精神。我可没有这样的能力、魅力、亲和力。”

吴有为说：“你是文人，也是不错的作家。那些在我们网站上发几篇博文的人开口闭口说自己是作家，与你相比，相差甚远。如今，在多媒体时代，在写作发表可以自己主宰的时代，作家可以自封的了，这是什么现象？搞笑，无聊，讨厌。不管如何，反正我是不接受的。没有对于精神的敬畏，难以写出好的作品，或者就不算是真正的作家。但我这个态度其实也是个螳臂当车的笑话。一切都在变化，如今不是我们那个时代了。没有预料的东西每天都在扑面而来，行动比思想快，现实比计划快。”

桂说：“同感。我们这个年纪的，已经被忽略了，在很多方面都是。一个老厨师说，他们那个时代，选择了当厨师做菜，年轻时在厨房为师傅打下手，接下来拜一个年长资深的师父指点，到了一些年岁，才独立掌勺。一代又一代的厨师都是按照这样模式成就的。但是，这样的师承现象越来越少。比如我们的写作，年轻者挑战长者，已经成为一个趋势。因为年轻的阅读受众不能与我们共鸣。我就感觉到，自己的文字好像是从坟墓里爬出来的，已经过了一个时代。我不反对，也不发牢骚，这就是现时代，它有自己的特点和规律，我们只有适应，适者生存。”

桂说：“还是规律，信息时代中的马太效应，强者越强，弱者越弱。不同的是，其速度、规模等，都是以前未所能及的。”

吴有为说：“我就再晒一下吧。昨天和几个有钱人一桌吃饭，吃饱喝足，就来谈精神，谈理想。于是，我问他们：诸位这么有钱，你们的愿景和生活目标是什么？他们哈哈一笑，都说：再奋斗几年，就去农村，买个农家院，养点鸡鸭鹅狗猪，种点花草，春天挖野菜，夏天去钓鱼，秋天扒扒苞米，冬天扫扫雪，没事的时候约几个朋友打牌斗地主，喝点小酒，吹吹牛，乡村生活多美好啊！七嘴八舌，满口酒气，满屋嗡嗡作响的话语声，把他们心中的未来说得如同人间仙境。吃完饭，我回家琢磨半天，骂了一声：妈的，土豪的追求就是我现在的生活，我还奋斗个屁啊！上床睡觉！”

“呵呵。你这故事太旧了，抄了别人的。”桂说。

吴有为哈哈一笑，说：“仅供一乐。”

这时，艾洋插入了发言，说：“我把你们的对话都保留了下来，作为一个有记录意义的材料吧。发生在互联网上关于互联网文化与时代的，没有结论，但具有价值，至少，是我们某一个状态的真实记录。”

收录下来，分类，积累资料。第一个作用，给桂写作课题专著使用。当然，应该还有别的用处。

艾洋是这样想的。

但是，一时也不知如何处理。心里头还是有迷茫与矛盾。信息爆炸，带来海量的东西，也造成垃圾处理的难度。这样的收集与整理，意义何在呀？

前些天，有一个关于粤语方言的讨论，提出问题的人说，联合国把粤语作为一种日常生活语言。使用并且热爱粤语的人，感到特别兴奋。一方面是批评说目前粤语受到打压，自身在萎缩，影响力大为减少；另一方面是高赞粤语的优秀。

艾洋问桂，这样的问题是否需要关注？

桂说：“类似的问题，带有地域性，也是一个人文的题目。一下子无法说清楚的。当然，不管如何讲也都是无伤大雅的事情。但这个粤语问题其实有一定的超出方言之外的现实意义。”

艾洋说：“如何讲？”

桂说：“其实联合国不是将粤语从汉语中剥离出来，给予并列的地位。粤语不仅通用于粤港澳，在几千万海外华人中也普遍流行。所以，也可以从现实政治角度关注这么一个语言方面的问题。”

艾洋说：“还是不管它吧。曲里拐弯、隐隐约约的事情。”

桂说：“那也是。信息太多，没有一个遴选，那就会大而不当，杂乱无章。”

删掉关于粤语的讨论。当然，还有许多类似的。对此，艾洋似乎感到格外轻松。因为这只是一个个案，明确了删除的尺度。记得前几年看到美国一个数码研究学者的论著，书名叫《删除》。信息爆炸时代，信息的选择，也是信息的删除，已经成为一个关键问题。

凸显主干，解放自己，所以轻松。

3

对着电脑，不知不觉几个小时过去，又是一个晚上。差不多每天都这样打发日子。

站起身来，到客厅走走，到厨房找点吃的。于是又想到在不远的地方，他们那个团队，此时此刻，也都是如同往常那样，处于兴奋当中：网站记者、编辑，技术人员大都还在干活儿。白天采访，晚上写稿，编辑，发稿，做后台的监控管理。一般都到晚上10点钟，还有熬到半夜12点的。

休息过后，还是回到电脑前，在线上，在几个熟悉的平台，又找到一些有价值的信息。那是桂参加的朋友圈，信息量大，且有价值。学者、教师、教授、文人、知识分子、知道分子……这种类型的集合，议论多，务虚多，不乏精彩观点。

啪啪啪，手指灵巧点击，键盘作响，面对笔记本电脑，艾洋专注地整理。

语言、信息、观点、态度、思想……不断地在群的平台上发布。

有人说："现代化必须坚定推进，否则，不进行改革，必然会导致人们不愿看到的结果。半截子改革只能像拉美一样，陷入恶性循环。"

桂接着点赞，理性地说："何为改革？不同的立场有不同的看法。理论上，谁都认为世界是发展变化的，所以包括政治、社会制度等在内的东西也都是发展变化的，因此也就不可能说不需要改革。但问题在于具体的内容，不同的历史环境，不同的国别对象，都有着不同的规律。或许，这更是科学的解释。"

有人说："研究问题，做学问，时下比较时兴的是英美学者的所谓田野调查方法。坚持这一方法的学者认为，只有事实是不变的，价值判断是可变的，因此是不可靠的。这一方法既反对法国人的肤浅、浮光掠影，又反对德国人的抽象思维及价值判断。而推崇德国人高度的抽象思维能力的人总是对他们的思想深度赞不绝口，嘲笑英、美治学风格的人没有思想。”

桂说：“有意思。言之有理。难得的一个学者，一个清谈家。”

有人说：“那某些层次的决策者，很多是没有理想没有信念、没有良知没有责任感的人，他们只是迎合上峰，千方百计维护自己的权利，目的是以权谋私，集聚了财富，转移到欧美，以后就到那些曾经被他们批判的国度去安居养老。”

桂说：“一针见血。好个愤青！也是大地守夜人。舆论需要，社会需要，国家需要。”

有人谈到了当下的热点，关于供给侧要求的，这样说：

“有一次去常德。湖南有一家据说始建于光绪年间的烧饼铺。一天早上，朋友带我去那里吃烧饼，就联想到现在人们讨论的供给与需求的关系。现实是，很多烧饼做出来了，但是卖不出去：就是通常说的内需不足或产能过剩……结论是什么？只有疏通中间，才能打开两侧：供给与需求。”

桂加了一个点评：“教授的结论，我帮他诠释一下：所谓中间地带的问题，我理解有两个：一是税收和社保缴费过高。税基减少，税收不足，又导致提高税率，造成不良循环。二是一些国企占有太多的社会资源而效率又太低，靠价格垄断生存，抬高了整个社会的生产成本。”

忽然杀入一个侠客。显然是一位愤青。

他过来插话，说：“强烈支持华为！还有小米、OPPO。三个中国的手机品牌已经挤入前五强。曙光初现，这是实打实的成就，是实实在在干出来的。但是务虚的东西，形式主义的东西依然盛行。每年培养出的博士人数全世界第一，为何不搞点有意义的发明、创新呢？我认为扭转经济下滑，避免落入中等收入陷阱，必须动真格：1. 切实精兵简政。真正发挥市场在资源配置中的基础作用，同时推进精兵简政，从而提高全社会资源配置的效率。2. 推进市场经济。给予民营企业参与金融、矿产资源开发、文化、教育等领域的平等竞争机会，从而切实提升经济的活力和效率。”

对此，桂的评说是：

“不是不对，说实在的，也都是言之有据的东西，但也不是可以立马实施，因为不大容易落地，不切合实际，所以也不是什么灵丹妙药。这个观点的价值就在于是一个议论，一个说法，让人们有一个思考的参照。很多观点的意义都是这样，不是它本身正确与否，而是为正确的或者有用的观点做出激励、导引与参考的作用。”

吴有为也出来帮腔，说：

“读的太多这样像小孩子的文章！其实往大里讲，这世界谁也离不开谁，你说你的好，我说我的好，到底谁好，天地自有公论，历史自有公论。世界那么大，容得下很多类型，今后或发展，或变化，由得他们去，规律使然！所以我们要学习学习再学习，方能迎头赶上。国与国之间，有矛盾，有竞争，甚至于摩擦都是正常的，目前，世界需要和平，中国需要和平，你我需要安定幸福的生活才是根本的！”

吴有为的那个同学，在大学政法专业当教授的，说：

“无须激怒。20世纪欧盟的崛起曾经对美国形成挑战，不费一枪一弹，用欧元就几乎统一了欧洲。但美国人能同意吗？北约东扩，反导系统，乌克兰战争，难民问题，英国脱欧……搞得欧洲风雨飘摇，欧元地位一落千丈。日本曾经在20世纪90年代牛得不得了，声称可以买下美国。美国人一出手，美元大棒一挥，日本就衰落了20年，至今还在衰退之中。很多学者认为，崛起的中国在经济上、金融上、军事上、科技上，冲击了美国老大的地位。其实是中国的制度优势。”

“20世纪80年代曾经预言苏联的垮台而名噪一时的一位日裔美国学者，在他2014年的新作《衰败的美利坚——政治制度失灵的根源》中，预言了美国的没落，他分析了美国式民主的种种弊端，指出美国的政治道路是死路一条。值得一读。”

研讨就这样进行，这样展开。都把自己的东西拿出来晒一晒，晾一晾。理念智慧的东西就生成积累起来。

嬉笑怒骂皆成文章。至少有那么一点儿意思。

智慧在民间，智慧在业余，或者说，旁观者清。

艾洋心里不住感慨。

这时候，为着说明一个主题吧，桂又转发了一组信息。

在桂的大学同学群里，那天有一个热点是美国Facebook的一个大股东，年轻的扎克伯格，他太太生了女儿，就宣布将其价值450多亿美元的Facebook股份捐给基金会，用于支持改善医疗，改善教育，连接世界。

群里的几个女同学给予了由衷的赞颂。说美国的这个人真是有爱心，而这还是美国企业家、美国人的一种有代表性的文化和价值观念。

同时也说，这里就有一种异样的声音，说扎克伯格的目的是财产的避税。对此，赞颂的同学表现得有点恼怒，说作为中国人，以有这样的中国人感到悲哀，说这些质疑者是脑残。

那几个女同学，一个是在美国定居多年，一个是她的儿子留学毕业后留在美国的大公司就业，还有一个是她的孩子要去美国留学。

在那里，桂也发了帖子，说：“普世价值其实大家并没有什么分歧，比如，奉献精神需要肯定，好人要有好报。拼命挣钱、拼命存钱、拼命捐钱的精神确实令人敬重。但是，对名人或者说强势者的质疑是必要的。扎克伯格的捐款数额巨大，也需要弄个明白。认真出真知。比如，他的这个行为，是否有避税的效果，他与所捐赠的慈善基金有什么关系，是否可以操纵所捐赠的资金。再说，扎的Facebook，是一个巨大的社交媒体，目前在世界上有13亿多的用户。这次捐赠，几乎在全世界的媒体得到突出的报道，并且形成讨论的话题，包括争论。这些，也都是使得该话题升温，推进了扎克伯格与Facebook的品牌传播。需要思考的是，其中得到多少回报呢？作为企业家和企业品牌，其利益是明摆着的。”

这个有意义，艾洋保留下来。

接着，整理了一个针锋相对的辩论：

国家是否强大?

甲方说强大的，乙方说并不如意的。辩论与冲突体现在两篇长篇文章上。理论分析不多，都是事实与数字的排列。这种以事实说话的论辩方式其实更有或者说最有说服力。

都很棒。作者并不简单。应该是年轻人。只有年轻人才有这样的激情与精力，在不署名的情况下推出如此有分量的东西。也是一个学习者，一个思考者。引用的材料之丰富之典型之恰当准确，在不动声色的客观描述中，显示出一种不容否定的雄辩力量。

精彩！简直是高层次的论坛，前沿思想的盛宴。在泥沙俱下的信息大潮中，发现有价值的信息也不难。

两篇文章都收罗进来。

艾洋紧张得喘不过气来，一边整理，一边兴奋地思想。之后，迅速发给了桂。

桂回复了一整段话：

很有价值的，录以备用。也是难得的资料库和清醒剂吧。不可以、也不需要完全同意其中的观点，但一定可以参考。两篇文章热传一时，观点对立。一篇把国家的实力捧得天高，一篇大泼冷水。都是一种观点，对照起来看，得到中和的效果，有利于辩证、系统地分析问题。

应当说，也有一些别有用心的文字，那不是谈论问题的，而是实施某种策略的。我们不介入，拒绝之。我们的发展迫切需要理性的声音，需要这种切实能够解释现实、改造现实的建设性思想！

我以为，经典理论当代化，还要做专门学习研究弄通，掌握其历史面貌。再抓住其精髓与灵魂，结合时代特征、现实特征，从实践出发，而不是从条条框框出发，推陈出新，把过时的放置一边，赋予新的内涵，使之成为开放的理论体系，不断更新与发展，呈现生命

活力。

不改革，不适应新形势，不应对新问题，不顺应潮流，只有死路一条；但转弯过急，不考虑实际，也会祸国殃民。如何改，可以先做好充分的思想准备，在保障发展、稳定的前提下，不断推进。

看利比亚，想叙利亚，就知道稳定对一个国家是多么重要。独裁的卡扎菲走了，但民主并没有到来。而乌克兰东部宣布自治，也宣告国家碎片化的开始。

发展、改革、稳定，是长期的主题，而且也是互相关联，辩证地结合在一起的主题，关键还在于把握时代机遇，积极推动。

4

太棒了！艾洋评价。发自内心的。觉得桂确实是一个喜欢思考也善于思考的学者型官员，在网络上的思想碰撞中，他常常迸发出难得的思想火花，让人感到眼前一亮。

忽然，冒出一个熟悉的声音。那是水城网的合作伙伴市民宣讲团团长老朱。

他说：“最近有人问我，还去戒毒所开展公益教育吗？我说，在那里，我们市民宣讲团开展了一年多的教育活动，有了很多的接触，

有了更多的感触。毒品一沾，便会毁掉一个人的一生。有个中年男人因为牙疼，在伤口处点了一滴毒品，痛是立马止住，但毒魔就一下子闯进来，无法阻挡。一个警察，在处理吸毒违法犯法行为中，因为好奇，偷着尝试了一下他所缴获的毒品，于是掉进了深渊。其他，基本上一辈子都在吸毒、戒毒、复吸，在这样的搏斗与煎熬中，消耗自己的人生，也在消耗社会的资源。我们的城市有数百名强制戒毒人员，比例不少，更为严重的是，青少年占了主要部分。我们感到惊讶、痛心和愤怒。”

“然而，最近我发现一个比毒品还要厉害的摧毁我们下一代的东西。那是网络游戏。网络游戏，吸引大量青少年沉迷，花费父母的血汗钱不说，久而久之，还失去健康娱乐，失去了体育锻炼，失去读书时光，失去了与父母、亲人、友人、同学的交往，荒废了青春，消耗了人生。在学校里，有的中小学生，佩服同学的标准，不是看他的德智体的成绩，而是看他在这个游戏中得到了多少分数，达到了哪个段级。游戏已经成为一种价值追求，让青少年越陷越深，难以自拔。而推出这个游戏产品的公司大发横财，沾沾自喜，无限风光。试问，这样的企业，还有社会责任感吗？还有天地良心吗？也有不少有识之士发出激烈批评的言论，但几乎无济于事。这样的游戏还当着创意产业的典范，还在迅速地蔓延，把越来越多的青少年拉进他们的消费群体。”

艾洋看了，一拍桌子，又噼里啪啦敲击键盘，说：“老朱说得对。我不仅要收集，而且首先要转发。我可不管你是什么公司。而且越是有名气的公司，越是有实力的公司，你所承担的社会责任就也越大。”

桂也很快回应，说：“完全同意。”

时间已经不早，要合理作息。

晚安。

艾洋发出信息。

这时候，又有了调味品，群里来了一个感性的故事。

这是尼秋发来的。

一个活跃的群的生态，离不开这些东西。

艾洋笑笑。做群主不仅需要为大家服务，也是一个技术活儿。

李韵发一个关于群的帖子，说："供参考吧，有道理的。"

那帖子写道：专家经过研究认为，一个温馨的群，理想的构成是这样的：1. 要有一个叽叽歪歪的群主。2. 要有几个风姿不减当年的万人迷。3. 要有几名不甘老去的世俗愤青。4. 要有几个三天两头晒养生的专家。5. 要有几个有事没事经常对掐的好友。6. 要有时不时蹦出几句冷幽默的疑似思想家……

最后，艾洋又将一个多次发出的帖子再发出一次，以示管理的责任。

她说："本群宗旨：致力于打造成为高端的文化、思想、信息、交友'四合一'新型自媒体平台，线上基地群与线下实体基地联动互促，辅以微信公众号'水城文化研讨'与'水城在线'，为本群所有相关团体、个人提供形象与才华展示窗口及文化与商业等相关信息，提升相关团体及个人品牌价值。

基本结束一天。有点像是值班。

是信息的工厂，思想理念的工厂；也是信息的河流，思想理念的河流。前者可控，后者不可控，只能观察。

如此而已，作为一个互联网的守夜人吧，或者就是旁观者，学习者。

看看可以做多久，能够坚持多久，到那时候回头打量总结一下，再看看自己得到了多少，也许，会有一些结论和意义。

这些想法，也都与桂和吴有为交流过。

他们没有反对，也没有太多的赞同。都是一个谨慎或者疲态的口吻：乐见其成。

艾洋想，未来的东西，太多的不确定性，尤其是具有无法预计变数的网络信息大潮。

也只有这样作罢。

艾洋伸伸腰，长长地舒口气，泡了一杯咖啡慰劳自己。

5

水城网需要经营利润，群里还连带线下活动，这里有对接的公司，比如广告公司、文化公司。不一定能直接赚钱，主要是为了扩大影响，增加粉丝。也希望在这些新鲜的活动中找到发展的机会，或者说，担心的是，如果不介入，会失去以后的机会。所以，各种与线上关联的活动就颇为热闹。

有些活动外包给公司做，水城网参与利润分成。

活动倒是不少。没几天，尼秋来都市网，说是请艾洋出席一个他的微信群主办的活动。

尼秋是线下活动的一个合作伙伴。

尼秋说："我想你在微信群里都知道的，我那个主题的模式。"

艾洋说："我没有发言，但都看过，留意着呢。"

尼秋他们的群有相对稳定的线下实体对应。在鲜花展览交易的花卉世界里头的古树书屋，就是一个定期活动场所。那些培训师、大学教师、文化人、企业家凑在一起，谈论文化的话题、经济形势话题、科技创新话题和管理创新话题，坚持下来，颇有一些味道，于是在那儿成立了一个股东会，股东限额30名，开始了所谓的文化产业经营。最近，股东达成共识，在群里又发出信息，募集资本。

艾洋看过，微微一笑，那些股东对于资本运作还花了不少心思的。记得大致是因股东名额有限，没有进入的，可以参与外围的资本安排，逐步介入。而外围人士，又设立不同等级，分为尊贵级会员、尊享级会员，存入的金额不同，等级就不一样，享受书院活动的优惠也不一样。

尼秋对这个游戏规则的安排信心十足，有滋有味地介绍了活动的情况。

这一次搞的是文化分享会，带来一个老旧的留声机，播放过去的经典歌曲，还请到大学教授，讲古董收藏，讲历史文化。时间从休息日的上午10点到下午5点，来去自由。除了听和看，现场提供红酒、西点。要求男士穿汉服，女士穿旗袍。限制参加人数，在微信群里进行接龙报名。价值是欣赏文化，结交朋友。

尼秋说："这个活动比我们之前搞的AA制聚会更为正式，不是一哄而起，结束就散。是参照韩平在北京水立方现场搞的线下活动，保持了比较稳定的联系。参加的人群，都是微信群的朋友和客户，每次围绕一个主题，有所策划。大家都有一定的目的，结合各自需求，做线上线下的互动，现场参与，互相交流，认识朋友，当然也可以做广告宣传。"

艾洋说："这个思路行，可以一试。"

尼秋说："确实还可以，已经有人报名了。做净化水的，销售床垫的，搞家教培训的，当然也少不了金融中介、保险代理。有一个做电子学习器材的，提出送出礼品，说为大家奉上有声读物，作为现场参与者的小礼物。"

艾洋说："太好了。你就搞这些吧，各取所需，各有所得，皆大欢喜。"

尼秋说："很快，这个模式就会被无限度复制，谁都可以使用，到时和以往的模式一样，归根结底，是综合实力的竞争。"

艾洋点点头，又说："快，速度优势，是这些综合实力的一个核心元素。"

6

坐上温志发的快车。

他说这天气真热，白天开车去工地转一圈，胳膊很快晒得又痛又黑。在工地进行厂房安装工作头顶烈日，要待上一整天。现在工钱是每天200元，比去年每天300元少。开工项目不足。前些天完成一个40多万元的厂房工程，对方只支付2万元，电话追款，经常不接，或者说在外地。他不得不大声说："要带上工人把你那厂房的瓦盖揭下几片。"

艾洋微笑着，只是听，没说什么。她知道，倾听，让对方诉说是最明智的。

忽然，她又想到前几天接到张教授一个电话，他得意扬扬地介绍自己的一个咨询的观点是如何让当地政府官员和企业老板佩服，而佩服的原因是他这个教授见解的高明。

在那个为当地产业发展的咨询会议中，张教授发表一番宏论，说："产业的创新发展，需要进一步运用'互联网＋'思维，持续深耕制造、流通两大行业，聚焦智能制造、微企互联网、全渠道零售，推动传统企业驱散'产业雾霾'，实现智能转型、绿色发展。"

"和您那次在水城网论坛上所说的警惕网络经济伤害实体经济的观点是否矛盾呀？"席间，有一个听者举手发言，提出问题。

张教授从容一笑，说："一点儿也不矛盾。看似矛盾，表面矛盾，实际上并不矛盾。这是一个问题的两个方面，需要辩证地、全面地、使用发展的眼光来看待。有时候，我们要注意硬币的A面，有时候是需要注意其B面。所以，两种看来是对立的观点，都有其存在的、合理的一面。在一定的系统中，其是可以也必须存在的。"

想到这，艾洋嘴角一翘，露出一丝笑意。

没想到正好遇到唠唠叨叨的温志发的目光，温不好意思了，说：

“难道我这样说，很可笑吗？”

艾洋说：“不是，我是想让你找机会请教张教授。一个开设了智库，做企业顾问的。他肚子里有各种观点和材料，投其所好，因人而异，因材施教，他都可以做到。”

温志发说：“那可是高大上，厉害了。”

艾洋说：“只是秀才遇见兵，有理说不清。或者说，说是说，做是做。”

“他们没有压力，大道理一套一套。”温志发说。

“双轨道，或者多轨道。我们这个时代的特点，各有各的道理，各有各的活法。”艾洋说。

温志发意犹未尽，还想说什么，艾洋说：“到了，你就在前面的路边停车。”

7

艾洋是去与怡和见面的。

昨天夜里，在网络做直播的怡和打来电话，说：“我到了这里，明天中午吃个饭。”

艾洋想起她来，心里很高兴，也叫上李韵，各自前往。中午找个安静的小饭馆，边吃边聊。

怡和打扮得光鲜亮丽，神采飞扬，得意自信。吃饭前在餐桌上打开笔记本电脑，不时敲击键盘，在网上回应什么。她给艾洋和李韵都送上一份礼物，包装漂亮的新疆坚果特产。

李韵也到了来，大家都非常高兴，艾洋对怡和说：“你真有心。”

怡和说：“上次你们拉线介绍，我和这里的企业家进行对接。当然也不是一拍即合。但进入了这个轨道，一回生二回熟，来来往往多了，总会多一些机会。我坚持下来，不放弃。直播不做了，我改在微信上卖书，每天发送一批书单。”

艾洋说：“我有印象。收到过的。但不好意思，一次都没帮衬过你。”

李韵说：“我倒是买过几次，书不错，又有折扣。你的销售优势是你可以及时推介有代表性的前沿著作。不是单本，而是一个几种图书的组合。”

怡和说：“这样的图书对于企业家应该是适合的，针对性强。但也不容易，好在因为成本不高，我就待在北京，和众多的出版社建立联系，也和出版界人士有来往，可以及时掌握有关信息。这样坚持下来，每天组织图书，每天发布信息，不停扩大自己的朋友圈。久而久之，慢慢建立起客户群体。可以解决基本生活问题了。后来，也果然遇到了转机。”

艾洋说：“你的经验很励志的。”

怡和说：“也许吧。我体会到的，一是自己可以感受到互联网的神奇力量，认定这是以后的发展趋势；二是有了创业想法，全力以赴，坚定信心；三是图书还卖得不错，有了自信，于是，想进入新媒体电商领域好好干一把；四是发现新疆新媒体电商几乎空白，立即去了那里。结果还真的找到了自己的商业伙伴。这不，与这里建立了实质性的合作关系。”

艾洋说：“你创业没几年，成绩超好，让人惊讶。”

“来，咱们三个美女照个相。”说话间，怡和就提议。

几个女孩照了相。

怡和说：“喜欢自拍、嘟嘴卖萌的习惯一直没改，不好意思。我现场直播，发到我电商的平台，告诉朋友，我到了这里，和媒体朋友见面了。你们的照片是侧身，看不清脸部。算是支持我的工作，不介意吧。”

艾洋大大方方地说：“你都这么专业，我们也不会有什么意见。

毕竟也是朋友。是吧，李韵？”

李韵呵呵一笑，说：“天下哪有免费的午餐呀，没意见。”

怡和说：“谢谢啦。对于这样的事情，有人大方，有人敏感。我会处理好，也征求人家的意见。”

艾洋说：“佩服你，这是你的过人之处。一个80后女子，带领100多名合作伙伴，4个月创造销售收入2000万元的微商界网红。”

怡和呵呵笑着，不说什么，倒是不时抽空刷屏，回应网络。

李韵说：“看你乐的。一边请我们吃饭，一边在网上聊天。聊着聊着，来自朋友圈里的钱就从四面八方汇过来。”

艾洋在怡和电商的手机网站翻看，嘴里就说：“怡和你很爱漂亮，抓住各种机会自拍，也很会自拍，各种角度把最美的状态记录下来。所以你的朋友圈，并不都是卖货晒货，还有很多美美的照片，卖你的高颜值。”

怡和说：“我也吃了很多苦，你看我那些趴在桌子上各种睡觉的姿势。我趴下片刻睡着，睡五个小时就是奢侈。前期跟着干的女孩，很多都累跑了。我们这个公司，是一个疯子带着一群苦逼的团队。其实什么都不需要担心，唯一需要做的是抓住当下，走一步是一步，不断总结，不断调整，继续前行。”

艾洋说：“服了你的精神。”

怡和说：“我只这个优势，别无所长。也不懂什么技术。所谓的颜值，是很容易被取代的，年轻女子一波一波地涌来。”

艾洋说：“那么，如今你想做什么呢？”

怡和说：“感谢您。您是大好人。不仅以前给我机会，而且一直关心我。这么说吧，我是不停地尝试，把原来的积累作为下一次探索的风险资本。每一次的积累都不一样，作为每一次投入的资本也就不同。如果有一天，我破产失败，那就不玩了。安静生活，过平凡日子。否则，一直跟着走下去。”

艾洋听后，看着怡和，说："你不仅运气好，也懂得提升，从量变到质变，实现飞跃。你是可以超越自我的。"

8

忽然，古春艳又出现了。模样更为成熟，老练，换了一身打扮，少了一些土气和书卷味，多了一些时尚和商业味道。

艾洋记得，那次写老板安排的书，稿费支付发生问题，经历一番论辩，最后还是没有如愿。古春艳就说，以后再不写这些东西，另做选择，于是疏远了王思。和写网络小说的李桂花接触了一段时间，也曾努力尝试，但就是跟不上那个网络小说写作的节奏。意外的收获是，过程中认识不少做网络的公司，顺势而为，就利用这样的机会，在创意园区加盟一个小公司，做网络商城。

由此，进入一个原来无法想到的轨道，跟着公司业务，后来又在广州，做药食同源，卖中成药。又推销优质大米，说是专供国家领导人吃食的，没有任何化肥农药，没有任何污染。

某日，她跑来找艾洋。提着一盒像是茶叶的东西，送给艾洋，说那是有实在功效的保健品。艾洋接过来，就现场拆开，包装薄膜的品质似乎不是很高档，撕开时有点费力。

古春艳在一旁看着，有点尴尬，赶紧说："这包装是不够在乎，需要改进，但产品的内涵好，功效好。是用了马来西亚的稀有植物材料，与众不同的一种保健茶，服用后对治疗三高、补肾有作用。有一个退休司长当顾问，现在得到市场好评，产品进入了同仁堂。"

不等艾洋说话，古春艳又说："手头还有一些项目，比如想利用电脑城空置的三楼，做教育产业园。"

她滔滔不绝地介绍一番，然后邀请桂和艾洋做顾问，通过他们再找企业家投资入股。

艾洋打断她，说："士别三日，当刮目相看。你如今满脑子生意经。”

古春艳说：“参加过一些投资培训，学习过创投，也认识了不少商界朋友，觉得进入了一个新天地。”

说着又抖出了一些猛料，说：“最近批评了一个朋友。30多岁的他，原本做医疗器械，才100多个亿的营业额，10多个亿的利润，就不专心了，贪图新鲜，后来投资做白酒，没有做成一流品牌。”

还没等艾洋说话，古春艳又说：“还有两个好的项目，一个是做减肥食品，中国有将近一个亿的糖尿病患者，需要这个；一个是做特色小镇，比如文旅小镇、科创小镇，能够借鉴瑞士、英国、以色列的模式经验，还可以引入国外资本……”

艾洋赶紧插话，打断她，说：“别别别，别再说。吓死我了，你在轻描淡写之时，毫不在意之间，就甩出了那数以亿计算的举足轻重的大生意，与我这里有十万八千里之遥。我不是讽刺你，我们是朋友，就实话实说。其实，很多人都在念这样的生意经。我们做媒体的就经常遇到这样的信息。只是，哪那么容易赚钱呀？所谓的搞个小计划，赚他一两个亿，那是中国极少数极少数人的机遇，甚至可以说是一个特权。所以，我们只想做小事，认真努力，脚踏实地，深耕本土，积少成多，长期收获。”

古春艳哈哈一笑，说：“我不是动员你们来合作参股的，只是和朋友交流心得，没有功利目的，务虚而已。”

艾洋说：“我们也只能是务虚，浪费你的时间。”

古春艳说：“其实，我也不知道我的时间，哪些是用在了务虚，什么时候是做了实事。”

说罢这些话，古春艳或许感到艾洋这里就是这个结果，便不再逗留，告辞离开。

之后，又不知去向。只不过艾洋也没有太留意，网络上天天接触的人太多，一些熟悉的朋友几年不见一面也是常态。

最近，网络上，古春艳又开始活跃。

但如今的形势，与以前刚刚兴起微信的时候相比，已经不是一回事了。这次，古春艳在网络上冒头，也都是经过好几天，她特别活跃，才引得艾洋关注起来。感到古春艳并不像是王者归来，而是重出江湖。没有荣耀的得意，更多的是寻求知音与合作的诚恳和谦恭。

在微信上，她联系了许多朋友，说自己参加了一个电商平台，已经是一个支点的负责人，希望大家参与。她耐心地介绍，那办法是在微信上收到二维码，长按，进入那个公众号，需要说出介绍人的，点击古春艳。

她显然是在赤裸裸地做广告，不停地吆喝说：在那个平台上购买商品，价格优惠，质量有保证，不满意的话，无理由退货，购买积分，可以兑奖，或者获得更多优惠；发展朋友参与，当朋友进行了购买等活动，可以获得加分，以至于升级；还可以将自己的商品提交到这个平台上销售。

兴奋的古春艳是希望满怀的，她把文字、语音、图片视频的手段都使用上，使劲地宣传着这个平台。

但是，并没有什么效果，反响平淡。

其实，在古春艳建立的那个群上，她是拉了许多人进去的，包括尼秋、桂、艾洋、李韵，在群里，不止一次收到古的广告信息，但看来大家差不多都这个意见：没有兴趣，不参与不支持。

后来，倒是尼秋出来凑热闹，不是响应，是来抢生意、打擂台的。

唰地一下，一组图文音乐结合的信息发出，就摆开了广告的架势。

他的东西拨开了古春艳的东西。他是举办一个论坛，需要缴费参与的，名人主讲，现场交流互动，还有做广告推广的空间。在推介的活动内容后，接下来的是指导单位、顾问单位、主办单位、承办单位、冠名单位、协办单位、特别赞助、媒体支持等一大串的名称，什么谋远私塾、科技森林小镇、酒文化研究中心、洞藏酒文化艺术基地、武林创客、什么品牌净水器、什么品牌智能家居、律师事务所、建筑文化研究院、婚嫁产业园、茶文化交流中心……机构公司，五花八门，林林总总，不一而足。

古春艳看了不高兴，说："你是不是也要懂得一点点游戏规则呀？"

尼秋说："难道我就没有表达的自由吗？"

古春艳说："在什么空间都有一定的规矩。必须的。"

尼秋不同意，说："互联网的规矩就是自由竞争。开放式的自由竞争才是公平竞争。"

古春艳说："但我觉得你似乎不是来说明什么游戏规则，而是来捣乱，来踢馆的。"

尼秋依然不接受，说："什么是网络文化呀？"

古春艳说："我的平台我做主。"

说罢，立即将尼秋踢出去了。

到了这个地步，气氛不对劲。

桂便出来调停，说："在创新的空间中，积极探索，不拘泥于成规，尝试一下是可以的，但毕竟是经营，实际情况如何，各自清醒吧。我们都不是幼稚无知的人，会有自己的主见。其实，这样的平台我参加过好几个了，套路模式基本一样。开头火热，后来冷冷清清。还有结合了慈善的，声称积分可以兑现的。其中，购物是可以，没有什么问题，但价格也不见得有什么优惠，如果与那几个超级网购相比，更显不出优势。"

李韵也说："我网购基本上是在那几个大的平台上的。别的，我只看看。"

"其实大家的意见是坦诚的。"桂说。

见大家是这样的反应态度，古春艳也就不再生气，但还是在微信上发帖：

人在床上，钱在网上，轻轻一点，就到互联网时代。撑死手机赚钱的，饿死用力赚钱的，气死光想不做的。当你还在犹豫看看水深水浅的时候，猪都学会游泳了……在这个时代，唯一的风险就是观望！

不管有没有喝彩，她依然乐此不疲地继续，说：

不管是什么因缘，首先非常感谢您扫描了我的零购官网二维码，暂时屈居我的下线，并恭喜您已经生成了自己的二维码！

看来，她就是如此义无反顾，又说：

现在真不是我得寸进尺，蹬鼻子上脸。我有一个殷切的请求，因为时不我待，为我，更为您自己，请您尽快找出自己的那个二维码，用单发或群发的形式推广出去，让更多的人来扫您，当您的下线，让自己升级。先不求多，就发展十个八个，甚至三个五个较有把握的下线好不好？万事开头难，只要开始了第一步，您就会渐入佳境，您可能真会发现您手头的那个零购官网二维码就是一个金饭碗，扔在那里多可惜呀！

只是遇到冷静的看客，依然是死气沉沉，群里没有被激活的。

于是，古春艳似乎沉不住气，又来了不高兴，说："为啥对新的东西就那么怀疑，那么抗拒呢？至少可以研究一下吧，至少可以尝试一下吧。"

终于，艾洋出来了，回答道："你以前都是在埋头写作，对这个领域关注不多。我也不多。但由于是做网络的，多多少少接触一些，也听说过一些。反正我们是麻木了，见到有人暴富不会羡慕，有人一下子把钱财蒸发得一干二净也不觉得奇怪。感到，不会从天上掉下馅饼来。"

古春艳赶紧接着说："不是流行一句很经典的话吗？说：梦想还是要有的，万一实现了呢？"

艾洋说："那是无法批驳的一句话。但是，说是说，做还是做。"

艾洋把一个信息发给古春艳，说："做生意可能不是你的长处，或者说没有将你的已有长处发挥出来，你最好扬长避短，把自己所积累的写作优势在网络中充分展示。"

这时候，像是被泼了一盆冷水，古春艳沉默起来。

没有回答。微信群里寂静无声。

又过了几天，古春艳似乎有了新的主意，主动与艾洋进行对话。

古说："你说的，我想了，认真的。也许是这么个道理。但是，如何继续呀？上次，我们在桂老师那里，不是讨论过今日网络写作与传播的新动向吗？都是极速变化的，说好听一点儿是让人眼花缭乱、目不暇接，说直白一点儿，或者说依照我的脾气，觉得那些网络写作，就是生产文字垃圾，连精神垃圾都算不上。因为其精神就极为苍白。"

艾洋说："我觉得你还是在写作上再做一些努力，这样更靠谱。我帮你看看吧。"

艾洋是认真的。

于是，就联系了韩平。

韩平有经验。网络传播、出版、文化思潮研究、智库，这几样捆绑起来做，这是他的一个思路。

"你好！来京了吗？安排什么时间来公司，准备了一些新的选题和策划方案。为了减少前期投资，我们准备了一些素材资源和活动方案。可以来详细了解。来前打我电话。北京韩平。"

一打他手机，就收到这些信息的回复。

韩平最近也不停地在网络上发布活动。他以北京为基地，也经常到其他城市做推广。前几天，就到了武汉，在一个宾馆住下，租了一个场所，在微信群里招呼作者参加他的出版信息发布会。艾洋留意了一下，好像是在组稿，确定一些选题，与作者签订合同，谋划出版销售赚钱的生意。估计这个属于创意不多的低端出版，比如学生复习考试的，作者评职称需要的，市场畅销一时的那些图书。

在微信上，艾洋问韩平："以前我在这里也讨论过网络写作的趋势。但我毕竟只是议论而已，你却是有实战经验的。我在网上找到的这些材料，你看看可以不可以呢？"

"你就这么器重我呀？"韩平说。

"我留意你的微信，你把自己打扮成文化传播的大侠。"艾洋说。

韩平说："我是什么呀。人家那些已经融资A轮、B轮、C轮的，联系一线品牌冠名，召开什么现场加直播的互联网年度大会的，那才叫大侠！"

艾洋说："别抖了。我就知道你在自我得意。"

韩平说："苦不堪言。日求三餐而已，我最多也就是个出没风波里的弄潮儿罢了。"

"你给我分析一下，看看这个行业，可做不可做？我有个朋友想涉足其间，作为谋生的途径的。"艾洋说。

就想得到韩平那里的一些判断。

这些，之前艾洋与古春艳沟通过。整个的内容，艾洋都打包给发过去。

那给古春艳的信息，是一个广告文案：

招女频总裁婚恋开篇，续写作者。收50万低质量女频。还有，续写千3灵异，千3玄幻，千3古言，千4都市，千7鬼夫，日更4000+。

当时，两人就有过一番讨论。古春艳说："现在这样的写作环境，有意思吗？有前景吗？有机会吗？"

艾洋说："好像台湾的作家都很有兴趣到大陆来推广他们的作品。我们有14亿的人口，文化需求巨大，写作应该有机会吧。"

古春艳笑笑："这话不假，有的。但是，实际情况。可能你们的了解不及我多。"

艾洋说："那你如何看？"

古春艳说："我与李韵说过了，那就是我的一个体会。你再看看一个材料。"

古春艳接着就给艾洋发去了。

那个信息说：明年某公司实体纸质书计划出品、联合出品200个品种……

一大篇文字，赤裸裸的，没有理论，没有高调，刚性的残酷的文字要求，又是当今商业化图书约稿和报酬的展示。

对于这些，古春艳说："如何呀？以前在桂老师那里，我们就议论过。如今，更为务实，更像做买卖。你说，有意思吧。"

艾洋说："有意思。我收下。一面镜子。中国写作界的一个环境。"

古春艳说："对，就是这么回事。"

艾洋说："不管如何，是一个现实。"

古春艳说："是的，我也是这样看。不能说好，也不能说不好。总的说来，是一个进步，也是机会。但归根结底是价值决定一切。"

艾洋说："大门敞开了，谁都可以进来，但竞争更加激烈。"

古春艳说："可以这么说吧。市场经济就是自由经济，也是搏击经济。我们的写作向着这个方向靠拢。当然已经不是什么新鲜的东西，只不过如今借助了网络传播的平台。"

艾洋说："发达者和失望者同时存在。而且差距会越来越大，变数会越来越多。尼秋那个群里有一个博士，研究经济的，想发文谋生，那篇《当今品牌企业的宝万之争》，发文当天十几万的阅读，但得到的稿费就18元多，还不好意思向朋友说。那不能不说是可怜的啊，一个快餐的钱。毕竟是写作这样的精神劳动。一个读金庸评论武侠小说的专栏，作者原供职于新华社，文章确实写得好，在头条号与微信公众号同步推，这两年每年凭此收入在200万元左右，且有上涨趋势，很让人惊讶。他们是团队运作。平台级别高，开通了各种功能，各种数据都很大的，往往是几万元一文。有广告主投放自营广告。推荐量越大，阅读量越大，广告流量就越大。”

这样，艾洋把和古春艳交流中得到的信息和自己的想法一并发给了韩平。

韩平接收到了艾洋的资料，待了一些时间，还是给予了回复。

其实，他也是认真的，但只是说：“不错，这是一个现实。我们就是这样生存的。我没有其他补充意见，也没有什么解释。大家都懂的。你想做就按照这个规则做，你不想做，会有别人做。除此以外，我没有什么办法。”

如何与古春艳说呢？艾洋也犹豫起来。

但后来又发现，古春艳应该对此已经相当清楚了。她会有成熟的选择。

在网上，古春艳没有把自己认识的这几个人发动起来，发了一番牢骚，不再理会他们。

只是，没几天，古春艳还是发布了一个签名送书公告：

本人手头还有二三百本《水城打鬼子故事》，拟签名送给咱作协自家的兄弟姐妹们，请加我的微信，报上您的大名、地址和电话号码，并出到付的邮费，俺便签上您的大名，附上我的小名，寄送您一本《水城打鬼子故事》，请惠存雅正，不吝赐教，存书有限，先告先送，文墨之交，虽淡犹香。做个告别吧！

以后这个她当群主的群，没有新信息发布，归于沉寂。

某一个段落的一次总结。

第八章

1

每天叫醒自己的不是闹钟，是伟大的梦想；每天抛弃的不是别人，是不成熟的自己；每天迎来的不是漫长黑夜，是悄然来临的黎明。

……

写着写着，怎么又有了心灵鸡汤的感觉。写作者不能做鸡汤的搬运工啊。那样子的东西，档次不高，没有原创。但是，有时候鸡汤也挺好喝，也有营养。

以前做的是新媒体的运营，需要考虑包括开拓市场、增加收入在内的诸多事情。如今是负责一个专项工作，为不影响主业，写东西一般不超过一个小时，现在都快两个小时了。

喜欢说话，喜欢表达，在网上就更是如此。面对键盘，手指就发痒，一定需要噼里啪啦地敲击一会儿，产生一些信息，然后发布出去。如此就消耗了许多时间，制作了大量的信息垃圾。

而且，首先要克服对于这些垃圾信息的需求，写东西的时候，总是有一种惰性，不喜欢思考，不喜欢独创。浏览信息，各种各样的，有时候参与进去，发表评论。一句话，几句话，或者是一个符号，几个符号。参与的时候忘乎所以，沉迷其中，离开的时候头脑空空如也。自己很清楚，这是消耗自己的生命。但无法自控。

这是怎么啦，时代？人类？我们？自己？一个个熟悉的对象，在数字的科学技术的冲击下，在虚拟的世界中，貌似真实的描写，又似乎在变形走样，陌生得无法辨认。多维立体的视界，其实也是容易产生印象变化的视界。

李韵。

双眉紧促，又在发呆。若有所思。

在小房间里，背靠着一个绒布熊猫玩具，半躺在床上，用手机写作。文件保留在QQ空间的日志里。

不管怎样，她还是喜欢这样的状态。自己的住处与外界相对隔绝，独立地、自由地、轻松地，发布自己的所见所闻、所思所想。

享受这个状态。

床边的小木桌上，摆放着一杯加奶咖啡，一小包饼干。饿了，随意喝点、吃点。

朝阳，斜斜地从窗口照射进来，在房间一角涂抹了金黄的颜色。

继续写，文字的格调忽然变成了另一种：

“心里快疯了，明明是狼，却天天和小猫一样，快烦死人了，以前的我去哪儿了！我要过回去年的我，去年我每天面对客户，谈笑无白丁，来往有鸿儒。多么有豪情！现在，天天对着电脑，这是要我疯吗？”

写罢，放下手机，长长地舒口气。

在水城网当责任编辑，出了微信平台上张红梅的事件后，她的工作岗位调动了。每天只负责跟进气象动态，写一段天气预报的文字，使用文学的笔法，那不是生硬的科技语言，而是带有一个女孩对于天气的体会和认知。文笔细腻优美。读者感兴趣，点击率不错，还得到一些点赞。

但毕竟是天气预报，内容单调，差不多重复。过了一些时间，开始烦起来。

每天开始写天气之前，不由自主又上网浏览各种信息，尤其是八卦新闻，还有网吧、QQ、微信，上去了忘记回来，花费了一个多小时，也不知看到什么，得到什么。只是需要完成的天气预报那段文字，一个也没写，也没灵感和冲动。

写稿，最大的对立其实是上网，浏览各种信息，没有目标、没有主题地阅读。

这么溜达一会儿，时间悄然过去，心又散开，再去Word文档书写，面对空空如也的屏幕，一个字也不想敲进去。

所以，网络写作一定要自律，严格控制自己的眼球。李韵经常这样告诫自己。

这天上午，待在自己的住处，在水城网的平台上，她编好了一段软文：

社会以飞的速度发展，怎么给你一提营销、一提机会、一提改变，很多人就说我不会做？其实这个世界根本不存在不会做这回事，当你失去所有依靠的时候，你自然就什么都会！

中华儿女千千万，张三不干李四干。干的干，看的看，干的赚了几百万，看的还是穷光蛋。

你把握了几次财富浪潮？

30年前我们炒股，傻子都赚钱，因为我们炒的不是股票，而是改革的宏图，所以你随便买哪只股票都赚钱。

20年前我们买房，而我们都住单位分房，觉得买房不划算，可现在看那时候买的房子任何地段的都赚了几倍，因为我们买的不是房子，买的是改革的决心。

2015年买股权，你买的不是股权，买的是党和国家全面建设社会主义小康社会的美景……

写得真好，自己只是稍微加工一下，不知原创作者是谁。不好意思。但好像也没有版权的限制。信息时代的无名英雄。如同诗经里的作者。那部经典，出名的孔夫子只是一个编辑，二手编辑。

这样的事情几千年前已经存在，耐人寻味。

李韵每天在网上搜索商业软文，不仅文字，还有图片、动漫，都会有这样的感慨。虽然工作不需要她做这个，但是兴趣和对于网络文化价值的认同，无法放弃这样的爱好。

她熟悉这个空间。那些趴在电脑荧屏前的夜猫子，普遍年纪都很小。思维活跃，精力旺盛，创意无限。网络上的信息、智慧、创意，真的离不开他们。

她记得，纸媒原来是正宗的官方媒体，但这些年也要完成经济任务。媒体太多，尤其是新媒体的出现，报纸的发行量大幅度下降。曾经，纸媒到党政部门去告水城网，说他们不具备做新闻媒体的资格，其实意思就是，多一家媒体，就多一个划分广告蛋糕的竞争对手。但官方并没有采纳纸媒的意见。另外，纸媒也很快清晰地看到，竞争是在开放的状态下进行，没有水城网，也会有别的媒体过来竞争。不如提升自己的竞争力，那样才会保证自己的蛋糕份额。于是纸媒调整思路，搞起融媒。不仅有网站，还大力进军手机网络平台，他们的微信公共平台与交警合作，直播路上查处酒驾的事情。不到一天时间，数十万粉丝围观。

竞争对手的成功，形成直接的压力。吴有为又来督阵，又来施加压力。

2

似乎脚踩在云里雾里，问题说来就来。事故是偶然的，却是具有决定力的。这就是网络媒体。过去的事情对此做了证明，如今的经历还将会继续证明。

回想起来，依然不由自主地不停摇头。记忆犹新，那一段搁在心里头。

那天深夜，离开电脑，躺在床上，一天的疲倦使她很快模糊，正要舒服地进入睡眠状态。

嘀嘀嘀，手机铃声让她感到从未有过地厌烦。

但还是要接听。媒体人的手机需要一天24小时待机。

是艾洋，她的口气与平时不一样，特别陌生。

“你摊上事了，不小的事情。”艾洋说。

“你不是开玩笑吧，这么晚了。”李韵说。开始，她还保持冷静。

“什么玩笑，你以为我是引用春晚小品的段子吗？”艾洋说。她那里一点儿笑容都没有，听得出来。

“那究竟什么事情？”李韵从被窝里坐了起来。

艾洋简要地把问题说了：那个寻找男朋友的微信引发舆论热议，结果就受到上级的问责，领导很生气。当地宣传主管部门要来调查和处理整治。

艾洋说：“我们有一个为政府部门做宣传服务的合同取消了，损失几十万。你要负责任，受处分，罚款。”

李韵说：“有这么严重呀？没想到我这么重要。”

艾洋说：“你还是没有认识到位，这本身就可以说明问题。我们这一行，马虎不得，经常是走钢丝绳，一不留神就出事。我以前就对你说过的了，写作是码字，造句子，显摆语言。在这个信息爆炸、语言泛滥的网络时代，语言的分量，说轻也行，说重也行，无法确定，但不可马虎。”

李韵说：“我记得的。道理是这样，我们不可以否认。但实际情况总是具有偶然因素。当时，接到那个女子的信息稿子，我也迟疑了一下，觉得似乎有些什么不妥。但那天也太忙，这样的警惕在脑子里一溜走过。”

艾洋说：“我们有哪一天不忙？”

“可是，那个事情有点特别。”李韵说。

这话不假，哪会忘记呢。

是在过了下班时候，李韵还在网络上浏览。不知不觉，发现窗户灰暗一片，走到窗前，看到外面已是灯火盏盏。感到肚子有点饿，赶紧收拾桌面，然后走人。

这时候，那个惹出问题的女子走来。

她是张红梅。当然，开始的时候，李韵不知道。

“你是微姐吗？”她看着李韵。

这样的招呼直截了当，也恰当准确。

李韵说：“是的。”

“你发的微信我几乎都看过。”张红梅说，“你看，我还收着一条。”

说着，她把手机打开给李韵看。

那是李韵这个项目的一个宣传：

微姐这里不是中介，只是一个帮助大家的便民转发平台，如果你想找工作，求租房，你可以直接点击微姐的头像，进入个人相册翻阅微姐之前的朋友圈，也可以编辑完整的求职、租房、找车等信息给我，微姐帮你发布。本平台信息，微姐不能一一核实，请家人自己辨别真伪！家人们晚安，微姐爱你！

于是，李韵就产生了好感。

当然，眼前的张红梅也是一个姿色不弱的女子。

“那你有什么事情？”李韵问。

“我也想在微姐这里发布一条信息。”张红梅说。

“那你提供一些信息吧。”李韵说。

不到10分钟，稿子出来：

征婚49号。

本人女，21岁，带着不到三个月身孕，找一个有事业心、有创业爱心人，年龄30～40岁，能接受我和肚子里宝宝的，有意者请联系微姐。

李韵再次审读一遍这段文字，就在键盘上发出指令。于是，水城网的微信公众号，将这条信息即时发到了数十万个粉丝的手机上。

于是，那个肚子里怀着孩子的女子寻找婚姻的信息便在水城网的这个全城闻名的微信服务平台上发布出来。

信息在无边无际的信息空间，自由地以电和光的速度飞翔，复制，扩散……

发布不到3分钟。

微信激起非常大的反响。

转发、评议的数量不是一般多。

她是谁？怀上谁人的孩子？为什么会这样？议论纷纷。

事情发酵。艾洋按照吴有为的意见，要求李韵进行了解，报告真实情况。

结果水城网遇到麻烦，政府有关部门发出警告。事情的由来是微信公众号。责任当然也就在李韵那里。

本地的舆情监控机构把这作为一个典型，进行了报告。管理部门的意见是严厉的，说这是低俗，也认为水城网这个信息平台的发布存在失控的问题。以往也有一些例子，打了擦边球，当时不好说什么，如今，要一起处理。

处理虽然有点过，但也在情理之中。

这样，李韵改换了岗位，只负责每天的气象报道。

3

编发天气预报，毕竟是简单的，空间很有限。干着干着，觉得乏味。这状态不适合自己。

一想，递交了辞职书。她拿着那张打印的A4纸，直接交给吴有为。吴有为接过来，浏览一下，又交还给她，说："你先给艾洋吧。"

李韵说："她知道了，也同意。"

吴有为说："手续上我们还是规范为好。也是对艾洋的尊重嘛，她毕竟是你的上线领导。"

李韵说："是的。我又大意了，总是出这样的问题。"

吴有为说："你要走我也不强留。说实在的，我知道你的实力和潜力，你还有更好的发展机会和空间。这里不是铁饭碗，也不是一个很大的平台，待遇不理想，人员的来来往往是一个常态。我们会记住你在这里的好。你也不要忘记我们，以后还会打交道的。另外，还是那句以前给大家都说过的话，再回来，水城网也会欢迎。"

李韵说："谢谢吴总。你知道我的。我也认同这里的文化。我们兼容性的文化就是，来来往往都是正常的，也是最自由、最方便、最快捷的，因而是成本最低的。个人的成本，公司的成本，都在这样的自由流动中获得最大的效益。"

吴有为说："我也是在逐步认识和接受你们这一代。你知道，我女儿和你年纪差不多，所以许多特点是一样的。"

李韵说："我见过，印象很好。"

吴有为说："费尽心思呀，为人父母，实在不易。"

李韵说："我父母有时也会发出这样的叹息。"

吴有为说："这两年，母亲在我这里治病，花费不少。老妈说，就别在我身上浪费了，没有用处，只有她心痛。前些日子她就回乡下去了。我点数了一下，家里还有80多万的存留钱，便问，这钱是用来给女儿出国留学还是买房。女儿一听，立刻说，用来出国留学。老婆不同意，说留学和买房都重要，但房价涨得快，买房更为迫切。所以，留学的计划不能放弃，但买房要抓紧动手。家里意见不统一，我征求过朋友的意见，也不统一，年轻者建议出国，年纪大些的认为要买房。后来，只好找银行贷款，女儿出国和买房都要进行。母亲那里也不敢马虎，一定需要仔细跟进，于是负债生存了。"

李韵说："那你可千万不要叹息。这债得负，值得。负债生活，你不仅孝顺，也有觉悟了，进步了。该这样。"

吴有为嘿嘿一笑，说："对我来说，是一个大的调整，调整了世界观、人生观、价值观。一点儿不夸张。我是农村出来的，大学毕业后，还清了学费。本来是无债一身轻。如今，还得掉回头。当然，那是一个本心，也是一次积极的消费，一次生活的新长征。”

在这之前，微信服务项目小组专门召开了一个批评会，艾洋也参加了。几个年轻的采编，80后、90后，严肃认真地对李韵进行批评。那种坦率与诚恳，使李韵忽然感到，创业中的年轻人，其精神状态竟然可以超越历史隔膜，很奇怪地具有惊人的共同点。

可能，这意味着希望。

但李韵觉得自己像被淘汰出局，这里的节奏很快。

开始，李韵心里很不服气，哼了一声，想说：我熬夜写作你们看到了吗？我厚着脸皮拉广告你们知道吗？我处理了多少会影响水城网的麻烦事你们了解吗？我拒绝了多少比这里优厚得多的机会你们听说了吗？我费脑子谋划媒体的前途你们清楚吗？

但是，话到了嘴边，又咽回到肚子里去。

她看看这些同事，都是85后、90后的，而且是90后居多。差不多都是独生子女，大学毕业后跑到水城网来做采编，没有所谓的编制，媒体给一点儿底薪，然后是写稿打分，拉广告提成。政府里的领导活动、会议、社会工作，还有成就、创新、亮点、落实上级意图的态度、区域的形象、竞争力、今后趋势，等等，一有需要，一个电话过来，立刻飞奔过去，毫无保留地服从，按照要求采写，第一时间发布在网络上。都不容易，这几年，他们说自己是新闻民工，那是由衷的感慨。

在这次会议之前，举行过一次报道策划会。那时，吴有为也来参加，说着说着就辩论开来，声音越来越大；说着说着就到了下班时间，窗外的天色就变暗变黑。

于是，会场里就有点烦躁不安。有一个胖子男生，闭着眼睛，半晌无语，接着竟然打起呼噜。

这时，吴有为抓起一个棉布软质的玩具，狠狠地扔了过去。但也奇怪，那男生居然可以预先判断危机的到来，说时迟，那时快，他脑袋一闪，躲过去，坐在后面的女生尖叫一声，差点儿被击中。

吴有为还在生气，大声说：“你躲什么躲！正是要你醒醒。你那供楼，想要断供是不是？”

“哪敢呀！”胖子男生说。

“不敢吗？我看你不是不敢，而是很敢，要不怎么大白天也坦然入睡？”吴有为说。

“我昨晚走路到12点钟，没睡够。”胖子男生说。

“为什么要三更半夜走路？神经有问题吗？”吴有为说。

“不是神经有问题，而是体重有问题。”胖子说。

“哼，你竟这样减肥！”吴有为说，“是工作重要还是减肥重要？上次公司的账上差点儿清空，我召集大家开会讨论，讲清楚了我们的形势和挑战。我们要生存，要发展，要活下去，这是基本问题，也是我们每个人共同的问题，不应对好，我们无法适应当今的生活压力。你们比我更加年轻，更有梦想。如果我们不能前进，你们将面对失败，希望就会付诸东流。我是无所谓的，我自己一个人离开这个团队，其实是一个解脱。有个房地产公司开价几十万年薪等我去，随时都可以过去。走那条道路，对于我而言，不更轻松潇洒吗？这话过去说过，今天不由自主地又说了出来。不是别的什么意思，是希望各位理解我的心情。难道我就不需要养家糊口吗？我的老母亲还在治病，女儿还在待业。说实在的，我是看到你们在供楼，买车，准备结婚，成家立业，在用青春和热情做这份媒体报道，内心有所触动，不忍心只顾自己。好了，这些道理，心里话。大家都懂的。”

吴有为说罢，咕噜咕噜喝一大口面前的茶水，然后起身走人。

研究会依然进行中。

胖子男生站起来，表情认真严肃，毫不客气地进行了自我批评。他说自己要求不够严格，缺乏危机意识，奋斗精神不足，得过且过，不求上进。表示肥是需要继续减下去的，但减肥是个人问题，工作是公司事情、团队事情，自己没有把握好根本的东西。对不起努力拼搏的同事，尤其对不起日夜操劳的吴总。

当听到这些话，李韵差点儿没笑起来。这个胖子男生要道歉的吴有为老总，早已离开了现场，说了也白说。

而这，也正是胖子男生，还有其他同事的悲哀所在。

于是，那一点点笑意，立刻被打压下去，涌上心头的，是另一种滋味。

4

下班后，在自己的卡座上收拾东西，完后都装进自己背袋里，离开水城网。只要内心不纠结，其实也很简单。

还有一杯咖啡，慢慢喝着。

静静的环境，忽然李韵只想坐下，什么也不干，呆呆地，思考一会儿。

上夜班的同事都在旁边的房间吃饭，外面隐隐传来汽车行驶的声音。

这地方，说来就来，说走就走。仿佛一眨眼工夫。又想到了自己这一段职场经历的起点。

那个晚上，和父亲金钢城散步。

在河边公园，林间小道，安静优雅，凉风习习，气候宜人。那是在家乡古城，故土的温馨让人感到了一种细微而独到的魅力。

忙碌的白天都是绕着工作的轴心打转。在夜里，安静支配的夜里，仿佛才看清了自己的模样，感受到真实存在。

李韵要出门远行，到外地工作。父母原来并不大同意。她是独生女，况且家里的条件也很不错。父亲在当地的市里当官，给自己那名牌大学毕业、才貌俱佳的女儿安排一份工作，并不是什么困难的事情。母亲对李韵说："哪里也别去，和父母在一个地方。干什么由你自己选择，以后成家，生儿育女。你不是想看看外面精彩的世界吗？那有什么难的？有空，我们出去旅游。国内的著名景点随便去，出国也不是什么难办的事情。"

李韵说："我都是'海龟'了，旅游对于我哪是什么陌生事情？这些我都明白，但不觉得有什么吸引力。"

无法谈拢，也无须谈拢，好在出国这样的大事情都经历过了，回来之后的就业选择反倒可以更加轻松接受。况且，按照他们家庭的经济条件，李韵的工作收入几乎可以忽略不计的。

临走前，李韵忽然想和父亲说说话。趁着妈妈陪同外公外婆参加一个亲戚家的婚礼，李韵把父亲叫了出来。

李韵说："今晚真好。"

金钢城说："我很高兴，你也能够静下来，陪陪我。"

李韵说："是您能够安静下来，你什么时候不是忙这忙那的。"

金钢城说："我的女儿长大了，突然让我感到欣慰。忙忙碌碌，都没把自己家里的事儿放在心上。其实是不对的。人生的内涵至少是丰富的，除了我们所说的事业，还有自己的生活，自己的家庭。其实，都是不可以互相取代的。"

李韵扑哧一笑，说："爸爸，你不是在说梦话吧？"

金钢城也淡然笑笑，说："差不多是了。但梦话都是发自内心，也许迷迷糊糊，逻辑混乱，语焉不详。"

路旁的树木静静矗立，微微送来清风，淡淡的花香带着自然的魅力，沁人心扉。附近是公园的草地，偶尔听到蛙鸣虫语。

触景生情呀。金钢城说："如此幽静的地方，亭亭玉立的女儿陪伴在身边，回想往事，情深意长，不禁感慨系之。"

“那就说吧，充分地说罢，我的老爸，我今晚的时间交给你了。”李韵说。

“你知道你不随父姓，跟妈妈姓，是我的主意，是为了安慰你外公外婆的一个心愿，纪念他们唯一的儿子，你没见过的在1979年对越自卫反击战牺牲的你舅舅。”金钢城说。

李韵说：“舅舅是你中学同学，当知青一起在深山里的林场，后来你考上大学，他入伍当兵，去了广西中越边境。外公外婆在工厂，是普通的工人，爷爷奶奶是县城第一中学教师。舅舅牺牲了，他家的孩子只有妈妈了，妈妈也还在念中学。生活困难，心受创伤。你每逢寒暑假，必定到外公外婆家里，看望老人，帮助做繁重的家务。后来，是你主动接近妈妈。辅导妈妈考上大学。那时候，你大学毕业，本来可以留在省城，却主动要求回到外公外婆家附近的一座矿山。你有了工资，每次都拿出一大部分，资助妈妈念大学。妈妈大学毕业，找工作的时候，是你出面找到矿山在城市的办事处。后来，妈妈爱上你，你们恋爱了，结婚后，你不让妈妈到矿山去，待在条件好的城市里，并存下钱，在城里买了住房，把外公外婆也安置到那儿去住。你一有空总会跑到城里看望他们。”

“呵呵，我们家的故事，你倒背如流。”金钢城说。

“这是我们家的传家宝。外公外婆说的。”李韵说。

“故事是这样的故事。但经历和体会是不一样的。当然我也不会要求你去体会每一个细节。只有亲历者才有那样的感情。”金钢城说。

“是吗？我很好奇呀。今晚这样难得的美景良辰，你就讲出来让我分享一下吧。”李韵说。

金钢城看看远处，若有所思，轻轻叹口气，慢慢说了起来：

“比如你舅舅，我的中学同学，他确实是一个聪明伶俐、讨人喜欢的小伙子，爱好音乐，学习拉小提琴。那时候，中学一个英语老师，是大学教授的女儿，因为家庭出身属于资产阶级一类，从城里下放到我们山区里的县城。这老师自幼受过良好的教育，气质高雅，风姿绰约。不仅英语特棒，音乐也才艺出众。你舅舅特崇拜她。老师不喜欢上街市购买东西，你舅舅就把老师日常生活的小事都包下来。老师也欣赏他，热心教他学小提琴。你舅舅对这非常痴迷。那时候，几十元一把的简易小提琴，也都是属于昂贵的东西，你外公外婆家哪里有这样的钱。每天下午放学后，你舅舅在校园内的英语老师家里，帮她干一会儿家务，之后，拿起老师的提琴，在老师家门外的柚子树下，拉上一段练习曲。那个时代优美音乐的印象，很多就是他给留下的。《白毛女》的'北风那个吹，雪花那个飘'，《红色娘子军》的快乐的女战士，还有一首《毛主席的光辉把炉台照亮》，用小提琴演奏出来的，是非常抒情的乐曲，直指人心、勾魂摄魄。我不懂乐器，也不识谱，但对于音乐的感受和记忆倒是可以说有点特别之处，你舅舅的乐曲很多都刻在我的脑海里，一不留意，就会溜出来，让我一次又一次地品味感悟。他就是因为爱好音乐，迷上拉小提琴，耽误了功课，没有考上大学，落榜没多久，遇到了征兵，他报名参军走上了军旅道路。后来他在战场上牺牲，生命结束在青春岁月途中。入伍前，他对我说过，他有文艺专长，到部队去也有非常大的发展机会。他其实也没有说错，但军队首先是要打仗，这是每一个士兵无法拒绝的。命运与他的理想不耦合，没有办法，无力回天。我的一个好同学，付出了如此的牺牲，我还有什么可以计较的呢？"

听父亲说的时候，李韵不由想到了外公外婆，想到从小到大的家庭生活。

父亲上有姐姐下有妹妹，是家里唯一的男丁，爷爷奶奶是在乡下，李韵很少和他们在一起。和他们在一起居住在城里的一直都是外公外婆。前几年过年，少有的一次回到爷爷奶奶家去，年三十上午贴春联，爷爷年纪大了，腰腿不方便，不敢站立在木条板凳上张贴。那时候，爸爸还在外地赶回来的途中，李韵说：“那由我来贴吧。”但爷爷挡住她了，说：“这样的活儿只有男的才可以做。”李韵不高兴，说：“把我当成男的来使用呗。”爷爷说：“傻孩子，这不是干活儿，这是老祖宗留下的规矩，多少年了，从未改变过，不能让别人看笑话呀。”李韵听了，气呼呼地丢下一句话，说：“以后我爸爸也老了，就是回来了，也是像您一样，也贴不了春联吗？”这么一说，把爷爷呛住，他长长地叹口气，半晌不说话。

有时候，也听亲悄悄说起，说自己是单传，但到了这一辈子，算是断代失传了。虽然不大受乡下传统观念的约束，但夜深人静的时候，想到这样的事情，总是心里不好受。

况且，只有一个女孩，也不是跟随自己的姓氏。

当然，父亲的这个心事，李韵也是在长大成人之后，才慢慢发现的。

平时，父亲并没有流露出什么痕迹。一年到头，他都很忙。应对工作，协调事情，难得有自己的时间。

只是，李韵注意到了这个问题，心里就一直无法将其抹去。

又想想，但也没有什么办法，也就想想而已，连说话的机会都没有，这样的事情，找谁说呢。

不知不觉，自己就长大了，父母也都老了，外公外婆、爷爷奶奶就更加衰老。

这个夜晚，本来是最有机会与父亲谈谈的，可是怎么也开不了口。其实，就是有勇气说，但是，要说的内容又是什么呢？自己也似懂非懂。

想来想去，嘴巴里说出来的是这样的东西：

“爸爸，我都这么大了，要出去闯世界，不去，以后也就没有机会，或者机会越来越少。”

金钢城说：“这些话你都说过不知道多少次，坚定不移的了。”

李韵说：“我们家就我一个女孩。”

金钢城说：“是的，我们家就你一个女孩。”

李韵说：“同样的起点，得出的结论却是对立的。”

金钢城说：“也是一个有趣的问题。有点哲学上的味道。这样吧，你外出还是不外出，我都不觉得是什么大事，但是，一个刚性的要求是，一定要注意安全。你妈妈和我，还有爷爷奶奶、外公外婆都是这样的牵挂。别的，就无所谓啦。什么成功，什么创业，对于社会而言是需要提倡的，但在我们家里，落到你的身上，我们就是另一种心理了。”

“我明白。”李韵点点头，说，“但我有感觉到，好像我的价值就是存在，就是活着。而事业这样的作为一个人安身立命的基本要素，对于家里，真的就没有什么意义。这是不是一个悲剧？”

金钢城说：“这样理解其实也没有什么不对。有时候，一个人的存在的价值，就是他的周围环境、他的所有关系等，对他的需要。跟一部机器一样的道理，一个零部件，就只能在一个固定位置发挥一定的功能，才可以适应一部机器的系统性安排需求。”

这样，李韵就到了珠三角，先是深圳，后来是水城网，当了一个新闻民工。

如今，又这样告一段落。

并没有什么，只是一个过程，一次经历。

还没有进入这个团队的时候，李韵就不希望在此待太久。如今，虽然时间短了点，但该经历的也都多多少少知道了。结局的原因也出乎意料，但，人生未来可以预料的也不多。况且，也都不是什么大事情。

心里坦然，把卡座桌面收拾干净，关好灯，掩上门，静静地走开。

5

“你们这儿是不是有一个叫艾洋的头儿？”那天，那个惹事的主儿，张红梅突然打来电话。她不是来解释她那事儿，更不是来道歉，好像不知道她自己所带来的麻烦。

李韵也不在乎，辞职已经决定。某种意义上来说，她还有点感谢张红梅，是她的促使，自己毅然走出这一步，面向一个未知的更刺激、更有希望的下一步。

于是，李韵平静地问：“你怎么认识她？”

“见过她本人，后来又在她的微博上看过。”张红梅说。

“那是。外面水城网的记者、编辑在自己的网站上链接了微博，认识他们是很容易的事情。”李韵说，看看张红梅有什么事情。

“她在恋爱中，是吗？”张红梅说。

“你挺八卦的，关心得很细。不过大家都是年轻人，也说不上奇怪。”李韵说。

张红梅冷笑一下，说：“主要不是因为我八卦，也不是因为艾洋本人，而是她的那个男友。”

李韵说：“你怎么就说起人家这个事情？”

张红梅说：“她都在微博上发布了男朋友的照片，还有在男朋友家门口散步的照片。我都看了。就想问问。”

李韵皱皱眉头，说：“这还是奇怪。你怎么知道那个男的？为什么对他这么感兴趣？或者，你和他有什么关系？”

“关系嘛，你说得对，不是没有关系，而是很有关系。”张红梅说。

“那样，我就不得不问下去了，是否可以细说，说个明白？”

“这个……”

“你说，不急。慢慢说。我耐心听。我对听这事有兴趣，有的是时间。”李韵说，她把手机握得更紧。

但张红梅沉默。

“说呀。”李韵催了她。

但，挂线了。张红梅不接受。

李韵回拨了她的手机，也没回应。

是否需要把这事情告诉艾洋呢?

李韵低头，也沉默起来。

6

微信服务平台的事情还在推进中，一边培训一边运作，忽然又摊上电影制作的事情。

这阵，似乎拍电影成了淘金一样的机会。

艾洋向吴有为说过。吴有为倒没有太大兴趣，说：“你看着办吧。我们没有钱，但也不拒绝这样的机会。现在可以做的事情就是，提供平台服务和媒体报道。”

艾洋说：“那我也就边走边看，边看边学了。”

众筹拍电影。

水城网的报道引起热议。推出一个企业家典型，他没有像别人那样苦苦经营原有的制造业，也没去炒股，而是通过众筹，参加一个电影制作的投资。结果影片大受欢迎，票房收入非常理想。这个投资者也就获得了丰厚回报。其利润是如今做制造业不可同日而语的。

文化也是产业，电影也可以投资。这个机会风口，是制造业转型升级的一个选择。水城网的评论强化了这几个观点。

不久，又有一个项目过来做路演，募集资金。那个文化公司说，作品以本地传统的南派咏春拳为题材，有精彩的武打设计，正义复仇的主线情节，爱情故事配合，粤曲、粤剧、粤菜、龙舟为佐料，广府水乡为背景。导演来自香港，是香港著名影星作品的导演班子的一个高手。男女主角也约定了，是时下走红的明星。

那些人从深圳过来，和艾洋谈过，又在饭店请吃饭。交谈中，还把照片拿出来看，说明以前拍过电影的事迹是真的，现在联系了的明星也是可信的。其实，这几个都是年轻的孩子，80后、90后，可是都非常自信。

又是一番热闹，跃跃欲试的人还真不少。

于是，艾洋认识了那个叫文之丁的人。

这天，他打来电话，说了自己的情况，邀请见面，说是吃个饭，好好聊聊。

艾洋说："好的，我叫上几个朋友，看看他们是否也有兴趣。"

他说："那太好了。"又问："你们喜欢吃什么口味？"

艾洋说："不必多费心思。简单就行，主要是想交流一下。"

"可否请上桂老师呀？我很佩服他，以前也找过他。他很热情，是个好官，好人。"文之丁说。

"没问题，我可以请。如果他有空的话，是会去的。"艾洋说。

"太好了。"文之丁很高兴。

艾洋就联系了桂。桂一听就说认识文之丁，说："他是找过我的，我记得。那事情我还真的帮他想了，提过意见。"

桂就说起来文之丁那时是制作了一个歌颂本地的MV作品，作词、作曲、演唱都是他本人。找到桂，一番自我推介后，打开笔记本电脑，就现场播放一遍。

看完后，桂说不错，当时就问花费了多少钱。

"10万。"文说。

桂又问："那你为什么做这个事情？"

文回答："感恩，我爱这个地方。"

桂再问："你在这里一年的生意额度是多少？"

文回答："真的是小生意，不值一提。"

桂笑起来："那么，不需要你用这样的方式来感恩这个地方。这样的报答，首先要由那些比你挣得多的老板来承担。"

文之丁着急了，说："我真的是感恩。"

桂说："我也是说真的。如果你说是为了出名，为了挣钱，我还会认真帮你推进。"

文之丁说："我不骗人。名与利也要。"

桂说："我介绍本地媒体报道，做点宣传，说是一个企业家具有这样美好的情怀，自己创作、自己拍摄了一个MV，作品也确实不错，可以接受，有感染力。这没问题，但需要提醒的是，政府给你的经济支持是不会多的。"

文说："没问题。有一点儿是一点儿，只要有希望，我就努力。MV只是小试牛刀，接下来，我的目的是拍电影。剧本我是利用国庆节日那几天假期写了初稿，正在组织班子，很快开拍。"

桂说："拍电影那是更大的工程。"

文之丁说："那当然。"

桂说："费用哪儿来？你不是一个简单的消费，而是一个产业的投入，投入资金如何安排，回报资金如何落实，这些你考虑过没有？"

文之丁说："我都不知想了多少年啦，结果还是，上马。只有自己动手干，否则，想法永远停留在脑子里无法落地，而时间是一天天过去，梦想就会落空。"

桂笑了，说："梦想是非常美丽的。但是，现实的脚步是沉重的。"

文之丁说："不管如何，电影这事儿我是耗上去了。"

桂说："找到你的底线。如果可以承受，你就去做吧。其实，也无所谓的。"

听了桂的这些介绍，艾洋呵呵笑了，说："那我们看看这个电影发烧友如何往下走。”

桂说：“把李韵也叫上吧。她现在比我们更有空。”

艾洋说：“是的。我差点儿忘记了。反正也都会继续搞文化。在什么位置不重要。”

李韵接到电话，也很乐意，说：“也去散散心吧。”

几个人一起，来到文之丁这里。

在十里长的家具城见了面。网络信息中联系多时的他，艾洋见后才知道是怎么个形象：个子不高的一个安徽男人，三四十岁的样子。做洁具生意，主要出口销售。

“我是一边做洁具生意，一边拍电影。无论怎样，都会坚定不移地推进。”文之丁说。

“我不提太多意见，也不做什么预言。就是提醒你把握住底线，自己可以承受经济上的压力。”桂说。

艾洋说：“其实或许这也是一种生活方式。只要你喜欢就行。”

文之丁说：“你们说的都对。我觉得自己似乎有一点儿感觉了，进入了一个境界，找到了心灵的寄托。”

说着，就到了吃饭时间。

在大排档那里，文请。文说自己是东道主，必须安排吃饭，但他不搞排场，吃饱，有点味道就可以。那一顿的特色是清蒸水库大鱼，香甜可口分量足。大排档的价格便宜。

一边吃，一边讲自己一直做着文艺梦的故事。

文说，他对于文学艺术创作是非常痴迷的。

以前，把作品带上，请教当地一个作家，那人还是文联副主席。文对他非常崇拜，能请他看看自己的幼稚习作，感到高兴又紧张。

作家提了意见，文感到和书上看的差不多。但其中一句文记在心里：人也好，搞文学写作也好，首先要吃饭。

想当体制内的所谓专业作家，机会极少。而且，那个作家还告诉他，凤毛麟角的几个专业作家，也经常叫苦，因为写作福利待遇不够好，跟不上物价上涨，生活压力大，原来名分上的光环早就已经消失。

他指给文之丁的路子是，结合谋生，业余写作，如果有所成就，再把时间多花在写作上。

文之丁不傻，具有这样的领悟能力，也有这方面的社会体验。再加上，他的学历只是职业技术专科，本来就不是中文系等专门学文的，并没有依赖文学专长享受清闲的资本。务实的他和父亲一个世交合作，做生意。

于是就到了珠三角。老婆孩子都在安徽乡下老家。一个人待在这里，精神上的需求更加旺盛。在工作那方面只耗费三分之一时间，其余大部分精力用于文艺。写作了一批歌曲，几个电影剧本。

那个歌颂本地的MV。制作出来后，把几箱光盘运回来，又一沓一沓带出去，一个一个派送。

这次，文也没说什么，就是一个见面。大家互相认识。看来，这之后，他是要继续推进的。

文拍电影，遇到的现实问题就是资金短缺。自己那些积蓄放在电影的制作上，一会儿就使用完毕。

影片是拍摄了出来。导演、演员、摄影、音乐、录音、灯光、美工等，各个环节的人员，领取了费用，就走了。花费600多万元，这是最基本的。但这个电影作品还需要进行修整、包装，然后，到院线上发行放映，所需要的费用，还要按照1：1以上的安排。

钱用完了，影片还没有最后完成。而拿出来与观众见面，又要一笔费用。但即便公演了，也不一定就有票房，更不一定可以将成本收回。

资金的压力，成为结果。

艾洋在文之丁的电话中听了情况，想了一会，说："那还是请上桂老师，出来商量。"

桂依然是出来见了面，但说："我就没有办法帮助你了。"

文之丁显然是焦虑的，直接地说："是否可以得到政府的支持？毕竟是宣传本地的东西。"

桂说："内容是这么回事。但是，政府支持又是另一回事。那方面有一定的程序，况且，政府支持只是鼓励性、象征性的，电影也好，其他文艺形式也好，主要需要依靠接受方，也就是市场来支撑。你的著作有销量，你的电影有票房，才可以。"

文之丁听了，还是心有不甘，说："到底有没有什么办法呀？我不会忘记你的。"

桂说："实在是没有的。别说我这么一个无职无权的基层公务员，其实，你找到更大的官，也差不多。有可以利用的公款，早就有人瞄准了，已经准备了各种方式手段和渠道去争取。"

文之丁说："我不怕麻烦，也去争取。"

桂说："但人家都是具有一定基础一定实力的，你还是一个业余的爱好者，目前还真的不具备这样的条件。"

文之丁说："我们且行且争取吧。"

桂说："那倒是一个必要心理准备。"

文之丁说："没问题。我可以接受这样的挑战。对于这样的结果，早就有所准备的。电影是我的梦想，我会不顾一切坚持下去。"

桂说："你心理没有崩溃就好。"

文之丁说："放心。"

桂说："这个项目有价值，咱们的努力也发挥到了极致，现在，进展可以说不错，有了一些眉目。但是，问题出现了，就是资金快要短缺。电影它是个产业，方方面面，各个环节，动不动就是钱。电影摄制需要烧钱，没钱拍不成电影。"

文之丁说："关键是我们如何解决费用问题。"

李韵说："找银行贷款，人家肯借吗？再说，如何还贷？电影也不一定都是可以赚钱的。"

文之丁说："找到名家大师、大腕，就可以赚钱。张、冯、范，还有葛爷，他们会亏吗？他们能不赚吗？"

李韵说："他们遇到一个非常好的时代，一个非常好的国家。中国人口多，电影市场世界最大。经济发展到一定程度，文化消费的需求就爆发出来了。"

文之丁说："就是。为什么我们就不可以分享这个蛋糕呢？或者说，我们如何创造条件去分享？"

李韵说："思路非常正确。找桂聊聊。"

到了桂那里。桂说："政府部门的资助是没有，但我们这里最近出台了扶持电影产业的政策，可以研究，挂靠一下。"

文之丁眼睛一亮，说："如何说？"

桂说："我们这里的宣传文化部门前些时候找到央视，按照那个在全国热播的讲述地方美食的纪录片风格模式，把这里的广府特色的美食推介出去，反响非常好。既满足观众口味，又将本地人文内涵和地方形象进行了富有魅力的包装和推广。一些介入的企业，也因为这个纪录片的播出发行，顺带做了广告。而制作方则是狠狠地赚了一把。于是，引起了一个投资效应。企业对影视制作有了兴趣。不久前，电视台推出一个拍摄电影的项目，以众筹方式进行投资和合作，在本地又是掀起一股热浪。"

文之丁说："那事我知道。我当时也想将自己这个作品拿出来众筹，吸引资金。但是电视台一直没有答复。"

艾洋说："你去找文化部门了吗？"

文之丁说："都去过。接待是热情的，道理也讲了不少，但是，结果就是空手而归。无法解决具体问题。"

艾洋说："他们只有政策，不可能提供资金。资金归根结底需要在市场解决。"

桂说："是这么回事的。但那个利好的政策背景，还是值得现在搞文化产业的把握好。不仅是拍电影，搞演出，就是已经做开的网络传媒等，也需要研究，从中寻找支持自己的资源。一个趋势是，不搞文化产业无法应付了，文化也要贡献GDP，这叫产业升级。以前的文化就是花政府的钱，做好公共文化，来些文艺创作，就基本上可以了。但是，如今制造业、实体经济，都遇到挑战，用工成本、土地成本、资源成本上升，环境保护越来越严格，以文化创意来提升价值，开拓空间是一个必要选择。最近，我参加一个活动，市长带着市文化局长等官员，专门过来调研，参观了龙舟运动培训基地、广绣生产企业、香云纱工艺厂，最后就在考察地点创意产业园区，召开座谈会，提出要求，要大力发展文化产业。"

文之丁说："官场也在为电影焦虑。"

艾洋说："连这个你都不懂或者不重视，那你就别搞电影了。电影是一个工程，也是一个事业，立体的，全面的。"

文之丁不服，说："我哪是不懂呀？只是不知如何对接，如何找到和官场交集的结合点。"

桂说："此言不错。那就需要知道官方的立场与动态。我接着说，领导走后，我们这里的局长犯愁，对我说，如何实现转型，完成这个任务，确实不易。之前的文化产业统计数字，很大一部分是传统产业的内涵，比如那个香云纱服装项目的数字，就是从深圳过来的投资商，在本地购买一块土地，建设一座香云纱文化博物馆，馆内展出的内容还不完善，基本上没有收入。投资商的所得就是以文化开发的名义，在土地的使用上得到相关政策扶持的好处。"

文之丁说："那就支持我们这个项目，拍电影，赚票房收入的钱。那个局长我也见过，也对他说了这个意思，但就是没有行动。"

桂说：“政府部门也有他们的难处。一般来说，并没有投资电影制作的财政预算。所能够给予的，就是政策扶持，最多也是奖励性的资金。那些钱，对于电影制作所需要的费用，其实是杯水车薪。”

文之丁说：“就没有办法了吗？”

艾洋说：“你又在为自己的投入忧心。”

文之丁说：“其实，事情到了这一步，我倒没有什么想法了，继续努力，将自己的资源尽可能投入，把这作为自己生命的一部分，也就不那么在乎得失。”

桂说：“不放弃，那是对的。这也是一个没有办法的办法了。但退一步天高地阔。”

文之丁说：“做生意也是这样，看准一个目标，想尽千方百计，总会有所收获。”

大家点头，艾洋说：“人不垮就有希望。”

说着说着，桂一拍脑袋，说：“点子是逼出来的。我有想法了。”

于是就提出一个思路，说：“本地那个最大的企业，发展态势非常好，三四十年时间，由一个几千元起步的乡镇企业，专注家电制造业，发展成为中国一流、国际著名的现代企业集团，这些年大力搞科技创新、转型升级，展现崭新面貌，最近在欧洲收购了国际领袖级水平的智能企业，引起巨大反响。”

艾洋说：“我知道，这个案例，新闻界关注，舆论界关注，政府也把其作为一个体现新思路的典范。这几年，官员特别重视文艺，本地的一个主官就说过，像这样好的企业，为什么不写成文艺作品呢？多好的题材，打着灯笼也找不到。”

李韵说：“主官的这番话，也就立即成为本地文化艺术领域的一个重要任务。”

桂说：“参加过几次座谈会，政府部门召集一些人来研讨，用什么形式，如何理解其中的主题意义、题材意义，如何落实，等等。当时，我有点不悦，觉得好像回到以前的做法，配合形势要求，使用文艺手段，发挥宣传作用。领导出观点，群众出材料，笔手出技巧，所谓的三结合。但又一想，其实，这也是一种公共宣传的手段，有其道理，符合国际惯例。好莱坞的电影制作，整个过程，不也是集体参与的过程吗？有各个方面，有各个环节，就是一个系统工程。而且这样做，我们也一直没有停止，我们有自己独特的方式。以前，为着一个水利枢纽大坝的建成，为着一批国有企业的改革，我就参加过当地宣传部门组织的长篇报告文学作品的写作。也是一种政府治理方式，有积极的现实作用，但很难诞生文艺精品。不过，历史已经证明，在文艺作品的丛林中，精品永远只占少数。所以，这个忧虑也是没有必要的。”

文说：“如何参与呢？”

桂说：“我现在就想，可否去拍摄一部电影，反映那个企业发展、收购国际智能企业的故事。可以励志，也可以为那个企业做文化形象的宣传。由此，政府和企业都会欢迎，那么，也就可以从这方面获得资金支持。”

艾洋说：“这个办法也是一个老办法。但这次主官提出的文艺创作任务，应该是一个机遇。”

文听了大为高兴，立马说：“请桂老师多指点，多带路。”

桂说：“不必客气，我们试试看。反正都是在为你们这样的事儿消耗我的时间和精力。如今我是这样过日子。”

7

回来的路上，还在议论。说话间，桂对艾洋说：“记得你说过一个搞文字的，他在那个大企业里任职的。”

艾洋说：“是的，一个不一般的文字迷，如今辞职写东西。也不是网络文学，不是畅销的东西，而是文学，纯粹的，美学与精神的追求。”

他叫柳羊。

桂说：“去拜访他。”

柳羊说：“您是1978年参加高考的吧。”

桂说：“是的。一个不仅淡忘而且还尘封多年的话题。”

第二天，去到柳羊家里，一见面，是这样开始的。

客人进门后，在屋子里站立了一会儿，见主人没有招呼的意思，只得自己找椅子坐了下来。

柳羊不理会这些，沿着自己的思路，继续说：“那一年是恢复高考的第二年，但是第一次全国统一命题。之前的1977年冬天那次高考，各省自行命题。”

桂说：“我记得。1977级是1978年2月入学的，我们1978级是秋季，我在广东考上省城的师范大学，是在10月份入学的。所以，开始我们这两个年级，一个叫春一，一个叫秋一。”

柳羊一听，似乎高兴起来，说：“对呀对呀，我在湖北那里也是这样。”

桂说：“后来，1977届的工农兵学员，也是最后一届工农兵学员毕业离校后，我们这两届学生才有77级和78级之分。”

柳羊说：“您的记忆力不错，现在我很少能够遇到可以深谈这个话题的人了。再问，您那次高考的成绩是多少。”

桂呵呵一笑，说：“说起来，我还真的记得。我是314.5分。考试科目分政治、语文、数学、历史、地理，我那是文科。”

柳羊说：“我在湖北，理科，总分比你高一些，我的化学考到整个地级市第一名，但没有去到理想的大学，比如武汉大学之类，因为总分还不是很好。入学后才发现，从答卷上登记我的成绩时，算少了十几分。很严重的一个疏漏，结果我无奈地进入另一个层次的高校。”

桂说：“那是遗憾的事情。但也无须过多受到影响，漫漫人生路，大学在其中不可能决定太多。”

柳羊说：“那是，只是我总是忘记不了。”

桂说：“老弟，都什么年月了，过去了差不多30年。那十几分考试成绩就那么重要吗？”

柳羊说：“其实也不重要。我现在不是过得很自在吗？不过以后我会把这个事情写进小说里头去。”

“小说一直在你心中，念念不忘。”桂说。

“是的。其实我生活在文学中，具体地说，就是在小说中，尽管我是个理科生。”柳羊说。

“听说你和那集团的老总是同学。”桂说。他知道这次到此地来的目的。

“不仅同学，还同一宿舍，也是同乡。”柳羊说。

“可否写一写他呀？那么成功的一个企业家。”桂说。

“当然可以写呀。”柳羊说。

“你给指点指点。我们正有此意。”桂说。

文之丁、艾洋他们几个也都跟着点头。

柳羊说：“他嘛，我太熟悉不过了。但我绝对写不了这个人物的。我们不是写这类对象。我写企业题材，都是普通员工，所谓的打工一族。”

“作家的题材各有特点，也各有局限。这是写作的一个规律。”桂说。

“也说不上什么理论。其实我们这个大企业的经营，还有关于企业的一般理论理念，比如什么创新，什么质量管理，什么团队精神以及文化，等等，我们工作在其中，难道不熟悉吗？但是，一些东西，尤其是写自己想写的东西，如同进入一条自己熟悉的河道。我想说的是，不知道是性格习惯影响了我的写作，还是写作习惯影响了我的性格和生活方式。我的那个老同学进入了企业集团的领导核心后，把我调入办公室，说要发挥我的文字特长。我待了不到半年，提出离开。老同学找我谈话，问是待遇不行吗？我说不是。他又问，是工作压力太大吗？我说不是。他就问那到底什么原因？我说，也说不上来，但总是想离开，一想到可以离开，立马觉得身心放松，而一来到这里工作，顿时觉得紧张。我还是选择了自在。他说，你那可能是一些心理问题，我们老同学了，聊聊，慢慢恢复，其实这个安排对你有好处。我说我一点儿也不否认不怀疑你的好心，那些好处也是明摆的，我会看不到吗？他说，那你也要帮我考虑考虑吧，半年不到就离开，人家怎样看我呀。我说实在对不起，我向你道个歉吧。他说，其实也不是那回事，仅仅觉得我们是同学，我了解你，我们一起从家乡来到广东，有好的机会我不能忘记你，共同分享一下。如果你一定要离开，那去公共中心，负责企业报刊媒体吧。我摇摇头说，也不去，就到车间去，干回我的老本行，搞质量管理。我只喜欢在车间，和工人一起。他说，哪有像你这样干了那么多年还在车间的，你看车间的工人都是年轻人。我说，你讲的这个还真的是个问题，回去以后，我也不打算干多久了，辞职。这是我给你们说的一段和那个老总的关系，完全真实的一段。”

看来是这样，柳羊开始了自己的生活。

说完这些，柳羊说：“这个企业是创新，但是，为了转型升级，除去低端，裁减了那么多的员工，里头有多少普通人物的辛酸。我一肚子都是这样的故事。您说，我可以写出你们需要的作品吗？”

桂他们一听，都愣住。

好一会儿，还是艾洋开了口，说：“如此坚定的良心守护，有谁能够反驳您呢？”

在柳羊那里，没有吃饭，坐了一会儿，看来柳羊对那个话题还是提不起兴趣。于是，桂他们起身告辞。

回来的路上，显然是意犹未尽，兴致勃勃，又议论起来。

“写一个著名企业收购世界最大的机器人公司股权，也许不如写作华尔街的金融帝国如何收买中国国企高管。”李韵说。

“为什么这么说？”桂说。

“我看到一个微信文章，那里介绍的信息，引起我的一个念头。”李韵说。

“是吗？讲给我听听。”桂说。

“发给你吧，你看后我们再议论。”李韵说。

说罢，桂的手机就收到她发来的这个信息。

一看，桂也拍手叫好，但又说，只能拍手而已。

于是，又转发给了艾洋和文之丁。

回到桂那里，吃简餐。

饭后喝茶。李韵又提起那段信息。

桂说：“我在车上看过后，感到震撼，不再说话，但一直在想。”

“是的。震撼。”文之丁说，“立马我就想进行编剧了。”

“故事精彩，有时事新料，又有国际背景。”艾洋说。

“不仅如此，我以为，最重要的，就是将这些隐藏很深又侵害了国家与公众利益的东西拿出来曝光，引起人们的关注，也可以说是我们尽职尽责、发挥社会良知作用的一个方式。”李韵说。

“对，你这样说，我真的有点感动。你是一个好公民。”桂说。

“别。我不好意思。”李韵说。

“都说肉食者鄙。我们也都是可以吃上肉的人，但并没有良心泯灭。”桂说。

“老兄，我们只是肉食者当中的一部分。”艾洋说。

“但说归说，以后再推进这个题材吧。目前，我们还是看看那个大企业是否对我们所提出的思路感兴趣。”桂说。

“呵呵，从实际出发，真理无法落地。只能如此了。”李韵说。

艾洋说：“不要放弃，我们继续努力。你看人家文之丁，敢于付出那么多，我们那点辛苦算什么呀。即便是在过程中，也都可以有所收获的。不是要发展文化创意产业，发展影视产业吗？这也是一个很好的切入角度。要不总是在那里搞论坛，听讲座，坐而论道，哪年哪月才可以取得实效呀？不如扑通一声，跳下水里，这样来学习怎样游泳。”

桂说：“在游泳中学习游泳，这是毛主席说的，反映了他的实践论观点。你这是无师自通！说得好，我差点儿没为你的精彩发言鼓掌。”

文之丁说：“最感动的一定是我了。同时的一个感受是，我的道路没有选择错误，也是过程中的收获，知识、人性、友情，都得到了，而且还会继续得到。一个正能量的工程，实践之，本身应是人生一个内在的组成部分。”

8

吴有为对艾洋说起自己的女儿，又在叹息。

好不容易让她大学毕业，学的是日语专业，开始在上海证券公司，收入不错，月薪过万。但是，不到两年就回来。说是每天上班坐车要花很多时间，天还没亮就出门，下班回到住处就快9点钟。每天如此，疲惫不堪。解决一个住的问题前景渺茫。同济大学周边住房均价已经达到每平方米6万多元。她的同事，一个年轻的白领，供一套100平方米左右的住房，交付首期，除了拿出自己的全部积蓄，还要向父母借钱，向爷爷奶奶借钱，向公公婆婆借钱，差不多把祖宗几代的积蓄都动员起来。几十万不低的年薪，为了应付每月几万元的房贷，每天只能吃方便面。所以，只得撤退。现在，都24岁的女子，整天宅在家里，很少去外头走动，没有什么朋友来往，更别说恋爱。

毕业前的半年里，经常在QQ上、在淘宝店里浏览，一边敲击键盘，一边叽叽咕咕不知念叨什么。

后来，就打开了多年未使用的缝纫机，把在外头买来的布料仔细裁剪、缝制，制作了花色、款式、布料都很少见的衣服。

女儿说是网络上接的单子，做好寄出去，客户就把钱打过来。

那能挣多少钱呢?

问她，她也不大愿意回答。或者，随口说出一个数字。当妈妈的一听，便知道她在糊弄。也就是，叫她不要烦自己。

“但是，你总要去做正经的工作吧。”妈妈说。

“我不是还没有拿到MBA毕业证吗？等那个文凭到手了，我才好去应聘呀。”女儿说。

是这个道理。

“那你的毕业证什么时候才拿得下来呀？不会是成绩问题吧？以前问你，总是回答说功课没问题的。也不会是学费没有交齐吧？实在还有拖欠的，你坦白开口，几年下来的学费，家里都支付出去了，不能到临门一脚，就撑不住，就功亏一篑。”妈妈说。

女儿摇摇头，笑了笑，说：“妈妈你省点心吧。让我自由一段时间好不好。让我自己选择一下自己的路径。其实，也仅是玩玩而已，难道我不知道这些鸡零狗碎的活计到底有多少价值吗？难道我不知道家里给我支付的学费有多难吗？多多少少，我也去发廊给客人洗过头发，做过头部、肩部的按摩噢。我是学日语的，但我从日语世界里，了解了日本与韩国，接触了他们的时装、动漫和创意产业。有点好玩，想体验一下。”

做妈妈的也只好罢休，说：“玩玩便玩玩吧，知道什么时候休止就行。你也不小了，24岁。要想想自己的大事。”

其实，她心里还在嘀咕，女儿是不是在回避社会、回避现实呀，待在家里，有人侍候，吃喝都是妈妈做的，不需要缴纳一分钱生活费用。多轻松多舒服。

现在的孩子，不少是这样的吧。

这么一想，她不再说什么。

艾洋听了吴有为的抱怨，安慰了几句。心里倒是有点得意，以前父母一直很为有自己这样一个女儿自豪。她18岁到英国念书。出国前一天，到北京转机。要去银行兑换7000美元。在银行柜台遇到麻烦，业务员说每人每天只能兑换6000美元。艾洋说明天就乘飞机走啦。业务员说那也没办法，有规定。艾洋想了想，离开柜台，上到二楼，找到行长办公室，敲门进去，对行长说是出国留学的，需要兑换7000美元。把情况说清楚了。行长看看她，就拿起桌上的电话，叫来了一个主任，对主任说给她兑换7000美元。主任把艾洋领走，一路上还特别热情。艾洋感到，这主任似乎以为她是行长的熟人呢。事情自然顺利解决。

晚上，父母打电话给她，问，有问题吗？

艾洋说有，但她自己解决了。

她在爱丁堡的课余，是在一家咖啡馆做服务。不仅有工资，还有小费。她的小费特别多。

后来，父母问，你收小费特别多，是不是你长得特别漂亮呀？她说也有一点是吧，但主要不是这些。父母问，是不是你的服务特别好。她说服务是尽力尽心做到，当然也不差，但主要还不是这些。她乐呵呵地告诉父母那个秘密。她在找还零的时候，总是付给硬币，一块一块的硬币。通常情况下，那些顾客，特别是男士，常常都不要了，送给她做小费。

这些事情，艾洋以前颇为得意。如今，吴女儿的艰难与炫酷，她觉得自己或许应该脸红。

9

“我是糊里糊涂地跟进。”艾洋说。

在网上，和桂在交流。

其实这是愉快的过程。有一个主题，有线下的活动配合，所有的体会是可以具有启示意义的。

关于网络文化的研究课题，经常拿出话题来讨论。

“好像什么都是，又什么都不是。网络信息包罗万象，这是现实中的一部分，只不过是平台、载体、渠道的不同而已。”艾洋又说。

不管桂是否回应。

有问题，有心得，及时挂在网上的平台。

过了一些时候，桂才出现。

但他答非所问。

桂说：“四大名著的盛名真是当之无愧的，越读越有味。最近再读，又有体会。你看，读《水浒传》，看到了侠义精神，看到了贪官；读《三国演义》，看到了斗智斗勇，看到了奸雄；读《西游记》，看到大闹天宫，看到了妖怪；读《红楼梦》，看到的是青春美丽，其他的，如门第、贵族，豪华表面，都是沉闷腐朽的。

艾洋说：“说得真好。只有你们这样的阅历，才有这种提炼。”

桂说：“经验是一个积累，也是一个局限。”

艾洋说：“那么，我们的网络文化问题，你又有什么新的见解呀？”

桂延时了一会儿，说：“也不必言归正传。其实你说的那些问题也许都没有什么意义的。”

艾洋说：“什么才有意义？”

桂说：“这么说吧，我告诉你一个秘密。”

“有那么神秘吗？”艾洋笑笑。

“看你这孩子，聪明得让我胆怯了。”桂说。

“说吧，我认真听。”艾洋说。

“其实也不是什么神秘的东西，也更不是什么有价值的东西，就是，我有点绝望了。所谓秘密，是因为我不敢对别人说。其实在我心里头憋得已久，今日终于鼓起勇气对你说，是想探讨与请教的。”桂说。

艾洋说：“好啦，这开场白够可以的啦，我也忍不住了，请说吧，我的领导我的老师您啊。”

桂说：“写作，我这个60后在速度上是比不上80后、90后的，他们在电脑上噼里啪啦地敲打键盘，一天弄出一万字、两万字，甚至更多。我没有这样的本事。我写作一个长篇著作，打开电脑进入文件的次数，可能要达到数万次。有时候，进入其中，呆坐半天，无法输入一个文字。我觉得我们60后似乎可以退出写作的舞台了。没有任何优势，知识的、经历的、技术的、精力的、语言的。都没有噢。”

艾洋说：“可能是你对电脑还不熟悉。如果你对此更多地依赖，相信效率会得到提高。”

桂说：“前几天上网看了几个概念：微电影、电竞、动漫、网络小说生成器，似懂非懂，恍若隔世。昨天一个80后一下子拿出他写的两本书《互联网＋创业必读》《互联网＋融资必读》，把我给唬住了。什么话题一流行，什么书籍立马写出来。那些网络作家，一天码字一万两万已经不奇怪了。另一个作家，也是80后，写作一部30多万字的《拼在广东》，里头语言的爆发式的表达，无拘无束的冲击力，嬉笑怒骂的机敏，指点江山的豪气，叫人耳目一新，振聋发聩。虽不接受，但不得不服。那速度更是令人目瞪口呆：20多天写出这么一个大部头。”

艾洋说：“无语。我也不明白。我都out了。李桂花也是这个写作速度，她刚刚推出的一个长篇有300万字，不到一年时间完成。但是，王思却无法这样写东西。所以，飞速发展的互联网，摔下来的不仅仅你们那一代。”

桂说：“以后会有一个说法，历史会有一个说法。相信未来，相信时间吧。大浪淘沙，真正的价值在于沉淀。”

艾洋笑笑，说：“差别体现在这里吧。你，你们这一代，喜欢把事物上升到形而上学，喜欢以抽象的理论来检验价值。”

桂说：“你能说出这样的具有理论色彩的语言，说明你是在大踏步向着我们靠拢。”

艾洋说：“你不欣赏？”

桂说：“矛盾。其实是需要欣赏，因为是你理性的升华，但不敢欣赏，担心你过早进入这样的人生境界，过早过多地承受哲理之苦。”

艾洋说：“你也不必小看我，不必小看我们这一代，其实不止我一个，我们还有出口成章的侃爷，满肚子的学问理念，只是他们拿得起放得下。讨论就讨论，辩论就辩论，只图快活。实际上，该怎样便怎样，干脆利落，一点儿也不含糊。”

桂说：“我又学习了。”

10

尼秋那个门店新近装修，门面既时尚，又有古典文化的特色。

标出一个新的名称：藏吧·端堂。

里头还是不大的空间，但整洁，雅致。西式服务，咖啡，西餐；中式服务，茶饮，酒类。书画销售、书法创作演示。文玩买卖。

门面招牌表示，这里增加了新的业务内容，是风水装饰。

老陈在这里，他与尼秋合作。养龟的生意遇到问题，价格腰斩，交易量也大幅度减少。

风水，择日，命理。一张红木桌子上，树立了这样的牌子，这是老陈的经营项目。

广告推介，有纸张印制的，也发上了微信和QQ。

艾洋的一个采访结束后，路过，想进来看看。

一进门，看见老陈，也接受了他的推广资料。先是递来纸质资料，接着就要扫微信。

“没想到你还是一个多面手，这样神秘诡异的东西你也懂。”艾洋说。

“其实，我以前在河南是给领导开车的。后来领导出事，进去了，我炒股，心太急，严重被套，又无法等待，只得割肉斩仓，亏得一塌糊涂。跟领导多年，好的没学到，只爱上养龟和看风水。这不，跑来珠三角混，还是依靠这样的本事。如果说，这还算是本事的话。”老陈说。

艾洋呵呵笑起来，说：“你真逗。”

老陈说：“没有骗你，就是我的人生经历。”

艾洋说：“我没说你编造假话。只是觉得有的人生富有幽默色彩。”

老陈说：“那我是否可以说，你的话也真逗。不过，我也习惯了，都可以去经历，就不在乎别人的议论。”

艾洋说：“这话不是逗趣，而像是真理。”

11

吴有为约李韵到水城网，说：“还未为你送行。前段时间忙，很对不起。”

李韵说：“没事。也不觉得什么分离不分离的。每天我还登录水城网，还上去发言。手头跟进的一些项目也是水城网的。”

吴有为说：“不会让你白干。该付给的费用不会少。”

李韵说：“行啦。你已经吩咐过手下了，他们会认真执行的。再说，我真的不把这个辞职当成什么事情，因为从来没有打算在这里干太长时间，这里也都不提倡不允许。现在不就挪个位置吗？”

吴有为说：“有新的安排了吗？”

李韵说：“有一些眉目，但还未定下来。”

吴有为说：“也不必考虑太多，可以一试，试了再说。不合适就换。如同在水城网一样。”

李韵说：“谢谢。我懂的。”

吴有为说：“但一定要保重自己，你是一个女孩。独自出来闯荡，父母是很担心的。还有，注意积累，包括才学、经验。也包括一定的生活资源。”

李韵不停地点头，说：“记住了。你以前对我说过不止一次。”

吴有为说：“年轻就好，有时间。时间就是机会，就是发展空间。”

李韵说：“时间飞快，也越来越少。”

吴有为说：“你有紧迫感就行。”

说罢，从书桌上拿起一个小木雕，送给李韵。那是一只棕熊的工艺品。

吴有为说：“是在满洲里旅游时买的。原来听说是俄罗斯艺术品，回来仔细查看，还是发现了是中国制造。买了两个，一个给了我女儿。”

李韵说：“你女儿如何啦？她该是我的妹妹。”

吴有为说：“那天晚上的双十一，我太太说，那个电商平台所说的那个款识的冬衣只有7件，赶紧下单买下，交易成功的一刹那，觉得自己很庆幸。没想到女儿冷冷地说：现在哪有抢着买东西的？只有东西送上门任你挑选，八成是一个促销的技巧而已。一想，也对呀。其实是引诱顾客竞争。差点儿上当。”

| 第九章 |

1

落地玻璃窗，犹如宽大的一面整墙，竖起自信豪迈的形象，吸纳充足的光亮，展示开阔的视线。

银灰色地毯，质地有点陈旧，但平整干净，护理细心，依然可以给人以高雅舒适的感觉。

本地品牌的中央空调在安静的状态下控制着室内的气温，悄然无声地输送着冷气。

26℃，政府部门标准的室内温度。

也是本地出产的宽大的红黑色硬实木材料做成的办公桌，安稳放置，桌面是台式电脑，台式灯具，整齐排列摆放的已阅与待阅的文件材料。真皮做面料的可转动老板式靠背椅，也是一个具有鲜明寓意的表征。背后是一排与办公桌同样材质、同样颜色、镶着玻璃门面的书架，里头陈列着一列列书籍和装满文件的硬皮夹子。

在开放式的正中间那个书架的中部位置，摆放着一尊邓小平半身铜像。

副市长办公室。

像这样一个官方级别的场所，权力地位与空间的一定法则的对应关系，得到直观的展示。

李韵是头一次进入，而且这还是父亲工作的地方，感觉特别。

她第一眼看到的是，书架上那邓小平半身铜像下面，摆放着放大的一张家庭彩色照。父亲把妈妈和女儿都带到自己事业中来了，忙碌中，一家人在一起。

想到这儿，她眼睛一热，顿时有点动情。

下午5点多，这里已安静下来，快要到下班时间。

走进这里见面，好像也不是容易的事情，表明了官方的一个态度。李韵说。虽然当过记者，但以前都是跑社会热点，跑企业。

金钢城说："办公室不是自己的家，只是一个工作场所。在这里会见，有时候也是一种礼遇。其实，也不需要什么暗示了，看需要。比如，体现了我作为副市长的一个姿态，体现了我的重视程度。"

"爸爸，您的书桌、书架的气势，与办公空间相比，好像不协调。"李韵说。

她感到，与这两个办公用具比较起来，房间显得小了点。

"当然不协调了。现在的办公室是缩小了一半还多的，按照新规定调整的。而里面的摆设和用具是以前安排的。"金钢城说。

说罢，他带李韵看了看办公室做了间隔后所改装出来的会客室，还有腾出一半空间作为资料室的自己的午休卧室。

"呵呵，俱往矣，今非昔比。以前豪华的气派就不带我来见识见识。"李韵哼了一声，说。

"想过，但是太忙，但也想，这有什么必要呢。你一定会骂爸爸太张扬。你也知道，其实都是政府的东西，我在这个岗位上，归根结底也是一个过客，匆匆过客。有些同事在办公室，屁股都没坐热，人就出事了，被送到监狱里去了。当然也有以同样的节奏调整工作岗位或者提拔升迁的。"金钢城笑笑说。

"那是，如今有人说公务员是高危职业，但想当官的人依然络绎不绝。媒体都报道了，今年参加国考的人数又是创下新高。"李韵说。

"哈哈，你懂的。我的女儿智商那么高，又是做媒体的，眼睛雪亮。"金钢城说。

"改得好。要那么大的办公室干吗？绝对会惹人骂。当面不骂，背后一定骂。你看你以前那午休卧室，简直是一个豪华的套间，不少名画，各种摆设，还带有洗手间。办公嘛，不就工作吗，为何弄得像个家似的？好像家外有家。爸爸，你千万不要在办公室干那些肮脏的事情。”李韵说。

“你妈妈，还有你，把我看得这么严，我能吗？”金钢城说。

“我知道我的父亲是一个什么样的男子汉。”李韵说，“要不你不会与我妈妈结婚，要不你也上不了这个位置。”

“呵呵。我要是出事了，判个无期徒刑，或者要在监狱里待上二三十年，那样的人生真的很失败。一点儿也不值得。能够走上这样的地步，靠自己的努力，也是时代的机遇。我做自己该做的事情，享受自己可以得到的，不说自己是人上人，但下面也真的垫着许多人，已经非常幸运了。”金钢城说。

李韵看着父亲说：“以后你退休了，咱和妈妈一起周游各地。国内的风景名胜，异国风光。听你讲文学。”

“好，我们期待，会有那一天的。《三国演义》《水浒传》《西游记》《红楼梦》，一部一部地来再次阅读，来仔细说说，来深入讨论，内容够丰富多彩了。当然，还要带上我的外孙。”金钢城说。

“那些都会有的，我在努力。”李韵说，“好了，言归正传。我们现在谈谈项目，谈谈生意。”

“什么生意呀？”金钢城笑笑说。

“坐下，我们认真谈。”李韵说。

“那好，我就和我的女儿认真谈谈。”金钢城说。

他打电话吩咐一下，不一会儿，一个女工作人员进来，端上两杯热茶。

2

无事不登三宝殿，头一回到这副市长办公室当然有所准备。李韵确实是带着任务来找父亲的。

缘由是洪或者说“互联网＋”博览会。

是偶然也是必然，她已经和洪进入了合作阶段。

那天晚上，在咖啡店，她坐在咨客台前，埋头计算着一天的收入和支出，大体掌握了一下情况，忍不住叹息。心里说，这样做生意，真的不容易。

这时候，来了一个特别的客人。他悄悄走进，在一个角落坐下。

但还是很快被李韵发现。来客是心中期待的，每次进来一个人，都是一次喜悦，都不会被忽视。尤其当下。

何况，那是创意产业园老板洪志宏。

李韵对他的印象很深刻，艾洋就多次说过，也从其他人那里一点一点地听说过，渐渐地，就认识了这个人。

他那富有传奇色彩的经历，不是一般人可以拥有的。关于他的故事，是坊间热衷的话题。各个渠道得来的信息叠加，丰富了对于洪的认识。李韵最有感触的是，这个后天造成的瘸子，特别的磨炼造就出特别的性格。“文化大革命”，家里受到冲击，流浪街头。为糊口饱肚子，到小食店帮工，给西瓜档口守夜。落下的那个不轻也不太重的残疾，走起路来，一晃一晃的。年纪大了还未成家，后来找了个附近农村的女子，她是如今在加拿大带着两个孩子念书的夫人。

实际上是凑合生存，一条腿有问题的，搭配一只眼失明的。

当年这样组建了家庭。另一种意义上的门当户对。像是数学里的对等规律，合并同类项。

他居然可以开车，而且很早就跑运输。不可能通过考试拿到驾照，他到集贸市场找到一个伪造证件的，弄个假的农机车驾驶证。又都是在本地区的农村跑路，也就没遇到什么麻烦事情。

养活了家庭，生育健康活泼的子女。后来，自己开了一个饭店，积累了自己起步的资金。

桂也讲过洪的一个小故事。那年桂购买轿车，揣着20多万元，生怕这笔好不容易存积起来的经费不能买到应有的货物，于是在挑选车的牌子和型号方面费尽心思。那个4S的轿车专卖店，桂去了几次，都没有下定决心。又是上网查阅资料，又是找已经开了自己的小车的朋友了解。什么耗油情况，什么底盘是否够高，什么扭矩是否有优势，什么性价比，等等。各种要素不一而足，都在考虑。终于定下来，交付了货款，开车回家了，又发现有一个小性能似乎原来没有弄清，于是立马开车回到车店，要和销售理论一番，退货是不可能的，但也想要车店给个免费的一两次保养或者一些小礼物。正要开口，见到了也是来购买轿车的瘸腿的洪。他西装革履，已是一副事业有成的模样。他的座驾与桂的是同一类的，正要启动。认识他的桂赶紧从自己的车上跳下，跑到他车窗边，和他说到自己发现了车的那个小问题，鼓动他和自己一起找卖主论理。

洪摇摇头，说："不必如此。这车是著名品牌，大家都能开，我为何不能。我就今天来一次，看好了就立马付钱，把车开走。我不考虑那些鸡毛蒜皮的问题，有时间我做别的事情。"

说罢，和桂打个招呼，呼地开走汽车，扬长而去。

留下的桂，不知是顿悟还是泄气，再也没有兴趣去讨价还价。也就跟在后头，开车离开。放下小东西，才可以做成大事情。这是洪提供的启示，更是一个残疾人的自信气质所带给的震撼。

这就是洪，如今，这个人就在自己面前出现。

果然，洪不是偶然地进来。他要了咖啡，和李韵打了招呼，并请她过来，让她坐在对面，说想聊聊。

李韵爽朗地答应，这不是普通的顾客，另外也是自己有空。

见她坐下，洪志宏哈哈地笑了一声。

李韵问："笑什么？"

洪志宏说："你看你的服装。"

她依然是黑色的T恤，只是背后的文字不同，这件写的是：我是你的粉。

李韵没有什么表情，说："那有什么？"

"新潮。也是一个年龄的标志。"洪志宏说。

他看来很高兴，又点了一些吃的东西。喝了口咖啡，不紧不慢地说起话来。

"生意如何？"他问。

"一般吧。"李韵说。

"其实一看就知道的。我们这样的非中心性大城市，这方面的消费能力有限。一个小咖啡店，也算是青年人锻炼的一个小环境。或者，有的人是作为业余打理一个项目，自己也可以在那里休闲。"洪志宏说。

"那是，你的分析一点儿不错。"李韵说。

"不过，现在做什么都不容易。"洪志宏说，"我们很多朋友都这样，以前做生意是挣钱，如今是能够应付吃饭就不错了。"

"这里的老板务实，习惯闷声发财。说这样的话我听多了。我当过记者。老板们什么时候说过很容易很多机会的？好像没有听说过。都说揾食艰难，都说生意不好做。但也一年一年做下来，也一个个发财了，发达了。"李韵说。

"呵呵。你是乐观主义者，很好。年轻人这样好。一个硬币的两个方面，都是相辅相成的。你看到积极的一面，有利于作为，实现梦想。"洪志宏说。

"但你所说的也不是没有道理。事实上，我们这样就是在煎熬，看谁的承受能力强。在忍耐中等待机会的到来。对未来谁也没有一个准，只看谁能坚持下来。"李韵说。

洪志宏说："我没骗你。道理是道理，事实归事实。说我们创业园的一个真实故事吧。去年，两个大学毕业生进入园区创业，两人都是从家里借出十几二十万，成立了一个数码传播文化公司，招聘了七八个年轻人。雄心勃勃，满腔热情。他们都是有才的，理念方案都不错。剩下的就是落地的事情。另一个大学毕业生拿着家里的20万元支付首期购房，到公司上班打工。不同的路径，一年下来，不同的结果说明了问题。房子涨价一倍，买房的那个大学生赚了几十万。那两个做企业的，却紧紧巴巴过日子，每天奔波劳碌，还不知未来会如何。大道理无法解释，但这是现实。你能够鼓励大家去创业，宣传勤劳致富，但你能左右这客观存在的现实吗？”

李韵说：“就是这么回事，一点儿也不奇怪，当下中国对这样的事情可谓司空见惯。前几天我们一个记者朋友说，有个做钢材贸易的老板，从公司取出1000多万现金，直奔楼盘，没说几句，一口气选定几套房子。在售楼部拿着销售图纸看看，就赶紧下单。售楼小姐温馨提示，是否上楼去看看房屋。老板摇头说不要了，反正这投资会比他现在做的生意更能挣钱。投资的方向是跟对了的，绝对没错。”

洪志宏说：“所以，结论就是，做实业，包括你的咖啡馆这样的服务实体，也都不容易。”

李韵说：“这些话也都经常听说，我们还有一些自己的体验。但那又如何，生活得继续。不能不干活儿呀。”

洪志宏说：“当然。但我来跟你说另一个机会：文化创意产业。”

李韵一笑，说：“那也不是什么新鲜事情，这些年也都是到处议论，遍地开花的东西，但实际上成功的、挣钱的也只在少数。”

洪志宏说：“你不落后，对时代动态的把握是到位的。”

李韵说：“我在水城网做过采编，负责过经营项目。我会不清楚这个领域吗？”

洪志宏说：“我相信并且佩服你的知识和智慧。但你没有去实践，只有自己亲自参与，才有可能得到深刻的认识。换句话说，仅有理论没有实践，总是进入不了一个更深的层次。比如说，我们这地方，邀请过来讲学的教授学者，中国一流的，还少吗？企业家们认真去听他们关于经济发展、企业发展的大道理，所支付的课酬是不少的，专家口若悬河，指点江山，纵横捭阖，语惊四座。但那些坐在下面听课的企业家，心里会真的服他吗？非也。这些靠自己的努力把真金白银赚回来的企业家很清楚，教授只是会说而已，企业家对此也是听听而已。所以，不要只停留在理论上，要跳到水里去，学习游泳。”

李韵笑笑，说：“你不仅是个实干的传奇，见识也非常丰富，还很善于思考，也差不多像个教授了。”

洪志宏连忙摇头，说：“哪里哪里，不是我的发明，做企业的人都懂这道理，我也是听来的。”

李韵说：“真的，不必谦虚。”

洪志宏说：“你这么说，我就可以抖一抖。就直白地说我自己吧，虽然是个残疾人，初中毕业便到社会上闯荡，接着下到乡村当农民，没有条件参加后来的高考，但懂得读书的重要性，对于知识和读书人的尊敬，一直没有动摇过。你也许听说过，我的父亲在被打倒以前，也是革命干部，我的家庭虽在农村，其实也是一个耕读世家，所以，我回到自己的原点，其实有一个先天的背景。更重要的是，知识的价值，其实是在社会实践中体现得最为充分的。各种经历和体验，让我牢固地树立了这样的认识。当上小老板后就开始恶补，什么论坛、讲座，什么培训，以至于夜大、电大、党校成人教育，等等，都会特别热切地参加。”

李韵说：“你不是不大相信教授吗？”

洪志宏说：“头脑清醒，有所保留是必要的。但，理论的东西毕竟可以开阔视野，丰富知识。再说，我们参加这些学习活动，还有一个重要的目的，就是和企业家聚集一起，进行交流接触，那里的实际收获常常不可替代。”

李韵说：“你是我学习的榜样。真的。但今天你找我肯定有明确的目的。咱们还是不要东拉西扯了，言归正传吧。”

洪志宏笑起来，说："你的高智商是稳定的。这么说吧，我想请你到我们创意产业园担任副总。"

李韵说："呵呵，来招兵买马、封官许愿。"

洪志宏说："也别太清高噢，我是认真的。"

李韵说："开个玩笑而已，我知道的。最近，有几个官员辞职，热衷去当个民企副总。又高薪又自由。"

洪志宏哈哈一笑说："其实，真的是各有各的不容易。"

李韵沉默一会儿，看着洪，说："我要做什么？"

洪志宏说："问得好。你不是一个做摆设的花瓶。这点我们研究过，你负责我们要大力争取的一个大项目，就是参与举办'互联网＋'博览会。"

李韵说："你也看准了这个项目，现在竞争对手不少。"

"当然知道，也不是什么秘密，公开竞争，公平竞争。"洪志宏说，"我们有我们的优势。"

李韵说："那是什么？"

洪志宏说："创意产业园区，我们的载体，以及载体上的体制机制，体制机制上的实体机构，机构里头所体现的产业实力，以及在其中的软实力，如人才技术、智慧、文化、知名度、可信度，等等。"

"厉害了，创意产业园。"李韵笑笑。

洪志宏继续说："还有，我们在建的地标性数字化、智慧型科技大楼。这使得我们有一个魅力无限的未来以及优势。"

"如何说？"李韵说。

洪志宏说："我们的地铁对接到广州大学城，政府也在对接大学里的资源。我们的园区，我们的科技楼是现成的平台和项目。拿出这样的资源与'互联网＋'博览会配套，那样，我们这个体系，完全可以面向珠三角大湾区，打造世界级的产业机制。"

"我投降了，无以对答，只能接受，学习了。"李韵说，"可惜我不是市长。”

“想不到我也会夸夸其谈，口出狂言。当年，开动农用汽车，一只脚应对健全人两只脚做的功夫。放大胆子，硬是撑着，就上路去了，从来不和别人多说一句话。”洪志宏说。

李韵说：“你的思路，要找机会向政府吹吹风呀，真的。”

洪志宏说：“所以，我特地来找你。你的任务，先是争取‘互联网＋’博览会项目，以后，负责科技大楼以及园区的科技资源引进和整体品牌的包装。”

“这么伟大呀，太抬举我。”李韵吐吐舌头。

洪志宏说：“我不会小看你。”

李韵哼了一声，说：“你不是看到我的背景吧。”

父亲最近调到这个地方，担任重要的领导职务。她的背景，已经悄悄传开。其实，李韵之所以来到水城，也是一个提前的安排。父亲到这地方来的事情，前几年就提议过的，家里多多少少知道一些。所以，也就可以考虑家庭的团聚。但是，如同在水城网工作时候那样，李韵本人对自己的家庭一直缄口不语。

“也有这个因素的。”洪志宏说，“一个人能离开他的背景而存在吗？”

李韵说：“当然不能，这个我同意。而且实际上也是这样的。我还可以告诉你一个哲学观点，马克思说，人是一定的社会关系总和。但我就是我，我的背景是我的背景，两者是不同的两个因素。我不会因为我自己的利益而出卖我的背景。我的背景也不会提供这样的出卖的机会给我。明白吧，这个我必须先讲清楚。”

洪志宏哈哈一笑，说：“说得好。你明确了你的原则，划定了你的空间。我欣赏这样的风格，这样，我们都知道什么可为，什么不可为。”

李韵说：“那行。我答应你，感谢你。我们就来讨论可以作为的那个方面的定义域吧。”

洪志宏摆摆手，说：“不须讨论，纸上谈兵的事情我们已经完成。公司有个安排，近期我们去深圳、广州、江浙一带参观考察。实地看过后，我们集中研究，形成方案。”

说完这些，洪志宏又说时间不早，就这样。叫服务员过来，不理李韵的客气，付钱买单，转身告辞。

3

看来李韵与洪是对得上劲的，一拍即合，而且事情推进迅速，几天后，公司就有了新行动。

曙色微曦，一行人乘车，沿着高速，顺利行驶。清早时候，路面车辆较少，优质的道路和飞驰的速度给人带来对于现代城市的赏心悦目感受。

李韵走进了洪志宏他们的轨道。

公司的安排，驱车到深圳，还请上了桂、艾洋。

参加中国（深圳）国际文化产业博览交易会，那是在深圳前海举办的。又是一个前沿的标杆新城，宽阔的市区道路，现代化的交通设施，摩天大楼成片成群。

这个城市不会冷落，人气特旺。在展馆前面，人流汇集成群体，群体面积越来越大，无法移动。警察在卖力地吆喝，还使用各种肢体语言，努力维持秩序。在人们的对话中大致听到，是展馆的门口没有开放。但原定的开放时间是到了的。

再议论，再打听。人群中就传递出一些信息来，说是上面有大员来，展览活动举行开幕式，上午10点半才开放观众进入的大门。

于是又等待了半小时，上午11点半进了去。经历了在人群中的拥挤，听到不少的抱怨，进入展馆后，一身轻松。展览有文化产业综合馆、文化消费时尚文化馆、影视动漫、新闻出版、媒体融合、文化科技、非物质文化遗产、工艺美术。

富丽堂皇，气势恢宏，琳琅满目，精美好看。但似乎交易不多，看来还是政府买单，还是烧钱。

一边走，一边就议论起来。

李韵说："不是政府没有看到这个问题，也不是他们不着急。恰恰相反，倒是非常希望既是好看，又是实惠的，所以，在名称上就注重了经济效益这一主题，加上了交易二字。'十三五'，文化要成为支柱产业。"

艾洋说："对于文化的认识，有一个演变的轨迹，开始是主要当作意识形态的内容，后来作为公众的基本需求，接着作为政府服务公众的功能与责任，如今就强调了产业的特性，希望在之前的要素当中，加入经济的元素，使之更有功效和活力，也为经济的发展开辟新的领域。"

桂说："我们那里一年建成并当年使用的国际展馆有10万平方米之巨。这里附近要再建设一个40万平方米的，香港的国际展馆只有2万平方米，但其效益最好，影响最大。国际十大展览都在那里举办。这里的城区中心文化广场，一年间从年初到年末，活动没有停顿过，音乐会、演唱会、体育运动会、展销展览博览会、游园会、灯会、花会、庙会、焰火晚会，以及人才招聘会、现场开奖彩票销售活动。吵闹得旁边的树木都不耐烦了，总是摇头。"

李韵说："效益如何？主要看成交额度，看做了多少生意，参展商过来布展，不是来演戏，而是来做生意。布展是需要成本的。"

艾洋说："在中国，会展水平应该是世界第一的了。规模与美观方向，都是无与伦比的。文化效益很好，但就是缺乏经济效益，或者说实效跟不上。"

李韵说："众所周知，我们作秀展示的功夫是无与伦比的。或者，我们做这些事情的时候就没有把真正的经济实效作为一个出发点。"

桂说：“你们两个的观察力、分析力都是日渐增长了。”

意犹未尽，接着又是不停地议论。

唯独那当老板的洪志宏，只是微笑点头，连连称是，并没有什么议论。

李韵笑了，打趣说：“老板就是深沉。”

洪说：“不是，就是觉得，我说的话其实没有什么用处，所以就放在肚子里。先听听你们的，待我有了可供参考的意见，我会毫不客气地倒出来的。”

李韵说：“我懂了，老板不说话，他们的价值在于行动，在于争取实实在在的回报，在于买单。空谈是书生的习惯。两者的区别在这里。”

大家都笑起来，点头称是。

这次出来考察，是李韵接触政府方面后的一个行动。

父亲那边的情况，李韵原原本本地和洪说过。

那次的结束是这样的：

“一个是高兴，你有长进。精神可嘉，意识对头，触角敏锐。另一个是，公平竞争。第三个是这里还有纪律法规的约束。比如，回避，等等。”

听过李韵的意思后，金钢城这样说。

“你不可以确定将‘互联网＋’博览会项目交给谁？”李韵说。

“那当然。规则和程序是明确的，也是红线，不可触犯。”金钢城说，“不过，在和我的接触中，你们已经得到了好处，这也是公开的秘密。至少，你们更加了解政府在这个项目中的部署和意图。”金钢城说。

“那你不怕人家议论吗？”李韵说。

金钢城笑笑，说：“怕什么，为了我宝贝女儿的事业，我豁出去了。”

李韵慌忙说：“别别别，爸爸你还是冷静点好。我这算什么呀，其实也主要是人家做老板的利益。我是一个打工者，谋个职业而已。千万别因小失大，害了你自己。”

金钢城哈哈哈地又笑起来，说：“你看，一下子，你就胆小了。放心吧，我人在江湖，难道不知道其中的规矩吗？什么可以做，什么不可以做，那是一个为官的基本功力。当然，你也不要张扬，低调，务实，以平常心，公平竞争。”

“那我就真的放心了。”李韵说，“其实，洪的企业是有实力的，他们的法律顾问研究过一套办法，都会在法律法规的范围内运作。这个不是问题。市场经济、法治社会，其实一切都可以公开，公开就是公平的前提。我们凭借实力和智慧，以此创造价值，分享利益。”

“OK，完全同意。”金钢城说。

“那是不是说，我们其实也达成了协议。”李韵笑笑说。

“NO，我们没有协议。我作为政府官员，只是在与企业界沟通，解释我们的政策。不是你，别的企业家过来，也需要这样，也是这样的回答。”

于是，和副市长的父亲交谈，得到的结果，李韵是预想到了的，但又担心洪说自己无能。

她把这情况对洪做了报告，并表示抱歉，说没有实质性成果，没有完成任务，让洪失望。

洪说：“不会失望，就在预料之中。之前对你说的，你也同领导说了，我们不会走非法的道路，也不会利用你的关系来做不正当的事情。我们希望的是公平竞争。有你的参与，有领导的接见。我们得到更多有益的信息。这样，对于我们将这个事情做好，会有显而易见的好处。”

“你真是这么想的吗？”李韵说。

“我即使没有高见，也有体会吧。难道我没有一点儿品质吗？”洪志宏说。

李韵这才坦然，长长地舒口气。

4

参观考察，少不了惊讶。

百闻不如一见，亲眼所及，颇有感触，思绪飞扬。

在信息发达的当今，媒体对这个一直以来的中国热点的报道是非常充分的。之前也多次来过，但是隔了几年不来，还是有耳目一新的感受。

湿地公园，一个贫瘠的海水盐碱地，长久的历史上，只是稀疏地生长芒草，是内地人员偷渡香港的常用通道。后来是华侨农场，也一直没有得到人们的青睐好评。但是几十年前，依托深圳的机遇与活力，迅速巨变。一处滩涂地，修建了轻便的园区内部交通车道路，还配有绿道。社会公益机构创办的一个叫自然学校的场所，利用里头关于飞鸟、鱼类、植物类的展示资料，向市民开放。通过图片、实物标本和视频，举办专题讲座，听众参与互动，进行自然知识的讲授，也在宣传国际上有关保护大自然的公益机构的理念、主张和有关活动。

城市创意文化园，不顾一切地把文化的元素与创意的内涵，七手八脚地就倒灌进来，率性而新奇，化腐朽为神奇。一个老旧的没有姿色没有情感，没有生命力的粗重笨拙的厂房，立即放射出奇光异彩。

醒目的广告宣传：“举重若轻”艺术电影放映第十三季。突出的主题是：荒废的观察者。演绎着西方现代派艺术思潮的个人主义、独立主义，对于工业时代大机器，严酷冷漠的市场经济法则的质疑和批判，由此，彰显着对于人的生命温情，和非理性的人的某种特性的依恋。在这样的氛围中，可以摆脱科技对于异化性的限制，从而在一定范围内恢复人、生命的主体位置。

对话，那个在城市里追逐梦想的青年群体的心灵的坦白，也是一种宣泄与解脱。话语往往不可以改变现实。语言是苍白无力的，物质的存在，金钱、科技的要素却是恰恰相反，冷漠、无情，却坚硬无比。明明知道这是一个必然的结局，却还是要进行一次次这样的聚会。

其实，这就是当代。

矛盾，反矛盾，再矛盾。对立统一，在这样的关系中，度过，演变，发展。

李韵看着，想着，沉默不语。

倒是艾洋用胳膊肘捅了她一下，说："勾引起你的小资情结，是吧？"

李韵点点头，说："我曾经想考艺术理论研究生。真的，小资是我与生俱来的一个向往。无法解释，也无须解释。就是有感觉，就是心灵舒张，得到无以言表也是无法取代的慰藉。"

"互联网时代，这样的浪漫，是得到彰显还是受到挤压？"艾洋问。

"都有。"李韵说，"其实，互联网本质上是工具与平台。但是，在这个科技背景下，一切因素内涵，都创新了不同于以往的存在形式。所以，就是对于浪漫，对于小资，对于思潮，互联网都起到了颠覆性的革命作用。"

"深刻。"艾洋说，"我要记录下来。"

"曾经，我这样表示过：我应该在这样的环境生活，这里才适合我。"李韵说。

她和艾洋并肩行走。

"那是以前，我在韩国拿到硕士学位后。"李韵说。

"其实以那时候你的条件，如果真的想进入这个城市，机会还是很大的。"艾洋说。

“当然。本来就是可以的。但是偶然的事情出现了。那个主管不大专业，想利用自己手头的权力占女子的便宜。我感到恶心。很不接受。冲突之后，转身就离开。第二天就到了水城，不再回头。”李韵说。

“也不叫偶然吧。是你的性格使然，内在的，必然的事情。”艾洋说。

“同意。但是，往事一去不复返。”李韵说。

“无所谓的。对于你，静止的空间不重要。你是动态的，你有选择的主动权。”艾洋说。

“说得好。我们都有选择的主动权。只要我们保持动态的活力。”李韵说。

说罢，两个女子又举起巴掌，啪地合击，拍得脆响。

5

夜里，在宾馆住下，李韵和艾洋一个房间，两个床位的。艾洋躺下后，很快睡着，发出均匀轻微的呼吸声。

李韵半躺着，低着脑袋看手机。

在记事本上，她把白天参观的节点和感受都大致记录了下来。

她把图片和那些文字组合起来，迅速编发在微信上。

如何整理思路？李韵在想。这是副总的任务。出来一走，不是休闲，也不是议论一番便完事。公司花了费用，是一个投资，需要回报。

接下来，他们去看了T街创意集市，在帆布伞下面，摆起长条形的摊位，众多的批量工艺品、动漫作品，既可以展示，又是为了直接销售。但是，有市场吗？这样的小买卖，有多大意思呀？第四届明天音乐节，那是文艺青年的一次集体兴奋。希冀和狂欢，前提是需要有这样的群体。只有一线、二线城市才有这样的基础，作为一个制造业的新兴城市，是难以具备的。以植物为名：老厂区的过去和未来。从一个企业环境入手，讲述一个企业的历史，不仅有缅怀，还有探索与展望，并且将个体的历史上升到符号的位置，这就凸显了一定的文化价值。

还有那个活动，叫作找一种新方法：创意回归。其实是介绍当下热传的关于创新创业的一些常识与理念。绘画的仁慈群展：就是一个年轻作者的画作展览。旧天堂书屋：卖书的，突出一个内容主题，与新华书店和书摊区别开来。当代艺术空间：后浪的气质与前卫，也是画展。梦工场：照搬中关村，或者上海的一些创意产业园。国际跨境购物中心：这是前海的区域优势。二层步行大道：地下是机动车行道，外国人多，国际化人群现象明显，也就是开放的标志……

李韵这样想着，在手机记事本上写着。

碎片，现象的，思绪的。需要消化，整理，形成方案，付诸落实，变成产品，变成商业利益。

李韵想，这一点，作为在公司的一个主管者的角色，需要明晰。而自己，可以为之付出心思。

忽然，一旁的艾洋有了动静，翻了个身子。

李韵一愣，小心地看了她一眼，还好，艾洋还在睡眠。没有被吵醒。

于是，李韵伸直身体，躺好，把被子掀起来，脑袋躲在被窝里头，继续玩手机。

时间，在不知不觉中度过。

一早，艾洋接了电话，朗声说："丽丽要过来，和我们一起饮早茶。"

没有动静。

这时候，李韵还在迷糊中，她下半夜才睡着。

门铃响起，是丽丽来了。

"你是怎么知道我们到了这里的？"艾洋开门迎接，问丽丽。

丽丽笑了，说：“如今，人们的秘密越来越少。大数据的网，如同如来佛的手掌。”

李韵说：“我在夜里把一些东西发了微信群。”

艾洋说：“这便是了。”

李韵与丽丽第一次见面，但以前是认识的。平台是艾洋管理的一个群。

在下榻宾馆餐厅的一个小房间，三个女子饮早茶。

丽丽就在蛇口，离这里不远。所以，很快就来了。说，可以聊久一点儿，她上午没有什么要紧的事情。

在李韵眼里，丽丽也是一个有特色的女子。如今的她留着男孩那样的短发，休闲T恤，收口牛仔裤，运动鞋，随意而干练。

闲聊。丽丽说：“你们是来考察的，都想得到什么经验启发的。我给你们说说吧。如今，前海这里，接待内地的考察团队还真不少。好在，是采用了专业性的接待方式，既不影响本地政府部门和企业的正常工作，还可以做广告宣传，连讲解的劳务成本也顺便解决，所以，来参观学习的人越多，这里得到的实惠就越多。”

李韵说：“还是那个规律，越富有的人，挣钱的方式越多。这是不是马太效应呀？”

丽丽笑笑，说：“差不多是。有时候，莫名其妙的东西，反倒是堂而皇之地存在的。这就是资源聚集的规律吧，不以人的意志为转移。其实，深圳就是这样堆积起来的，政策、人才、资金、信息等各种资源，源源不断，蜂拥而来。现在这里的情况，说是对接香港的特区中的特区，许多制度和模式都是照搬香港的，为的是引入那边的资金、技术、人才等资源，也确实成功，来了一大批香港的企业和人才。但是，房价竟和香港攀比起来，高得让内地的人目瞪口呆。”

“那你买了房子吗？”李韵问。

丽丽笑笑，摇摇头，说：“我再长一个脑袋也没有这样的智慧。

来来往往，只是不知道理财。艾洋知道这点，我是我妈妈那另类树木上结出的另类果子。”

“听艾洋说过，挺有个性的。”李韵嘿嘿一笑，说。

“所以，会被城市生活所抛弃。”丽丽说。

“不过，我觉得丽丽活得潇洒。每年和妈妈去旅游，阅历丰富多彩。最近，你在社区的那个讲座，说到独立、自由、成长那几个关键词，年轻人都接受。”艾洋说。

“一眨眼，我都成为向下一拨人传经送宝的长者了。时间不等人。他们需要，只好这么去说说吧。”丽丽说，“但，我也明白了，生活的方式可以多姿多样。我和妈妈这样，是为了自己的生命而活着。有所得，便有所失。关键是自己要快活。”

丽丽是在一个巨大型的无人机企业负责一份公司内刊。之前，她在上海，在那个做城市展览设计的公司，做文化策划。那也是充满创意与成功辉煌的企业。那个企业由教授发起，依托著名高校具有一流水平的专业，产业化、企业化，借助金融手段，上市融资。数码技术、走向国际。

丽丽说：“在上海，那样的企业不少，专业人才大发其财。”

“那你也是其中之一吧？”李韵说。

丽丽摇摇头，说：“还是因为我这个另类的命运，我不理财，财不理我。”

“但你可以支配自己。”艾洋说，“我昨晚还和李韵说起这个人生哲学来着，但是，在你面前，我们哪里有开口的份儿呀。”

李韵说：“我们只是说说而已，丽丽却敢于付诸行动。境界不同。”

丽丽笑了，说：“不说这些吧，你们出来考察，我讲专业。其实，我并不是玩世不恭的人，工作起来，蛮敬业的。无论是当政府官员秘书，做新闻记者，还是文化策划、杂志编辑，都不敢马虎。”

艾洋说："丽丽的文笔一流，真不多见。"

李韵说："在微信中，我已经领教过，艾洋所说一点儿不夸张。"

丽丽说："介绍这里后，我还想说说上海：华东的中心，长江流域的龙头，上海的分量非同一般，可以代表中国跻身世界一流。所以，你们考察文化产业，一定要去那里。除了外滩，还有东部的高新技术开发区，新的区域规划，新的定位，新的体制，新的基础建设，聚集技术、创意、人才、金融。突出信息产业、生物医药产业、文化创意产业。"

丽丽如数家珍，犹如一个资深学者。

"谢谢你，听你这样一说，接下来我们可要去上海。"李韵说，"也建议前海政府表彰你，如果我们有机会见到那些官员的话。但事实上是没有这个可能的。你热情地为本地的发展做出推动，确实值得称道。"

丽丽说："你很容易掌握官方语言。"

艾洋说："人家有那样的成长环境。"

李韵听了，赶忙岔开话题，说："但愿丽丽开开心心，乘着这里的快车心想事成。"

丽丽摇摇头，说："我其实很难适应这里，在心灵深处，总觉得有一种抵触感，无法落地生根。说到底，我遵从自己的性格，来来往往，一阵清风。"

6

在那座30多层高、扭动着优美身姿的现代造型结构的企业总部大厦的一层大门口，大家啧啧赞叹。

艾洋说："每次进来，都有一种高大上的感觉。"

“当然，这是中国一线企业，世界级的企业。”桂说。

一个跨度，少有的，也是传奇的。40多年前，这个企业是一群农民创建的，东凑西拼，筹集了5000元。开始是为附近城市的医院做玻璃药瓶的塑料盖子。后来做电风扇，又转型为现代公司制企业，做空调，做家电系列产品。一步一步推进，成为行业的巨无霸。

终于联系上，桂和文之丁，还有艾洋、李韵过来，和企业方面对话，谈谈如何把他们收购欧洲智能企业的题材拍成影视作品。

落座，那个三四十岁的男子，负责企业公关与文化的副总就说：“请介绍你们的方案吧。”

他没有任何客套话。

“我们的意图是反映企业的故事，弘扬企业的精神，对于推广企业品牌，推广地方品牌，都很有作用。”桂说。

副总问：“什么时候可以制作出来？”

文之丁说：“看你们的需要。我们这里可以加快，适应需求，无所谓的。”

副总问：“需要多少经费？”

文之丁说：“制作与播出的经费比例是1∶1，或者更多一些。”

副总一边听一边做着笔记，问：“播出的渠道是如何安排的？”

文之丁说：“可以在央视的几个频道播出，在卫视和网络播出。如果确定选择在央视播出，需要在摄制之前，与他们对接，按照他们的要求制作。”

副总说：“上央视有把握吗？”

文之丁说：“没有问题，因为我们团队很多就是央视出来的。还有央视的专家。”

听罢，副总进行表态，说：“项目的意图是适当的，也是有价值的。但问题是，可能内容不好把握。因为我们是上市企业，各方面的运作都是很规范的，有着明确的制约。这儿的项目和宫廷剧不同，和打鬼子剧不同。宫廷剧是古代的东西，谁对谁错都是可以的；打鬼子剧，正义与非正义也是已经明确了的。唯有反映我们企业现实的，其中的制约非常多，也很敏感。我们需要把握原则、尺度与效果。”

文之丁听罢，似乎有点着急，说：“这个请放心，我们都考虑过。其实这样的运作模式国内也不是没有先例。比如前几年一个故事片，反映企业CEO的，就是一个一线企业上市公司的总裁，国内著名企业家。在作品中虚实结合，该实的实，该虚的虚。相关的底线，我们有经验把握好。过程中也会与你们密切沟通，一定把最好的效果拿出来。”

桂也来帮忙，说：“他们是敬业的。”

副总说：“这次，我们是先了解一下情况。需要报告给决策层确定。”

文之丁赶紧问：“那到底有戏没戏呀？”

副总愣了一下，避开话题，说：“其实，企业的这几十年历史就是一部人才的聚集史。我们这企业就是这样。”

文之丁说：“对的。我们一定会突出这个主题。”

副总一边走一边说：“现在一些专家学者的文章或论坛，没有新概念，一提到增长，总是说靠出口、消费、投资三驾马车拉动，十几年过去，还是这样。实际情况早就不是这么回事。研究方向变一变，研究一些公共场所的社会成本或许更有意义。”

文之丁跟上去，说：“您说的是我们吗？”

副总看看他，笑一笑，说：“不好意思，这是我昨天说过的话。社科院的研究员过来调研，我这样说了一点儿看法。我们收购国外那个世界一流智能公司后，这段时间，来访者络绎不绝。做新闻报道的，搞评奖的，总结经验的，参观学习的，我几乎全职应付。有时候，脑袋蒙了，说话就走了岔道。不过，我的意思是，做事一定要有真正的价值。这是对你们的希望或者说祝愿。谢谢。”

见面和会谈，客气礼貌，简单直白，也有不知所云的话语。其实是不了了之。

走出企业总部，不想立即离开，在大门前的空坪地，站了一会儿。桂和文之丁说了几句，两人都觉得效果还不行，没有实质性的收获。

文之丁笑笑，对桂说：“你不是说上级很重视这个题材吗？”

桂说：“那我所说的这个倒是没有作假。但是，领导并没说一定要采取纪录片的形式。”

艾洋说：“那可以采取多种形式来尝试。”

桂说：“也只有这样。现在，我们知道上市企业对于表现形式的要求了。也是一个收获吧，直接对话才可以了解对方的意图，不要只凭想当然。”

“那接下来怎么办？”艾洋说，“不能只靠等待吧。”

“需要主动。”李韵说，“如同开拓市场。”

文之丁说：“你们那个洪老板有没有这方面的兴趣？”

李韵摇摇头，说：“他们这些老板，实在是务实，优点是务实，缺点是太务实。”

“只能再去找柳羊。”文之丁说。

艾洋点点头，说：“也想和他再聊聊。他是这个企业的，里头的事情总比我们熟悉。”

在路上，艾洋给柳羊打电话，才知道去不了，柳羊外出不在。

艾洋说：“其实找到柳羊也没有什么作用呀。”

桂说：“是的。那副总的意思其实很明白。纪录片这形式本身他们已表示难以接受。”

文之丁说：“那么换成故事片吧。编故事，其实更好玩。”

桂说：“虚构的话，我们几个凑一凑，也都差不多的了。”

文之丁说："我们立马去凑。"

李韵也乐了，说："好呀，我们编故事去，做个白日梦。没想到这也是一个谋生的手段。世界上没有比这个更快活的事情了。"

他们回到桂的独栋楼，喝茶，说笑。在烟雾缭绕中，凑出了一个电影的部分大纲。

都挺高兴的，觉得可以向那个企业交代过去。

再补充了一些，后来，大家就说："把故事演绎出来，我们看看如何。"

这么一来，搞电影的文之丁高兴地接受了这个任务。

过了几天，又是这几个一起，进行剧本的展示。文之丁也似乎有过这样的经验，站立起来，不慌不忙，眉飞色舞地进行描述与解说：

开始，著名企业的新总部大厦落成，这是一个节点，也是一个情节的展开。长镜头展示：推出一个大楼使用的仪式场面，剪彩，典礼。高朋满座，宾客如云。几十层的大楼巍然耸立，造型新颖，像一个舞动的身姿，动感鲜明。楼顶直升机降落。彩旗飘扬。

推出特写：

创始人满意地露出笑容。他是一个从洗脚上田创办乡镇企业干起的元老。

他身边站立着的儿子，朝气蓬勃，春风满面，踌躇满志。

两个女儿带着家人。

副总裁在一边默不作声。

领导讲话，嘉宾致意。

第一个情节的主题是热烈与成功。

接着是忧虑与问题的出现，冲突来了。

夜深。安静下来。

董事会会议室灯火明亮。召开会议。

大家说出了问题。

诸如，市场竞争激烈，成本增加，利润下滑……

创业元老提出退居二线，力荐新人接班。

于是，新总裁上任，新思路出笼。接着，辩论，反复，争议。再展开，新行动出来，引发新问题……展开冲突。

终于，第一阶段的成效凸显，有了一个回应。

最后的一个亮点，当属高潮部分，是对整个剧情的提升：

3月，北京钓鱼台国宾馆，中国发展高层年度论坛，集团企业总裁在论坛发表演讲。

这里，展现了思辨力度，针对中国制造的创新升级问题，提出了理性的启发。

这一段剧情是一个时间长度到了极点的安排：

意气风发、满怀自信的总裁，发表主题演说，在剧中，显然是一个集中的主题展示。

他说：

……中国企业创新已进入第三阶段，技术创新是最根本问题。中国在改革开放后成为世界制造大国、世界出口第一大国，背后是企业在创新中不断发展壮大。过去经历了两个创新阶段：第一个阶段改革开放后，中国企业利用与欧美发达国家的成本差异，发挥区位优势和成本优势，以及大规模的国内市场，进行了大量的应用类创新，产品卖到了全世界。随着互联网技术、信息技术的发展，诞生了像携程、阿里巴巴这样一些商业模式创新的公司。今天中国所有的企业，尤其是制造企业，很显然将要迈向第三个创新的阶段。

第三个阶段是什么？是基于技术创新一个新的阶段，基于基础技术、核心技术、工程技术、系统技术以及互联网技术等在内的广泛的技术。

我们今天要么在核心技术、基础技术上突破，通过技术的创新和积累形成产品创新，提高产品竞争力，向价值链的高端上去转移了要么通过技术进步的手段来推动效率的创新，通过一些新的数字化的技术、互联网的技术以及一些生产制造的技术，提高全要素生产力。

演示解说是成功的，文之丁有这种才能。他又是解说，又是打手势做表情，一口气将剧本的基本构思和故事情节表现出来。

虽是在随意的小范围，但大家都了入迷，结束时，情不自禁地拍起了手掌。

文之丁一愣，满脸通红，连忙摆手。

桂说："先说最后这个北京论坛的演讲吧。内容是可以的，但作为故事片的人物语言，至少在表演的时候一定要处理好。这么长时间的演讲，观众不是来听报告的，是来看电影的。"

文之丁说："那是新闻里转来的，有事实依据。"

艾洋说："这个不难看出，我们在几家媒体的新闻中都看见过。"

桂说："观点的分量是得到认同的，选择纪实性风格，也是可行的。这个作品主要风格就是政论性，关于中国企业、中国制造业的当下发展。但是，这个毕竟是一个电影作品，需要找到纪实性与艺术性、可观赏性的结合点。"

文之丁说："人物性格、细节方面，还是要找到柳羊，由他来滋润滋润。"

7

学者团队、文化艺术团队、经营团队和企业团队的代表一二十人，集体与政府官员会面，轻松愉快，热烈，内容充实。

一次成功的对话与协商。

其实是务虚，因为务虚才有如此气氛。

李韵懂的，因为这个政府的秘密，最近从父亲那里听到过。以前，也不是没有机会发现这样的规律，但那时候心不在焉。如今，带着博览会的问题，深入切入官场，已经是现实的需要。

在副市长金钢城办公室旁边的一个会议室。

对话告一段落。

金钢城说：“IP是什么，还有VR，昨天在车上，几个处长讨论了起来，我认真听了。他们说了一大通，又是用手机搜索，但似乎也没有说清。现在听大家这么一说，也不会太深奥嘛。有些东西，如IP，我们早就做开啦，只不过没有那样的解释或者说使用这样的理念。但是看来，我们的政府需要知识、观念与技能的不断更新，以适应新形势，抓住新的机遇，迎接新的挑战。”

这次活动的一个背景是，政府部门初步确定了一个订单，挺有分量的。水城网受益匪浅。市里准备下半年的“互联网＋”博览会，整体活动策划和宣传活动交给水城网承办。

水城网对会议进行深度报道。记者通过现场速记，整理一些内容，同步在网络上发布。

张教授精神饱满，西装革履，看得出对于这样的会议是高度重视的，他的发言老辣到位：

我最近去了一个典型的大镇，这个镇2000年合并的时候，是中国第一经济强镇，2009年是第一个产值总量超千亿的大镇。如今，在本地都已经跌落第六，境地非常尴尬。

现在的问题是，遇到了三明治困境：标兵压着，追兵顶着，成本上升。但是我们认识不到位，高新技术不如传统技术，今天不如昨天。创新应当成为我们这里的自觉行动。

十分需要的是创新驱动到驱动创新。如何创新呢？应有自己的独特的定位。目前的态势是，从量变到质变的腾飞。飞到哪儿，是我们的定位；怎么飞，那是我们的方式。我们的企业家基本是务工厂长，只顾生产。而企业家要抓市场，抓技术，抓人才，抓文化……

韩平也来了，专程从北京飞来。他的发言似乎有更多的激情和气势：

……重装思维系统，进行彻底地改造，唯其如此，才可以适应飞速变化的世界。这个系统的理论有什么逻辑来支撑呢？是时代背景。我们现在处于第三次科技革命时代也是信息时代的末期，那是第四次工业革命时代爆发前的平静期。

我们再去挖掘，第四次工业革命将如何爆发呢，可以查阅那本《工业4.0》及由我写作的《新趋势：工业4.0与中国制造2025》等书籍。阅读后你会发现，这是美国、德国、日本、中国四国展开的一场悄无声息的战争。

今后的世界将会残酷惩罚不改变的人群！有人花几十万，开个实体店，坐在那里拍苍蝇，宁可亏本，也认为是实实在在做生意。有人在互联网上只用一部手机，一个微信，就把生意做到全世界。别人说他是异想天开，不务正业，网上的都是骗子，不可能做到。说明：旧思维再不改变将遗憾终生。在分享经济和跨界打劫的时代，如你看不懂，你已经没生意可做了。趋势战胜优势，这是未来的商业模式。

农业时代有一块土地，你是赢家！工业时代有一个公司，你是赢家！信息时代有一个好平台，你就是赢家！

新的时代来临，如果你想引领这个时代，只能去最牛的地方去重装思维系统……

8

尼秋实验似乎是不停的，但也遇到很多拒绝。王思到底不接受他那套方式，固守自己的存在习惯。

那天，尼秋安排一个饭局，请艾洋吃饭，地点在他的那个藏吧。

“都很久没见面，虽然在微信上还看过你的一些精彩观点。还好吧？”

在电话中，艾洋说。

“还行吧。过来聊聊，也有一些事情。”尼秋说。

藏吧是很有文艺情调的，艾洋知道。也就满怀喜悦赴约去。

果然。王思、女作家、网络作家都来到。

“太享受了。尼秋，只有你才有这样的组织能力。环境好，吃得有意思，聊天也一定有意思。”艾洋由衷地说。

和他们一一问候后，落座下来，艾洋发现，到底是文化人，也是年轻者，都喜欢这样的聚会。

茶水是女作家动手张罗的，尼秋还是圆领T恤、牛仔裤。

“吃饭之前，我们了解一个话题。”尼秋说，“请看屏幕。”

在大家围坐的原木餐桌旁边，一幅屏幕徐徐下降，顺利展开，尼秋叫人打开了投影仪。

一个关于王思的推广宣传视频材料。主题是：一个富有传奇色彩的人，身残志坚，坚持写作，著作甚丰，影响甚广。

效果不错，视觉和音响的设计都具有冲击力，能够吸引人，给人以影响。

十几分钟看罢。尼秋说：“我们的意图是想对王思进行包装推广。里面一些画面，大家看到了，他到一些部门、企业、学校进行演讲，是受到欢迎的。这个基础条件很好，我们进行挖掘，充分地进行开发利用。把王思的著作销售、演讲培训、书法留念、个人品牌影响力以及多种媒体的融合宣传等一并结合起来。”

王思笑嘻嘻地说：“难以拒绝。我也算是同意了，接受了，积极配合，听从指挥，当自己是个小白鼠，进行一个试验。”

尼秋瞪他一眼，说：“你还是保留一份扭扭捏捏。都说多次了，这是为你好，这是一个产业行为，生意行为。”

艾洋说：“好大的名称。”

尼秋说：“一点儿都没有夸张。你问王思。”

王思脸红起来，说：“我的那部写残疾人在当下生存状态的长篇小说，我写了现实的境况，也写了一种特殊的文化生态，体现人文关怀。有真相，有真情，也有励志。总之是正能量。”

尼秋说：“得了省级的‘五个一’工程奖。”

王思说：“本来还要报到北京去，争取一个国家奖的。但有一个著名老作家的作品更符合当前形势的需要，把这个名额安排在他那里。”

艾洋说：“不错不错，真的不错。”

尼秋对艾洋说：“你们媒体也要支持呀。”

艾洋说：“从来都这样。对于王思这样的典型，是我们关注的重点。”

“吃饭，喝酒。都什么时间了，别光顾了说话。”这时有人嚷了起来。

几天后，艾洋给采编布置的这个报道任务已经形成了方案，王思打来电话，说要过来有事说。艾洋耐心地等候他。王思过来，却说，尼秋的那个计划他最后还是选择了放弃。

艾洋说：“那为什么呀？其实我觉得还是可以一试的嘛。反正你的成果是明摆着的。”

王思说：“张罗了一会儿，介入进去以后，有了真实的感觉，发现不对劲。打破了原有的习惯，跟我的平常节奏不对劲。思来想去，最后的结论，我还是保持现有的习惯和节奏吧。”

艾洋笑笑说：“你是以不变应万变。”

王思说：“前几天我的笔记本电脑出现问题，也去电脑城找了你介绍的雷志超。笔记本果然顺利修好，还得到很深的印象。他的专业，他的坚守，他的务实，他的工匠精神，可以保障平稳长久地运行。不会爆发，没有意外的惊喜，但细水长流是问题不大的。一种以不变应万变的姿态，也是心平气和，一种宁静的生存方式。或许对于我来说，是应该这样。网络写作一天可以码几万字，我做不到，也不想做。我是每天一早起来，将笔记本电脑打开，有空就写，一天写2000字左右，天天坚持写，像只蜗牛。我慢慢爬，坚持爬。每年有一点儿收获，积累起来，便是我的东西了。现在看来，成绩也还可以。我有著作，有工作，有职务，待遇不错。像我这个情况，很知足了。异想天开，不是每个人都可以实现的，也不是每个人都需要的。”

艾洋想想，说：“觉得你是对的。做自己适应的东西，接受自己可以承受的东西。坚持下去，总是可以达到自己的目标，也许，这才是最好的路径。”

王思说：“所以，什么‘互联网＋’也好，文化创意产业也好，我都不跟风。不是这些东西没有价值，而是我有自己的节奏，只能走自己的路子。”

半天不语的尼秋，开口说话了：“你照你的路子走下去吧。我的那个策划，放弃了，不落地。”

但不会寂寞，这是尼秋。没过多久，又有了一个行动。

有一个聚会，艾洋约了尼秋，但他推脱不就。

一问，是他带着20个学员进行一次书法封闭训练。到粤北山区，一个安静舒适的林场。每人的一天花费，住宿50元，吃饭不到100元，而且吃得不错，有当地土特产。出发时，一辆30座中巴，带着一大堆货物放在车后头，除了各人所带的衣物行李，还每人配有6瓶一斤装的墨汁，6刀宣纸，两箱白酒。

封闭5日，专写大字。把手劲练出来。不仅是书法技艺，也是体力活儿。

很快，在微信里头看到了一些照片。

微信引起一些好评和询问，尼秋也会热心地进行回应。他说，培训专职书法教师。让他们提高书法水平，同时也掌握书法教学的基本功。以后，他们不仅进行书法创作，还可以进行书法教学，招收学生，收入课酬。

几天的时间里，不仅发布了现场的图片、所写的书法作品，而且，在互动中，尼秋还推出了自己的一些思路，说以后需要收拢，更加专一。以前，喝茶、古筝、性格色彩、古装汉服、亲子教育等都搞过，但是没有深挖，不具特色，唯有书法，因为结合自己的所长，更有底气，施展的空间会更大。

“以后，要将书法变成行为艺术。通过放大和夸张，使之外在化、可观赏化、可体现化、可表演化。形式会更加生动多样，如广场的地书，大幅书写，可以宣传书法艺术，宣传中华文化传统，宣传正能量。”尼秋说。

“名利双得的大丰收！”艾洋在与尼秋的私聊中，说。

“在众多尝试中难得的一个成功案例。发起，尝试，失败，再发起。这是我们走不出的圈子，已经是一个常态。”尼秋说。

9

又是古春艳。

在平和医院见到她，格外高兴。她的生活保持着不一般的张力，引人注目，让人兴奋。无论是作为朋友还是作为采访对象。这次，是艾洋带着水城网记者去那儿采访，有业务关联。

又一次成为新闻热点的那个拾破烂的河南老汉张文田，在这个医院急症室救治。

事情是微信披露的，一个网友发出一组照片、一段文字，说见义勇为救了不少人的张文田，居住条件甚差，大脑出血，随时有生命危险。

在平和医院工作的古春艳，联系了这网友，同时把信息投给水城网。水城网也迅速发布。

于是，立即引起高度关注。不仅网民，还有官方。

很快，张老汉被送到平和医院。

接着，慰问的，采访的，纷纷赶来，络绎不绝。

本地各种媒体连续报道，看了后，艾洋才知道一些背景。

差不多是10年前的事情。春天的一个黎明前夕，水城附近一座跨江大桥的桥面一段，被来往经过的运砂轮船撞击塌陷，留出几米长的桥面缺口。急速行驶的轿车，在过桥时一头栽到江水里。有几辆车遭遇了不幸。

这时候，张老汉的车上了桥，快到那塌陷空口，开车的张老汉的女婿惊叫一声，右脚一蹬，来了个急刹。车身猛地抖动，车上的几个人都弹起半尺高，往前冲去。张老汉醒过来，大声说："你是怎么开车的！"女婿没有立即回答，打开车门，跳下车，往前面看看，回头脑袋探进车内，说："桥塌了。"

张老汉一手捂住被碰得流血的额头，也下了车。看了看湍急的江水，张老汉转身就朝桥的入口处跑去，女婿、儿子问他，他一边跑一边回答，大声说道："报信，拦车！"

入口收费处的女子听到张老汉的急急忙忙的话语，看看这个衣着破旧的老头儿，再三盘问，听明白了后，又说："你是不是没有睡醒呀？"

张老汉一听，眼睛瞪得圆圆的，发了火："我不与你再说！"

转身站立在车道中间，张开双臂。

果然，不一会儿，就有一辆小车开来，在他面前急刹停住。

这辆车幸运地被救下。

接着还有来车，一辆、两辆……

张老汉在紧急关头舍身忘我，救人救车。媒体一报道，立即感动社会。现场抢救，事故原因及处理，好人好事，这三个要素，是新闻热点。也许为了转移人们对于负面事情的关注，所以，张老汉拦路救人事迹，一时间得到突出宣传。接着，到年底，又被评为水城见义勇为的年度好人。

他的那个形象几乎成为一个标志：个子不高、头发斑白、皱纹密布、肤色黑黄、衣着破旧的张老汉，张开双臂，站在路中，紧张地大声叫喊，告诉司机不要前行。

高潮过去，一切回复平常。只有几个记者知道在热闹和光环下的一些事情。

古春艳是其中一个。她那是受报纸委托，以特约记者身份，采写了这个人物的长篇报道。她知道的张老汉是一个活生生的典型河南农民。因为家乡贫穷，带上一家人跑到珠三角，在这一带收破烂十多年。谋求生活过日子，把子女抚养成人，又让他们成家，生儿育女。收到的废旧物品堆放在城郊破旧厂房，自己一家人也在旁边的旧房屋住下。整个生活和垃圾总是无法区分开来。那天，采访他的报道发表了，古春艳带上报纸，送给张老汉。他特别高兴，一再感谢，说：“文章我就不看了，写我的有什么好看的东西，看自己也不好意思。但我会细心存放起来，做个纪念。”

又说古春艳是个心地很好的人，别的记者，不管是来写字的，来录音的，来拍摄的，做完走了，就没有回音。只有古春艳还会把报纸带给他。

说着说着，就问能不能帮他一个忙。

古春艳说：“只要我可以做到的，一定努力办。”

张老汉说，他来珠三角做收购废旧物品已经多年，但所需要的证照就是一直办不下来，他也不会找关系。现在，那么多领导接见过他，也了解了他。是否可以请古春艳记者帮他找领导说一说，把那个证照办下来。

古春艳当下就答应，第二天就打电话给有关官员，反映了张的经营和生活情况。但事情却并没有办下来，去问，说是资质不行。也说，张见义勇为的事迹是感人的，值得表彰学习的，但申请证件又是另一个问题，规则是不会因人而异的。

古春艳觉得也是这个道理，或者说自己也没有理由来否定官员所说的道理。只好将原话传达给张。

张听了，说："早知道你是办不成的。好心老实的人办不了这样的事情。"后来这个问题就不了了之。新闻效应过去后，古和张的联系自然就很少，但古算是一个有心人，还保持一些联系。知道张一家还在继续做收购废旧货物的活儿。后来，听说他做起另一种事情，把赚来的钱，除去基本的生活开支，就拿出虽数额不多，但占比很大的那些，捐给农村家乡的小学。

那个医院是民办的，差不多10年了，因为所处位置偏僻，经营一直不是很景气。但这几年遇到翻身机会，轨道交通经过，市政建设调整，道路网络推进迅速。边缘地方变成城区热点，水城的第一人民医院也迁移过来，于是这里成为区域医疗中心地带了。

待采访的事情忙过，已到了午饭时间。艾洋赶紧约了古春艳，两人在附近的小食店吃了兰州拉面。

也就这样，面对面聊了起来。

古春艳说，她在这里做三个工作：一是医院的文化宣传工作；二是对外媒体宣传和社会活动；三是去年新启动的一个微信平台，在那里推介医院的服务项目，对接患者。效果不错。不仅为一些人解答了有关医院和医疗的知识，还有，联系了近100个患者到医院治疗，其中几十个是进来住院的。院长很高兴，对于医院，从一定角度来看，患者是顾客，是医院收入的来源。

这便是她的工作，是一个稳定的也是主要的收入。

“还写吧？”艾洋说。

“写。”古春艳说，“难得坐在一起闲聊，就说说我自己吧。不知你是否知道，我是单身。因为生了个女孩，丈夫家里有意见。我是教师，那时只能生一胎。后来我们夫妻两个就闹意见了，结果就是离婚。我净身出户，一走不回头。感到空空荡荡的人生，就一直做着写作梦。原来的老公另有新欢，也如愿以偿，生下一个男丁。这几年，女儿也长大了，我带着她生活。这样过日子，不能不写作。”

“也曲折，也直白，也简单，也多彩。”艾洋说。

古春艳说：“你挺会说的。”

艾洋说：“我真的觉得有着特别的意思。”

古春艳说：“其中的滋味，只有自己知道。但你是个明白人。我想多说一下吧。后来我明白过来，写作并没有什么捷径可走，需要努力地写。比如写小说，把你的胡思乱想写出来，把你的七情六欲写出来，把你的经历故事写出来，把你所看到的世界写出来。但不管你所写作的对象内容是什么，你总得是使用语言文字这样的工具或者说手段来表达。而这个工具、这个手段，是有着自己的规律的，就像驾驶汽车和驾驶快艇一样，一个个驾驶员，不管其技艺多高，胆量多大，总得按照汽车或者快艇的操作方式来进行。而这是一个无法逾越的铁律，只能依靠老实功夫。我的那个作品《吾家往事》，被出版社采用。写了10年多，出版的事情也打磨了两年。我写普通人普通事，都是真实的，也有真情。我的外祖母是个农民，在20世纪60年代初不幸饿死。这个细节，是我写作的一个出发点和动力。出版社一度不同意，要求我删除这个情节或者改写。我坚决不妥协，说，要不就不在你们这里出版了，我拿到别处去出版。编辑说，别别别，我们再沟通一下。最后，他们还是接受了我的意见。不需要自己去张罗出版经费和包销。但也没什么经济利益，只给我100本书作为稿酬。所以，也算是一个事业的成绩而已。”

艾洋连连点头，说：“写作出书真不容易。但其中也有无穷的魅力。在你这里我又感受到了。”

古春艳笑笑，接着说：“还有呢。前些日子，把这本书签上名字，端庄地送给医院院长，他看了一下封面，打开书本翻了翻，皱着眉头说，又出书，你这是干什么呀？我明白那意思了，员工个人这样出书，那不仅浪费了纸张资源，浪费了个人的精力，还会影响工作，也打搅了我意向中的读者他本人。一个作品，其价值是本身所决定的，还是接受者所决定的？看来还是挺有意思的问题。其实，我自己的意图，所写的这个作品，是生活的交集，生命的觉醒，社会的流变，时代的刻度。想表明，理性是必须的，良知是必须的，只有这样，才可以放下愚蠢和焦虑，创造人生和享受人生。”

艾洋说：“太有道理。我只有听的份儿，真的。还有一个提议是，把这段话整理出来，是一个很好的写作经验总结。在水城网发布。”

古春艳说：“我这里说，还想强调一点，这是一个基本的方法原理，做别的，如电商，移动平台也都是如此。”

“我爱听。和你一起，可以看到奇异的思想火花。”艾洋说。

“我也务实了，最近和老陈、胡以思一起合作，那些品牌乌龟，如金钱龟，等等，价格跌到低谷，最大的落差，只是相当于前几年高价时候的二十分之一。这样，他精心做了龟鳖汤，用传统饲料，养好龟鳖，再加上中药材，熬成浓汤。味道鲜美，说是对治疗癌症有好处。进入医院推销，我和老胡做文案帮他推。在我们医院的患者群里推，找到具体的患者或患者家属推。真的有多少用处，其实谁也说不好。但是，这个汤不贵，几百元，好喝，也肯定没有坏处，只有好处。也可以作为一个滋补，一个安慰，一个寄托。所以，也颇受欢迎，于是做成一些生意。”古春艳说。

“不仅是务实的成效，而且，可以为你以后的写作提供素材和灵感。我看好。”艾洋看着古春艳，由衷地说。

10

吴有为似乎经受了一些折磨，心情很不好。女儿的大事不是没有安排，而是已经秘密地进行了很久，而且突然浮出水面，迅速落地。吴女儿嫁给了黑人青年。那人个子瘦小，但肌肉发达，四肢灵活，像个精力无限的猴子。职业是搞舞蹈表演，与服装公司签约，在珠三角城市表演，生活紧张、精彩。吴女儿是其经纪人，收入不错，怀上孩子了。

“突破了原来的思维框架。也只能接受一个没有准备的现实。”在和桂、艾洋他们说起来的时候，吴有为长吁短叹。

桂不以为然，安慰说，这仅仅是观念问题。一个传统的、封闭的观念在作祟，只要观念调整过来，看法和感受就立即会来一个180°的转变，所以，这个问题并不是问题。

但，另一个问题就真的是问题。吴有为母亲的病最近加重了，得的是癌症，治疗了一两年，但每况愈下。回到老家乡下居住，安静度日。为此，吴有为回去了半个多月，把水城网的事情全权交给艾洋负责。

回来后，一脸的沉重。肤色接近茶色。短头发和长胡须，已经有不少花白。和艾洋见面，简单听了一下艾洋的工作汇报，说：“水城网的事情我一时确实没办法应对了，还是靠你。”

艾洋说：“你就放心吧。大家都很理解你，也都非常敬业。”

“谢谢你，谢谢大家。我相信你们。”吴有为说。

“你妈妈的情况怎样？”艾洋关切地问。

吴有为摇摇头，说：“看来以前的治疗，可能一切选择都是错误的，或者没有意义。西药治标，中医治本，一个见效明显，一个着眼根本。但是用过之后，也就是烧钱，病人受罪。结果，还是无法阻挡那个我们最不希望的进程。生命还是向着那个方向一步一步地走去。”

“你也不必过多自责，顺天由命吧。尽力就好。”艾洋说。

“那是。其实，之前这些意见，我女儿在一个微信群里就知道了，发给我，还悄悄和我商量。但我们都有一个一致的意见，不管那来自网友的意见多么正确，坚守孝心是科学信息无法改变的。”吴有为说。

11

张红梅要离开水城这里。还是与出发一样，形单影只，一早就启程。

滴滴打车，叫司机送到高铁南站。

半个小时的车程。100元费用。

路上没有一句话。

无聊，就扫一眼那司机。忽然发现，好像有点脸熟。还是无聊，就想了一下。估计，是在微信上看见过。再一会儿，想出来了，是在水城网那个微姐主持人的微信上看见的，他是微姐主持人的一个朋友吧。

那司机是温志发。

但张红梅不可能认识他。

其实，开车中的温志发也打量过这个乘客。也觉得有点面熟。艾洋、李韵都在找这个叫张红梅的女子。

温志发收到张红梅的订车电话，存有她的手机号码。

但温志发没有想到这么一步，没有保留这个手机号码。

这样的接触在汽车到达南站西门三层旅客进站口处结束。

在微信上交付了车费的张红梅，离开这小车。拖着自己的行李箱，随着人流，走向进入候车大厅的安保检查的门卡。

上个月才在这里送别平，她要回家一趟，和父母说一些事情，然后，回来，和男朋友去他家乡，登记结婚。平的肚子里有了几个月的孩子。是平突然改变了只恋爱不准备结婚的主意。她采取了自己开玩笑说的办法，用尖利的针头刺破避孕套，在男朋友不知道的情况下怀了孕。为什么会到这个地步呢？张红梅觉得奇怪，问了平。平说，后来感到男朋友还是自私，经常找她，找她就是为做爱，而且每在一起就要做两次，甚至更多。当看到压在自己身上的他，闭着眼睛没有表情，也不说话，也不交流，只是不停地做着活塞动作的时候，平忽然发现，其实，在这个男人心中，自己不是什么情人，不是什么女友。他是把自己当作一个泄欲的工具，并没有其他的什么感情或思念。平猛然醒悟，知道自己被骗，就横下心来报复，怀上孩子，提出结婚。男朋友一听就愣住，说："你原来并不是这样说的。"平说："你在我身上获得的太多，我改变了主意。"男朋友还想推脱，平脸一板说："你可以不负责，我要把孩子生下来，养育成人，18岁的时候，一定去找你。是女孩，就开口唱衰你；是男孩，就拿着刀子割下你的脑袋。"男朋友一听，吓得脸发白，就答应对平负责，娶她为妻。

这就是平。

香姐倒是依然如故。还住在旧城区小巷里头。女儿长大了，更加懂事。但是，那个徐所鼓动的电商，张红梅和香姐都没再参与。在那个网站购买的东西，各方面都明显比不上当下著名的那几个电商平台。后来，那个网站还经常关门。所以，张红梅和香姐投进去的几百块钱，不知什么时候可以取回来。徐和微信群里参与电商的那些家人，也都一直没有浮出水面，联系不上。倒是最近香姐说在一个微信群里发现了徐，他现在做艾灸保健品，说是坚持使用，可以恢复身体元气，百病消除，久保青春，延年益寿。

郭凯，张红梅后来不去他那儿，也不让他来接自己。觉得和他一起是不可能的。到水城这地方来，不是找男朋友，更不是嫁人，而是找到那个母亲生下的哥哥。同郭凯，仅在微信上偶尔沟通一下。后来知道，郭凯调动了工作岗位，做网络安全管理。他悄悄进入一个微信群，潜伏下来，掌握了情况，成功打击了一个传销活动。于是立功，得到嘉奖。这时候，他更想结婚，更急着和张红梅在一起。张红梅想，再也不能犹豫了，立即摆脱他。要不然，以后会有更大的麻烦。他们是不可能走到那一步的，郭凯不知道，张红梅自己知道。

妈妈在老家来电话，说她的女儿生病，想见自己的妈妈。

那就回去吧。上次突然胸闷，呼吸困难，当时还不知道怎么回事，也跟郭凯说过，他是非常关切的，但一无医学知识，二来不知道张红梅的真实生活，当然也不会知道的，他也只能叫张红梅去医院检查。后来，是张红梅和按摩店的女技师一起闲聊，才知道，她们都有这个问题。

于是，张红梅下定决心，不再做这个活儿。

回家去，那里有生活的本来轨迹。这天也一样，毫无惊喜。来来往往都是简简单单的。不会惊动什么，也不会有什么人在意。每天，在路上，在高铁，或者火车站，或者长途汽车站，或者机场，像她这样的行者，千千万万，无以计数。

只是，各人的心境不同，故事不同。

这次，最大的收获是可以向妈妈交差，到底看到了自己哥哥。原来，到这个城市是为什么，需要达到什么目的，其实心里也没有准。只是觉得，妈妈要找哥哥，是她最大的牵挂。那么，自己要去帮妈妈一把。

在高铁站，上了和谐号高铁列车。座位是靠窗的，坐下不到一分钟，列车徐徐启动，敏捷而飞快地行驶。

窗外城市的风景在往后移动。

再见吧，亲爱的水城。张红梅心里一动，若有所思。虽然，自己只是一个匆匆过客，但还是感到了温暖和吸引。

以后再来，想吃猪油鸡蛋炒饭。

12

于东风又在捣鼓。这个信息是阿玲发来的。

这次，在微信上，她给艾洋一下子发来一组内容。

于东风到职业技术学院，介入了“双创”教育。经管学院院长很高兴，说：“我们这个课程开设很久了，问题一直无法落地。老师都是没有创业经验的，从理论到理论。但我们的目的不是为了考试拿学分，而是要培养学生的创业能力，至少是解决就业问题。你就说自己的故事和经历就行了。”

于东风说：“我当然有故事可说的。前些天我去了北大和清华，看了线下生活服务中心，觉得我们可以启动这一个大学生的创业项目。我有了设计，基本产品形态已经确定。接下来，大家动手，集中精力将产品先做出来。在实践中逐步完善运营模式。”

线下的项目智慧生活中心，也就是智能小卖部，按照计划建立团队。由学生团队对接。

一组图片，于东风主讲的一个课程，既是培训创业大学生的，同时又面向社会，商业化培训运作。课程名称是：企业网络营销快速盈利精品总裁课。内容讲：

1. 传统企业网络快速转型，企业老板必须掌握四大核心；

2. 互联网客户成交的四大关键（引流、询盘、有效询盘、成交）；

3. 实战演练：10分钟帮找到1000个关键词的方法；

4. 高效的网络运营团队设置及岗位要求；

5. 老板每天如何检查考核网络团队。

艾洋说：“大学生和市场你们都兼顾得当。”

阿玲回复说：“其实我们是利用了大学生这些免费人力资源。这个股份合作办法，公司承接大学的创业培训业务，收取费用。辅导各个团队，如果项目确立，公司还可以占有15%股份。”

艾洋说：“也是李开复创意工场的理念。”

阿玲发来一个搞笑的表情图，说：“其实于东风本身来说，自己的经历都是一部可笑的创业史，但要给大学生讲授职业生涯设计。”

艾洋也附和笑了一下，但说：“不要怕搞笑，就怕不作为。风口浪尖只在一瞬间。”

过了一会儿，艾洋又问：“你怎么这么了解他的进展？一起合作是吗？”

阿玲没有回答，发了个微笑的表情图。

13

说过于东风那里的事情，艾洋看还有时间，叫上李韵一起去看看“互联网＋”博览会项目，约定了温志发的快车。

在车上，李韵不客气地说：“上次艾总帮了你的大忙，把你孩子弄到城区第一小学念书，你说答谢请吃饭的，怎么说过就算了？”

温志发嘿嘿笑着，支支吾吾，没说什么。

艾洋说：“没什么，人家有人家的困难。”

李韵说：“我也是开开玩笑而已。”

这么一来，温志发却又开口，说：“不是我请不起，也不是我忘记，而是有了新的压力。”

艾洋说：“做实体经济的事情不是已经可以应付了吗？如今还很困难是吗？”

温志发说：“如今，在建筑工地，一个工人每天的工资至少300元。可是招工难。因为工作压力大，一天工时长达十几个小时。又主要是室外作业，风吹日晒雨淋。年轻人觉得难以承受，不喜欢做这个。其实，大学毕业后没有工作的大有人在，到处可以看到。但他们只喜欢去做什么网络贷款、动漫游戏、唱歌跳舞、网络电商，喜欢坐在舒服的室内，或者轻松愉快的，或者可以一夜暴富的。苦力与传统的工匠似乎被新一代遗忘了。”

李韵说：“我们的实业怎么办呀？那可是一个发展的依托。”

温志发说：“做企业永远会这样，但有一定基础，有一定的办法，也问题不大。就算是破产，也都是可以接受的。这个，我们都能够应付过去。”

艾洋说：“那就好了。开好你的车吧。我们不问了。”

温志发嘴巴还是不想停住，说：“前几天听张教授讲座，说到我们产业的一个痛点。我支持。”

李韵说：“那是什么？”

温志发说：“一定要保护知识产权。你看，我们很多企业，以前就靠几把螺丝刀，把别人的好产品买来，拆开，就模仿制造。不去研究发明，那哪行呀。如今假货越来越多。我家乡的潮汕牛肉丸，自古以来都是美味的好食品，如今到处都有，就是打着灯笼也找不到一家正宗的，不要说吃不到那个味道，严重的是很多的假货，材料有问题，吃下去搞坏身体。”

艾洋说：“你这话在理。”

温志发说：“我是有切身感受。”

艾洋说：“看来这个时代，也还是那句话，群众的眼睛是雪亮的，也是建立在公正道理基础上的。”

李韵就对温志发说：“你看，你受到隆重表扬。”

温志发笑笑，说：“还有，那个水城大炮的事。”

艾洋冷冷地说：“那人又怎样啦？”

温志发笑笑说：“本来我不想在你们二位美女面前说起他。但我心里其实也在纳闷儿，也许是他的一个生活方式，也许有那么一点点社会原因。比如，他出来后回到我们这里打工，依然不改坏习惯。他不在乎存钱，把收入主要用到发廊妹身上。我很认真地与他谈过这个事情，表达了我的深度不理解和严重关注，但他不以为然，说：及时行乐，青春苦短。以后回老家农村再盖房子，娶老婆，生育孩子，就一辈子也不来这里打工了。也不去村子以外的地方。待在家乡，像老一辈一样，过着平和安静的日子。反正那么一点点的打工收入，其实也做不了什么事情。”

李韵说：“还是恶心。”

艾洋说：“无语。”

温志发说：“我倒觉得有点哲学味道，是不是可以说那是人家的生活自由噢？”

李韵说：“再自由也要有底线。”

温志发说：“人家在用自己的方式争取幸福。他的叔叔，也到了珠三角打工，在家具生产企业做体力活儿，那种乡村企业的厂房你们没有进去过，就不大清楚。其实，做家具，厂房一整天飘浮着木碎粉末。他叔叔后来感到不舒服，难以坚持，才去医院看，一检查，癌症晚期。向企业提出赔偿和补贴要求，企业给了四五万，收到便离开了，回到家乡治疗。两三年时间，把十多年在珠三角务工的积蓄花得一干二净，最后还是被病魔折磨得不成样子，走到生命的尽头。对于叔叔的命运，他曾几次与我说起。所以，他无奈地选择及时享乐。”

艾洋说：“无须争论，这是另类。在宽松和谐环境中的另类，极少数的占比，也是无法消除的存在。丰富无比的大森林里什么东西都有。如此而已。”

“这回轮到我无语了。”李韵哼了一声。

第十章

1

夜晚，在高楼19层自己的住处，品味又一天，已经是艾洋生活的一个常态。

夜已深沉，透过窗户探寻外界，放眼望去，视野开阔，心旷神怡。

在外面，街道、楼宇的灯光明显减少，城市不知不觉地进入休眠状态，宁静安谧。楼高风多，格外清爽，远处有时隐隐传来汽车的行驶声音。

夜晚有夜晚的特别形象，不停变化的城市就更是如此。艾洋记得，那个印象深刻难忘：夜航飞机到了广州上空，透过机舱两旁的窗户，俯瞰大地，那城市就是灯火的面积和图案。仔细看的时候发现，光亮程度与城市关键点成为正比关系，行驶的车辆还以其移动的光线不停地表演着城市的一种韵律。

当下这个时代，视角突然丰富许多。以前拍一个俯视角度的照片需要花费很多精力去登高攀爬，受限性大。如今无人机轻松地解决了许多问题。

传统习惯的视角，飞行的视角，无人机的视角，还有网络虚拟的视角。

各种映像复合成如今的印象。综合的，立体的，动态的……

对于艾洋而言，这已经不是什么稀奇的感受，没日没夜的是网络空间，东西半球的阴阳界限已经抹去，互联网24小时无间断运行，熬夜已成为IT人的习惯。

今夜本不例外，但对原本习以为常的景致有所发现却意味着日子的变异。

似乎感觉有点不同：忽然发觉微信上有动静。

点开一看，不由微微一笑。

“你还没睡呀？”那是梁子亮发问的信息。

“你不也一样吗？”艾洋接上去，说。

“我想再看一部美国大片。”梁子亮说。

“都什么时间啦。”艾洋说。

“我要搞电影制作呀。现在的目标是从微电影切入，我们这里都建立了微电影产业中心，聚集了不少发烧友。文之丁也参与进来了，那个大片计划目前无法筹集到资金，他还曾想动员那个少有的纯文学作家柳羊，试图找到突破口，但我不看好。那么，也就从小项目做起吧。水城的文化部门积极推这个，应该有一点儿机会，试试看。因此，琢磨大片是必须的，那里才是电影艺术的标准所在。熬夜习惯是艺术家的特点和特长。呵呵。”梁子亮说。

“艺术家是我非常羡慕的，但你那个习惯不健康，要改。我整理一下群里的信息就睡。”艾洋说。

“我会改的，但要逐步来。那你也别太累，你是需要动脑的。”梁子亮说。

“在‘互联网＋’的每一天，我都被信息大潮的活力感染着、兴奋着，我思绪的潮水在放纵奔流，这使我想把我所感受的一切，告诉线上线下的朋友们。”艾洋发去信息，说。

“好熟悉的句子呀。”梁子亮说。

“你还记得。”艾洋说。

“请再提示一下。”梁子亮说。

“以前的中学语文课文《谁是最可爱的人》，开头的抒情语言。借用了，呵呵。”艾洋说。

“借用得好。”梁子亮说，“不过时代毕竟不一样。”

“这个不一样就是发展，就是创新。”艾洋说。

“格言噢。”梁子亮说。

“那就把我的一些思考给你，可能那真的有一点点格言的味道。”艾洋说。

“‘互联网+’，色调是斑斓多姿、变幻莫测的。自由，开放，虚拟，欲望，梦想……我想到这些词儿。当代的无限与有限，得到的与失去的，我们是在还是不在，这些命题，不停地冲击着我们的思维，冲击着我们的感觉，冲击着我们的生活。”

这段话，艾洋发给了梁子亮。

接着，又发了一句话：“别看了，也别回复，早点睡吧。”

她知道，梁子亮还会依照习惯，继续看电影，琢磨电影。他的精神世界在那里。其他，包括饮食、财产、使命、亲人以及作为爱情与未来家庭象征的艾洋，都无法取代。这也是他的一个寻找，也是他自己都不知道这个生命动力的真相。

还是一个感觉，直觉与灵感。艾洋忽然觉得自己仿佛对于他人和世界有时会有洞若观火的智慧。

也许吧。毕竟在网络的无限世界保持着冷静视觉与思考。

呵呵。别那么深沉，自己找来的烦恼。她不是桂，不是尼秋，不是吴有为，不是作家，她是一个轻松快乐追求生活品质的知性女子。

艾洋笑笑，把手机放到桌面，插上充电线。想，就这么着。今天总算可以与手机告别了。

忽然想起什么，还是把手机打开，收藏了今天收到的一条短信。那是批判手机的。

最近，也有文字把手机和动漫游戏称为毒害青少年的数码鸦片……

不是没有道理。但也就批判批判吧。无限的“互联网+”，不可能没有问题，没有矛盾，没有批判。

但是，这就又联系到了一些事情。上床之前，拖拉拖拉，也就放开了思绪。

批判，经常性的。也许是年龄的原因。剩女多思，忘不了关注自己。年纪，身体，容貌；才能，财富，资源；过去，现在，未来……

就是在洗澡的时候，也离不开这样的审视。或者就可以说，洗澡其实一个很好的自我审视，自我批评的时机。

半个小时前，关好寝室门，在套间内的洗手间淋浴。

一个年轻女子，喜欢在洗浴之后，全裸着身体，在自己的寝室走动，不时摆出姿势，打量在房间各个位置摆放的镜子，从不同的角度，审视与欣赏自己的美丽……

桂作品的一个描写忽然又跳了出来。

以前看过他的这个小说。但，在闺密中，还没有听说过这样的事情。为什么桂他一个男作家，会有这样的想象呢？不管是否真实，也无从考究其真实性，甚至没有考究的意义。但是，这个细节似乎可以树立起来，能给人以印象和联想。或许，这就是艺术与生活的差异。也是艺术创作成功的一个标志。

温度适宜的水流，在头上哗哗地洒下来，沿着脸部、颈部、肩部、胸前、背后、腰部，再往下，后部是股沟，前面是大腿交会处，秘密花园。然后，是修长的双腿。放松之后，她习惯地轻轻抚摸自己的一对乳房。结实饱满，沉着坚挺，粉红色的乳头，没有了处女的青涩嫩小，但也不会像生育过哺乳过的女人那样粗糙。于是，满意地微笑起来……

淋浴，不由自主地联想到酒。

啤酒、威士忌、洋酒、红酒。

清新的，火辣的，香醇的。不同的味道，不同的感受，不同的品味。

但同样的，是生命中的特殊时刻。

珍贵的，难忘的，私密的。

她的身体，爱，情，性，就结合在那里。

说不清是偶然，还是必然，还是有人所说的冥冥中的命中注定。

几个男友，深深浅浅的接触。第一个，大学同学，和他的记忆，是啤酒；留学英国，来自台湾的那个文艺范男生，那是一股威士忌的味道。于东风是洋酒，梁子亮是红酒。

终于是和喜好红酒的处在一起，他之前也有过女友。但生活就这样聚合起来。

艾洋是有点自卑。羡慕李韵，欣赏她的简练与坦白。只是，这毕竟是一个现实。现实无法选择。需要承认，自己不是选择自己命运的主体。

这个问题，艾洋一直深藏心中。不时会不请自来，跳来跳去，撞击心房。

但没有也不准备与人交流。互联网什么都可以说，什么表达的平台、渠道和文本都有，只是，生命中，总有一些隐私的东西，或者说，尴尬的东西，无法表达。

躺在床上，张开四肢，放松自己。但还是需要回到现在的生活，安排了一下明天：桂约她下午在自己的书房见面。

生活，这样继续。

2

自己的写作平台，那个黑盒子移动硬盘，100多G大容量的，一直都是心中的宝贝。仔细保管，格外小心。突然，在这一次，带回办公室插入笔记本要进行编辑与写作的时候，桌面跳出一个对话框，两个选项，一个是将这个移动硬盘进行格式化，一个是取消这个操作。

艾洋吓了一跳，赶紧选择取消。然后将移动硬盘的连接线拔掉，再次插入。点击进去，发现里面的文件完好无损。这才松了一口气。

此时，心还是怦怦直响。

差一点，整个硬盘的信息就被格式化全部化为乌有！

多少个日日夜夜的劳作，灰飞烟灭。

以前从未有过的。

要是一下子粗心大意，后果不堪设想。

要提高警惕，绝对不要出现这样低级而麻烦的错误。这是数字化生存。

赶紧复制，在多个空间保存文件。

接着，又一次检查文件，尤其是“互联网+”课题的文件。

忽然，又产生一个想法：

这样的信息收集，编辑，整理，意义何在？

包罗万象的东西。曾经为之兴奋，待之如宝。但是，时过境迁，也就发现，人们所说的信息垃圾，差不多也就是与这些一样的了。

其实，网络世界就是实体世界的一个对应。

数字空间有的，实体空间也有，反之亦然。

在网络上，提取，整理，最后，可能就是还原一个真实的世界。

兜了一个大圈，回到的是原点。

意义何在？需要警惕，但即使苦苦思考也一时无法得到满意的答案。

索性，离开笔记本，走出办公室。

熟悉的路径，顺利畅通。心情不错。艾洋到了桂那里，这天下午。

桂像是想起什么，忽然问：“创意产业园1号楼门口那面挂满招牌的大墙，你还记得吗？”

“记得，那时你不是特意叫我拍下来，并且要整理一下吗？”艾洋说。

“你整理了没？”桂说。

“OK的。几十个牌子，其名称都用文字记录了下来。发给你。”艾洋说。

那是：国家级科技企业孵化器、众创空间、全国青年创业示范园区、南中国智谷特色园区、省小微企业创业基地、省创业带动就业孵化基地、省“互联网＋”创新创意孵化基地、省电子商务示范基地、省现代服务业集聚区、省小型微型企业创业创新示范基地、青年就业创业见习基地、市干部教育现场教学点、市创业孵化基地、广州大学城实训基地、外语外贸大学新闻与传播学院教研实习基地、创客大学、区域大学产学合作教育基地、石油化工学院教研实习基地、城市职业技术学院校外实训基地、区域学院专业实习基地、粤商学院、水城软件园、水城中小企业金融服务中心、水城国际广告创意中心、水城文化创意创业基地、水城创业带动就业孵化基地、水城科技企业孵化器、市科技企业孵化协会副会长单位、企业家协会、水城青年企业家协会、省区域发展研究中心、社科联研究基地、水城智库、华工同学会、南昌大学研究院基地……

桂在手机里看过，哈哈大笑，说：“我们的特色！问题在这里，优势也在这里。以前，我们的法宝是唤醒民众，民众的大联合，人民战争，人海战术，规模优势。如今，搞IT，搞创意产业，搞‘互联网＋’，依然如此。在这个路途中，没有哪一个国家有中国这样的热潮和气势，可能也没哪一个国家有我们那么多的笑话。但是，中国人就是敢想，就是敢干，大浪淘沙，优胜劣汰。最终应该还是可以形成一流的竞争优势。”

艾洋连连点头，说：“说得真好，这也要记录下来。”

桂又说：“我们这个课题，还要加快，争取在全国打响。‘撸起袖子加油干’，此时不搏，更待何时？应该有这样的志气、思维高度和自信。为什么不可以呢？因为我们这里是小城市吗？因为我们不在学界高端上吗？这些都是事实。但是，想想我们这里的制造业，40多年前，此地还是一个传统农业县。端赖乡镇企业、民营企业、民间资本，还有那些洗脚上田、没读过多少年书、26个英语字母都认不全的本土企业家，到如今，硬是打造出了中国的家电王国，一个小镇生长出两个年收入过千亿、进入的世界企业500强的中国一线品牌企业，收购了德国的世界最大的机器人企业库卡，将工业4.0推向了世界前列。看看这些，至少理论上可以说，我们能。实践引领潮头，理论可以走在前面。其中的逻辑，不正是符合辩证法的吗？”

艾洋说：“我又受到鼓舞，如是记录。在网络上发布，一定是高见，一定会引起热议。”

这时候，桂没有再笑，脸沉下来，轻轻叹口气，说：“我的话就这些了，话语只是话语，说说而已，不一定正确，更不一定能够做到。除此之外，倒是还有些话需要说说。”

“那是什么话呀？”艾洋说。

“差一点见不了面了。”桂说。

“不是开玩笑吧？”艾洋一愣，说。

“不是。”桂说。

艾洋认真地看着桂的眼神，说：“你内心紧张，有压力。”

“不仅如此。还到阎王殿门前走了一趟。”桂说。

“这么严重？”艾洋说。

“昨晚做完功课，突然胸闷，满头是汗，想静下来舒缓舒缓。但效果不见得好。好在这时候吴有为来了电话，我简单地说了，他立马赶来，带上保心丸。原来是心脏问题。”桂说。

“以前有过这样的事情吗？”艾洋说。

桂摇摇头。又说：“家族有遗传，我父亲死于心脏病突发。”

“好像你以前说过令尊是高寿时驾鹤西去的。”艾洋说。

“八十过五。”桂说。

艾洋调皮一笑，说：“那你离那个时候还有遥远的距离。”

“但我们的节奏快得多。”桂说。

“那是，物质技术的发展不一定有好处，甚至很多方面降低了人类的幸福指数。”艾洋说。

“我不讲那个大道理。”桂说，“我跟你说，我已经收到上帝的一个警告。不能再越位了。每个人都有自己的定位，这个定位与一定的时代有关。我不能过多做超越自己本身实际的事情。”

艾洋说：“具体的意思是？”

“这个项目负责人我只能过渡一下。”桂说，“一下子辞退，也不是时候。对不起资助的老板，扫了大家的兴致。”

“同意。”艾洋说，“你一定要注意保重。有计划地撤退。”

“需要新人接手。”桂说，“我只是在一旁观察，议论，如此而已。”

“那个新人是谁？”艾洋说。

“那个新人就是你。”桂说。

“没有思想准备。”艾洋笑笑。

“迎接未来，你的任务。”桂说。

“我是要回来的。但没有具体的下一步目标。”艾洋说。

“所以，你现在需要明确一个方向。”桂说，“到德国，也研究他们的职业技术教育。建立一定的关系，让我们的调研成果落地，不仅进行咨询决策，也开展教育培训。你应当是总负责、校长，或者CEO。”

艾洋呵呵一笑。

桂说：“我是认真的。”

艾洋眼睛一瞥，看了看桂的书桌上摆放的书本。那是临时堆放起来的几大摞书本。说：“书籍是你的亮点。”

桂说：“把收藏的书归类一下，在写作网络文化这本书的时候，进展不顺利，需要翻翻书本。看看别人写的，对照一下，再看看自己的。也许可以产生一些新的想法。”

艾洋点点头，说：“你是刻苦的。这么个年纪，许多官员都乐于逍遥自在，无所用心，享受生活。你却不一样，自己不大得志，无职无权，老婆孩子远在他乡，依然不放弃，一步一步努力前行。佩服！”

桂笑笑，说：“世界上不傻的事情我不做。我命苦。”

艾洋也笑了，说：“命苦，也是互联网文化吗，或者说，互联网可以改变这些吗？”

桂哼一声，说：“你说呢，难道你白痴吗？跟我研究互联网文化，聪明一世，糊涂一时，钻进去就出不来。互联网与生活的质量，与人的幸福指数，其实并没实质性关系。以前一句名言，互联网可以下载一切，但不可以下载一杯牛奶。到如今，线上线下结合，建立物联网，牛奶可以在网络上点击得到了，但感情、价值等人生的核心要素，却是无法改变的。”

艾洋摇头，说：“这只是阶段性的问题，以后就不一定的了。”

桂说：“即使是改变了，把人当作一个生物工程研究的对象，或者智能研究的对象，可以改变了，但一想，我们可能便是走到了尽头。人类走到了尽头。像是使用自己的力量与智慧，彻底地否定了自己。比如对于写作，大学毕业以后，我忽然感到有个焦虑，一直跟随着我，挥之不去。因为贴上了中文系的标签，写作是一个要求也是陷阱。但出版作品又由不得自己，从手稿到出版物，其中的环节太微妙，太不可控制了。所以，没有作品，感到自己什么都不是。没有寄托，没有依赖，没有希望，于是产生焦虑；写出了稿子，没有达到那时候所期待的变成铅字的结果，焦虑；后来，没有形成一个写作的理念，没有进入写作的状态，还是焦虑。互联网改变写作的方式方法，自媒体直接发送的平台，因为自由开放，去掉了以前许多不可控的中间环节。但是，面对新来的焦虑，依然无法轻松。比如，我们经常说起的那些问题，海量的信息世界，如何吸引眼球，垃圾与价值，如何鉴别，如何使得受众有一个理性的评判和接受。”

“于是，我们发现了悲剧。悲剧在发展的前方。我们无法逃脱，就像孙悟空无法逃脱如来佛的手掌。”艾洋来了一个总结。

桂点点头，又说：“更多的，我发现了我自己。而这个我，是一代人的我。我不是什么意见领袖，不是什么城市代言人，但可以说是一滴水，一滴可以折射丰富内涵的水。研究互联网文化，我体会最深的就是存在、节点、结构、动态这几个概念。”

“这几天，我翻阅了一下久闻大名的达尔文的巨著《物种起源》，以前也知道这书，但一直没有机会读，如今阅读的时间又太少，还是没有细读。但觉得仅仅浏览一下也很有必要。一个感觉是，写于19世纪的这部著作，反照出我们传统文化的一个巨大不足。人家的知识分子，认真地、科学地研究饲养食用的猪、羊、牛、鸡、鸭、鹅，还有麦子、大豆、薯类，而我国缺乏这样的学术视野和研究。李时珍《本草纲目》那样的著作实在不多，而且这部中医的经典性著作，也不是使用一种系统科学的思维理念来研究的，更多的是描写和经验介绍。我国的文人，往往将精力放在研究四书五经这些所谓的治国安邦的大道理，形而上学，或者研究书画的笔法意境，使用了大量似是而非、朦朦胧胧的形容词，而对于自然与现实，总是缺乏科学的态度、精神和方法。”

艾洋不语，专注地、静静地听着。

桂继续说：“还有，我们的视角在移动，发现和观点也在移动。这些天我忽然发现，我们的经典励志例子《愚公移山》，其实还隐藏着许多不为人知的秘密。”

艾洋搭话了，说：“是吗？真想看看你的新见解。”

桂说：“你看，愚公之所以成功，不唯有持之以恒的毅力，还有技巧。比如，他需要露天作业，否则苍天上帝看不见，他需要与智叟对话，否则他的理念无法传播，他的话语需要旗帜鲜明、斩钉截铁、有悖于常识，否则也传播不远。他其实是透支了未来，说是子子孙孙奋斗下去，那其实是一个意愿，并没有兑现。”

艾洋说：“你这个解读是不是有所突破呀？”

桂不理她，接着说：“前些时候电视里播出介绍我们这地方美食的纪录片，拍得真好。那个制作团队耗费一年时间，精益求精，拿出的是精品。本城的人们反响热烈，以前看电视纪录片还从来没有这样的兴趣。片子里介绍了许多菜式，我一想偷偷乐起来，我都吃过，但从来不需要自己掏钱。享受着以前官场上的职务便利，要么是接受宴请，要么是开具发票，由公家报销。不过如今没有了。其实也无须得意，吃过，享受过，又会如何？只是一个记忆，一种感受的过程。我想起一个寓言，狐狸看到鸡窝里有几只大肥鸡，高兴地钻进去把肥鸡给吃掉，感到心满意足，但由于吃胖了身体，无法钻出来，只得在鸡窝里饿了几天，消瘦下来。出来之后，狐狸才明白，自己还是原来的自己，只不过得了个口福而已。”

这时，两人又哈哈笑起来。

桂说：“我们神经有病。”

艾洋看着桂，说：“你笑，说完就要大笑，持续地长时间地发笑。”

桂说：“你只知道逗我。”

艾洋说：“不是，我是认真的。你刚说过不想再多说，但一张开口，便无法打住。话语滔滔，辞章华美，才华横溢，魅力四射。我忽然发现，你演讲的时候，你笑的时候，回到了本我的状态，轻松愉快，放下许多东西。那一瞬间，至少年轻10岁！”

桂张开嘴，要说什么，但这时就无语了，摇摇脑袋，自嘲一笑。

这时候，艾洋想到了以前发过的那个心灵鸡汤的帖子，主题是关于女人悟性的，不禁暗笑，明白：自己本质上是悲剧感的，所以同于东风在一起能够有一种深刻的共鸣，感觉吸引了她。但最终还是与具有喜剧感的梁子亮走到一起。悲剧感便存留在心底，无法消失，有时还会发酵。这似乎又构成了另一种滋味的悲剧感。

3

手机上，艾洋、梁子亮同时收到这个信息。

水城英语沙龙（179期）日期：8月25日，星期五。时间：晚上7：30—9：30。地点：射箭俱乐部二楼。主题：苹果iPod的优势推出便携式媒体播放器，其标志性产品iPod品牌。该设备以使用户能够传输音乐和其他内容从iPod到电脑的iTunes软件协同工作。问题：苹果是如何实现这种支配的？

他们正在一起，同时看手机，抬起头，发现对方，相视一笑。

艾洋说："那个沙龙活动是你推荐给我的。我哪有这时间。"

梁子亮说："我也快忘记了。"

艾洋说："但人家还在坚持。都是一些年轻人，'海龟'。"

梁子亮说："我发信息去打个招呼，回应一下。"

艾洋说："前些日子，也是收到活动信息的时候，我电话联系过，想安排水城网记者去采访报道，但是对方婉拒。说他们不希望在媒体上出名，只求大家学习交流。还说群体内部有高质量的资源，丰富的、未来的资源，做好自己的活动就可以。"

梁子亮说："好一个潜龙在渊。以后再参加吧。现在也可以信息联系。看看这群越来越多的'海龟'，他们当下如何动静。"

推进"互联网＋"博览会，梁子亮代表他那个文化传播公司，李韵代表创意产业园区，艾洋代表水城网，在这个项目上，都进了来，聚集在一起。

前些天，去了那座本地的新地标。矗立在桥头旁边的一座60层的大厦，傲视群雄。大厦附近，是规划中全球最大的家具展示与交易市场。几十年兴起的这个产业带，开创者和一直在坚守与拓展的主体，都是本地洗脚上田的农民。如今，生意辐射全国乃至全球。除了本地主流地位的粤菜馆，东北菜馆、川菜馆、湘菜馆，还有西餐厅、清真饭店，等等，随处可见。最近，印度商人举行了一个文艺餐会，前来参加的印度人有200多个。

大厦的投资者是本地一个农民企业家。这个工程看来是他的心血之作。投入10多个亿，耗时10多年。不仅外观傲然矗立、卓尔不群，里头更是讲究，主体大厅金碧辉煌，结构造型，材料质地，大气而精致。整体而言，内涵迷人。丰富多彩，美轮美奂。写字楼、商业大厦、酒店、西餐厅、茶室、酒吧、游泳池、电影院、健身房、文化娱乐，一应俱全。各种类型的空间，装饰不同，摆放的家具用具不同，欧式风格，中式风格，古典的、现代的、豪华的、经典的、简约的，皮革材料、木质材料、布艺材料、金属玻璃、石材、瓷器陶具，等等，五光十色，集天下之大全，应有尽有。

几十公里远就可以看到这大厦的雄伟身躯，但艾洋一直没空去看看，这次是和梁子亮去的。

公私兼顾，相得益彰。

“互联网＋”的博览会，接触了一批项目，李韵他们那个创业产业园介入的情况很不错，承接了不少政府的购买服务。水城网也分得了蛋糕。梁子亮对其中的微电影等艺术项目很有感觉。借着这个机会，梳理一下运作的思路。媒体不仅可以报道，而且在整合资源方面，也可以发挥独特作用。

私者，也是一个兴奋点。这是他们的第一次。开了一个中等价位的套间。

梁子亮在煮水冲咖啡的时候，艾洋半躺在沙发上，惬意地打量这个用来消费的空间。

拿起一本印制精致的推介小册子，饶有兴致地品味。

唯有极致，方能传世。那里推出这一主题。

6万平方米恢宏展厅，汇聚上百个100%欧洲生产的顶级家居品牌，全球规模最大的欧洲纯进口家居馆。七星级格致服务。

这个大厦的老板几十年前做家具起步。如今，产业扩展到家居的整体布置，正在挺进智慧家庭生活。所以，巨大的大厦内部，也就是他的产业展示的巨大系统。

艾洋说："文化创意的项目梳理好了吧。"

梁子亮只是对文化艺术有兴趣，就跟进这个。

"还行吧。也是一次召集和鼓动。不少公司参与，但目前分享的是政府蛋糕，还不是市场的。也就是还没有真正进入发展的阶段。"他说。

艾洋说："这个判断是对的，但目前有好戏看看也就可以交差。"

梁子亮说："氛围是出来了。水城政府部门主办、水城网承办的创文企业扶持行动，110多支队伍报名，70余个项目进入路演阶段，经过比拼，30强最终诞生，过程也算激烈好看！功夫影视、文化陶艺、美食文创、广东刺绣、礼饼文化、水城嫁衣等30多个涉及各领域的项目入围，接下来还要竞争，再弄点东西来活跃气氛。大学城卫星城启动年度D-DAY创新设计大奖赛，以'产业·伙伴·价值'为主题，引入基金、创投、众筹、销售、电商、农创、品牌等平台资源，打造水城乃至全球优秀设计资源整合平台……"

艾洋说："丰富多彩，够可以的。"

梁子亮说："展示的平台，包括网络视频直播、喜拍全民影视、动漫形象IP开发孵化，还有什么寻找陶艺的99种可能性，第一套设计师家居，但是，这一切，其实还没有商业价值。"

艾洋说："再说吧。政府负责人说过，更深入的商业价值还须继续挖掘。敢想、敢做，抓住市场的痛点，发挥无限创意，就有可能将梦想变成现实！”

梁子亮一笑，说：“这么一些句句是套话的真理，句句是真理的套话，冠冕堂皇，无懈可击，也无关要紧，没有用处。”

艾洋说：“但我们有了实效，收获了承办展览的费用，那是真金白银。其实政府官员也非常希望会展可以带来真金白银，难道不是吗？只是没有那么容易，我们都知道的。”

4

忽地，张教授似乎壮心不已，又来一个让大家惊奇的举动。老两口自驾远行，自珠三角出发，向着青海，长途而去。他开着三菱越野车，带着太太，离开水城，不紧不慢，每日行驶，终于到达那片高原。沿途兴致勃勃，思绪飞扬，不断发送文字图片，在微信上展示。编辑输出，都是张太太做的。

他们参加的活动：相约看海，寻找诗和远方，全国征文大赛颁奖晚会。

张教授在微信上说：“西部的变化从某个角度来看，甚至比珠三角还大。比如农村。我去过以前搞农村运动的地方，牧民有了自己的草地，有了羊群、牛群，拥有汽车、摩托车，吃穿这些基本问题已经成为小事，不仅在乡下建筑了独栋楼房，还在100多公里远的县城买下商品房。生活自由悠闲，没有压力，少有奔波。”

到了以前参加工作队时蹲点的乡村，旧地重游，老友相遇，格外高兴。在牧民家，张喝醉了。走进门槛，先喝三杯，落座下来，才是茶叙，吃水果点心。夜里的正餐，新宰杀的羊，大块的牛肉。酒是自己家里酿造的，青稞纯粮作料，高度数，火烈带劲。

酒席上，张又对当地朋友说：“我生活在粤港澳大湾区，可能过得还不如你们。以前出国留学，向往西方现代化，后来在广州。如今才知道，什么才是生活的品质。问题不是绝对的，没有什么一刀切的发达与落后之分。所谓发达地区的生活，紧张辛苦，压力大，芸芸众生，都在赶路，不敢随便放松；一些所谓落后地区，需要扶贫的，很多已经美丽如画，人们开始享受舒服自在的日子。”

张太把这些都发到了微信上。

深夜里，张教授醒来，躺着床上睡不着，又开始发微信。

这个项目要落地在水城，在创意产业园搞动漫作品，辐射大西北，辐射历史传统。大有意义，大有市场。

张立马联系了产业园老总洪志宏，桂、吴有为、艾洋、梁子亮、唐总提议都来参加，联手推动，成立项目，安排启动资金，找人开发设计。

只是没有回应。

后来，还是艾洋出来说话：“都什么时候了，您还是先睡好，酒醒以后再说吧。”

“那你同意吗？”张教授急忙问。

“三更半夜，没有人在这个时候谈生意、签合同的。”艾洋说。

“我更要抓紧呀，无论在现实中还是在网络上，已经没有时间优势。”张教授说。

5

到了于东风那里。总是不同的感觉，有一个磁场存在。艾洋对此特别敏感。

欣赏他那似乎不知停止、乐此不疲的长时间澎湃。他不计较失败，一个劲往前冲，拿得起放得下。在这个过程中，才华得到显现，生命活力在彰显，魅力在绽放。

他又在做宣讲，这回对是大学创业孵化项目的学生。

雄辩善言的于东风说起自己留学美国的故事。

讲着讲着，艾洋又听到了似乎是在网络上看到的一段，同以往他宣讲方式一样，又被改造为他自己的事情：

“……那时，到了美国，出乎意料，眼前一黑，我失望啦！机场是暗淡的，城市是二线的。基础设施比起我们的大城市要落后十几年。学校的电脑竟然是10年前的！386，或者486，而那种15寸黑白显示屏，简直就是30年前的。学生用电脑要到电脑室，启动的时候，我一边等待，一边在手机的微信上跟国内同学聊天，往往过了十来分钟，电脑才可以使用。好多课室还在使用黑板，老师用粉笔！他们坚持原始的手写方法来教书，好像没听说过什么叫课件！美国老师上课还用一种古董，那是用一块塑料纸，上面用笔写了要教的东西，然后放在上面，通过光线反射，投影到银幕上面的。老师写完一段，就用湿布把写在塑料纸上的字擦掉，然后再写。看，这就是高科技国家的教育手段！我真是超级怀念我大学母校那高大上的教学楼，那现代化的电脑投影和老师精心制作的数字化多媒体课件，那专业化的科学实验室……”

“但是，不会用电脑的美国老师，用最纯朴的方法进行教书育人，教出了每年那么多诺贝尔奖得主，我越学越糊涂啦！”

哈哈哈哈，大学生们会心一笑。

于东风接着又讲了一个段子：

“我拿着中国985、211重点大学本科毕业成绩，通过GRE、托福考试，被美国大学录取。到了美国发现一些留学生，当然不是研究生，而是大学生，准确说来，是社区大学的留学生，他们学业不怎么样，但家里有钱。到美国读一年的语言预科，学费、生活费多花了接近100万之后，才正式入学。其实他们生活在中国同学的环境中，整天使用中文，一个留学生班，大部分同学是中国人。有个北方去的学生，几年后回到中国，父母想听听他说的英语，结果结结巴巴说不了几句，倒是学会说一口流利的粤语，因为他经常跑到华人街的广东菜馆吃中国菜，在那里学会了粤语！”

哈哈哈哈，大学生们又是一阵大笑。

“好啦，言归正传。”于东风说，“我的意思是，到我这里来，中国、美国的教育的特点、优势，我都多多少少可以同你们分享。”

接下来，于东风继续眉飞色舞地讲起课程的内容：

“关于创新教育，包括对创新的认知，如：创新是如何产生的，创新的类型，创新与复制，如何成为创新型人才。讲授创新思维，包括：突破思维障碍，什么是灵感，什么是逻辑思维，什么是逆向思维，什么是减法原则，如何吸收与应用，等等。其中重点关注一些实用的创新方法，如要掌握水无常势的规律，形成空杯心态，养成无处不在的思考，学会质疑与探索，将不相干的东西联系起来，开动头脑风暴，产生创意。我们的核心课程是素质教育、创新教育、PPT技能、创业教育、CEO培养。”

“这个月开始的持续30到60天，我的重点是让每个CEO达到一个高度，一个足以让项目成功的高度，达到一个拥有广阔视野格局、合理按阶段分配工作、公开演讲能力、团队管理能力以及果断决策力的高度。成为一个CEO，首先你要成为一个高素质充满魅力的人。”

“请看教学公众号。”于东风最后说。

在那个微信平台上，于东风发表这段话，提出了要求大家思考的问题：

微信诞生在广州。全球最大的第三方手机浏览器——UC浏览器，全球最大的娱乐资讯互动平台——YY语音，全球规模最大的数据实时计费结算系统——从兴电子，亚洲最大的应用程序开发集群——久邦数码，国内排名第一的数字音乐客户端——酷狗音乐，国内最大的邮箱系统——网易，国内最大的移动广告平台——有米科技……

我们位于广州的南边，拥有制造业基地的实力，如何对接？机不可失，时不再来。稍纵即逝，追悔莫及，这些生活了千百年的成语，如今赋予了新的含义，而且极容易被我们所遇到。我们只能发挥创造性，化解问题，而决不可重蹈覆辙。

最近我参加一个高端财富研讨会，发现，参会者的精神状态明显不同，3000亿市值的老总在认真做笔记，1500亿市值的在聚精会神地听，19亿市值的在打瞌睡！同样，过年期间你会看到，千万身价的人在拼命工作，百万身价的在开拓市场，工资2000元的在逛街买年货！这便是目前的社会人群现状！逆水行舟，不进则退，持续学习，崇尚奋斗！所以，你们的态度，决定未来。

具体而言，对于我们的项目，提出如下原则：

1. 每个成功的社交软件都有独特的核心价值主张。

2. 只有那些坚持核心主张的公司，才有机会最终成长为行业巨头。一开始便着手创建社交网络是行不通的。

3. 为用户提供一段新奇而难忘的体验才是正确的出发点。大多数想法或有趣，或愚蠢，只要坚持最初的核心价值主张，随着时间的推移，终将嵌入文化，成为一种社会效用。

4. 只有消费者不断获得良好的用户体验，社交软件通过层层阶段，从Want到Utility，才能让产品做得更久，做得更好。

和以往一样，听到于东风讲课，艾洋会不知不觉地停留下来，静静待着。聆听进去，像是思考吸收，像是感受品味，总觉得有味道。包括他的课程内容，他的思想和情感，以及他的声音和风采。

不得不承认，她的生命中，无法抹去这么一个人。

“我父亲去世了。刚过70。当今时代，不算长寿。”

于东风说。

在他办公室里，两人对坐，各自清茶一杯。

课后的于东风，声音略带沙哑，但表情平和，成熟坚毅。

他说：“我祖上已经不是农民，在城镇经商，家底不错。后来，逃避战乱，为保平安，到了乡下，勤耕苦作，耕读传家。到爷爷那一辈，家里就想离开乡村，重返城镇，享受更多的文明氛围，但时代风云变幻，心愿未遂。到了我父亲，作为一个乡下坚持读书的知识人，已经很有这样的迁移条件了，但为了我上学读书，他又放弃了。或者说，选择了一个战略，把我推出去，再由我带动全家的移动。目标是成功实现了的。我获得奖学金在美国留学。当然，过程也是艰辛的，小时候在家里吃玉米，早饭吃玉米，午饭吃玉米，晚餐还是玉米。后来就倒胃口，闻到玉米味道就作呕。甚至，看到玉米就要闭上眼睛。出国留学，钱还是不够的，节省度日。啃面包，和着生菜一起嚼。可以说，我也是传说中的山沟沟里飞出的凤凰，但凤凰的故事常常离不开悲摧的内容。”

“如今，我到了珠三角，这个繁华的城市群，我可以找到自己的落脚点。我的家族由此实现跨越式发展，不仅进入了城镇，而且还是中国最发达的沿海地区，是未来的世界第四个大湾区经济热带。”

“看好的吧，把心放宽些。其实，我最近忽然发现，比如我和李韵，我们的父辈都给我们设定一定的色泽，不管‘互联网＋’如何色彩斑斓，我们总有一些承传的东西是无法改变的。你看，你的故事似乎又给我一个证明。”艾洋说。

“那是的。但我则看重另一点，即是：我们不仅是一个被填充的空格，更是可以自身裂变的符号。”于东风说。

“又深奥起来。”艾洋笑笑说，“形而上的东西，往往是我引导出来的，但打住的也还是我。”

“那就务实，喝茶。”于东风说。

艾洋喝了一口，若有所思，说：“好茶。是你家乡的绿茶吧。”

“正是。你也知道？”于东风说。

“我记得。以前你在公司带来过。”艾洋说。

说到这儿，两人不语。

一会儿，于东风开口说话。

“另一个话题。喜事。”他说。

“那好呀。”艾洋放下茶杯，看着他。

于东风说：“我和玲玲在一起了。”

艾洋一愣，接着巴掌一拍，说：“她不错，温柔体贴。你好有福气。”

“她是汕头女子的典型。”于东风说。

“我知道，在广东，汕头女子的口碑非常好，吃海鲜多，皮肤白皙，身材苗条而不失丰满。脾气特好，最会相夫教子。”艾洋笑嘻嘻地说。

于东风也笑起来，摇摇头，说：“你都说了这么多，我不再补充。但是，目前我需要贷款，安排新的生活。她带我两个孩子到新西兰读书。由于是出国受教育，我的前妻便同意把两个孩子都送到我这儿来。前妻每年会去那里，和孩子待一段时间。我对玲玲说过，我和她也要生个孩子送到国外接受教育。玲玲要复习好她在大学念的中文专业，在新西兰给孩子补习中国传统文化。生活按这样的计划推进，落地自己的设想，依靠银行的帮助。我全力以赴打拼。在国内，逐步发现巨大市场。最近看到一个数字，在这几年，仅仅是英语在线教育，主要面向青少年的，已经涌入了几十个亿人民币的投资。培训这个大蛋糕我们必须分享。我和美国的导师联系上，大家合伙。他在我们水城这里设立一个工作室。导师70多岁了，大半辈子做教育培训和企业咨询。头发稀疏，有4个子女，还在全球跑动，推广自己的业务。虽是老态，却也满面红光，声音洪亮，不知疲倦。”

艾洋说：“可能这就是未来的你。”

于东风说：“和国际一流的东西对接，思路会开阔一些，可以得到一些颠覆性的启示。”

“可巧，我们都要出去。”艾洋说。

“不能不出去。但还要回来。我是一定回来。估计你们可能也是这样。”于东风说。

“为什么？”艾洋说。

“你们的基础在这里，我的明天在这里。”于东风说。

两人对视一笑，举起茶杯，当的一声，碰了碰。

6

怡和发来邀请，安排了一个投资推介聚会。

其实那是一个常设的品牌活动，叫远朋创投沙龙。地点在那座地标大楼高层。

艾洋和梁子亮匆匆赶了过去。艾洋说：“就是看看吧。一来要为朋友助兴，二来也是开开眼界。”

梁子亮说：“我们其实就是无效观众。”

艾洋说：“那也没什么奇怪的。投资推介哪那么容易呀？难道在沙龙上说一说，就可以把资金拉进来吗？反正是一个亮相，路演展示，反复地争取吧。”

梁子亮说：“不过，怡和的冲劲是少有的。”

艾洋说：“真的是佩服，有些性格是天生所成。”

两人说着笑着，开车到达，又步行一段，临近时，眼前一亮。

几个打扮漂亮的年轻女子满面春风、姿态优雅地站立在门前迎候，甜甜地说：

“感谢您在百忙之中来参加我们的活动。”

递上一份表格，请填上信息，姓名、职务、手机号……

接待是专业的，热情大方，也不忘安排嵌入商业利益元素的细节。

备置了水果、点心、咖啡、茶饮。派送的宣传资料也印制得非常精美。参加者不少，仪式流程简练紧凑，一到点，演讲马上开始。

主持人是怡和，她说：“本次活动是远朋一期基金募集推介，聚焦改变移动‘互联网＋’创业成功率。”

那个主讲的男子，据说是留学回来的，在深圳打拼。年轻帅气，西装革履，风度翩翩，口才不错，一张嘴讲出一套一套的，有条有理地介绍他的基金产品。

艾洋翻看着那些宣传资料，估量编印的成本。偶尔看看旁边的梁子亮，他是在看手机。

两人对基金本身都没有兴趣，但是，听着听着，发现有一些观点值得记录下来，作为一个记者，不可浪费这样的机会。

于是，在宣传资料的空白处，艾洋沙沙地写了起来。

新世纪10多年是中国的黄金10多年，原因：中国加入了WTO，全面走向世界，国内局面稳定；美国因为“9·11”事件，倾力于反恐，减少了对于中国的牵制。所以，有稳定的大局，一心一意搞发展，不分裂，不动乱，不折腾，有了这样的大局，企业家便可以做生意，搞经济，实现高速高效持续发展。

如今，移动互联网改变商业规则，新世界在崛起。移动互联网带来社会的深刻改变。

移动互联网才是真正的互联网，空间大了10倍，2C项目出现爆发增长的机会；传统公司组织面临转型，传统企业管理模式面临挑战，2B项目成为投资热点。

新的商业维度在诞生。移动互联网直接接连用户，新的商业规则出现，行业边界在重新划分。

北上广深是创新中心，粤港澳大湾区是一个巨大的机会空间……

艾洋写下来后，用手机拍下，发给水城网一个年轻女记者，叫她打印出来。收到打字稿后，随即转发给桂。

主讲结束是提问互动。艾洋拉着梁子亮要走。

怡和送行。出了门外，轻声说：“不是吃了饭再走吗？有安排的，可以进一步交流。”

艾洋说：“你知道我们专程来看看你，来撑个场的。”

怡和说："说实在的，我也只是搭建一个平台。投资这些事情，还是自己判断吧。"

梁子亮说："一转眼，你又开辟新天地。"

怡和说："我哪有这水平？路演的他们都是新三板交易所的，现在后生着实可畏，很多20多岁的样子！前阵子还见过一个上市公司董事会女主席，33岁，且美丽大方，勤奋努力，那天，为了抓紧时间，就在自家豪车上摆开会议桌，和我们开会研究，不得不佩服！"

艾洋说："你能紧跟，别人只是说说而已，你就有行动，甚至有效果。网红、电商、投资平台，就这样一路走来。"

怡和说："我读书不多，喜欢和别人一起，说干就干了。只是不知什么时候会翻船。"

艾洋叹口气，对梁子亮说："我们可能也就是做点传播罢了。桂、吴、我，有谁可以做实干家的呀。"

7

咱中国人怎么啦？

不同时期，不同的评论家、观察家张贴出不同的标签。

都有一定依据，都有一定的道理。

如今，是勤奋的中国人，自信的中国人，敢想敢干的中国人。

是吗？对吗？也都如同以往的判断，一定的针对性，一定的局限性，一定的积极作用，一定的消极作用。

但是，看法是必要的，话题是必要的。

所以说，都能立论。

艾洋记下的一段。

源于桂的QQ空间。他还有这类思考：

现在的我很容易知道自己是怎样走过来的，因为这其实也是一个很普通人的轨迹，一点儿也不复杂。问题是过去的我没有预料到今日的地步。这有点耐人寻味。因为这个命题的价值就是，我们是否可以把握自己的明天，尽管我的明天已经是一个有限的定义域。但探究这个问题，也许不会没有意义。互联网提供了更多的智慧，也提出了更多的有关这个课题的要求。我们这一代，激情与幻想似乎是天生的，其疯狂程度超越了现实。以前我小学的时候，连那个山区小县城都没有出去过、没有见过火车的孩子，整天讲远大理想。

我这样一个喜欢读书的孩子，一个内向、文静、体质较弱的人，脑子里就经常琢磨着，把这个事情当作自己人生一个巨大使命。

如今，不说也不想去费脑子。但是互联网的头脑风暴，根本停不下来。你不思考，别的思考就出现在你的面前，需要你选择。你不选择，就会被选择。而且，这里给你的时间条件很有限。

这次才是问题。

这也是一个形而上的。

还有更多的来自大地的非常务实的东西。

是不是可以说，这是另一种趋势。

有时候，这是一个充满激情的选择；有时候，这是一个百无聊赖的选择。但不管如何，总是不甘寂寞，需要捣鼓什么，折腾什么，也是一个性格，一种宿命罢。说得花哨一点儿：这个人为精神而不是为身体，为理想而不是为现实，为他者而不是为自我。

艾洋做了回应，说："我似懂非懂，若有所思。我来提供点形而下的佐证吧。"

她就叙述了几个事例。

比如那个老陈，越来越像奇葩。前几天在水城网那里，他这个没有念过大学、只是当过单位司机、也在施工现场混过的技术人员，带上一包文字资料，兴冲冲地跑过来，说自己在做养龟的同时，还关注发明，最近拥有一项与纳米有关的专利，可以生产出绿色的、具有永久杀菌功能的材料，而转让的价格需要5000万元人民币。

现在，50多岁的他，工资每个月也就五六千元。这已经是他最高的月薪记录。

这个主儿，还没有见过面。他应该是年轻的大学毕业生。可以判断是三线四线类的大学毕业生。可亲可爱也可笑。

在现实的大街小巷和虚拟的网络如微信、QQ、邮箱等平台上不停地发布自己的投资招商信息与宣言：

本人有一个收益非常大的创业项目，但是缺少启动资金，现寻有资金的合作伙伴。

合作形式：由我全程操作，合作方只须出资金，其他什么都不用做，纯得超额收益。

项目简介：为厂家和商家搭建新零售模式系统。使用本模式，商家可大幅降低成本，大幅增加可售卖商品的品类，大幅增加销售额。对厂家而言，可大量增加销售网点，大幅提高销量。本模式比电商平台好得多，成本比电商平台还低。有实体店的一切优势，可取得消费者的信任和认可。

安全保障：和投资者面谈详聊，给投资者看身份证、户口本、老家房产等。带投资者去我老家看看我的田地房子、父母弟妹等，给投资者最可靠的保证……

那个大学教师找到水城网。说希望开设一个视频专栏，播出他的讲课。他说自己是博士，出版了几部研究网络经济的专著，是网络营销之父。他承诺，企业学习他的课程，可以将网络销售提高N倍。

但是，他没有开办过一个公司，没有经营实践。迄今为止，他的收入基本上靠学校发给的薪水、外出授课演讲费和著作的稿费。面对这个博士，艾洋当时心里这样嘀咕。

那个水城好人，爱心是非常感人的。他是一个事业单位的职员，收入也不高，自己生活简朴。却10多年坚持拿出工资的一部分，帮助贫困农村孩子念书，感动了社会。但是话分两头说，后来，得到不少荣誉后，参加那些作秀的活动似乎多了点，媒体的曝光率似乎多了点，人似乎飘了点。最近跑来水城网，希望合作，向社会筹集资金，到山区去办一所学校。

那个职业专科大学毕业的70后，做广告起步的，到处办班，讲国学，讲易经，讲鬼谷子，讲西方管理之道，讲营销策略，讲股权战略。最近，又发布信息，说自己是珠三角演讲第一人，推出系列演讲，主题是点爆业绩。愿景是到北京鸟巢体育馆进行公益大演讲，现场听众要达到20万以上。

搞卫生的阿姨是不是得了臆想症？她在小巷那里租了一个小门面，卖古董文玩。不知从哪里得到的一个宝贝，作为镇店之物。那尊乌黑粗糙的生铁神像，她一口咬定是多少多少年前的古老文物重要庙宇的重要神像，稀世珍宝，是国宝级文物，价值超千万。她还有明朝年代的美酒，醇美甘甜。老公要回家乡去，她拉住不许，说就不去干什么村官了，家乡农村没有什么意思。在这里收拾破烂也找到这些东西，有发达的机会。

……

在珠三角大湾区的这些人怎么啦?

欲望放飞，或者说是欲望被点爆。

手机上，笔记本上，在水城网，在三层单家独户，在高层商住楼。艾洋和桂，这样交流互动。

8

文之丁来见艾洋，说他自己真的独自去找过柳羊，想和他一起推进那个著名企业的电影作品的事情。既是艺术创作的事情，也是投资的问题。但是，还是不出所料，无法改变柳羊。

他还是喜爱另类或者说边缘化。在园区买下一套小面积套间，独自居住。以写作为生。他写小资生活，写车间里的青年男女。柳羊告诉文之丁，有个曾经在水城生活的叫韩平的出版人，也来联系过，说是从艾洋、尼秋那里知道他这个叫柳羊的写作人，请他写那企业家人生故事，可以预付稿费。柳羊回复韩平说：“我的写作就是玩文字，在文字的把玩中找到精神的愉悦和寄托，而你介绍的这个题材是不好玩的。且听我这样说吧，我印象中的那个企业家，1．很能干很有钱；2．经常到国外去玩潜水；3．找笔手写自己的传奇、故事和经营理念；4．出席一些高层论坛；5．喝酒、饮茶、收藏文物。大抵如此，不说不好。但是，他的故事，他的哲理，他的起伏与我有什么关系呀，找不到感觉。”

婉拒了。不仅对韩平，也是对文之丁。

后来，文之丁、艾洋他们也都知道。柳羊只和车间里的工人有话说，在李桂花困难的时候，他资助过。也与雷志超有来往，柳羊、李桂花的笔记本电脑，还有李桂花的线上写作与推广，习惯找雷志超负责设备维修和技术支持。

这个小众，很少与其他人来往。

9

李韵说：“我有了。”

何春雷张开嘴巴，眼睛发直，说：“不是吧，这么快。一点儿准备都没有。”

李韵说：“这样的事情难道我会骗你吗？”

“怎么办呀？这么急。”何春雷说。

李韵脸色一沉，说：“那你的意思是？”

何春雷急忙说：“不不，我不是那个意思。”

李韵说：“那你到底是什么意思？你看看你像不像一个男人。”

何春雷胸膛一挺说：“我当然是个男人，天大的事情我也会负责。”

李韵说：“也不是什么天大的事情，就是一桩自然发生的事情，感情结晶的事情。”

何春雷点点头，说：“那是那是，亲爱的，你说得太好了。”

“生下来。”李韵说。

“生下来？好是好。但是——”何春雷说。

“但是什么？”李韵说。

“我们还没有登记，也没有准备。会不会……”何春雷说。

“会什么？”李韵说。

“你爸爸妈妈会不会骂我呀？你妈妈不是反对你和我好吗？你爸爸是大官，会不会影响他的社会形象？”

“我妈妈那里我顶着。我爸爸那里也没事。现在八项规定，官员亲属结婚都不摆酒了，谁知道你有没有结婚？”

“那好，咱们赶紧去办结婚登记。”

李韵手指点了一下何春雷的脑袋，说：“说了半天，就这句话有用。”

何春雷忽然一把抱住李韵，嘴巴在她耳边，说：“亲，谢谢你。我会更加爱你，疼你。”

李韵在他怀里待了一会儿，嘻嘻笑起来。

何春雷说：“笑什么？”

李韵说：“难道哭不成？”

何春雷说：“不是，你这样一笑，我就知道你会有话要说。”

李韵说：“算你聪明。”

何春雷说：“你不是第一次这样。请说出来吧。”

李韵说：“那好，你听着。小孩生出来，不跟你姓，要跟我这边姓。”

何春雷说："姓李吗？"

李韵说："不，姓金。跟我爸爸姓。第二个姓李，跟我妈妈。"

何春雷说："那第三个就要姓何。"

李韵说："不生第三个。我不是生孩子的工具，我不是母猪。"

何春雷说："呵呵，谁会这样说你呀？不过，那都被你安排了，对我不公平嘛。"

李韵说："公平。你有弟弟，传宗接代的事情，由他去完成。"

何春雷说："那你靠自己来承担这样的重大使命吗？"

李韵说："是的，必须的。"

何春雷说："你的理由？"

李韵说："我不是无理取闹，我的理由非常充分。你也知道一些的。我妈妈那边原来是两兄妹，我舅舅，我妈妈的哥哥，原来是军人，参加对越自卫反击战，牺牲在战场，未满20岁。我爸我妈是大学同学，知道我妈家里的事情，我爸爸全力以赴追求我妈，给她更多的爱。生下我，就让我跟妈妈姓。我爸家在农村，他家也只有一个男孩，他还有一个姐一个妹，我的大姑和小姑。所以，也只有我来承传这两个家庭。"

何春雷说："真是一部悲壮的革命家史。"

李韵说："我不像我爸。我爸爸是理想主义者，是一个典型的革命者，有信仰。这样的人不多，但也会有。"

何春雷说："其实，这些基因已经遗传到你身上。"

"你和你妈妈说了吧？"

"你到底提到我的妈妈了。"

"对不起。你说得不错，我太自我。"

"是的，我和你一起，你不自我才怪。我是高攀者。"

"好了，你这话到此为止。另代我向未来的家婆何庆兰女士致歉，以后要和她长期相处。要为她洗头，也是必须的。"

10

仪式感是罗浮宫的生意来源和价值理由。

梁子亮妈妈的生日庆祝是一个仪式感活动。她64岁，不是10或者5这样的阶段性大数，其实就是找个机会大家吃饭喝酒，聚会交流。

略有新意。这次，是在西餐厅，鸡尾酒会的模式。

上回那次，还将那个保健定制服务的项目开张给带了出来，一箭双雕。梁子亮近期要到德国法兰克福工作，人们都知道，是梁家公司的一个国际化战略举措。第二代的视野更加开阔。亲戚，做生意的朋友，公司客户，等等，都表示关注和庆贺。于是，就不得不举行宴会，一次两次，多次，接连几天，没个停。尽管梁家两代人，还有艾洋都主张低调，但是，还是有推托不掉的应酬。人在江湖身不由己。做生意与人际关系是十分紧密地联系在一起的。还好，这些活动其实并不都是耗财费时的，在仪式的同时，都有一个非常务实的目的和功效，就是，来客对于梁家企业在德国的业务，那个工业4.0，那个智能化制造业，那个机器人等项目，也都表示了十分的兴趣。其实，这样的活动也就是一次企业发展战略的研讨、洽谈，甚至是订货活动。在觥筹交错中，嬉笑闲扯中，已经达成了许多共识，交流了许多信息，创造了许多机会。

于是，现场就看到，大腹便便的父亲，举着酒杯，不停地与这个说说话，与那个碰碰杯子，不停地说笑话。

大家哈哈大笑，老梁笑声最响。

到了另一围台，他又不厌其烦地将某个笑话再说一次。

说完，大家哈哈大笑。但笑声没有那么热烈了，因为不是第一次，失去了新鲜感，也就失去了幽默感。只是，老梁的笑声不减，还是最为响亮的。

梁子亮悄悄地对艾洋说："你看我父亲这个劳动模范。"

艾洋说："工会评选出来的劳模多是又黑又瘦。"

梁子亮说："今后我很可能就无法文雅啦。"

艾洋说："但是，你一定不要如同你父亲这样的身材，我实在接受不了。"

一抬头，看见唐总和大胡子老总、葛副总在一起。

艾洋就悄悄对梁子亮说："唐总那儿要去意思一下。"两人凑了过去。

还没插上嘴，就听到大胡子说："互联网发展的关键，不是高科技，而是大众的需求。所以我们做互联网家政服务。有些新概念，说起来好听，其实不然。比如做LED，说是节能减排，使用起来似乎也可以这么说。但是，在制造LED的材料过程中，那些玻璃，那些合成的无机材料，浪费了多少资源，多少能源，造成了多少污染，多少破坏，似乎没有人关注。算起来，合适吗？"

葛副总微微一笑，不紧不慢地说："专家是明白的。只是运作起来，面向社会的时候，不说此事，淡化其负面的东西。我们的一个习惯，好大喜功，追求眼前功利。"

唐总说："是的，有这样的问题。但愿，新的东西逐步完善的过程中，创造新的有利条件，克服其负面问题。"

艾洋找到插话的时机，说："你们的论坛更精彩。"

大胡子说："那是你们的专业。"

艾洋说："许多论坛其实是乏味或者互利互补的秀。上次天鹅湖广场的一次论坛，讨论国学与家庭教育的，就是房地产公司卖房的推广。"

说罢，艾洋走到唐总面前，启齿一笑，轻轻地碰了杯，说："谢谢，尽在不言中。"

唐总倒是将她叫到一边，说："这次虽是为梁子亮和你去德国践行，但更多的理由是安抚梁夫人。"

艾洋说："当然，活动的名称主题已经明摆了的。"

唐总说："说是容易，但人的感情是复杂的。你以为梁夫人就那么容易接受现实吗？"

艾洋说："我知道，我和梁子亮的事情，在她那里，需要摆平，那真的不容易。"

唐总说："你们这些孩子，只知道表面的东西。好在老梁处理好了，当然，他也有这个本事的。"

艾洋说："这么复杂呀？"

唐总笑笑，说："也很简单。老梁多安排了一些股份给夫人。让她接受你这个儿媳妇。"

艾洋一怔，说："我本人一点儿也不想惹这样的麻烦。"

唐总说："这倒是不关你事。你是最合适的，我特别向老梁推荐你。"

艾洋一听，脸上顿时泛起红晕，说："那真是需要再一次谢谢您，谢谢您对我的看好。"说着又和唐碰了酒杯。

唐总哈哈地朗声一笑，说："那我就顺便做一个交易，有个事情请你帮忙。"

艾洋说："什么事情？"

唐总说："你到德国法兰克福，会见到我侄女，想办法动员她早点回来。她前年已经硕士毕业，也不找男朋友，还在那里搞什么国际教育。我们这里希望她回来帮忙打理企业。"

艾洋想了想，说："我试试看吧。"

唐总说："你要想办法，尽力。我会回报你的。"

艾洋说："您可真会做生意。不过也别太高看我。您都办不成的事情，我能行吗？"

唐总说："我看好你。你有非凡的摆平能力。以后的梁家，也都是需要依靠你来摆平的。"

11

回到家里，妈妈静静地坐在客厅，电视机是打开着，但她不像在看，是在等候。艾洋知道的。过几天就要远行。

“阿格朵被山大爷咬伤了。”妈妈说。

艾洋说：“为什么呀？”

山大爷已经被邻居喂养得又肥又壮，体重是阿格朵的10倍。在艾洋妈妈牵着阿格朵溜达的路上，山大爷突然从远处冲过来，压在阿格朵身上，咬了几口。

现在那个阿格朵就安静地躺在艾洋妈妈脚下，眼睛无神地看着地下，一动不动，没有了平时对主人归来的迎候和亲热。

“明天要带阿格朵去宠物医院。”妈妈说。

“妈妈，我过几天出发。”艾洋说。

“哪家医院好呢？”妈妈看着阿格朵，自言自语。

“我过几天就出发了，妈妈。”艾洋说。

“那就去吧。”妈妈说，“以前你爸爸陪着我，后来是你，以后可能就是阿格朵了。”

“看你说的，总这么悲观。我还要回来。回来后不走了。”艾洋说。

“你爸爸说过，你们这个家族是需要流动的。”妈妈说，“你可以把他的预测或者遗愿给实现了。”

艾洋皱皱眉头，说：“前段时间说好，那个梁子亮付首期买下的别墅，适合做美术的展馆和培训基地，妈妈你有空打理一下。”

妈妈摇摇头，说：“我也对你们明说了，那以前是汪蓉的不动产，虽然是她们主动出售的，但我总是不自在。还是不去吧。”

艾洋还想说什么，见妈妈又在抚摸阿格朵，轻轻地唱着《神曲》：阿格朵阿格朵阿格朵……

于是，自己就闭上嘴巴，走进房间。

丽丽微信发来新信息，她之前提过的那个行动方案有了进展。那是做环保，处理20世纪80年代遗留下的粗放式厂房问题、工业废品、未能清除的工业垃圾等。推行的理念是绿色，恢复和保护生态。那时候进入珠三角的外来工业是高速的、大规模的，也是粗放式、旋风式的，功利需求和缺乏经验，导致生态被破坏。如今，否定之否定的规律凸显，可以也应该反思和行动了。

丽丽从深圳前海回来水城，就做这个事情。从民间和社会的角度推动。她找到了一点儿资金，就是游说外资企业，说水城原来的生态特色就是桑基鱼塘，水塘的肥泥捞起，培育塘基上桑树，桑叶喂蚕，蚕沙和桑叶渣喂鱼，形成生态循环。联合国教科文组织称赞过。但在工业化进程中，这个模式受到摧残。不到40年时间，水城的土地开发强度超过了发展过百年的香港。官方说，乡村搞工业，村村点火，处处冒烟，到现在工业占地率超过70%，而经济贡献率不到30%，于是要大力进行村级工业园区改造。这方面的问题，企业应当负有一定的治理责任。这是国际通行的价值理念。

丽丽的理由和方案具备说服力，无论是港资、台资，还是日资、英资、美资、法资、欧资，都只能点头认同。丽丽还把她妈妈汪蓉，大胡子老总，张教授，最近又回到水城、喜欢画工业旧厂房的油画素描的那个刘画家，还有尼秋等，都拉了进来。准备先做宣传，再做项目，逐步争取政府的信任和支持……

艾洋看毕，脱口而出，说了声丽丽不错的。她看看客厅里的妈妈，有了念头，把那个别墅腾出部分空间，做这个环保项目的展示点和工作室，免费提供给丽丽使用。而妈妈也可以参加这样的活动。

她爱阿格朵，爱动物，是会接收的。

“妈！”还没出门，艾洋就大声地喊了起来。

12

在水城的一个机场候机室，艾洋、梁子亮在等温志发的车。李韵匆匆赶来，见到了艾洋、梁子亮。

艾洋拉住李韵说：“你这是干吗呀？你的身子要紧。千万别出什么差错。”

李韵笑笑，拨开艾洋的手，说：“我知道，我会注意的。”又对梁子亮说：“我赶来是为了你。”

艾洋一听，明白了一些，说：“张那里有什么重要情况呀？”

梁子亮似乎还在云里雾里，眨眨眼睛。

李韵说：“你妹妹找你。”

梁子亮说：“我什么妹妹，什么时候从天上掉下一个亲妹妹。”

李韵说：“真的，一个天大的喜事。你异父同母的妹妹。”

梁子亮说：“她呢？现在就去找。”

艾洋扯了他一把，说：“现在见不着人。温志发的车来到，我们赶飞机去吧。”

这时候，张红梅已经回到湖北神农架的山村。

另一个风格完全不同的空间。

村子里，看到一间平房挂上公益DNA鉴定中心的牌子，旁边的标语：禁止非医学的胎儿鉴定。

山沟田的晚水稻被风吹倒，稻穗浸泡在泥水里，承包人放弃收割了，就把饲养的鸡群鸭群放过去，任由鸡鸭的嘴啄。这个结果其实也有准备，晚造就是马马虎虎，赌个运气。不是像以往做法那样，把培育好的秧苗一株一株插下去，而是手臂一扬，随便将谷种撒下去。水稻的根基不深，自然容易倒伏。没有人再愿意承包这工作了。青壮年都外出打工，留下的是老弱病幼小。大片的旱地还没有耕种，杂草密密麻麻，长势凶猛，高过人头。扒开草叶走进去，一会儿就不见人身。种水稻是这里的传统优势，但如今优势忽然不再。本地的水稻在附近市场都不容易卖出，人们喜欢的是东北的五常大米，还有泰国、越南的优质大米。水果也有许多是从东南亚进口过来的，新鲜优质，且价格不贵。

村边竹林前，又开了小卖部，卖日用杂货，还有一张牌桌。打麻将，打纸牌，玩点小赌博。

小货车沿路喇叭播放：卖麻花，香喷喷的天津大麻花。车厢满满载着一箱子一箱子的油黄酥香麻花。

不多久，路上经过另一辆也是喇叭播放的小货车：安装电动窗帘。

到了晚上，黑夜像是无边的海洋，自己家那独处一方的楼屋，亮着孤孤单单的灯火。晚上8点不到，就安静得一根针落地也听得见。鸡鸣，鸟叫，蝉鸣。

山村还是那个山村，但出去走一回，间隔一些日子，似乎眼睛被洗涤过，有了新的发现与感觉。

又需要重新适应。

艾洋起床，洗漱，吃早点。所住公寓的环境挺舒服，一个连带开放式厨房的小客厅，一个洗手间，两间小房间。艾洋和梁子亮各自一个房间。不如国内的住处宽大，但整洁干净。比起爱丁堡的大学生公寓也好很多。早餐牛奶、烤面包、德国白香肠。还有煮热的红茶。

来这儿已有半个月，和梁子亮张罗公司的事情，还是顺利的。这里有一个华人商会，他们已经打下了基础。

那个唐总所说的侄女，也如期见了面。一个当地华人商会副会长做东聚会晚餐，地点在主人一处位于住宅小区一楼的酒吧间。饭菜她过来张罗。

吃饭间，艾洋和她接触了一下，问她回国吗？

她回答说还没有打算。

“那打算是什么呢？可以说说吗？”艾洋说。

“现在想搞国际教育。”

“我听唐总说过，是怎样的呀？”

“德国足球不是很好吗？我们把中国的孩子安排到这里来，一边学习，一边练习足球。”

“有创意。效果好吗？”

“进行中。”

“那就要在这里待下去了。”

“可能吧。出国留学时，我大伯唐总给了一些经费支持，说毕业要回去参与他那个城市轨道交通装置的项目。但现在我是不想回去做企业。他们总是催我。我就是不想。我喜欢文艺和体育，喜欢小资生活。像他们那样一辈子忙忙碌碌做实业，我没兴趣。”

艾洋没再说什么，也没有什么信息发给唐总。

梁子亮总是不忘问起他的那个妹妹。这些天，晚上就在微信上与李韵联系，要她格外关注。当然也忘不了影视制作的事情。上了网就很久不下来。半夜才睡。早上也要艾洋呼叫才醒来。

让梁子亮多睡一会儿，艾洋和李韵在微信对接上。

艾洋说：“你找她更容易，她是张红梅。”

李韵说：“那个事情她麻烦过我，会有点内疚，作为报答，自然对我热情。”

“和她保持联系。”艾洋说。

“当然。有互发信息，包括图片，她特别需要梁子亮的图片。现在还在线上。”李韵说。

“尽快网络联系，我们直接对话。”艾洋说。

“可以的。等等吧。”李韵说。

果然。喝了几口红茶，稍息，就收到张红梅的一段视频。李韵转发的。

影像同框的就是张本人和她与梁共同的母亲，一个40多岁的农村妇女的上半身。略显疲态和老态的她，表情有点紧张、羞涩。

里头有两个声音，张红梅和这个母亲在说话：

“妈你说呀。”

“怎么说？”

“就对着手机说。”

“那又有什么用呀？”

“有用。他听得到看得见。”

“那说什么呀。”

“你不是经常叨念他吗？就那样说。”

“对着手机我又说不出口了。”

“那就打个招呼。说呀。”

“不说了。”

“快说呀。”

“不说了。”

“快说呀。”

“那我说吧。我看见你耳朵下面的那颗痣，认出你了。你好就行。不要理我。”

说罢，她抬起粗糙的手背，抹擦湿润的眼睛……

这会儿，艾洋在网上查看了，德国法兰克福，上午8点，阳光。中国湖北神农架山村，下午3点，雨水。

再看一次那视频，艾洋就拿着手机，走进寝室，靠近床头，使劲摇醒了梁子亮……